Karin Waldl

Worte verletzen ...
... und Schweigen tötet

Psychothriller

Herzsprung-Verlag

Für meinen herzlichen Bruder Wolfram und seine liebe Frau Elisabeth: Gott segne euch.

Alles hat seine Stunde. Für jedes Geschehen unter dem Himmel gibt es eine bestimmte Zeit: eine Zeit zum Gebären und eine Zeit zum Sterben, eine Zeit zum Pflanzen und eine Zeit zum Abernten der Pflanzen, eine Zeit zum Töten und eine Zeit zum Heilen, eine Zeit zum Niederreißen und eine Zeit zum Bauen, eine Zeit zum Weinen und eine Zeit zum Lachen, eine Zeit für die Klage und eine Zeit für den Tanz, eine Zeit zum Steinewerfen und eine Zeit zum Steinesammeln, eine Zeit zum Umarmen und eine Zeit, die Umarmung zu lösen, eine Zeit zum Suchen und eine Zeit zum Verlieren, eine Zeit zum Behalten und eine Zeit zum Wegwerfen, eine Zeit zum Zerreißen und eine Zeit zum Zusammennähen, eine Zeit zum Schweigen und eine Zeit zum Reden, eine Zeit zum Lieben und eine Zeit zum Hassen, eine Zeit für den Krieg und eine Zeit für den Frieden. (Koh 3, 1-8)

Inhalt

Prolog

Ich versuchte, meine geröteten und verweinten Augen zu öffnen, es gelang mir aber nicht, zu viel erdrückende Schwere lag auf ihnen. Das grelle Licht blendete mich zusätzlich schmerzhaft, ich konnte rein gar nichts sehen. Ich wollte mich bewegen, ich sollte bereits weit weg von hier sein, scheiterte abermals kläglich bei dem Versuch, vom Fleck zu kommen.

Ich war bei meiner Flucht durch den Wald gestolpert. Die peitschenden Äste der Bäume schlugen nach mir, ich war den Hang hinuntergestürzt, hatte mich mehrfach überschlagen, ehe ich hier verletzt zum Liegen kam. Mein Körper war am Ende, ich konnte nicht mehr weiter, sosehr ich es auch versuchte. Jeder Muskel meines Körpers tat mir weh, sie versagten mir ihren Dienst, ich kam nicht wieder in die Höhe.

Beklemmende Verzweiflung machte sich wie ein dunkler Schatten in mir breit, kroch mir eiskalt in mein verkrampftes Herz. Panisch versuchte ich es immer noch, zu fliehen, aber meine Beine gehorchten mir einfach nicht. Ich war nicht mehr Herr über mich selbst, musste mich meinem unausweichlichen Schicksal demütig fügen. Ich hörte bereits die bellenden Hunde, sie waren unaufhaltsam hinter mir her. Sie kamen, um mich zu holen, durch meine Hilflosigkeit hatten sie leichtes Spiel. Ich war ihnen schutzlos ausgeliefert. Sie würden mich hier wegbringen, einsperren und mich nie wieder freilassen. Hinter dicken Eisengittern würde meine klägliche Existenz in Zukunft verborgen bleiben.

Denn sie würden niemals fühlen, was ich fühlte. Sie würden alles, was ich sage, rücksichtslos ignorieren. Ich wusste, sie hatten kein Mitleid mit mir, keiner konnte verstehen, was in mir vorging. Keiner würde erahnen, wie es tief in mir aussah. Wer konnte schon nachempfinden, welch unerträglichen Weg ich hinter mir hatte?

Die Panik ließ neuen Lebensmut in mir aufsteigen, ich musste, so schnell es ging, weg von hier. Mich im verborgenen Schatten der Menschheit verstecken, da, wo mich keiner fand, für immer. Aber meine Verletzungen vom Sturz waren zu schwer. Die letzten Tränen waren bereits geweint über meine endgültige Situation. Sie waren bereits da, ich konnte ihren Atem hören. Wie dunkle Herrscher standen sie mit ihren Hunden um mich herum, ihre Köter gierten nach meinem

Blut, aber sie wurden zurückgehalten. Fast erwartete ich, dass sie die wolfsähnlichen Tiere doch losließen und sich ihre Zähne schmerzhaft in mein Fleisch dringen würden wie scharfe Messerstiche. Aber es geschah nicht, mein Körper gab das letzte Bewusstsein auf, ich fiel in die unendlichen schwarzen Tiefen einer Ohnmacht. Dumpf hörte ich noch die Worte, die sie sagten: „Wir haben die Bestie gefangen."

Dann hüllte mich die Schwere der Dunkelheit endgültig ein. Ich hatte das Spiel verloren. Gewinnen war in meinem Leben nicht so vorgesehen, wie es die Gesellschaft mit ihren Normen und ihrer Moral vorgab. Es war gut, dass sie nichts wussten von meinem wahren Gewinn. Stolz erreichte mich in Gedanken die unmittelbare Erinnerung, die mich in die Flucht trieb, ich blickte auf meine blutverschmierten Finger und wusste nur zu gut, dass es nicht mein eigenes Blut war, das an meinen Händen klebte.

Kapitel 1

„Ich frage Sie jetzt zum wiederholten Male. Wie heißen Sie?“, fragte die Psychologin eindeutig genervt.

„Emilia“, antworte ich so wie immer fast tonlos.

„Und Ihr Nachname?“, bohrte sie weiter nach und strafte mich mit ihrem strengen Blick.

„Ich habe keinen Nachnamen, nicht mehr“, sagte ich ruhig und gelassen.

„In Ihrer Geburtsurkunde steht aber, dass Sie Klein heißen – Emilia Klein“, gab mein Gegenüber nicht auf, obwohl wir uns im Kreis drehten.

„Ich kenne diesen Namen nicht“, antwortete ich genauso gefühllos, wie ich es in den zwei Jahren zuvor auch getan hatte.

„So kommen wir kein bisschen weiter, wenn Sie alles leugnen, was mit Ihrer Person zu tun hat“, bemerkte die Psychologin, während sie mit dem Bleistift nervös auf den Tisch klopfte.

Ich schaute sie lange an, starr blickte ich in ihre grünen Augen. Sie war eine durchaus attraktive Frau mit sehr gleichmäßigen Gesichtszügen und immer sehr gekonnt geschminkt. Ihre roten Haare passten perfekt in das Bild einer Frau, die unwiderstehlich zu sein schien in der Männerwelt. Aber das waren natürlich nur Vermutungen, denn ich kannte sie nur von meinen Therapiegesprächen, die mir rein gar nichts brachten, zu denen ich aber verpflichtet wurde. Wenn ich die Wahl hätte, würde ich nicht herkommen. Deshalb genoss ich es innerlich, dass Frau Dr. Gabriel bei mir kein Stück weiterkam. Es fühlte sich wie ein kleiner Triumph an in diesem von mir nicht gewählten Leben. Sie würde mich sowieso nicht verstehen, deshalb versuchte ich es auch nicht. Sie konnte bei mir liebend gerne weiterhin auf Granit beißen. Innerlich schloss ich bereits Wetten mit mir selbst ab, wie lange sie das noch mitmachen würde, bevor sie endgültig aufgab und meinen Fall als nicht therapierbar zu den Akten legte. Aber momentan dachte sie anscheinend noch nicht daran, wahrscheinlich stand ihr guter Ruf auf dem Spiel.

„Gut, dann versuchen wir es anders. Was wissen Sie denn noch über sich?“, fragte sie weiter.

Es war immer dieselbe Leier. „Ich bin 20 Jahre alt", kam es wie aus der Pistole geschossen. Sinnlose, oberflächliche Informationen waren mittlerweile mein Spezialgebiet.

„Das ist gut. Welche Informationen haben Sie noch über sich selbst?", ließ Frau Dr. Gabriel trotzdem nicht locker.

„Ich sitze seit zwei Jahren im Gefängnis, im Hochsicherheitstrakt für Schwerverbrecher", erzählte ich weiter und bemühte mich, möglichst ausdruckslos zu wirken.

„Wissen Sie auch, warum Sie hier sind?", waren die nächsten, voraussehbaren Worte der Psychologin.

„Natürlich weiß ich, warum ich nicht da draußen in Freiheit bin, aber darüber werde ich mit Ihnen bestimmt nicht sprechen, weil Sie mich nicht verstehen würden. Niemand würde verstehen, was meine Wahrheit ist", sprach ich trotzig, es ödete mich an, immer dieselben Gespräche zu führen.

„Ihnen ist bewusst, dass Sie hier niemals rauskommen werden, wenn wir das Geschehene nicht gemeinsam aufarbeiten?", ließ sie zum gefühlten tausendsten Mal nicht locker.

„Das ist mir egal", motzte ich unhöflich zurück, auch das war nicht neu.

Die Ärztin seufzte, sie war mit ihrem Latein offensichtlich am Ende. „Und wir sind wieder am Anfang, immer das gleiche Spiel. Wir befinden uns in derselben Schleife. Emilia, steigen Sie doch einmal aus dem Kreislauf aus. Sie haben recht, bei dem, was Sie getan haben, werde ich niemals ganz verstehen, was einen zu dieser grausamen Tat bewegt. Aber ich bin dazu da, um es zu versuchen und Ihnen zu helfen, dass so etwas nie wieder vorkommt. Ich glaube, Sie leugnen deshalb Ihren Nachnamen und Ihre Vergangenheit, um die damit verbundenen Erinnerungen endgültig zu begraben. Könnte ich damit recht haben?", donnerte mir die Psychologin die Worte regelrecht ins Gesicht.

Sie hatte heute eindeutig nicht ihren besten Tag, ich hatte sie noch nie so ungeduldig erlebt. Ich hoffte schon, dass ich es doch geschafft hatte, dass sie das Handtuch warf und mich als hoffnungslosen Fall abstempelte. Dann war ich zwar für immer eingesperrt, hatte aber endlich meine Ruhe. Warum ließen sie mich nicht einfach in Frieden? Hier drinnen war ich für niemanden eine Gefahr, also, was sollte das Theater?

So zuckte ich als Antwort mit den Achseln, wahrscheinlich hatte sie sogar recht mit dem, was sie sagte, aber sie sollte doch glauben, was sie glauben wollte. Was würde das schon ändern?

„Ich gebe wieder einmal auf für heute. Ich will und kann Sie natürlich zu nichts zwingen. Es ist Ihre Zukunft, Sie wählen, wie diese aussehen soll. Aber eine Frage habe ich heute doch noch. Bereuen Sie Ihre Tat?", sagte sie seufzend. Sie sah mich heute so enttäuscht an, dass ich das erste Mal Mitleid mit ihr hatte.

Ich wollte schon mit meiner üblichen Ignoranz antworten, aber ich konnte diesen Blick nicht ertragen. Was war auf einmal los mit mir? Gerade vergönnte ich ihr noch meinen kleinen Triumph, indem ich ihr nichts von mir preisgab. Aber ihre Augen verrieten so eindeutig ihre Traurigkeit. Ich wusste nur zu gut, dass ich meine gesamte Kindheit und Jugendzeit auch denselben trostlosen Gesichtsausdruck gehabt hatte, wenn ich nicht verstanden hatte, was los war, und nach Erklärungen lechzte. Es war die Hölle auf Erden, in den entscheidenden Momenten angeschwiegen zu werden und keine Ahnung zu haben, was das Leben mit einem vorhatte.

Oh mein Gott, mir wurde gerade bewusst, ich war nicht anders geworden. Ich wollte niemals so sein, aber ich hatte es nicht verhindert. Seit zwei Jahren schwieg ich und kein Ton kam über meine Lippen. Ich sah in den Augen der Psychologin das Kind, das ich einst war, das einsam im finsteren Nebel der Unwissenheit gelassen wurde. Ich begann, zu weinen, die Tränen flossen, ohne dass ich es wollte. Ich biss mir auf die Zunge, weil ich diesen törichten Gefühlsausbruch nicht verhindert hatte. Wut kochte in mir hoch. Ich rang mich zu meiner eigenen Überraschung und gegen jede Vernunft zu einer Antwort durch und schrie lautstark: „Nein, ich bereue nichts. Ich streite meine Tat nicht ab und behaupte, dass ich unschuldig bin, wie es die meisten Insassen hier tun. Denn ich stehe dazu, was ich verbrochen habe. Ich fühlte mich innerlich niemals so frei, bereue es keine Sekunde. Auch ist mir der Preis, den ich dafür zahle, nicht zu hoch, denn alles ist besser als das, was ich durchmachen musste, nicht mehr ertragen zu müssen. Verstehen Sie, was ich meine?"

Frau Dr. Gabriel schluckte sichtlich einen Kloß hinunter und nickte. Damit hatte sie nicht gerechnet, nicht, nachdem ich so lange geschwiegen hatte. Nervös kramte sie ihre Sachen zusammen und verabschiedete sich mit einer unprofessionellen Ausrede. Ich blickte ihr kopfschüttelnd nach. „So eine gestörte Alte", dachte ich bei mir selbst.

Nein, es war schon richtig, sich auf nichts einzulassen. Das Leben hatte mich gelehrt, dass man sich nur auf sich selbst verlassen konnte, jeder war sich selbst der Nächste.

So ein kurzer Moment der Schwäche wie gerade bei dieser abgedrehten Psychologin würde mir nicht mehr passieren. Sie redete seit zwei Jahren auf mich ein, dass ich reden sollte, und dann erzählte ich etwas, gab ihr eine Antwort und sie war einfach weg. Ich war ihr genauso egal wie allen anderen Menschen auf dieser beschissenen Welt. Das war mal wieder die eindeutige Bestätigung dafür, dass das Alleinsein die einzige Lebensweise war, die ich mir für mein Leben vorstellen konnte. Deshalb war das Leben in der Gefängniszelle gar nicht so schlecht, da hatte ich wenigstens meine Ruhe. Dort konnte ich ungestört meine Geschichten schreiben, konnte in meiner Fantasie leben, die ich mir selbst zurechtlegte. Ich erfand leidenschaftlich gerne neue Welten, aber nur für mich allein. Früher zeigte ich diese Geschichten her, bekam aber nur Probleme damit. Die Menschen hassten mich schon immer, nannten mich böse. Aber das war mir trotzdem tausendmal lieber, als nicht zu verstehen, was mein Gegenüber dachte. Da war ich ein gebranntes Kind. Ich verzweifelte, wenn man mich im Dunklen ließ. Deshalb vertraute ich niemandem und wollte auch keinem Menschen begegnen. Denn: Worte verletzen ... und Schweigen tötet.

Kapitel 2

Schweißgebadet wachte ich auf, mein Pyjama klebte nass auf meinem überhitzten Körper. Ich schlug die Decke zurück, damit ich wieder das Gefühl hatte, richtig durchatmen zu können. Ich hatte schlecht geträumt, aber ausnahmsweise hatten mich nicht meine eigenen Dämonen verfolgt. Ich versuchte, alles der Reihe nach zu ordnen, was da in meiner Fantasie vor sich gegangen war, so durcheinander war ich. Es kam mir vor, als wäre ich gerade aus einer anderen Realität aufgewacht. Ich erinnerte mich an jedes Detail meines Traumes. Ich träumte von einer Frau, die im Mittelalter als Hexe auf dem Scheiterhaufen verbrannt worden war. Es wirkte so erschreckend echt, dass ich fast meinte, wirklich dabei gewesen zu sein.

Mein Blick fiel auf den Roman mit dem scharlachroten Einband, den ich gerade las und der auf dem Nachttisch lag. Ich musste grinsen bei dem Anblick, denn er handelte von der irren Verfolgung einer vermeintlichen Magierin durch die Kirche im düsteren und trostlosen Mittelalter. Das Buch trug den einfachen Titel *Zorn des Feuers*. Mehr an Erklärung brauchte ich für mich selbst nicht, warum meine Fantasie im Schlaf mit mir durchgegangen war. Wie immer waren in meinem Kopf weitere gesponnene Geschichten über das entstanden, was ich gerade las. Es gab ein unaufhaltsames Eigenleben in meiner Fantasie, die scheinbar grenzenlos war. Diese Geschichten hatten aber etwas Gutes: Sie konnte mir keiner nehmen, denn meine Gedanken waren immer noch frei.

Ich hatte den inneren Drang, meinen Traum von gerade eben aufzuschreiben. Ich griff zu meinem Papier und den Stiften, die ich immer parat hatte für Situationen wie diese.

Und nun schrieb ich wie im Rausch der Emotionen darauf los. Ich schrieb und schrieb und schrieb, nur die Wärter unterbrachen den erzählerischen Fluss, in dem ich regelrecht feststeckte. Ich schrieb mir alles von der Seele, malte mir eine heile Welt aus, die ich selbst nie erfahren hatte und auch in Zukunft nicht erfahren würde.

Stolz las ich nach stundenlanger Arbeit mein Werk durch:

Die Schönheit im Spiegel ihrer Seele

Nele versuchte leise, die Kirche zu betreten, doch die rostigen Scharniere der schweren Eichentür knarrten unangenehm laut in der Stille des beeindruckenden Gotteshauses. Die von ihr verursachte kurze Unterbrechung der wohltuenden Ruhe legte sich bereits im nächsten Augenblick und Nele sog den angenehmen Duft der brennenden Kerzen in sich auf. Die Sonne schien bunt leuchtend durch die hohen Glasfenster mit den Darstellungen der biblischen Erzählungen, die an schönen Sommertagen wie diesen erst richtig zur Geltung kamen. Das hindurchströmende Licht reflektierte den aufgewirbelten Staub, der in der Luft tanzte.

Nele machte vor dem Hochaltar, der in der Mitte Maria mit dem Jesuskind darstellte, eine Kniebeuge und setzte sich in eine der dunklen Holzbänke, um zu beten. Der Anfang fiel ihr unendlich schwer, denn sie war jahrelang nicht hier oder in einem anderen Gotteshaus gewesen, hatte seit sehr lange Zeit überhaupt kein persönliches Gespräch mit Gott geführt. Ihre Eltern gingen zwar oft mit ihr in den Gottesdienst, als sie noch ein kleines Kind war, aber ein schwerwiegendes Ereignis in ihrer Vergangenheit hatte ihr den Glauben an den Gott, der sie bis ins junge Erwachsenenalter begleitet hatte, genommen. Dieses einschneidende Erlebnis war das Ende ihres glücklichen Lebens gewesen. Sie seufzte traurig, als sie an die damaligen Ereignisse dachte, schwer lag ihr diese Vergangenheit auf dem Herzen.

Nele lernte mit blutjungen zwanzig Jahren den gleichaltrigen Jan kennen. Ihr war von Anfang an klar, er war die Liebe ihres Lebens, und er empfand genauso für sie. Sie waren von Anfang an unendlich glücklich miteinander. Hals über Kopf heirateten die beiden, als sie sich gerade einmal zwei Jahre kannten, doch es fühlte sich alles goldrichtig an, es gab keine Zweifel, dass sie die richtige Entscheidung getroffen hatten. Der Segen Gottes, den der Priester damals über ihre Ehe aussprach, schien ungebrochen auf ihren gemeinsamen Bund zu liegen. Gott meinte es offensichtlich gut mit ihnen.

Nur ein Jahr später wurde ihr gemeinsamer Sohn Samuel geboren. Zwei weitere Jahre später brachte Nele Jonas zur Welt. Beide Kinder waren gesunde und kräftige Jungen. In ihrer kindlichen Naivität stellten sie oft alles auf den Kopf, aber Jan und Nele verstanden es, sie liebevoll und mit der nötigen Strenge zu begleiten. Natürlich gab es auch ausgedehnte Durststrecken in ihrer Beziehung, es wäre gelogen, wenn man behaupten würde, dass alles perfekt gewesen wäre. Aber die Fehler, die in der frischgebackenen Familie immer wieder begangen wurden, waren kein Grund zum Aufgeben. Die schönen und glücklichen Momente überwogen eindeutig, das Negative war schnell wieder vergessen, wenn es überwunden war. Nele und Jan war bewusst, dass sie selbst und ihre Kinder auch nur Menschen waren. Deshalb war es ihnen wichtig, immer wieder einander zu verzeihen, wenn etwas schieflief, um den Zusammenhalt in der Familie nicht zu verlieren. Und das stärkte ihren Zusammenhalt noch mehr, im Großen und Ganzen waren sie glücklich und dieses Glück lag in der Schönheit der gemeinsamen Zeit, die sie gemeinsam erleben durften. Keiner hätte sich gedacht, dass es nicht für immer so weitergehen und alles ein so abruptes Ende nehmen würde.

Aber es kam der Tag der unausweichlichen Veränderung. Jan hatte seit Wochen stechende Kopfschmerzen, die immer schlimmer und schlimmer wurden und kaum zu bändigen waren. So beschloss er, zum Arzt zu gehen, der ihn ins Krankenhaus überwies. Die Diagnose war erschütternd. Der Gehirntumor, der sich in seinem Kopf breitgemacht hatte, war operativ nicht zu entfernen, der Versuch hätte seinen sofortigen Tod bedeutet. Aber auch ohne OP blieb ihm nicht mehr viel Zeit. Schnell war klar, dass Jan in naher Zukunft sterben würde. Die gemeinsame Zeit auf dieser Welt mit seiner jungen Familie war nun ausweglos begrenzt auf wenige Monate. Nele war verzweifelt, ihre Söhne waren doch erst fünf und drei Jahre alt. Wie sollte sie das allein schaffen? Aber Jan redete ihr immer wieder gut zu, gab ihr das Gefühl, dass er an sie glaubte. Doch die Zeit glitt ihnen durch die Finger und war nicht mehr zu fassen. Viel zu bald, vier Monate nach der Diagnose, starb Jan. Das Ringen mit dem Tod war kräftezehrend für ihn, aber er schaffte es trotzdem, seinen Frieden mit Gott zu schließen, bevor er endgültig ging. Er schloss für immer seine Augen, als er gerade achtundzwanzig Jahre alt war.

Nele war wütend über den Verlust ihrer großen Liebe und sich nicht mehr sicher, was sie glauben sollte. Wie konnte ihr ein liebender Gott den Vater ihrer beiden Kinder nehmen? Aus Zorn über diese Ungerechtigkeit beschloss sie, dem Glauben den Rücken zu kehren. Und diese ungebrochene Wut hatte sie in der Zeit, seitdem ihr Ehemann gestorben war, unaufhaltsam begleitet. Das war nun zwei Jahre her. Dieses negative Gefühl fraß sich so sehr in ihr Herz, dass sie kaum mehr Luft zum Atmen hatte, weil es ihr regelrecht die Brust zuschnürte.

Jetzt hielt sie es nicht mehr aus, so verbittert zu sein, deshalb war sie in die Kirche gekommen. Nele erinnerte sich, wie wichtig Jan das gegenseitige Verzeihen gewesen war, und wusste, dass sie endlich ihren Frieden mit Gott schließen musste. Aber wie? Sie fand nicht die richtigen Worte, stattdessen saß sie in der Bank und weinte unaufhörlich. Die Tränen, die längst geweint hätten werden sollen, flossen ihr in Strömen über die Wangen.

Beim Altar kniete plötzlich – wie von Zauberhand – eine verhüllte Frau. Sie hatte ein silberglänzendes Messer in der Hand und bearbeitete rücksichtslos die Oberfläche des wertvollen Kircheninventars, das von Künstlern aus dem Mittelalter stammen musste. Auch die Frau war so altertümlich gekleidet, als würde sie in dieser längst vergangenen Zeitepoche leben. Nele war verwirrt wegen dem, was sie sah, verängstigt blickte sie sich um. Irgendetwas stimmte hier doch ganz und gar nicht. Selbst das Gemäuer der Kirche wirkte plötzlich wie neu und war weit schmuckloser als gerade eben noch. War sie womöglich tatsächlich im Mittelalter gelandet? Wurde sie verrückt? Aber weiter kam sie mit ihren nicht zuordenbaren Gedanken nicht, denn plötzlich stürmten mehrere bewaffnete Männer lautstark die Kirche, die ebenfalls in altertümliches Alltagsgewand gehüllt waren. Ungläubig beobachtete Nele das Geschehen in ihrer unmittelbaren Nähe.

Einer schrie: „Da ist die verdammte Hexe. Peristera, jetzt wirst du bezahlen für das, was du angerichtet hast!“

Die Frau am Altar zuckte kurz ängstlich zusammen, fuhr aber entschlossen in ihrer Tätigkeit fort. Es schien, als wollte sie die Inschrift, die sie wahrscheinlich gerade am Altar anbrachte, hastig beenden. Nele fragte sich, was so wichtig sein könnte, dass man sogar sein Leben dafür riskierte. Aber die Antwort würde warten müssen. Nur wenige Augenblicke, bevor die aufgebrachte Meute bei der Frau war, drehte diese sich um und bedeckte ihr Gesicht schützend mit ihren Händen. Die finster dreinblickenden Männer stürmten auf sie zu und ergriffen sie gewaltsam, obwohl sie sich nicht wehrte, und zerrten sie nach draußen. Peristera, wie die Frau anscheinend hieß, schrie vor Schmerzen auf, denn ihre Peiniger zogen sie an ihren Haaren und bohrten ihre Finger unsanft in ihr Fleisch. Sie taten ihr absichtlich weh. Womit hatte sie diese Qual nur verdient? Nele konnte nur zusehen, wie diese brutale Übermacht mit der Frau verfuhr. Aber sie folgte ihnen unauffällig nach draußen, um zu sehen, was nun geschehen sollte. Doch das grausame Schauspiel, das sich nun vor ihren Augen bot, hatte sie keineswegs erwartet. Der Mund blieb ihr vor Schreck offenstehen, ihre Knie begannen, vor Angst zu zittern.

Eine große Menschenmenge stand um einen brennenden Scheiterhaufen, der die Finsternis der Nacht hell erleuchtete. Die Leute riefen aus vollem Halse, im wiederkehrenden Rhythmus wiederholten sie ihre leidbringenden Worte: „Die Hexe Peristera soll brennen!" Immer und immer wieder gaben sie laut johlend denselben Satz von sich, der eindeutig den Tod der Frau forderte. Die Menschen zerrten gewaltsam an ihren Kleidern und zerrissen den Stoff des Gewandes, sodass die angebliche Hexe nun halb nackt war, als sie am Rande des lodernden Feuers stand, wo sie von ein paar Männern festgehalten wurde. Notdürftig bedeckte sie mit ihren Händen ihre Scham. Die Menschen um sie herum bespuckten sie respektlos.

Ein älterer, grauhaariger Mann, dessen erhobene Stimme Autorität besaß, begann laut zu sprechen: „Peristera von Kastoria, du bist einstimmig vom Obersten Rat zum Tode verurteilt worden, weil du dich öffentlich der Hexerei schuldig gemacht hast."

Peristera protestierte: „Ich habe doch nur denen Heilung verschafft, die schwer krank waren. Ich war für sie da in ihrer Not."

„Und dann hast du auch noch schändlich behauptet, diese Gabe von Gott erlangt zu haben. Eine Hure Satans bist du, der Hölle entstiegen, nicht mehr und nicht weniger", schrie der Mann, um Peristera keine weitere Chance zu geben, sich zu rechtfertigen.

Mit einer vernichtenden Handbewegung befahl er, sie auf den Scheiterhaufen zu werfen. Peristera schrie aus vollem Halse und kämpfte erfolglos um ihr Leben, als man sie gewaltsam der zerstörenden und alles verschlingenden Kraft des Feuers übergab. Sie hatte keine Chance, sich selbst zu retten – und von den Umstehenden dachte niemand daran. Die Menge johlte und feuerte ihre Verbrennung schamlos an.

Doch plötzlich geschah etwas äußerst Wunderbares. Peristera stand plötzlich aufrecht im Feuer, ihr Leib schien nicht zu verbrennen, obwohl die Flammen meterhoch um sie herum in die Höhe züngelten. Stattdessen öffnete sich der dunkle Nachthimmel, hell erleuchtet riss das Himmelszelt golden auf und ein Engel fuhr mit strahlendem Glanz hernieder. Seine Leuchtkraft war so mächtig, dass sich die Leute die Augen bedecken mussten, um das göttliche Wesen schemenhaft durch ihre Finger erkennen zu können. Vor allen Anwesenden rettete der Engel Peristera aus dem Feuer und stieg mit ihr in die Höhe. Gemeinsam verschwanden sie im Glanze des Himmelszelts, das nach dem Ereignis schlagartig so finster wie zuvor war, als wäre nichts Bemerkenswertes geschehen.

Beschämt knieten sich die Leute nieder und begannen, zu beten. Keiner konnte es leugnen, sie alle waren Zeugen eines göttlichen Wunders geworden. Nur der scheinbar Vorsitzende des Obersten Rates, der Peristeras Verurteilung verkündet hatte, stand noch immer mit offenem Mund da und konnte nicht fassen, was er eben gesehen hatte.

Nele wachte verwirrt auf. Wo war sie? Was war das für ein merkwürdiger Traum? Überrascht stellte sie fest, dass sie immer noch in der Holzbank der Kirche saß. Sie musste über die Schwermut in ihrem Herzen eingeschlafen sein. Aber etwas hatte sich grundlegend verändert. Die vergossenen Tränen hatten ihre Seele ein Stück weit gereinigt. Sie spürte endlich auf eine unerklärliche Art und Weise, dass Gott sie immer begleitet hatte, obwohl oder gerade, weil sie sich seit dem Tod ihres Mannes so trotzig verhalten hatte. Doch die schmerzhafte Sehnsucht nach der Schönheit vergangener Tage blieb unliebsam bestehen. Ihren Söhnen Elias und Jonas fehlte ein männliches Vorbild, das sie unmöglich selbst ersetzen konnte. Ihr verstorbener Vater, Neles Ehemann, hatte eine Wunde in dieser Familie hinterlassen, die nicht heilen wollte.

Da Nele sich nun fast zwei Jahren emotional über Wasser gehalten hatte, beschloss sie genau in diesem Moment, zu drastischen Maßnahmen zu greifen und etwas zu ändern, so konnte es auf keinen Fall weitergehen. Sie musste das für sich selbst und nicht zuletzt für ihre Kinder tun. Es war an der Zeit, das spürte sie deutlich.

Mit aufgekeimter Bestimmung richtete sie nun ihre Worte an Gott: „Vater im Himmel, ich kann einfach nicht mehr allein sein. Ich brauche wieder einen Ehemann und meine Kinder einen Familienvater. Jan kommt leider nicht mehr zurück, er ist hoffentlich bei dir. Bitte hilf mir, dass ich spätestens in einem Jahr den richtigen Partner an meiner Seite gefunden habe. Ich will nicht unverschämt klingen, aber es muss sich etwas tun. Die Zeit ist reif dafür und ich hoffe, dass du mir in diesem Vorhaben beistehen wirst. Amen."

Entschlossen stand Nele auf, legte ihre Hand aufs Herz, atmete einmal tief durch, um das ausgesprochene Ultimatum an Gott zu bekräftigen. Sie verließ schnurstracks die Kirche, als hätte sie Angst, sie könnte ihre Entscheidung selbst rückgängig machen. Ihr plötzliches Vorhaben, wie sie einen Mann fürs Leben finden könnte, bekam in ihrem Kopf konkrete Züge. Sie würde sicher nicht in irgendwelchen Bars nach einem geeigneten Kandidaten suchen, so viel stand fest. Sie wollte einen Familienvater und keinen Lebemann, der ausschließlich auf Spaß und Vergnügen aus war. Sie musste sich etwas Passendes ausdenken, an welchen Orten sich vernünftige und ernst zu nehmende Männer aufhielten, die für eine Beziehung auf Dauer geeignet waren. Sie zermarterte sich auf dem Heimweg bereits den Kopf, wie sie das Problem lösen könnte.

Der Traum über Peristera war dadurch nach kurzer Zeit schon wieder vergessen. Nele maß dem Fantasiegebilde über die vermeintliche Hexe keine Bedeutung bei. Es war höchstwahrscheinlich nur Zufall gewesen, so etwas Merkwürdiges zu träumen.

Ein paar Tage später war Nele stolz auf ihren entschlossenen Tatendrang, endlich hatte sie wieder eine Aufgabe, die sie nach vorne blicken ließ. Sie hatte eine Liste angefertigt mit den Männern, die sie in Zukunft besuchen wollte. Doch als sie noch einmal auf das Geschriebene blickte, kamen plötzlich wieder Zweifel auf. Sie musste verrückt geworden sein, als sie die Namen auf das weiße Papier geschrieben hatte. Anfänglich hielt sie es für eine ausgezeichnete Idee, aber je genauer sie es sich überlegte, umso mehr kam in ihr das Gefühl auf, dass dieser Plan von Anfang an zum Scheitern verurteilt war. Was dachte sie sich bloß dabei? Sie schob die Liste zur Seite, nur um sie ein paar Sekunden später gleich wieder zur Hand zu nehmen.

„Einen Versuch ist es allemal wert. Wer nicht wagt, der nicht gewinnt", ermahnte sich Nele selbst und sprach es laut aus, um nicht gleich wieder das Handtuch zu werfen. Außerdem würde in Kürze Martha, eine gute Freundin, eintreffen, um die Jungen zu hüten, während Nele unterwegs war auf ihrer selbst gewählten Mission, einen neuen Partner zu finden. Es gab jetzt kein Zurück mehr, wenn Nele in Zukunft nicht mehr allein sein wollte. Natürlich musste sie sich innerlich auf Rückschläge gefasst machen, aber das war immer noch besser, als weiterhin zu Hause zu sitzen und Däumchen zu drehen.

Da klingelte es auch schon an der Tür. Samuel und Jonas stürmten umgehend auf Martha los, als sie eintrat, und begrüßten sie überschwänglich. Als die Freude der Jungen sich etwas gelegt hatte, hielt die Freundin Nele noch kurz auf und bat sie um ein Gespräch unter vier Augen.

„Bist du dir sicher, dass es richtig ist, deinen Jugendschwärmereien hinterherzujagen? Die werden doch alle selbst bereits Frau und Kinder haben", gab Martha zu bedenken.

„Ja, das kann natürlich sein. Ich muss mir gut überlegen, was ich sage, um keinen Unfrieden in eine bestehende Familie zu bringen, denn das will ich auf keinen Fall. Aber ich möchte es versuchen, es gab ja damals immer einen Grund, warum mir diese Männer gefielen, bevor ich Jan kennenlernte. Es ist mir klar, dass es eigentlich aussichtslos ist, aber irgendetwas sagt mir, der Vernunft zum Trotz, dass ich es versuchen sollte", erklärte Nele mit Nachdruck, um endlich gehen zu können, ehe sie der Mut komplett verließ, denn sie war sich selbst nicht sicher, wie schlau ihr Vorhaben tatsächlich war.

„Dein Wort in Gottes Ohr", verdrehte Martha die Augen, sie machte sich ernsthaft Sorgen, was auch irgendwie süß war.

Nele kannte außerdem Marthas Ansicht, die besagte, man wäre ohne Mann besser dran im Leben. Aber was wusste ihre Freundin in der Hinsicht schon? Sie hatte noch nie den Richtigen an ihrer Seite. Sie wusste nicht, wie sich wahrhafte und aufrichtige Liebe anfühlte. Genauso hatte sie es mit Jan erlebt und diese enge Vertrautheit zu einem Menschen vermisste Nele schmerzlich. Sie wusste zwar selbst nur zu gut, dass es eine Utopie war, zweimal im Leben so intensiv zu lieben, denn Jan war für sie nicht ersetzbar. Aber vielleicht war das auch nicht nötig, wenn man einen vertrauenswürdigen und liebevollen Mann als Partner hatte, vielleicht reichte es dann aus, sich zu respektieren, um gut und gewinnbringend gemeinsam durchs Leben zu gehen.

Nele saß im Auto und klopfte ungeduldig mit den Fingern aufs Lenkrad, während sie fuhr. Der Abschied von ihren Söhnen und Martha lag erst eine Stunde zurück. Der Regen prasselte lautstark auf das Blech des Wagens. Sie stellte die Scheibenwischer auf die höchste Stufe ein. Trotzdem kam sie nur im Schneckentempo voran, weil es wie aus Kübeln goss und das Wasser auf der Straße stehen blieb.

Sie hatte in letzter Zeit sorgfältig im Internet recherchiert, um die richtigen Adressen herauszufinden von den Männern, die einst ihre Jugendlieben waren. Alle hatten sie ein Merkmal gemeinsam, nämlich das, dass Nele für sie einst geschwärmt hatte. Sie glaubte, dass sie möglicherweise noch heute etwas für einen dieser potenziellen Kandidaten empfinden könnte, zumindest hoffte sie das inständig. Ihr Vorhaben war es, einfach unangemeldet vor der Tür zu stehen, um sich einen vorläufigen Eindruck des Lebensstils und der Lebensumstände der jeweiligen Person machen zu können. So würde sie, wie sie sich einredete, am schnellsten herausfinden, ob derjenige für sie geeignet sein könnte. Sie war sich bewusst, wie vorsichtig sie sein musste, um eine eventuell vorhandene Familie nicht in eine unnötige Streitsituation zu versetzen. Sie wollte auf keinen Fall eine Beziehung zerstören, er musste auf jeden Fall Single sein. Und das galt es, als Erster herauszufinden, um einen schnellen, höflichen Abgang hinlegen zu können, wenn dem nicht so war. Das galt natürlich auch für den Fall, dass sie den Eindruck hatte, dass etwas mit dem Typen nicht stimmte, womit sie im wahrscheinlichsten Fall rechnen musste. Schließlich wurden Macken aus der Jugendzeit bekanntlich nicht besser, dessen war sie sich bewusst.

Der erste Mann, den sie nun im Begriff war, zu besuchen, war ihre größte Jugendliebe, an ihn hatte sie sofort denken müssen, als sie ihren fast wahnwitzigen Plan ausgeheckt hatte, wieder einen Mann fürs Leben zu finden. Sie waren damals ein ganzes Jahr ein Paar gewesen, er war auch der einzige Junge, mit dem sie vor ihrem Ehemann das Bett geteilt hatte, was am Anfang Probleme in ihrer jungen Ehe bereitet hatte, weil Jan eifersüchtig reagierte auf ihren verflossenen Ex-Freund. Sein Name war Philipp und er wohnte praktischerweise immer noch in dem Haus seiner Eltern, denn dort war Nele früher öfter zu Besuch und durfte auch bei ihm übernachten.

Mit gemischten Gefühlen fuhr sie nun die Einfahrt hoch und fragte sich, ob es überhaupt möglich war, ihn wieder zu lieben, wenn man überhaupt von Liebe reden konnte, schließlich war sie damals sehr jung und, im Nachhinein betrachtet, eigentlich nur schwärmerisch verliebt. Schnell wischte sie den abhaltenden Gedanken weg und stieg entschlossen aus dem Auto. Sie rannte die paar Meter bis zur Haustür, um nicht klatschnass zu werden, der Regen hatte in der Zwischenzeit kaum nachgelassen. Erleichtert stellte sie fest, dass Philipp eine eigene Türglocke besaß, was dafürsprach, dass er nicht mehr in seinem alten Kinderzimmer hauste. Ein Muttersöhnchen konnte sie echt nicht gebrauchen. Zitternd drückte sie auf die Klingel und wartete nervös trippelnd und händereibend, dass jemand öffnete. Erneut ergriff Nele die Panik, das war doch eindeutig die dümmste Idee ihres Lebens. Sie sollte, so schnell es ging, wieder verschwinden, ehe es zu spät war. Abrupt drehte sie auf der Türschwelle um, um sich aus dem Staub zu machen. Aber genau in diesem Moment öffnete jemand die Haustür und begrüßte sie unwirsch. Es war Philipp – und er war nicht erfreut sie zu sehen.

Nele rutschte das Herz in die Hose. „Hallo, Philipp, ich bin es, Nele“, stotterte Nele trotzdem zur Begrüßung.

Auf einmal hellten sich die Gesichtszüge ihres Gegenübers auf und Philipp lächelte. „Entschuldigung, ich habe dich nicht erkannt. Ich dachte, du wärst einer dieser lästigen Vertreter, die von Haus zu Haus gehen und die man schwer wieder unterbricht, wenn sie ihr Verkaufsgespräch einmal gestartet haben“, sagte er freundlich.

Nele musterte ihn unbewusst. Er trug einen eleganten dunkelblauen Anzug und ein modernes weißes Hemd, er wirkte sehr gepflegt und war attraktiver, als sie ihn in Erinnerung hatte. Irgendwie beschlich Nele das Gefühl, dass er nicht allein sein konnte, so ein Mann war doch niemals im Leben Single. So einer hatte sicher die Auswahl unter den verschiedensten Frauen und war dadurch bestimmt seit Jahren glücklich verheiratet. Weiter kam sie mit ihren Gedanken nicht, denn Philipp bat sie, hereinzukommen, sie zögerte einen kurzen Moment, wollte dann aber nicht unhöflich sein und folgte ihm.

Er führte Nele in seine geschmackvolle Dachgeschosswohnung, die er sich vor vielen Jahren ausgebaut hatte, wie er ihr ungefragt erzählte. Alles war sehr modern eingerichtet – mit einem schräg erscheinenden Schwerpunkt auf kunstvolle, bizarre Skulpturen. Nele suchte fieberhaft nach einem eindeutigen Hinweis für eine bestehende Beziehung, aber nichts deutete darauf hin, kein Gegenstand war zu erkennen, der einer Frau gehören könnte. „Bist du Single?“, platzte Nele heraus.

„Ja, ich wohne hier allein“, antwortete Philipp und bat seinem Gast höflich einen Sitzplatz auf der Couch an.

Während er in der Küche verschwand, um den Kaffee zuzubereiten, den er angeboten hatte, sah sich Nele die Fotos im Raum an. Es waren fast ausschließlich Porträts von Philipp. Nele beschlich leise das ungute Gefühl, dass er sehr selbstverliebt sein könnte. Soweit sie sich erinnerte, war das damals schon ein Problem zwischen ihnen gewesen, weil er zur Selbstdarstellung neigte. Wahrscheinlich sollte sie einfach wieder gehen, vielleicht konnte sie sich noch rausschleichen. Da kam er aber schon mit dampfendem Kaffee und reichte Nele eine Tasse, die sie trotz ihrer Nervosität dankbar annahm.

„Was machst du hier?“, erkundigte sich Philipp.

Nele atmete tief durch, sie wollte ehrlich sein: „Mein Ehemann ist vor zwei Jahren gestorben. Es war eine harte Zeit mit meinen beiden Kindern. Ich hatte das Bedürfnis, eine Reise durch meine eigene Vergangenheit zu machen.“

„Du hast Kinder? Bewundernswert, das wäre nichts für mich“, beteiligte sich Philipp am Gespräch.

Nele hakte diesen Besuch bereits innerlich als erledigt ab, wenn er keine Kinder mochte, war er eindeutig der Falsche. Ihre Jungen waren das Wichtigste in ihrem Leben und brauchten dringend einen Stiefvater, der für sie da war.

„Was machst du so?", fragte Nele trotzdem noch höflich.

„Ach, ich arbeite als Manager im Entertainmentbereich", kam betont angeberisch zurück.

„Und privat?", legte Nele neugierig noch eines drauf.

„Ich lebe das Leben, wie es kommt. Das gilt bei mir auch für Frauen, wenn du deshalb da bist", zwinkerte Philipp ihr zu.

Nele fühlte sich nun endgültig unbehaglich, aber jetzt wollte sie den Rest auch noch erfahren, wenn sie schon einmal hier war, denn sie würde gewiss nicht wiederkommen. Skeptisch fragte sie: „Wie meinst du das?"

„Na ja, du bist eine hübsche Frau. Ich hätte Lust auf Sex mit dir. Wenn du möchtest, könnten wir uns ja gemeinsam vergnügen. Ich glaube, ich habe sogar noch etwas Kokain da, das würde die kurzweilige Unterhaltung noch um einiges intensiver machen", flüsterte Philipp in einem eingeübten verführerischen Ton, wie ihn Weiberhelden wie er perfekt beherrschten.

Das war Nele eindeutig zu viel. Was war aus dem netten Jungen geworden, mit dem sie damals zusammen gewesen war? Irgendwie musste sie die Kurve kratzen, denn dieses eindeutige Angebot zu einmaligem Sex war eindeutig nicht ihr Ding. Und Drogen gingen gar nicht. Sie musste einen Weg finden, um höflich einen Abgang zu machen.

„Philipp, ich wollte eigentlich nur wissen, wie es dir geht. Ich habe kein Interesse an Sex mit dir", sagte sie schließlich betont höflich, aber eindeutig.

„Macht nichts, ich finde sicher noch eine andere Frau heute, die mit mir das Bett teilt", sagte er erklärend, als wäre es das Normalste der Welt, und zuckte mit den Achseln.

Nele blieb der Mund offenstehen. Hatte er das wirklich in ihrer Gegenwart gesagt? Sie konnte es nicht fassen. Das war der Punkt, an dem sie endgültig verschwinden musste. Sie bedankte sich noch halbherzig für die Gastfreundschaft, ehe sie eilig die Wohnung verließ und mit ihrem Auto schnell davonfuhr. Innerlich ärgerte sie sich, vielleicht wäre es besser gewesen, nicht zu erfahren, was aus Philipp geworden war – ein selbstverliebter, vergnügungssüchtiger Casanova. So einer würde Nele niemals ins Haus kommen. Angewidert versuchte sie verkrampft, auf andere Gedanken zu kommen. Aber das war gar nicht so leicht, denn auf einmal kam ihr in den Sinn, warum Philipp in ihrer Jugendzeit mit ihr Schluss gemacht hatte – wegen einer anderen. Langsam wunderte es Nele nicht mehr ganz so heftig, warum er sich in diese Richtung entwickelt hatte. Aber egal, einen Mann auf ihrer Liste konnte sie schon abhaken, das war eindeutig ein Reinfall gewesen.

Nele parkte bei einem Pizza-Imbiss, um an einem der Stehtische ein Stück Schinkenpizza mit Champions zu essen. Das Ganze spülte sie mit einer Cola hinunter. Kauend hegte sie wieder Zweifel, ob dies überhaupt der richtige Weg war, um einen Mann fürs Leben zu finden. Sollte sie vielleicht doch aufgeben? Nein, nur weil die erste Begegnung ein massiver Rückschlag war, durfte sie jetzt nicht das Handtuch werfen. Sonst würde sie sich ewig vorwerfen, es nicht probiert zu haben. Sie wusste von Anfang an, dass wenig Chance auf Erfolg stand, aber sie musste es weiter versuchen, um es eindeutig zu wissen. Entschlossen stieg sie wieder ins Auto und setzte ihren Weg fort.

Der zweite Mann auf der Liste war Paul, eine unerwiderte Liebe oder – besser gesagt – Schwärmerei von Nele aus sehr jungen Jahren. Er war vor langer Zeit fast drei Jahre mit ihrer älteren Cousine Magdalena liiert gewesen. Im stillen Kämmerlein hatte Nele ihn heimlich bewundert, ohne es ihm gegenüber jemals laut auszusprechen. Wahrscheinlich war diese Unerreichbarkeit damals sogar bewusst gewählt, denn sie war noch viel zu jung für echte Erfahrungen, ein kleines Mädchen, das keine Ahnung von der großen, weiten Welt hatte. Diese Gefühlsduselei war angesiedelt in der Zeit zwischen Kindheit und Jugendzeit. Eigentlich war Paul mehr wie ein großer Bruder für Nele, der mit ihr, natürlich gemeinsam mit ihrer Cousine, spielte. Es brach ihr damals das Herz, als die Beziehung zwischen den beiden zerbrach, denn ab diesem Zeitpunkt war Paul nicht mehr da und sie konnte ihn nicht mehr im Geheimen anhimmeln. Jetzt, da Nele erwachsen war, musste sie selbst grinsen über diesen kindlichen Herzschmerz einer Heranwachsenden, wie sie es damals gewesen war.

Nele bog zum schmucken Dorfplatz der überschaubaren Marktgemeinde ein, in der sie sich gerade befand. Hier waren bunte, mehrstöckige Wohnhäuser, die italienischem Baustil ähnlich waren. In einem davon sollte Paul heute wohnen. Sie parkte am Straßenrand und stieg zaghaft aus. Nele atmete tief durch, strich ihr Kleid glatt und begab sich zu der Türklingel, auf der sie Pauls Namen fand, und drückte sie diesmal etwas entschlossener. Im ersten Moment erkannte Nele Paul gar nicht, als er ihr mit Vollbart und sichtlich ungepflegt die Tür öffnete. „Paul?", fragte sie unsicher.

„Nele, bist du es wirklich?", grinste er wie ein Honigkuchenpferd.

„Ja, ich wollte dich besuchen", sagte sie sichtlich verlegen. Sie wusste gar nicht, wie sie ihm ihre Anwesenheit erklären sollte. „Darf ich hereinkommen?", ergänzte sie noch.

„Ja, natürlich. Es ist halt nicht aufgeräumt, Besuch hatte ich nicht erwartet. Magst du etwas zu trinken?"

„Gerne, ein Glas Wasser bitte!" Nele folgte ihm in die Küche. Nicht aufgeräumt war deutlich untertrieben, das Geschirr von mehreren Tagen stapelte sich neben der Spüle. Der Esstisch bot gerade noch genügend Freiraum, dass sich eine Person setzen konnte, deshalb räumte Paul hastig ein paar Dinge weg, um weiteren Platz zu schaffen.

Das Gespräch, das nun folgte, war durchaus nett, aber Nele fand dabei heraus, dass Paul nicht auf eigenen Beinen stand. Seine Eltern waren die Gönner seines Lebensstils. Seine einzige Beschäftigung war ein Internetcomputerspiel, tagein und tagaus. Paul ging praktisch nie vor die Tür, was sein mitleiderregendes Aussehen erklärte, aber das sagte Nele ihm natürlich nicht laut ins Gesicht. Essen erhielt er von den verschiedenen Lieferservices. Mutter und Vater schickten ihm einmal in der Woche eine Haushälterin, die das Notwendigste zusammenräumte, putze, Wäsche wusch und Besorgungen machte. Ansonsten hatten seine Eltern ihn komplett links liegen gelassen, sie waren enttäuscht von ihrem Sohn. Aber sie waren zu schwach, um ihm den Geldhahn und die Unterstützung zuzudrehen, schließlich war er ihr einziges Kind. Und *Kind* war auch die passende Bezeichnung, denn erwachsen war Paul eindeutig nicht geworden. Aber er dachte gar nicht daran, etwas zu ändern, gab selbst zu, dass er trotzig seinen Eltern gegenüber handelte. Paul tat Nele irgendwie leid, sie mochte ihn. Aber sie verstand nicht, wie man so leben konnte – einsam in einer Scheinwelt, abgeschnitten von der gesamten Außenwelt.

„Du siehst nicht sehr gepflegt aus", wagte sie sich doch noch vor, auch wenn es unhöflich war.

„Ich weiß, es macht für mich keinen Sinn, zum Friseur zu gehen. Für wen denn? Es bekommt mich kaum jemand zu Gesicht", antwortete er sichtlich geknickt.

„Komm, du steigst jetzt unter die Dusche und wenn du fertig bist, schneide ich dir die Haare und rasiere dir diesen unmöglichen, langen Bart ab. Was sagst du dazu?", fragte ihn Nele hilfsbereit.

„Das ist sehr freundlich von dir, ich bin es gar nicht mehr gewöhnt, dass es jemanden kümmert, was mit mir los ist", sagte Paul dankbar.

Gesagt, getan.

Bei ihren Gesprächen über gemeinsame Erinnerungen aus vergangenen Tagen verwandelte Nele Paul wieder in einen herzeigbaren Menschen. Es dauerte eine Weile, bis die vielen überschüssigen Haare am Kopf und im Gesicht gefallen waren. Als sie damit fertig war, war sie selbst überrascht, wie attraktiv er war. Paul bemerkte ihre Unsicherheit, nutze den Moment aus und umarmte Nele herzlich. Ihr blieb der Atem weg, als seine Lippen sich an die ihren näherten. Nele kämpfte mit sich selbst, sie sehnte sich nach einer innigen Berührung, zu lange war es her, dass sie Nähe spüren durfte. Aber da kamen ihr ihre beiden Söhne in den Sinn. Nein, sie durfte das nicht zulassen. Paul war nett, aber er hatte sein Leben nicht im Griff. Mit ihm wäre es, als müsste sie ein weiteres Kind versorgen und dazu reichte weder ihre Ausdauer noch ihre Energie. So drehte sie den Kopf zur Seite und ließ zu, dass er ihre Wange freundschaftlich küsste.

„Tut mir leid, ich kann das nicht. Ich finde dich sehr sympathisch, aber mehr kann ich mir nicht vorstellen zwischen uns", entschuldigte sich Nele.

„Ja, du hast recht. Vielleicht sollte ich wirklich irgendwann mein Leben auf die Reihe bringen, sonst wird sich auch weiterhin keine Frau für mich interessieren", seufzte er enttäuscht.

Irgendwie bezweifelte Nele, dass Paul selbst seinen eigenen Worten Glauben schenkte. Auch wenn sie es ihm von Herzen wünschte, war das wahrscheinlich ein leerer Vorsatz, seine Gewohnheiten waren zu festgefahren. Sie bedankte sich aufrichtig für das gute Gespräch und verabschiedete sich. Es war schade, dass so einem netten Mann der Antrieb fehlte, aus seinem Leben etwas zu machen. Das Mitgefühl für Paul begleitete sie, als sie ging.

Nele starrte liegend an die Decke. Langsam hatte sie das Gefühl, sich in ihrer Vergangenheit nur in Versager verliebt zu haben, obwohl zwei Personen natürlich nicht stellvertretend für die Männerwelt stehen konnten. Ihr war nach diesen Enttäuschungen umso deutlicher bewusst, wie sehr sie mit ihrem Ehemann Jan verbunden war – in allen Bereichen ihres Lebens. Sie vermisste ihn schmerzlich, als sie an diesem

Abend im Bett lag. Sie hatte sich in einer kleinen Pension ein Zimmer genommen, um ihre ungewöhnliche Tour am nächsten Tag fortsetzen zu können. Es war leichter, jetzt nicht in den Alltag zurückzukehren, sonst würde Nele ihr Vorhaben mit Sicherheit abbrechen. Über diesen Gedanken schlief sie ein und träumte erneut von Unglaublichem.

Nele stand wieder in der erstaunten Menschenmenge, die sich betend und ehrfürchtig niedergekniet hatte. Kurz zuvor hatten sie noch tobend den Tod der vermeintlichen Hexe Peristera gefordert. Von dem Engel, der sie vor wenigen Augenblicken gerettet hatte, oder Peristera selbst war nichts mehr zu erkennen am Himmel. Nur ein unnatürliches, schwach leuchtendes Licht war am Firmament geblieben, entschwand dann langsam, aber sicher in der Höhe, ehe es stockfinster war. Nele erinnerte sich an diese Szene, denn sie war in ihren Träumen schon hier gewesen.

„Die Inschrift", schoss es Nele unerklärlich durch den Kopf. Sie schaute sich zögernd um und zog langsam schleichend den Rückzug an. Doch keiner achtete auf Nele, denn die Leute konnten immer noch nicht glauben, was sie Fantastisches gesehen hatten. Keiner traute sich, etwas zu sagen, sonst hätten sie die niederschmetternde Vermutung anstellen müssen, dass sie beinahe eine Heilige verbrannt hätten, wenn sich sogar der Himmel für sie öffnete und einen strahlenden Boten Gottes schickte, um diese außergewöhnliche Frau zu retten.

Wenn sich Nele recht an den Geschichtsunterricht über das Mittelalter erinnerte, würde jeden der hier Anwesenden über kurz oder lang die Angst überfallen für das, was er in dieser Nacht getan hatte, ewig in der Hölle zu schmoren. Aber darüber wollte Nele nun nicht weiter nachdenken, sie musste in die Kirche zurück, um die Inschrift zu lesen, die Peristera am Altar angebracht hatte. Sie schlich sich davon, kaum war sie außer Sichtweise, eilte sie zurück in das kalte Gemäuer. Schnell erreichte sie mit hastigen Schritten den Altar und wollte sich gerade bücken, um die Buchstaben zu entziffern, die Peristera hier eingraviert hatte, ehe die Männer sie gewaltsam nach draußen gezerrt hatten, um sie am Scheiterhaufen zu verbrennen.

Ein Hundebellen weckte Nele unsanft mitten in der Nacht. Im ersten Moment wusste sie gar nicht, wo sie war, ihre Gedanken hingen immer noch bei der Inschrift, die Peristera im Traum in den Altar geritzt hatte. Es wurmte Nele, nicht zu wissen, was diese scheinbar besondere Frau der Nachwelt hinterlassen wollte. War es doch von Bedeutung, weil der Traum wiedergekehrt war? Wahrscheinlicher war, dass das alles nur ein Hirngespinst und nicht sonderlich bemerkenswert war. So wischte Nele den Gedanken weg, aber es blieb Unsicherheit in ihrem Herzen zurück, eine leise Ahnung, dass das Ganze etwas mit ihr selbst zu tun haben könnte.

Nele blickte sich bewusst im Zimmer um, jetzt kam ihr wieder in den Sinn, wo sie war, in dem schäbigen Motel, um ihre Suche nach einem geeigneten Mann möglichst schnell fortführen zu können. Ein Blick auf die Uhr verriet ihr, dass es erst vier Uhr morgens war. Erschöpft versuchte sie, wieder einzuschlafen, aber sie war zu aufgewühlt dafür. Langsam verstrichen die Minuten, während sie auf den Morgen und die ersten Sonnenstrahlen wartete.

Mann Nummer drei auf Neles Liste hieß Manuel. Nach einem kargen Frühstück, bestehend aus Milchkaffee und einer Buttersemmel, machte sie sich abermals unsicher auf den Weg. Sie kannte Manuel aus ihrer damals ehrenamtlichen Arbeit, als sie noch selbst eine Jugendliche war. Nele war in der Pfarre aktiv und betreute gemeinsam mit Manuel Jungscharkinder. Sie waren die Gruppenleiter einer schwer zu bändigenden, aber herzlichen Rasselbande. Manuel war in Nele verliebt und versuchte mehrfach, sie zu erobern. Aber sie ließ ihn immer wieder abblitzen, was ihr jedes Mal ziemlich leidtat, denn sie mochte den Jungen sehr. Doch damals betrachtete sie ihn ausschließlich als guten Freund, schließlich arbeiteten sie Seite an Seite mit den Kindern. Außerdem waren Philipp und Nele zu dieser Zeit ein Paar, die Sympathie zu Manuel musste dadurch hinten angestellt bleiben. Wäre Philipp nicht gewesen, hätte Manuel wahrscheinlich eine Chance bei Nele gehabt. Aber vielleicht war es noch nicht zu spät. Es war an der Zeit, es herauszufinden.

Nele irrte mit dem Auto die Straße auf und ab, irgendwo hier musste doch das Geschäft sein, welches Manuel heute gehörte, aber sie fand es einfach nicht, das ärgerte Nele maßlos. Zum dritten Mal fuhr sie nun hier entlang, aber dieses Mal achtete sie genau auf die Hausnummern. Endlich, da war es, das Haus mit der Nummer 19. Nele wurde stutzig. Ja, hier war ein Geschäft, aber es war von außen fast komplett schwarz, ein weißer Totenkopf zierte mittig das dunkle Schaufenster. Darunter stand *Tattoodesign*.

Nele zuckte mit den Achseln, parkte den Wagen am Straßenrand, stieg aus und steuerte zielstrebig auf den Laden zu. Vorsichtig öffnete sie die Tür und trat ein. Erneut unsicher schaute sie sich um. An den Wänden hingen Tausende Fotos von kunstvollen Tätowierungen, die unterschiedlicher nicht hätten sein können. Nele wunderte sich bei manchen, was Menschen dauerhaft auf ihrer Haut tragen wollten, vor allem, wenn es sich um unbeschreibliche Grausamkeiten handelte. Da gefielen ihr die harmlosen Tier- und Naturtätowierungen schon besser.

„Was kann ich für Sie tun?", fragte höflich ein Mann, der scheinbar sein eigener bester Kunde war. Nele machte unbewusst einen Schritt zurück, denn die unzähligen Tattoos und Piercings, die dem Mann als bizarrer Körperschmuck dienten, schreckten sie innerlich ab. Wie konnte man sich nur selbst so verunstalten? Nele ermahnte sich innerlich, nicht so oberflächlich zu sein, und rief sich wieder ins Gedächtnis, warum sie eigentlich hier war.

„Ich suche nach dem Besitzer dieses Geschäftes. Sein Name ist Manuel", wagte sich Nele wieder einmal mutig vor.

Der tätowierte Mann grinste, als er sprach: „Ich bin es, kennst du mich nicht mehr, Nele?"

Nele riss ungläubig die Augen auf. Vor ihr stand tatsächlich Manuel, sie hatte ihn wegen all der Farbe und dem Metall an seinem Körper nicht gleich erkannt. Geschockt brachte sie kein einziges Wort heraus. Doch Manuel merkte man die Wiedersehensfreude deutlich an, er trat zu Nele und umarmte sie stürmisch. Nele stand da wie eine erstarrte Salzsäule und rührte sich nicht vom Fleck. Verzweifelt versuchte sie, hinter die farbige Maskerade der Person vor ihr zu blicken und den Manuel zu sehen, den sie einst gekannt hatte. Sie wollte sich keineswegs von der inneren Schönheit ablenken lassen, aber von Manuels natürlicher Ausstrahlung war nichts übrig. Deshalb gelang es Nele auch nicht, sie schämte sich, schließlich hasste sie oberflächliches Gehabe und nun schaffte sie es selbst nicht, sich vom Erscheinungsbild eines Menschen nicht beeinflussen zu lassen.

Als sie sich etwas gefasst hatte, ließ sie sich von Manuel das Geschäft zeigen. Er war stolz auf das, was er tat. Er schwärmte von den vielen Menschen, die seine Kunden waren und immer wieder zu ihm, ihrem Tätowierer des Vertrauens, kamen. Eines musste Nele ihm aber eindeutig lassen, er ging sichtlich auf in seiner Arbeit und war ein Mann der leidenschaftlichen Taten. Der Laden brachte ihm ein solides Einkommen, das mehr als genug Geld für sein bescheidenes Leben war. Mehr als eine kleine Wohnung, Essen und etwas Kleidung brauchte er nicht zum Leben. Es war ihm Glück und Freude genug, wenn seine Kunden mit seiner kreativen Arbeit zufrieden waren.

Irgendwie blitzte im Gespräch doch etwas durch von dem früheren Manuel. Nele erkannte langsam wieder die guten Eigenschaften an ihm, die sie damals an ihm geschätzt hatte. Aber mehr als Freundschaft konnte sie sich nicht vorstellen mit diesem Mann, das war anscheinend auch nicht anders geworden seit ihrer Jugendzeit. Gut, dass er keine Ahnung hatte, dass dieser Spontanbesuch ein Auskundschaften ihrerseits war, denn er freute sich so, seine alte Freundin wiederzusehen.

„Nele, ich bin so froh, dass du da bist. Ich liebe dich immer noch. Wegen meiner besonderen Gefühle für dich konnte ich nie eine andere Frau in meinem Leben halten", gestand Manuel aus heiterem Himmel. Mit diesen Worten machte er alle erleichterten Gedanken, die Nele sich zuvor zusammengereimt hatte, kaputt. Ihr Körper schaltete schlagartig auf Fluchtinstinkt um. Panisch sah sie sich selbst und ihre Söhne vor sich, alle drei vom Kopf bis zur Zehenspitze tätowiert.

„Aber wir hatten doch nie Kontakt zueinander", erwiderte Nele.

„Ich weiß, ich hatte Angst, dass du mich wieder zurückweist, so wie du es damals so oft getan hattest", sagte er ehrlich traurig.

„Manuel, das hat sich nicht geändert. Ich bin hier, weil wir einst so gute Freunde waren, aber mehr kann ich mir nicht vorstellen."

Jetzt rannen dem hart wirkenden Kerl die Tränen über die Wangen. Wäre sie bloß nicht gekommen, sie hatte ja keine Ahnung, welche Hoffnungen sie damals in Manuels Herzen unbewusst gelegt hatte.

„Das wollte ich nicht, ich wollte dir nur eine Freude machen mit meinem Besuch", gestand Nele.

„Du konntest das ja nicht wissen. Nele, bitte komm nicht wieder. Mein Herz hält das nicht mehr aus. Ich habe mich damit arrangiert, unglücklich in dich verliebt zu sein. Aber dich zu sehen und nicht haben zu können, würde mich wahnsinnig machen, bitte versteh das." Kaum hatte er die Worte gesprochen, drehte er sich weinend um.

Nele murmelte eine weitere Entschuldigung und verließ wie ein geprügelter Hund den Laden. Die Liste war eindeutig eine schwachsinnige Idee, so viel stand jetzt fest, sie wollte niemandem wehtun damit, aber genau das hatte sie nun geschafft. Erneut zertrat sie die Hoffnung, die sie selbst in ihr Herz gesät hatte. Sie zweifelte schon wieder, ob sie sich am richtigen Weg befand. Enttäuscht kehrte sie nach Hause zurück. Heute hatte sie eindeutig mehr erfahren, als sie wissen wollte.

Es war mittlerweile zwei Monate her, seitdem Nele den drei Männern von ihrer Liste einen Besuch abgestattet hatte. Es standen zwar weitere zwei Namen darauf, aber trotzdem lag das Stück Papier in einer Küchenlade wie ein unliebsam gewordener Gedanke, den man einfach wegsperrt, um nicht weiter darüber nachdenken zu müssen.

Nele hatte gerade ganz andere Sorgen, ihre finanziellen Schwierigkeiten waren ihr über den Kopf gewachsen. Ihr Gehalt als Musiklehrerin reichte hinten und vorne nicht mehr aus, da sie wegen ihrer Söhne bis jetzt nur Teilzeit arbeitete. Aber ab sofort mehr in ihrem Job zu arbeiten, war unmöglich, denn mehr Stunden waren einfach nicht verfügbar. So sehr sie sich auch bemühte an einer anderen Musikschule zusätzlich unterrichten zu können, keiner stellte sie unter dem Schuljahr ein.

Nele war wieder wütend auf Gott, sie hatte ihn um Hilfe gebeten, aber nun reichte ihr das Wasser bis zur Kehle und sie stand immer noch ganz allein da. Was dachte er sich bloß dabei? Konnten nicht endlich bessere Zeiten für sie anbrechen? War das zu viel verlangt nach allem, was sie durchgemacht hatte?

Aus purer Verzweiflung sah sich Nele nun nach einem anderen Job um, der sich mit der Betreuung ihrer Kinder irgendwie vereinbaren ließ, aber das war gar nicht so leicht. Der entscheidende Tipp kam dann von ihrer Freundin Martha. Ausgerechnet in der Pfarre suchte man eine Haushälterin, da die Vorgängerin in Pension gegangen war. Nele beschloss, es einfach zu versuchen. Was hatte sie noch zu verlieren?

Mit mulmigem Gefühl betrat sie das Pfarrhaus, zu lange war sie nicht hier gewesen. Zaghaft klopfte sie an der Tür des Büros an.

„Herein", hörte sie eine weibliche Stimme von innen.

Nele atmete wie immer tief durch und betrat zögerlich die Kanzlei. Auf dem Schreibtischsessel saß eine hochschwangere Frau, die im selben Alter wie Nele sein musste. Freundlich sagte sie: „Ich bin Lisa, die Pastoralassistentin. Was kann ich für dich tun?"

Nele war im ersten Moment verwirrt, sofort mit *du* angesprochen zu werden, aber als sie die freundliche Frau noch einmal anblickte, war sie sich sicher, dass dies nur ihrer Herzlichkeit zuzuschreiben war. Nele fühlte sich eigenartig wohl in Lisas Gegenwart. Trotzdem war sie unsicher in ihren Worten, so stotterte sie: „Ich bin wegen des Jobs als Haushälterin da."

Lisa seufzte erleichtert, ehe sie sagte: „Endlich, es ist wirklich mehr als dringend, diesen Posten zu besetzen. Es sind nur wenige Stunden in der Woche, da es nur darum geht, das Pfarrheim und die Kirche sauber zu halten. Eigentlich bräuchten wir auch dringend eine Sekretärin, da ich nur mehr zwei Wochen bis zum Mutterschutz habe und das Seelsorgeteam unserer Pfarre nicht auch das noch übernehmen kann. Ich bin ja schon heilfroh, wenn die Gottesdienste einigermaßen weiterlaufen."

„Wenn du möchtest, kann ich das Sekretariat auch übernehmen, also vorausgesetzt, meine Söhne sind hier willkommen. Ich bin eigentlich Musiklehrerin, aber seitdem mein Mann verstorben ist, schaff ich es nicht mehr mit den Finanzen und bin froh über jeden Zuverdienst", gestand Nele.

Mit der Reaktion der Pastoralassistentin hatte Nele nicht gerechnet, Lisa stand mit Freudentränen in den Augen auf und umarmte Nele. „Dich schickt der Himmel. Natürlich sind deine Söhne hier jederzeit willkommen. Mein Baby wird in Zukunft auch mitkommen, wenn ich nach dem Mutterschutz wieder ein paar Stunden arbeiten werde, aber das Sekretariat gehört dir, denn ich glaube nicht, dass ich mit meinem Kleinen, wenn es auf der Welt ist, mehr als geringfügig arbeiten kann. Also nur, wenn du damit einverstanden bist?"

„Natürlich bin ich das", freute sich Nele. Endlich lief einmal etwas glatt. Innerlich fiel ihr ein Stein vom Herzen, das zusätzlich Geld löste zumindest die finanziellen Probleme. „Sorry, Gott, und danke für deine Hilfe", entschuldigte sich Nele still für die vorangegangenen Vorwürfe.

Nele hatte sich schon nach kurzer Zeit gut im Pfarrheim eingearbeitet. Lisa und sie nutzten die wenigen Tage bis zu ihrem Mutterschutz, um alles ordnungsgemäß in Neles Aufgabenbereich zu übertragen, und es klappte im Großen und Ganzen gut. In dieser Zeit lernte Nele dann auch Noah kennen, Lisas Ehemann. Die beiden waren ein schönes Pärchen, freuten sich von ganzem Herzen über den Nachwuchs, der bald das Licht der Welt erblicken würde. Und Nele freute sich für die beiden, sosehr hatte sie Lisa in dieser kurzen Zeit ins Herz geschlossen, aber das beruhte eindeutig auf Gegenseitigkeit, sie verstanden sich einfach hervorragend.

Auch Neles Söhne Samuel und Jonas hatten sich bereits daran gewöhnt, statt nach Hause zu fahren, gewisse Zeiten im Pfarrheim zu verbringen. Es war wie ein zweites Heim, in dem alle willkommen waren. Und das zauberte ein gutes, geborgenes Gefühl in Neles Herz. Auch wenn Lisa jetzt nicht mehr arbeiten durfte, hatten sie engen Kontakt und fieberten gemeinsam auf die Geburt hin. Und Lisa war es auch, die Nele wieder dazu brachte, sich für den Glauben an Jesus Christus zu interessieren. Denn Lisa wollte, dass Nele die Kinderliturgie übernahm. Einmal im Monat gab es im Pfarrheim einen Kinderwortgottesdienst, bei dem es möglich war, im Sitzkreis ganzheitlich mit den Kindern zu arbeiten mit Liedern, Bildern und vielen Bewegungen, damit die Kleinen mit ganzem Herzen mitfeiern konnten. Nele gefiel diese lockere und spielerische Art, mit der Lisa den Kindern die Geschichten aus der Bibel erzählte und mit viel Gefühl die Herzen der Kinder für Gottes Liebe öffnete. Nele war über alle Maßen wissbegierig und löcherte Lisa mit Fragen, den schon beim nächsten Gottesdienst mit den Kindern musste sie allein zurechtkommen, aber sie freute sich darauf, das war eine neue Herausforderung. Und schließlich war es nicht viel anders als ihre Arbeit als Musiklehrerin, hier galt es auch, die Kleinen zu begeistern, damit sie mit Freude ihr Instrument lernten, in Neles Fall das Klavierspielen.

Nele las nun auch ab und zu wieder für sich in der Bibel. Als sie die Geschichten über Jesus las, verstand sie ihren verstorbenen Mann besser, was seinen unerschütterlichen Glauben betraf. Sie verstand nun, dass sein Tod niemals eine Strafe gewesen war, sondern wahrscheinlich eine Erlösung von seiner Erkrankung. Im Himmel gab es keine Schmerzen für Jan mehr. Nele verstand wieder, wie wichtig Gottes Liebe war. Wie ein kleines Kind saugte sie diese kostenlos geschenkte Zuneigung auf. In ihrem Herzen wuchsen die Hoffnung und der Wunsch, diese Liebe auch wieder weitergeben zu können. Dankbarkeit erfüllte sie, denn Gott ließ ihre Wunden heilen. Es tat Nele gut, endlich wieder den Boden unter den Füßen zu spüren.

Als endlich das Finanzielle durch die erfüllende, neue Arbeit gefestigt war, regte sich der Wunsch nach einem Mann erneut bei Nele. So kramte sie abermals unsicher die Liste hervor und las den nächsten Namen darauf: Frederic.

Kurz entschlossen engagierte Nele wieder Martha als Babysitterin und machte sich auf den Weg. Es war leicht, Frederic im Internet zu finden, denn er war der Erbe eines Familienunternehmens, eine über das Land hinaus bekannte Konditorei mit verschiedenen Standorten.

Nele kannte Frederic von einem Sommerlager, eine musikalische Freizeit für Jugendliche. Es war damals eine kurze Romanze zwischen den beiden entbrannt. Der allererste Kuss ging auf sein Konto. Musizieren wurde in seiner Anwesenheit zur Nebensache, so verliebt war sie gewesen. Doch zurück zu Hause, war das Ganze nach einigen Monaten und vielen verschickten Briefen wieder vergessen, die Entfernung war einfach zu weit. Damals waren fünfzig Kilometer ein unüberbrückbares Hindernis.

Nele stieg, am Ziel angelangt, aus dem Auto aus. Staunend betrachtete sie das riesige Kaffeehaus mit der dazugehörigen Backstube, die die anderen Filialen der Konditorei täglich belieferte und durchaus einen angesehenen Bekanntheitsgrad besaß. Schüchtern trat sie ein und bestellte sich Kaffee und Kuchen. Als die Kellnerin beides brachte, erkundigte sich Nele vorsichtig nach dem Chef des Hauses und ob er zu sprechen wäre. Die Kellnerin versicherte ihr, dass er da sei, aber sie müsste erst fragen, ob er Zeit für ein Gespräch mit Nele hätte. So verschwand sie und kehrte nach wenigen Minuten mit Frederic zurück. Er hatte sich kaum verändert, bis auf die Tatsache, dass er nun erwachsen war und die Zeit nicht spurlos an ihm vorübergegangen war. Aber sein Gesicht war unverkennbar. Nele musste lächeln, denn zumindest beim Aussehen gab es diese Mal keine großen Überraschungen.

„Grüß Gott. Stimmt etwas mit dem Kuchen nicht?", erkundigte er sich zuvorkommend und höflich.

„Nein, alles bestens. Ich wollte dich nur wiedersehen, Frederic", wagte sich Nele vor.

Frederic verengte seine Augen zu Schlitzen und musterte Nele, ehe ihm ein Licht aufzugehen schien. „Nele, das süße Mädchen, das mich mit ihren Küssen im Sommerlager verzaubert hat", sagte er charmant und setzte sich ungefragt an den Tisch. Er nahm Neles Hand in die seine und küsste ihren Handrücken. „Schön, dich wiederzusehen", erklärte er lächelnd.

Neles Herz hüpfte vor Freude. „Ich freue mich auch sehr", gab sie zurück.

Es folgte ein zweistündiges Gespräch über alte Zeiten. Nele versank in seinen wunderschönen braunen Augen. Frederic war sympathisch und charmant, alles an ihm schien zu stimmen. Nele war zufrieden, das Wiedersehen verlief sehr erfreulich. Es war fast so, als wäre dazwischen keine Zeit vergangen, sie verstanden sich auf Anhieb blendend. Noch dazu hielt er die ganze Zeit hindurch Neles Hand, das Gefühl seiner Berührung war sehr angenehm und ließ Neles Hoffnung weiterleben.

„Möchtest du die Konditorei sehen? Also die Backstube, in der wir unsere süßen Leckereien herstellen?", fragte Frederic.

Nele willigte ein und folgte ihm. Es war spannend, zu sehen, welcher Aufwand für das vielseitige Angebot der Konditorei betrieben wurde, es war ein Zuckerbäckerparadies, Kreativität und unverfälschter Geschmack wurden hier eindeutig großgeschrieben. Zum Schluss der Führung zeigte Frederic Nele sein Büro. Kaum hatte er die Tür zugemacht, zog er Nele an sich. Er küsste sie auf die Lippen und brachte Nele in Gedanken durch diese spontane Berührung zurück in die Vergangenheit, als sie Frederic damals zum ersten Mal küsste. Es tat gut, ihn spüren zu können, es war genauso schön wie damals. Nele war sichtlich aufgeregt. Doch er war kein Teenager mehr und seine Hände knöpften nun gekonnt Neles Bluse auf. So etwas hätte er damals nicht getan. Und auch jetzt wollte es Nele nicht überstürzen, auch wenn sie sich sehr nach Nähe sehnte. So trat sie einen Schritt zurück.

„Frederic, es ist wunderschön, dich zu küssen, aber ich will es nicht übertreiben fürs erste Mal. Ich würde dich gerne besser kennenlernen", sagte sie mutig.

Frederic sah beschämt zu Boden und stammelte: „Nele, ich bin verheiratet und habe eine drei Monate alte Tochter. Es tut mir leid, ich dachte mir, ich könnte einmal mit dir schlafen. Es ist nur, ich habe es mir immer gewünscht, dich so spüren zu können. Es war nicht richtig, ich sollte meine Frau nicht betrügen. Ich glaube, es war ziemlich unüberlegt von mir."

Nele blieb der Mund offen. Es war ihr jetzt peinlich, hier zu sein. Warum hatte sie nicht gleich nach einer Ehefrau gefragt? Natürlich stand seine Familie an erster Stelle! Genau diesen Fehler wollte sie nicht begehen. Schleunigst verschwand sie aus seinem Leben und rannte weg, ohne sich umzudrehen. Immer mehr wuchs ihr die Sache über den Kopf, jetzt brachte sie schon Familienväter dazu, sich zu entschuldigen. Sie war eindeutig kein guter Mensch. Durch Wut und Verzweiflung legte sich ein Tränenschleier über ihre Augen, während sie nach Hause fuhr. Ihr Leben glich immer mehr dem einer Achterbahnfahrt.

Nele suchte umgehend Hilfe bei Martha, die mit ihrer *Hab-ich-dir-doch-gleich-gesagt*-Rede keine große Hilfe war. Dass sie heute einen schweren Fehler begangen hatte, wusste Nele selbst. So packte sie ihre Jungen zusammen und brachte sie nach Hause, um von dort aus Lisa anzurufen. Vielleicht konnte diese ihr weiterhelfen.

Lisa zeigte mehr Verständnis, konnte ihr aber auch nur zur Geduld und zum Vertrauen in Gottes Plan raten. Das war Nele mittlerweile zu wenig handfest. Sie wollte doch nur glücklich sein, war es leid, zu warten. Es fühlte sich schrecklich an, ohne die zärtliche Liebe, die Jan immer für sie übrig gehabt und die so unendlich gutgetan hatte.

Nele fiel durch den Vorfall erneut in ein tiefes Loch, ließ es in ihrer Trauer zu, komplett abzustürzen. Allen Vernunftgründen zum Trotz betrank sie sich und leerte Weinglas um Weinglas, während Samuel und Jonas schliefen. Der Alkohol und die tiefe Einsamkeit machten Nele schläfrig. Sie war gerade dabei, einzunicken, als das Telefon läutete.

„Nele? Hier ist Noah. Lisa hat unser Baby zur Welt gebracht. Wir wollen es nach dir benennen, Nele, und dich fragen, ob du seine Patin wirst. Kannst du herkommen?", flötete Lisas Ehemann aufgeregt ins Telefon.

Nele vergaß über die Euphorie, dass sie zu betrunken war, um mit dem Auto fahren zu können. Sie weckte kurzerhand ihre Söhne und setzte sich hinters Steuer mit ihren Kindern auf der Rückbank, was keine gute Entscheidung war. Doch weit kam sie nicht, schon nach der ersten Kurve verlor sie die Kontrolle über den Wagen und krachte trotz Vollbremsung in eine Straßenlaterne. Erschrockene Passanten holten umgehend Hilfe. Die Rettung brachte Mutter und Kinder ins Krankenhaus. Samuel hatte eine Platzwunde am Kopf und Jonas einen gebrochenen Arm. Nele selbst hatte zwei gebrochene Rippen und musste operiert werden.

Als sie aus der Narkose erwachte, plagte Nele das schlechte Gewissen, alles lief wieder einmal schief in ihrem Leben. Den Führerschein war sie mit Sicherheit los und ihre eigenen Kinder hatte sie in Lebensgefahr gebracht. Wie sollte sie sich selbst ihr dummes Verhalten verzeihen? Nele weinte, keine der Krankenschwestern konnte sie beruhigen, ehe die Tür aufging und genau die fünf Menschen eintraten, bei denen Nele sich dringend entschuldigen musste.

Als Erster stürmten Samuel und Jonas auf ihre Mutter zu und umarmten sie vorsichtig. Nele stöhnte trotzdem auf vor Schmerzen. „Jungs, es tut mir so leid, dass ich euch in Gefahr gebracht habe", sagte Nele aufrichtig.

„Passt schon, Mama. Wir sind so froh, dass du lebst", gab Samuel zurück.

„Wir hatten alle unbeschreibliches Glück. Der Arzt meinte, dass ein Schutzengel über uns gewacht hat", ergänzte Jonas.

„Ja, da hat er wahrscheinlich recht", versuchte Nele, positiv zu klingen. Dann lenkte Nele ihre Aufmerksamkeit auf das Trio, das noch im Zimmer stand – beziehungsweise saß und lag. Denn Noah hatte Lisa in einem Rollstuhl hereingebracht und sie hatte das neugeborene Baby am Arm liegen.

„Darf ich vorstellen, das ist Nele", sagte Lisa ohne Vorwürfe in der Stimme.

Nele musste nun wieder weinen, aber dieses Mal vor Freude. „Es tut mir so leid, was ich angerichtet habe", gestand Nele.

„Gott hat dir längst verziehen, damit du es in Zukunft besser machen kannst. Warum sollten wir dich dann verurteilen?", erklärte Noah.

„Ihr seid so wunderbare Menschen", schniefte Nele.

Lisa legte Nele das Baby in den Arm und fragte: „Magst du ihre Patin werden?"

„Nichts lieber als das", freute sich Nele dankbar.

Das Geschenk, das ihr das Leben in diesem Moment machte, war unbezahlbar. Klar musste Nele noch die Konsequenzen ihres Verhaltens tragen. Aber das war ihr momentan egal, denn ihre Söhne waren am Leben und verziehen ihr und Lisas kleine Familie war nicht einmal böse auf sie. Ganz im Gegenteil, sie vertrauten ihr weiterhin. Nele war glücklich und wieder felsenfest sicher, Gott meinte es doch gut mit ihr.

Und Nele hielt endlich daran fest, sodass eine dankbare Zeit an Gott folgte. Es war wie ein Neuanfang, ihre Fehler war verziehen und das beflügelte Nele, dankbarer für die wertvollen Menschen und wichtigen Dingen des Lebens zu sein. Sie haderte auch nicht mehr mit der Tatsache, alleinerziehende Mutter zu sein, denn sie war so glücklich, dass ihren Kindern bei dem Unfall nichts zugestoßen war und dass sie ihre Entschuldigung akzeptiert hatten.

Nele musste zwar eine Nachschulung machen, um ihren Führerschein zurückzubekommen, aber sie empfand das als gerecht. Für ihre erneute Mobilität lernte sie fleißig und stotterte ihre Geldstrafe vom Gehalt ab. Es war trotzdem gut so, die Freude darüber, dass nicht mehr passiert war, überwog eindeutig.

Nele erlaubte es sich einfach wieder, glücklich zu sein – gemeinsam mit ihren beiden Söhnen. Sie verbrachten viel mehr Zeit mit Lisas Familie, um die frischgebackenen Eltern zu entlasten. Nele konnte auch die Zeit mit dem Baby richtig genießen. Es war einfacher, ein fremdes Kind zu hüten, als wenn man selbst ein schreiendes Bündel zu Hause hatte, das einen manchmal bis zum Rande der Erschöpfung brachte und in anstrengenden Phasen scheinbar kein Ende in Sicht war.

Doch eines war sehr merkwürdig in dieser freudigen Zeit. Der Traum von Peristera kehrte fast jede Nacht wieder. Er wiederholte sich unaufhörlich, sodass Nele Peristera immer wieder zuschaute, wie sie die

Inschrift am Altar anbrachte. Aber Nele konnte nicht erkennen, was sie schrieb, denn sie wachte stets im entscheidenden Moment auf. Dieser Traum verwirrte Nele immer mehr. Was hatte Peristera mit ihrem Leben zu tun? Und warum konnte sie nicht erkennen, was so wichtig war, dass die fremde Frau es in den Altar ritzte?

Nach ein paar Wochen kramte Nele noch einmal die Liste hervor, und zwar zum letzten Mal. Ein einziger Name stand noch darauf. Sie hatte zwar keine Hoffnung mehr, dass der letzte Mann der Richtige für sie war, aber der Vollständigkeit halber beschloss Nele, ihn doch noch zu besuchen. Doch dieses Mal war es ein reiner Freundschaftsbesuch, denn Nele wollte sich nicht erneut in Teufels Küche bringen, die vorangegangene Begegnung war ihr eine Lehre gewesen.

Beeindruckt fuhr sie wenig später bei der Villa vor, in der Julian lebte. Er hatte sich in den letzten Jahren mit einer brauchbaren App fürs Smartphone dumm und dämlich verdient. Er war vor langer Zeit ein Mitschüler von Nele und hatte sie getröstet, als Philipp sie damals verlassen hatte. Kurz ließ sie ihn in ihr Herz, ehe sie beschloss, nie wieder einen Mann zu lieben. Sie wollte bis an ihr Lebensende Single bleiben. Damit waren Julians Chancen bei ihr zunichtegemacht, er war ihr zum falschen Zeitpunkt zugetan. Nele musste über diese Erinnerungen laut auflachen, denn aus heutiger Sicht war ihr Verhalten sehr naiv gewesen. In so jungen Jahren jeglicher Beziehung abzuschwören, war mehr als komisch. Damals hatte sie echt keine Ahnung vom Leben.

Nele versuchte, gefasst zu wirken, und läutete mutig bei dem Haus mit Schlosscharakter an. Ein Butler öffnete und erkundigte sich nach alter Schule nach ihrem Befinden und ihrem Begehr. Es war, als wäre man in vergangene Zeiten zurückversetzt durch sein förmliches Getue. Der Hausdiener führte sie höflich und zuvorkommend zu Julian, der sich über den Besuch durchaus freute. Sofort erkannte er Nele und umarmte sie freudig.

Nach kurzem Small Talk zeigte Julian Nele das Anwesen mit Schwimmbad, Golfplatz und romantisch angelegten Gärten. Prunk erstreckte sich, wohin das Auge reichte, es wirkte wie in einem Märchen. Nebenbei plauderten sie über sein Leben. Er war geschieden, hatte aber keine Kinder, weil seine Ex-Frau wegen ihrer Figur nicht schwanger sein wollte. Er versicherte Nele aber, dass er Kinder liebte und etwas enttäuscht war, weil er keine hatte.

Nele begann unbewusst darüber nachzudenken, ob sie mit Julian einen Volltreffer gelandet hatte. Ihr Vorsatz, nur in freundschaftlicher Absicht zu kommen, war auf einmal wie vom Wind weggeblasen. Blitzschnell, eigentlich viel zu überstürzt, verabredeten sie sich zu einem Dinner in seiner wunderschönen Villa in ein paar Tagen, denn Julian musste noch zu einem Termin im Ausland und vertröstete Nele höflich auf das geplante Wiedersehen. Nele freute sich wie ein kleines Kind. Hochrot vor Nervosität begab sie sich nach Hause. Doch ein leiser Anflug von Panik kroch erneut in ihr Herz. Was dachte sie sich dabei? Wahrscheinlich gar nichts, sonst hätte sie nicht schon wieder alle Register der Hoffnung gezogen, doch noch einen Mann zu finden, der ihr Leben bereichern könnte.

Martha war überrascht, dass Nele sobald zurück war. Auch ihre Söhne Samuel und Jonas wollten noch nicht gehen, denn sie waren gern bei Martha. So blieb Nele auf einen Kaffee und tratschte mit ihrer langjährigen Freundin. Diese warnte sie erneut und holte Nele auf den Boden der Tatsachen zurück, als sie erklärte, dass Julian schon in der Schulzeit sehr eigenartig war. „Pass bloß auf", waren ihre Worte.

„Ja, du hast ja recht. Aber waren wir nicht alle von der Rolle in unserer Pubertät und benahmen uns wie von einem anderen Stern?", erwiderte Nele.

„Das schon, aber Julian benahm sich manchmal etwas wie ein Psychopath. Entschuldigung, dass ich das so sage, aber es war echt nicht normal, wie er sich verhielt. Ich hätte ihm eher eine Karriere als Triebtäter zugetraut", gab Martha eiskalt von sich.

Nele starrte sie ungläubig an. Das war doch nicht ihre warmherzige Freundin, die da sprach! „Bist du eifersüchtig? Oder würdest du mir mein Glück nicht vergönnen, falls Julian doch der Richtige ist?", fragte Nele patzig.

„Nein, ganz bestimmt nicht. Ich möchte dich nur vor einem weiteren großen Fehler bewahren. Ja, es klingt hart, aber ich würde es in Erwägung ziehen, dass es immer noch sein könnte, dass er nicht alle Tassen im Schrank hat. Weißt du nicht mehr, was damals vorgefallen ist?", seufzte Martha ehrlich besorgt.

Nele starrte auf ihre Fingernägel und piepste kleinlaut: „Doch. Er hat mich eine Stunde in sein Kinderzimmer gesperrt, weil ich ihm gesagt habe, dass ich nicht mit ihm zusammen sein kann."

„Da siehst du es. Das ist nicht normal", ermahnte Martha sie.

„Aber er hat sich hundert Mal entschuldigt. Außerdem waren wir fast noch Kinder", rechtfertigte sich Nele.

„Wie du meinst, ich habe dich gewarnt", sagte Martha mit strengem Blick. Damit war das Thema Julian für diesen Tag abgehakt. Doch das ungute Gefühl in Neles Herzen war ein Stück weit gewachsen. Hatte ihre Freundin doch recht? Sie wusste nicht mehr, was sie glauben sollte.

Zwei Tage später gab es die nächste Überraschung. Lisa rief Nele aufgeregt in der Pfarre an und berichtete, dass ein Aushilfspriester für die Pfarrgottesdienste und ein paar weitere seelsorgliche Pflichten heute noch zu ihr kommen würde, um Lisas Mutterschutz zu überbrücken. Bis zu diesem Zeitpunkt hatte es immer geheißen, dass kein Personal für die Vertretung zur Verfügung stünde.

Na gut, dann musste sich Nele nun neu arrangieren, damit der Geistliche seine Arbeit machen konnte und sie ihm nicht in die Quere kam. Leise schickte sie ein Stoßgebet zu Gott, er möge einen aufgeschlossenen, offenen Priester schicken und keinen verbohrten, der die Zusammenarbeit erschweren würde.

Als es am späten Vormittag dann an der Tür klopfte, meldete sich Nele laut mit einem einfachen: „Herein!"

Als der Geistliche den Raum betrat, blieb Nele unbeabsichtigt der Mund offenstehen. Damit hatte sie nicht gerechnet, vor ihr stand ein junger, dunkelhaariger und hübscher Mann, der höchsten fünf Jahre älter war als sie selbst. Er passte keineswegs in das Bild, das Nele bislang von Priestern hatte. Alle, die sie bis jetzt kannte, waren mindestens über fünfzig Jahre alt.

„Ich bin Pater Nikolaos", stellte sich der junge Mann schüchtern vor. Nele, die erst jetzt bemerkte, dass sie den Geistlichen peinlich anstarrte, ohne ein Wort zu sagen, löste sich aus ihrer unpassenden eingefroren wirkenden Körperhaltung, gab ihm höflich die Hand und nannte freundlich ihren Namen. Lächelnd und sichtlich erleichtert, dass Nele doch noch reagiert hatte, fügte er hinzu: „Ich bin der Aushilfspriester, ich soll einige Aufgaben der Pastoralassistentin übernehmen, die gerade ein Baby bekommen hat."

Nele schoss der Gedanke in den Kopf, dass sein Akzent irgendwie süß war. Schnell ermahnte sie sich innerlich, dass man über einen Geistlichen nicht so dachte. Trotzdem fragte sie: „Woher kommen Sie? Also, woher stammt Ihr Akzent?"

„Ich komme ursprünglich aus Griechenland. Darf ich Ihnen das *Du* anbieten? Es ist mir lieber, weil es persönlicher ist", sagte er förmlich.

„Ja natürlich. Ich bin Nele."

Dann zeigte sie ihm das Pfarrheim und die Kirche, damit er seine Arbeit aufnehmen konnte. Sie erklärte die wichtigen und weniger wichtigen Details, wie immer war sie nervös, wenn etwas neu war. Pater Nikolaos machte es Nele aber leicht, seine ungezwungene und lockere Art beeindruckte sie. Er erzählte ihr sogar eine Geschichte über die heilige Lucia, deren Darstellung sich in einem Seitenaltar der Kirche befand. Die Legende über die Lichtbringerin, die schon in so jungen Jahren die Armen versorgte, Trost spendete und ihnen Gottes Wort nahebrachte, beeindruckte Nele noch mehr. Der Priester konnte so lebendig erzählen, dass die Botschaft der Geschichte direkt ins Herz ging. Das war eine Gabe, die ihn sicher zu etwas ganz Besonderem machte. Nele konnte sich vorstellen, dass die Menschen, die hier wohnten, ihn sehr gernhaben würden.

Und Nele behielt recht, Nikolaos begeisterte bereits in den wenigen Tagen, die er da war, die Pfarre und deren Mitglieder. Er war warmherzig und hörte den Menschen zu, ehe er mit seinen guten Worten Zuwendung und Vertrauen schenkte. Dadurch wurde er bei den meisten mit offenen Armen empfangen. Die paar, die ihn noch argwöhnisch anblickten, würden sich auch noch an seine Anwesenheit gewöhnen, da war sich Nele ziemlich sicher. Sie selbst hatte endlich jemanden gefunden, der ihr Gottes Gegenwärtigkeit in ihrem Leben sehr bildhaft erklären konnte. Sie verbrachte gerne Zeit in seiner Nähe, um ihm zu helfen, sich einzuleben, denn sie profitierte selbst davon. Sogar ihre Söhne fanden den neuen Priester cool. Nur die Tatsache, dass Nikolaos sehr hübsch war, irritierte Nele. Deshalb war sie mehr als erleichtert, als es endlich zum Date mit Julian kam.

Das Zusammentreffen mit Julian lief im Großen und Ganzen gut. Nele war bei ihm zu Hause in seiner prunkvollen Villa. Er hatte sie im Vorfeld gebeten, einen Bikini mitzubringen. Und so sonnten sie sich gemeinsam am Pool, tranken Cocktails und gingen im lagunenartigen Blau schwimmen. Im Wasser benahmen sich die beiden albern, bespritzen sich gegenseitig mit Wasser und begannen, wie Jugendliche zu rangeln.

Plötzlich drückte Julian Nele an sich und küsste sie. Nele freute sich über diese zärtliche Berührung, dieses Mal sprach ja nichts dagegen. Doch die Begeisterung war von kurzer Dauer, denn Julians Hände wanderten gleich zu ihren Brüsten und er flüsterte ihr ins Ohr: „Ich will mit dir schlafen."

Nele löste die Umarmung und erwiderte: „Julian, das geht mir zu schnell."

Unvermittelt schrie er hysterisch los: „Was soll das? Küssen lässt du dich und dann machst du einen Rückzieher?"

Nele starrte ihn schockiert an, seine Reaktion war eindeutig überzogen.

Julians Miene hellte sich aber wieder auf, reumütig gestand er: „Entschuldigung, Nele, das war dumm von mir. Mein Stress in der Arbeit steigt mir viel zu sehr zu Kopf. Ich hatte heute schon einen schrecklichen Tag. Natürlich darfst du das Tempo bestimmen."

Nele war hin- und hergerissen, als er sie erneut vorsichtig küsste. Aber dieses Gefühl auf ihren Lippen, das sie seit Jahren nicht gespürt hatte, entfachte die Sehnsucht in ihrem Herzen nach Zuneigung und zärtlicher Nähe. So ließ sie ihn gewähren, verzieh ihm innerlich seinen eigenartigen Wutausbruch. Doch das ungute Gefühl, das sich in ihr ausgebreitet hatte, fand trotzdem weitere Nahrung und war keinesfalls aufgehalten.

Pater Nikolaos überraschte Samuel und Jonas mit einem Ausflug zu einem Fußballspiel. Die Jungen freuten sich riesig und ihre Mutter war glücklich, dass sie es im Vorfeld dem Priester erlaubt hatte, ihre Jungs mitzunehmen. Er kümmerte sich rührend um die beiden. Sie schlossen ihn sofort in ihr Kinderherz, da sie endlich ein männliches Vorbild hatten, welches ihnen seit dem Tod ihres Vaters so sehr gefehlt hatte. Nele freute dieser Anblick, wie sehr hatten ihre Söhne es verdient, dass es ihnen gut erging nach alledem, was sie in der Vergangenheit hatten durchmachen müssen, als sie ihren Vater verloren.

Nele fuhr inzwischen zu Julian, um mit ihm zu sprechen. Die Zweifel, dass sie die Finger von ihm lassen sollte, verstummten nicht in ihr. So löcherte sie ihn mit Fragen, die er charmant und zuvorkommend beantwortete. Er küsste sie erneut und die Hoffnung auf ein Happy End keimte in Nele wieder auf. Er versprach sogar, sie nie wieder zu bedrängen. Fröhlich machte sie sich auf den Nachhauseweg und wischte die übrig gebliebenen Zweifel weg. Vielleicht konnte es wirklich sein, dass sie einfach einmal Glück hatte.

In Neles Garten wurde gegrillt, als sie zu Hause ankam, ihre Söhne und Nikolaos schrien lautstark und euphorisch: „Überraschung!"

Und der Priester fügte noch hinzu: „Die gemeinsame Zeit beim Fußballspiel war so kurz, jetzt dachten wir, dass ein gemeinsamer Grillabend nett wäre. Ich hoffe, du freust dich."

„Und wie!", strahlte Nele übers ganze Gesicht.

Gemeinsam mit ihren Jungen deckte sie den Tisch und stellte ein paar dekorative Kerzen dazu, die herrlich dufteten, als man sie entzündete. Das gesellige Essen war kurzweilig und lustig. Sie hielten sich die Bäuche vor Lachen. Die vier hatten fast den Anschein einer glücklichen Familie. Wenn man nicht wusste, dass Nikolaos Priester war, würde man ihn als Außenstehender in diesem besonderen Moment für den Familienvater halten.

„Gibst du mir den Salat?", bat der Priester. Als Nele ihm die Schüssel reichte, berührten sich zufällig ihre Finger. Es war elektrisierend und steigerte sich zu einem warmen, wohligen Empfinden auf Neles Haut. Sie schämte sich in Gedanken für ihre unpassenden Gefühle. Schließlich hatte er ein Gelübde abgelegt. Trotzdem sollten dieser idyllische Abend und Nikolaos selbst ihr in den nächsten Tagen nicht mehr aus dem Kopf gehen.

Der Traum von Peristera kehrte zurück. Wieder stand Nele in der mittelalterlichen Kirche und beobachtete die Frau, als sie die Inschrift am Altar anbrachte. Die Männer zerrten Peristera wenig später gewaltsam hinaus, die Schreie der johlenden Menschenmenge drangen abermals in das heilige Gemäuer und hallten von den Wänden hernieder. Nele zog es nach draußen, um die Errettung vom Scheiterhaufen durch den Engel zu sehen. Aber kurz hielt sie inne und entschied sich doch anders. Sie ging zum Altar und sah zum ersten Mal klar die fremdartigen Zeichen vor sich, die Peristera in den Stein geritzt hatte. Aus irgendeinem unerklärlichen Grund verstand Nele, was dort stand, obwohl sie sicher war, diese Sprache nicht gelernt zu haben. *Nele, die Liste bringt dir kein Glück. Nikolaos ist deine Bestimmung*, stand dort geschrieben. Vor Schreck taumelte sie zurück und fiel – das war unmöglich.

Schreiend wachte sie auf, ihr Herz raste. Keuchend versuchte Nele, zur Besinnung zu kommen. Was sollte das? So etwas konnte und durfte nicht sein, was sich ihr Unterbewusstsein da über alle Maßen Verrücktes ausmalte. So tat sie den Traum als Hirngespinst ab, etwas anderes war einfach nicht vorstellbar. Anscheinend war sie doch noch verwirrter, als sie angenommen hatte. Schließlich hatten sich viele Glücksmomente in ihrem Leben eingestellt.

Das Telefon läutete, Nele ging ran und eine aufbrachte Martha meldete sich am anderen Ende: „Nele, triff dich bitte nicht mehr mit Julian. Ich habe gerade erfahren, dass er beschuldigt wird, mehrere Frauen sexuell belästigt zu haben."

Nele atmete tief durch, ehe sie antwortete: „Es würde mich interessieren, wer das behauptet."

„Ich habe es von einer Nachbarin, deren Schwester hat eine Freundin und deren Ehemann ist mit einem Staatsanwalt befreundet, der den Fall zugeschrieben bekommen hat."

„Martha, tut mir leid, für solch eine Gerüchteküche habe ich keine Zeit. Julian besucht mich gleich", tat Nele die Worte ihrer Freundin ab.

„Nein, Nele, lass ihn nicht herein", flehte Martha ängstlich.

„Das ist doch lächerlich. Meine Jungen sind bei Pater Nikolaos und Julian und ich machen uns einen schönen Nachmittag", sagte Nele nachdrücklich und legte auf, als Julian auch schon an der Tür läutete.

Er bezauberte Nele erneut mit seinen zärtlichen Küssen. Diesmal ließ Nele es zu, dass er ihre Brüste leicht massierte, es war ein angenehmes Gefühl. Julian stöhnte ihr erregt ins Ohr: „Schlaf mit mir."

Doch dafür war Nele noch immer nicht bereit, zu Sex gehörte mehr als nur anfängliche Schwärmereien. Sie machte ihren Standpunkt klar und weigerte sich erneut, sich zu früh für diese besondere Intimität zu öffnen. Doch Nele hatte dieses Mal die Rechnung ohne den Wirt gemacht. Julians Augen blitzten wutentbrannt auf, er verbog blitzschnell Neles Hände und hielt sie fest. Sie schrie laut auf vor Schmerz, aber Julian kümmerte das wenig. Er versuchte, Nele die Hose auszuziehen, während er sie gewaltsam fest umklammerte. Nele war nun eindeutig klar, dass er sie zu vergewaltigen versuchte. Sie probierte panisch und mit aller in ihr steckenden Kraft, sich zu wehren, aber sie hatte keine Chance gegen ihn. Verzweifelt flehte sie Julian um Erbarmen an, doch der dachte gar nicht daran.

Genau in diesem Moment stürmte Nikolaos das Zimmer, riss Julian mit unmenschlicher Stärke in die Höhe und schleuderte ihn gegen die Wand. Dieser blieb bewusstlos am Boden liegen. Nele weinte, einerseits wegen des Schocks, andererseits aus Erleichterung. Der Priester hob sie behutsam hoch auf seine Arme und trug sie ins Badezimmer. Seine sanften Augen schienen ihr in die verletzte Seele zu schauen. Diese wohlige Wärme, die Nikolaos' Körper an Nele abstrahlte, war ein wunderbares Gefühl, sie fühlte sich in Sicherheit. Nele wünschte sich, für immer in seinen Armen liegen zu dürfen, um diese Geborgenheit spüren zu können. Dass sie seine Nähe nie haben könnte, weil er Geistlicher war, gab Nele das erste Mal einen Stich ins Herz. Er war ihr Held und Retter, mehr durfte das nicht bedeuten. Er hatte sie nur vor Julian bewahrt, von dem sie nicht glauben wollte, dass er zu so was fähig war. Als Nikolaos sie absetzte, um die Polizei zu rufen, blieb eine schmerzhafte Leere in Neles Herz. Vielleicht war es doch ihre Bestimmung, ohne Partner zu sein, und sie wollte es einfach nicht wahrhaben. Schließlich durfte sie nicht undankbar sein, denn das, was sie mit Jan hatte erleben dürfen, durften nicht viele Menschen erleben – eine aufrichtige, ehrliche und intensive Liebe.

Die Sanitäter nahmen Julian im Rettungswagen mit, begleitet von der Polizei. Nele und Nikolaos mussten sich den langwierigen Befragungen der Beamten stellen und deshalb auf die Polizeistation mitkommen. Auf dem Revier stellte sich heraus, dass Nele mit einem blauen Auge davongekommen war, denn ihr Peiniger war tatsächlich bereits mehrfach wegen sexueller Belästigung angezeigt worden, aber jede dieser Frauen hatte im Nachhinein die Anzeige zurückgezogen. Es lief bereits ein Ermittlungsverfahren, ob er seine Opfer zusätzlich unter Druck setzte, ihnen zusätzliche Angst und Schrecken einjagte, damit sein gewalttätiges Treiben nicht bestraft wurde von öffentlicher Hand.

Nikolaos durfte anschließend mit Nele die Polizeistation wieder verlassen. Schließlich hatte er in Notwehr gehandelt. Martha hatte ihn Gott sei Dank auf den Plan gerufen und war an seiner statt bei Samuel und Jonas, damit der Priester der Mutter der Jungen zur Rettung eilen konnte. Nele hatte ein schlechtes Gewissen, dass sie ihrer Freundin nicht geglaubt und Martha ihr trotzdem umgehend geholfen hatte. Sie würde sich bei ihrer Freundin entschuldigen müssen.

Am verwirrendsten aber waren im Moment die unwillkommenen Gedanken, die Nele über Nikolaos im Kopf herumschwirrten. Er war ihr Held, aber das war nicht das Problem. Ein unbeschreibliches Verlangen nach diesem Mann machte sich in ihr breit. Auch das noch, konnte sie sich nicht im Zaum halten? Ihr Herz meldete sich anscheinend zu den unpassendsten Zeiten zu Menschen, gegenüber denen sie keine Zuneigung empfinden sollte. War seit dem Tod ihres Ehemannes irgendetwas falsch gepolt in ihrer Gefühlswelt? Oder war es eine unbewusste Reaktion ihres Verstandes, um ihr zu zeigen, dass sie immer noch nicht bereit war, einen anderen Mann zu lieben?

Plötzlich vermisste sie Jan schmerzlich, wäre er doch nicht gestorben, hätte sie niemals über so etwas nachdenken müssen. Wieder einmal wünschte sie sich, dass er nie krank geworden wäre, aber Wünsche brachten einen im Leben leider nicht weiter.

Um von ihrem eigenen Gefühlschaos abzulenken, erzählte Nele Nikolaos von ihrem wiederkehrenden Traum von Peristera, natürlich ohne die Worte der Inschrift zu erwähnen.

„Ich kenne diese Geschichte. Die Kirche in meinem Heimatort ist der heiligen Peristera geweiht", erklärte der Priester.

Nele starrte ihn fassungslos an: „Damit habe ich jetzt nicht gerechnet. Ich dachte, das sind Hirngespinste."

Nikolaos redete einfach weiter: „Die Inschrift, die sie am Altar anbrachte, konnte bis heute keiner deuten. Das ist sehr geheimnisvoll und faszinierend für die Menschen, deshalb kommen viele, um das Geschriebene zu sehen. Warte, ich glaube ich weiß noch, was sie eingraviert hatte: *Nele, die Liste bringt dir kein Glück. Nikolaos ist deine Bestimmung.*" Jetzt starrte der Priester Nele in peinlicher Stille an, ehe er sie fragte: „Welche Liste?"

Nele konnte sich vor lauter Schreck nicht einmal eine Notlüge zusammenbasteln, sie stammelte: „Ich hatte eine Liste von Männern, Bekanntschaften aus meiner Vergangenheit. Ich hoffte, dadurch wieder einen Ehemann zu finden, was im Nachhinein gesehen sehr naiv war, denn Julian stand auch auf dieser blöden Liste."

Nikolaos hörte einfach nicht auf, Nele mit offenem Mund anzublicken. In ihr stieg Panik hoch. Wie konnte sie einem Geistlichen nur so etwas sagen? Was dachte er jetzt bloß? Natürlich musste er schockiert sein. Der Fluchtinstinkt meldete sich in ihr, Nele machte auf dem Absatz kehrt und ließ den erstaunten Priester einfach stehen. Hoffentlich würde er ihr irgendwann dieses peinliche Gespräch verzeihen, aber für den Moment musste sie einfach nur weg, es war besser so.

Nachdem sich alles etwas gesetzt hatte und genügend Zeit vergangen war, verbrannte Nele die Liste, die ihr eindeutig kein Glück gebracht hatte, und beschloss, sich mehr ihren Söhnen zu widmen. Sie entschuldigte sich auch bei Martha. Sie war eine sehr gute Freundin, denn sie war kein bisschen böse, hatte sich nur große Sorgen gemacht und das zu Recht – Julian saß im Gefängnis und wartete auf seinen bevorstehenden Prozess.

Außerdem organisierte Nele eine gemütliche Gartenparty zur Taufe von Lisas Baby. Die frischgebackene Mutter freute sich riesig über dieses besondere Geschenk der Taufpatin ihrer Tochter. Die Feier rundete die gelungene Taufe harmonisch ab und die Stimmung war glänzend. Die kleine Nele, die der Mittelpunkt der Feierlichkeiten war, schlief gerade seelenruhig in ihrem Kinderwagen und bekam von dem Trubel um ihre Taufe gerade nichts mit.

Nach ein paar Gläsern Wein hielt Nele eine Rede. Sie dankte darin Gott für die Ehe von Lisa und Noah und für das Mädchen, das aus dieser Verbindung hervorgegangen war und das heute getauft wurde, weil es Gottes geliebtes Kind war.

„Ich hoffe für dich auch, dass du noch einmal die Chance bekommst, zu heiraten", sagte Lisa dankbar und merkte erst, als sie es vor allen ausgesprochen hatte, dass sie, ohne es zu wollen, wahrscheinlich einen wunden Punkt im Herzen von Nele getroffen hatte.

Aber diese reagierte souverän: „Ich bin eine starke Frau und komme ebenso gut allein zurecht. Meine beiden jungen Männer sind mir Geschenk genug, außerdem hatte ich eine wunderbare Ehe mit Jan. Prost auf die kleine Nele. Möge ihr ein glückliches, langes und vor allem gesegnetes Leben bevorstehen."

Alle klatschten, nur einer war sichtlich unzufrieden. Nikolaos stand plötzlich eindeutig empört auf, sodass nur die gratulierende Nele und er standen, alle anderen blickten sie an und fragten sich wahrscheinlich, was das sollte. Unerwartet ergriff er ebenfalls vor versammelter Feiergemeinde das Wort: „Und was ist mit mir, Nele? Ich liebe dich und möchte mit dir zusammen sein."

Ein schockiertes Tuscheln ging durch die Reihen. Nele war es peinlich, dass der Priester ihr öffentlich seine Liebe gestand, noch dazu im Beisein ihrer Söhne. Aber sie beschloss trotzdem, ehrlich zu sein: „Ich liebe dich auch, aber du bist doch Priester. Ich möchte nicht, dass du meinetwegen dein Gelübde brichst. Die Menschen brauchen dich."

Die Anwesenden hatten nun jede Aufmerksamkeit auf die beiden gerichtet. Es entging niemandem, dass Nikolaos aus vollstem Herzen auflachte. Keiner konnte sich dieses eigenartige Verhalten erklären. Ratlos blickten sich alle an. Aber er löste Gott sei Dank mit seiner Erklärung die peinlich anmutende Situation umgehend auf: „Nele, ich habe mich keinem Zölibat verpflichtet. Ich bin nicht römisch-katholisch, sondern griechisch-katholisch und gehöre somit zu den wenigen katholischen Priestern, die heiraten dürfen."

„Es gibt in der katholischen Kirche verheiratete Priester?", fragte Nele ungläubig nach.

„Ja, es sind sehr wenige, aber es gibt sie", sagte er lächelnd.

Nele brauchte einen Moment, ehe sie begriff, was Nikolaos gesagt hatte. Dann stürmte sie auf ihn zu. Sie fielen sich in die Arme und küssten sich. Ein unbeschreiblich gutes Gefühl erfüllte Neles Herz. Alle um sie herum applaudierten lautstark. Nele fand in diesem besonderen Augenblick ihr Glück wieder, alles ergab plötzlich einen Sinn. Gottes Schönheit hatte sich schon immer im Spiegel ihrer eigenen Seele gezeigt, nur war Nele das bis jetzt nicht ganz klar gewesen. Sie spürte deutlich das Geschenk eines wunderschönen Lebens, sie war wieder bei sich selbst angekommen.

Es war sogar fast so, als berührte Jan sanft ihre Schulter und flüsterte ihr zu: „Gut gemacht, Liebling. Du warst schon immer im Herzen Gottes zu Hause, darin liegt die wahre Schönheit des Lebens, im Lieben und Geliebt-zu-werden."

Kapitel 3

„Emilia, du hast mich ernsthaft überrascht. Ich dachte anfänglich, dass du unheilbar psychisch krank bist. Aber das kann nicht sein, sonst würdest du nicht so schöne Geschichten schreiben. Es gibt eindeutig Heilungschancen für dich", erzählte Frau Dr. Gabriel mit meinen Papieren in der Hand, die ich eigenhändig mit Neles Geschichte beschrieben hatte.

„Ihr hattet nicht das Recht, das zu lesen, meine Gedanken gehören mir. Diese Erzählung gehört mir. Ich habe es nicht erlaubt, dass ihr das an euch nehmt", schrie ich aufgebracht.

„In deiner Akte steht, dass du eine Gefahr für die Menschheit bist, deshalb habe ich sehr wohl das Recht, deine Geschichten zu lesen", sagte die Psychologin trocken.

Die Wut kochte siedend heiß in mir, aber ich wollte die Galle nicht ausspucken, die mir bitter auf der Zunge lag, und blieb lieber stumm. Was brachte es schon, zu reden? So starrte ich Frau Dr. Gabriel nur zornig an und versuchte, ihre Ausführungen über meinen geistigen Gesundheitszustand zu ignorieren. Was für ein Schwachsinn. Was wusste sie schon über mich? Nichts! Trotzdem musste ich mir ihr dummes Geschwafel anhören, sonst nahmen die Wärter mir Papier und Stifte weg, denn sie wussten genau, dass mich das am härtesten traf. Damit hatten sie mich in der Hand.

„Emilia, ich habe dich etwas gefragt?", drang es zu meinem Ohr.

Ich zuckte mit den Schultern, die Psychologin seufzte.

„Emilia, warum schweigst du?", setzte sie erneut an.

„Schweigen ist das Schlimmste, was man mir antun kann", sagte ich zu meiner eigenen Überraschung. Ich biss mir auf die Zunge. Warum hatte ich das bloß getan?

„Das musst du mir erklären. Es tut dir nichts mehr weh, als etwas nicht verstehen zu können? Und deshalb schweigst du auch?", fragte sie nach.

„Ich weiß es nicht – eigentlich will ich nicht so sein, aber ich kann mich nur auf mich verlassen. Es versteht mich sowieso keiner", kämpfte ich mit den Tränen. Diese Unterhaltung war schrecklich.

„Bist du dir da ganz sicher? Emilia, da steckt mehr hinter deinem

Schweigen. Ich habe aber die Erfahrung gemacht, dass man sehr viel Heilung erfahren kann, wenn man etwas anspricht, sich sozusagen von der Seele redet. Ich bin sogar so sehr davon überzeugt, dass ich es zu meinem Beruf gemacht habe", ergänzte Frau Dr. Gabriel.

„Ansonsten hätten Sie kein Interesse an mir, wenn es nicht um Ihre Bezahlung ginge?", schrie ich, schnellte in die Höhe und schmiss wütend den Stuhl um, auf dem ich gerade noch gesessen hatte. Mein Gegenüber schreckte zurück. Der Wärter, der im Raum stand, um aufzupassen, hielt mich umgehend fest. Aber es war gar nicht mehr notwendig, denn ich wehrte mich nicht.

„Emilia, ich werte das als ersten positiven Schritt, aus dir herauszugehen. Das war ein guter Anfang, um weiterzuarbeiten. Überlege es dir gut, ob du mir nicht doch deine Geschichte erzählst. Ich verspreche dir, dass ich dir helfen kann. Ja, ich werde dafür bezahlt, aber ich würde diesen Beruf nicht ausüben, wenn mir nicht der Mensch hinter seiner Geschichte an erster Stelle stehen würde. Es ist mir wichtig, dir zu helfen", schloss die Psychologin ab, ehe ich abgeführt wurde.

In erneuter Lethargie verfallen, trottete ich in meine Zelle. Dort hatte ich wenigstens meine Ruhe.

Stille

Ein markerschütternder, kinderähnlicher Schrei hallte durch die leere Straße. Einige Tauben erschraken und suchten flügelschlagend das Weite. Das rauschende Flattern hallte durch die nebelversunkene Nacht. Suchend hielt Andreas kurz inne, sein Herz raste unaufhörlich. Keuchend sah er sich mit furchterfüllten Augen um, seine Lunge brannte höllisch. Nein, er konnte nicht stehenbleiben. Er musste weiter, immer einen Fuß vor den anderen setzen. Er rannte um sein Leben. Der Schatten war unaufhaltsam hinter ihm her.

Sollte sich doch jemand anderes um das gequälte Kind kümmern. Was ging ihn das Leid eines anderen an? Doch der herzzerreißende Laut erklang von Neuem. Andreas warf einen hastigen Blick über seine Schulter. Vielleicht könnte er es einen Augenblick riskieren, schnell nachsehen und gegebenenfalls Hilfe holen. Es war Unrecht, nichts zu tun.

Er bog mutig in die Seitengasse ein, aus der das schreckliche Gekreisch kam. Er konnte hören, wie er dem Radau immer näherkam. Hinter der schwarzen, überquellenden Mülltonne musste es sein, die Quelle der Hilfe suchenden Laute. Er hechtete ruckartig nach vorne, wühlte sich durch die stinkenden Müllsäcke, die achtlos daneben abgestellt waren. Panik stieg in ihm auf, viel zu lange verweilte er schon an diesem Ort, an dem er nicht sein sollte.

„Au, scheiße!“, schrie Andreas und hielt sich die blutende, zerkratze Hand. Fauchend sprang eine dreckige Katze aus dem Unrat und suchte umgehend das Weite. Sie tänzelte stolz über die Pfützen, die der letzte Regenschauer auf dem Asphalt hinterlassen hatte. Ihr Schweif wogte stolz hin und her, als verhöhnte sie absichtlich den Menschen, der sie gerade retten wollte. „Du Mistvieh, ich dachte du wärst ein verängstigtes Kind“, rief ihr Andreas wütend nach. Blut tropfte von seinem Handrücken auf den Boden. Aber das war jetzt nebensächlich. Er drehte sich um. Zum Glück war sein Verfolger noch nicht zu sehen. Er hastete erneut los. Doch seine fehlende Aufmerksamkeit und seine überdurchschnittliche Körpergröße wurden ihm zum Verhängnis. Unsanft stieß er gegen ein Metallrohr, das niedrig an der zerklüfteten Mauer befestigt war. Verrostet stand es gefährlich vom Ziegelwerk ab. Seine

Schädelknochen knackten laut bei dem Aufprall. Das Geräusch hallte unschön in seinen Ohren nach, ehe alles um ihn in der Dunkelheit versank. Ohnmächtig sackte er zusammen in dem Wissen, dass dies sein sicheres Ende sein würde. Er hatte das unfreiwillige Spiel verloren. Es würde sein letzter Tanz mit dem besitzergreifenden Schatten sein, der ihn langsam, aber sicher einholte. Langsam kroch er näher, wie schwarze Nebelschwaden glitt er durch die Gasse. Die letzten Stunden seines Lebens zogen wie ein Film vor Andreas innerem Auge vorbei.

Am Nachmittag war die Welt noch in bester Ordnung gewesen. Andreas saß an seinem Schreibtisch und bearbeitete den letzten Papierkram, der unter der Woche liegengeblieben war. Sein Büro war geschmackvoll und modern eingerichtet. Geradlinig, hell, kein unnötiger Schnickschnack störte seine erforderliche Konzentration. Ordnung, Disziplin und Strenge waren für Andreas ein unumgänglicher Bestandteil seines selbst auferlegten Verhaltenskodex. Es war das unausgesprochenes Geheimnis seines Erfolgs.

Richter war sein Traumberuf, er fand es immer schon faszinierend, wie manche Verbrecher raffiniert an ihr Werk gingen. Wenn ihre kriminellen Machenschaften mit Präzision und Intelligenz geplant und durchgeführt wurden, war er genau in seinem Element. Es musste ihm Kopfzerbrechen bereiten, wie Details des Verbrechens überhaupt möglich waren.

Leider hatte er es allzu oft mit absoluten Versagern zu tun, die nicht einmal den einfachsten Betrug reibungslos über die Bühne brachten. Ihre Dummheit machte Andreas wütend. Er hasste Menschen, die nicht von A nach B denken konnten. Viel zu selten waren seine Fälle in letzter Zeit herausfordernd, konnte er den Nervenkitzel der Genialität hinter den Kulissen der Täter verspüren.

Andreas blickte auf seine Armbanduhr, es war bereits halb acht. Er legte alles ordentlich beiseite, an seinen von ihm festgelegten Platz, denn er wollte mit einem Freund ein Bier trinken gehen. Lieber wäre ihm zwar ein netter Fußballabend vor dem Fernseher, aber es gehörte momentan zu seinen selbstauferlegten Pflichten, sich unter Leuten blicken zu lassen. Denn er verfolgte ein Ziel, einen unerfüllten Lebenswunsch.

Vielleicht lernte er heute endlich die Frau seiner Träume kennen. Eine liebende Begleiterin an seiner Seite war alles, was ihm zum vollkommenen Glück fehlte. Bis jetzt hatte er nur Pech. Er wusste, dass er gut aussah. Er entsprach durchaus den gängigen Schönheitsidealen. Doch sein großer Körperwuchs machte ihm zu schaffen. Was in seinem Beruf ein Vorteil war, weil fast jeder respektvoll vor ihm zurückwich, war in der Damenwelt ein Problem. Viele Frauen fühlten sich nicht wohl neben ihm, weil er sie um einiges überragte. Es würde Andreas nichts ausmachen, eine große Frau zu haben, nur leider gab es die genau so selten, wie ihn selber andere Männer an Körpergröße übertrafen.

Unausgesprochene Sehnsucht machte sich in Andreas Herzen breit. Der Anflug von Einsamkeit nahm ihm die Luft zum Atmen. Um sich von dem unerwünschten Schmerz abzulenken, ging er ins Badezimmer seines Büros, weil er sich fertigmachen wollte. Stets hatte er frische Kleidung und die nötigen Toilettenartikel hier, um nicht unnötige Zeit zu verplempern, indem er nach Hause fahren musste, weil er sich duschen und umziehen sollte.

Auf dem Sprung bemerkte er den verpassten Anruf auf seinem Smartphone. Es war seine Mutter gewesen. Er musste kurz zurückrufen, ansonsten machte sie sich wieder unnötige Sorgen. „Hallo, Mama", sagte er höflich.

„Hallo, Schatz. Kannst du morgen zu uns Mittagessen kommen? Deine Schwester kommt auch mit ihrer Familie!"

Andreas seufzte: „Klar, ich komme. Aber ich muss jetzt los. Bis morgen." Kaum hatte seine Mutter sich verabschiedet, legte er auf und machte sich auf den Weg. Einerseits freute er sich auf den Besuch bei seinen Eltern. Er liebte seine Neffen und mochte es, mit ihnen herumzualbern. Aber andererseits ertrug er es nicht, das Familienglück seiner Schwester zu sehen. Er war der Ältere, er hätte zuerst Frau und Kinder haben sollen. Umso mehr er sich auch einredete, dass er ihr das Glück gönnen musste, umso mehr fraß ihn der Neid auf. Nie hätte er sich gedacht, so eifersüchtig auf seine kleine Schwester sein zu können. Abgesehen von den Streitereien ihrer Kindheit war sie immer eine gute Lebensbegleiterin gewesen, die ihn ernst nahm und ihn nötigenfalls auch respektvoll kritisierte. Diese Eigenschaft schätzte er sehr an ihr.

„Aber heute ist heute und morgen ist morgen", dachte Andreas bei sich, als er sein Auto einparkte.

Sebastian stand schon an der Bar, mit einem Bier in der Hand, als Andreas eintraf. Es war ein ruhiger Samstagabend, die vereinzelten Gäste verteilten sich im Lokal. Andreas war nicht besonders redselig, so beschloss Sebastian, mit ihm Small Talk zu betreiben, um die unangenehme Stille zu durchbrechen.

„Wie siehst du die sich anbahnende Wirtschaftskrise?“

Andreas schaute seinen Freund mit zu Schlitzen verengten Augen an: „Geldgier macht uns zu leeren Hüllen, in der unsere Seelen vor Einsamkeit verbluten.“

Sebastian schaute ihn entgeistert an. Was war los mit Andreas? Woher kam diese negative Ader heute Abend? Aber er wagte es nicht noch einmal ihn in ein längeres Gespräch zu verwickeln.

Neben den folgenden wortkargen Konversationen starrten die beiden Männer auf den Fernsehbildschirm, der ein Fußballspiel ohne Ton zeigte. Nichtsdestotrotz ging regelmäßig ein Raunen durch das Lokal bei einer verpassten Torchance. Ein Bier nach dem anderen ging über die Theke, aus Langeweile kippte Andreas eins nach dem anderen in sich hinein.

Sichtlich betrunken wollte er schon seine Sachen packen, als Sebastian mit dem Kopf in Richtung Tür deutete. Andreas blickte hinüber, zwei hübsche Frauen betraten die Bar. Eine davon war riesig, aber ihr Körperbau war durchaus proportional, aufreizend und anziehend. Am liebsten hätte er an Ort und Stelle in ihre lange, nussholzbraune Mähne gegriffen. Es war durchaus sexy, wie ihre dichten, gewellten Haare das schöne Gesicht umspielten. Er musste sie kennenlernen. „Du redest mit der Kleinen“, zischte Andreas Sebastian zu.

Der Freund grinste wie ein Honigkuchenpferd: „Klar doch, alter Checker. Schmeiß dich ran an die Braut.“

Andreas ignorierte Sebastian mit seinem dümmlichen Machogehabe und wartete ab, bis die beiden Frauen in ihre Richtung steuerten. Zu seinem Glück schien ihn die Große bereits bemerkt zu haben und schaute ihn interessiert an. Als er sich noch zurechtlegte, was er zu ihr sagen könnte, stand sie bereits vor ihm.

„Und ich dachte, es gibt keine großen Männer mehr auf dieser Welt“, begann sie kokett.

Andreas lachte, übertrieb es aber in seinem Rausch zusehend. Er ermahnte sich still selbst, sich zusammenzureißen. Jede falsche Bemerkung könnte das Aus für diese Begegnung sein. Er versuchte, seine Gedanken so zu ordnen, wie er es vor seinen Verhandlungen am Gericht immer tat. Doch der Alkohol benebelte seine Sinne. „Andreas“, stellte er sich ungeschickt vor.

„Isabella“, gab sie zurück.

„Möchtest du etwas zu trinken?“, lallte Andreas unpassend.

Isabella lehnte sich an sein Ohr: „Nein, ich möchte dich.“

Andreas verlor fast das Gleichgewicht wegen dieser direkten Anmache. Und das aus dem Mund einer Frau? Das widersprach all seinen guten Manieren, die er sich so mühsam über die Jahre antrainiert hatte. Oder war es ein Wink des Schicksals, endlich zuzugreifen? Zu lange war er schon allein. Er sehnte sich danach, in den Händen einer Frau zu sein, die ihn begehrte.

Er entschied sich dafür, dass es einen Versuch wert war, und zog Isabella ohne Erklärung an sich. Er küsste sie lange und intensiv auf den Mund. Ihre Lippen schmeckten wie süße Erdbeermarmelade. Er versuchte, diese angenehme Emotion festzuhalten, doch der Alkohol begann, in seinem Kopf zu hämmern. Ein dunkler Schatten zog hinter ihm auf und ließ ihn frösteln.

„Geht es dir gut?“, fragte Isabella.

„Ich habe nur zu viel Bier getrunken“, gab er diese Halbwahrheit von sich, während ihm das eisige Gefühl weiter im Nacken saß.

„Komm, gehen wir an die frische Luft“, schlug diese Wahnsinnsfrau vor.

Bereitwillig ging er mit ihr nach draußen. Sie schlenderten den Gehsteig entlang, der von dem gedämpften Licht der Straßenlaternen erhellt wurde. Isabella führte Andreas, sie steuerte mit ihm händchenhaltend den nahegelegenen Park an. Sie bemerkte nichts von Andreas innerem Kampf. Der Schatten, der ihn begleitete, schien zu wachsen und verfärbte sich stetig dunkler. Als sie das schmiedeeiserne Tor des Parks durchschritten, schmerzte Andreas bereits der Druck, der sich in seinem Kopf aufbaute. Er versuchte, es zu ignorieren, setze sich auf eine Parkbank und zog Isabella an sich. Stürmisch küsste er sie und versuchte, ihre Leidenschaft zu genießen. Aber etwas machte ihm einen Strich durch die Rechnung. Er konnte fühlen, wie der aufgezwungene Schattentanz sich in seinem Inneren unheilvoll entfaltete. Viel zu oft hatte ihn dieses grauenhafte Dunkel schon in Besitz genommen, alle seine Träume vernichtend zerstört. Irgendwann würde er nicht mehr entkommen. Doch so sehr er sich auch wehrte gegen diese böse Macht, sie ließ ihn nicht los. Es war wie eine innere Grenze, die er nicht kontrollieren konnte. Er schien an ihr entlangzuschrammen, bis jemand anderer für ihn entschied, sie zu überschreiten.

Als Isabella aufschaute bemerkte sie den aufsteigenden Wahnsinn in seinen Augen. Wie ein Verrückter blickte er sie an. Ihr war, als könnte sie den schmalen Grat in seiner geweiteten Pupille erkennen, der aus einem guten einen bösen Menschen machte. Panisch versuchte sie, sich aus seiner klammernden Umarmung zu lösen. Doch Andreas wollte sie nicht loslassen. Sie war die Frau seiner Träume. Mit aller Gewalt hielt er sie fest. Dieses Mal würde er sich nicht unterkriegen lassen und mit eingezogenem Schwanz flüchten vor diesem Irrsinn, den er nicht zurückhalten konnte.

„Bleib bei mir, ich brauche dich", flüsterte er ihr beruhigend und zärtlich zu.

Und es schien zu wirken. Isabella wehrte sich nicht mehr. Ruhig lag sie in seinen Armen und starrte ihn mit leblosen Augen an. Der Schatten stand neben ihnen und lachte hämisch. Die Trennlinie der Vernunft war bereits meterweit überschritten.

Erschrocken ließ Andreas die Leiche fallen. Die eiskalte Schwärze umgarnte ihn. Sie würde ihn genauso festhalten und zerquetschen, wie er es mit Isabella gemacht hatte. Er spürte, dass es kein Zurück mehr für ihn gab. Er musste jetzt handeln, der Überlebensinstinkt keimte noch einmal auf, Widerstand regte sich. Andreas war sich plötzlich sicher, dass er kein Mörder war. Sein Verstand schien die Barriere des Unfassbaren erneut gewechselt zu haben. Er lief los, um der Dunkelheit zu entrinnen.

Ächzend wachte er auf. Verschwommen sah er das verrostete Rohr an der Mauer, gegen das er kurz zuvor gestoßen war. Als sich sein Blick klärte, weiteten sich seine Augen panisch. Sein Verfolger war wiedergekehrt. Mit letzter Kraft stemmte sich Andreas nach oben und rappelte sich auf. Die schmerzende Last in seinem Kopf erdrückte ihn fast, er torkelte, spürte das warme Rinnsal seines eigenen Blutes über das Gesicht fließen. Er war zu spät, kein Ausweg tat sich in seiner Verzweiflung für ihn auf. Der nächtliche Schatten hüllte Andreas verborgene Bosheit gekonnt ein. Wie schwarze Nebelschwaden umwoben seinen Körper. Seine Stimme versagte. Erstickend fraß sich die Angst in seine Eingeweide. Er spürte, wie das Unheil sich seiner bemächtigte, in jede Pore drang, ehe die Welt ihren letzten Lichtschein einbüßte. In tiefster Dunkelheit sank er zu Boden. Endlich war alles vorbei, friedliche Stille breitete sich über den vorangegangenen Wahnsinn aus. Übrig blieb eine weitere Leiche heute Nacht, die mit leblosen Augen ins Nichts starrte.

Schreiend wachte ich auf und versuchte, zu begreifen, was ich gerade geträumt hatte. Es war so viel Fantasie in meinem Kopf. Wo kam die bloß immer her?

Fast automatisch griff ich zu Papier und Stift und schrieb die Geschichte auf, wie im Rausch flossen die Worte von meinem Kopf in meine Finger und formten sich zu einer Erzählung. Ich schrieb und schrieb und schrieb. Ein innerer Drang leitete mich. Das erste Mal wollte ich verstehen, was das alles sollte. Warum kamen solche Bilder in meinen Kopf, die zu Geschichten wurden? Was war bloß los mit mir? War es ein Segen oder ein Fluch, so zu sein?

Und als ich den Schreiber endlich weglegte, schoss mir die Tat in den Kopf, wegen der ich im Gefängnis saß, es war, als durchlebte ich sie noch einmal in aller Deutlichkeit, meine Erinnerungen blendeten kein einziges Detail aus. Ich begann zu weinen, aber nicht, weil ich irgendetwas daran bereute, was ich verbrochen hatte, sondern weil ich mich auf einmal selbst bedauerte. Ich konnte die Tränen nicht halten, sie waren wie ein strömender Fluss, der nicht enden wollte. Ich spürte diesen inneren Schmerz tief in mir, es war nicht auszuhalten. Meine Haut brannte höllisch wie loderndes Feuer, ich begann, sie mit meinen Fingernägeln aufzukratzen und hörte nicht auf, ehe meine Arme bluteten. Ich musste das tun, denn ich hatte mich lange selbst nicht gespürt. Der Schock darüber, ich könnte nach so langer Zeit doch noch selbst in mir sein, war sehr groß. Ich musste mit jemandem darüber reden. Mir fiel die rothaarige Psychologin ein. Vielleicht sollte ich doch mit ihr sprechen. Denn irgendein Funke in meinem Herzen wollte plötzlich wieder lebendig sein, verspürte auf einmal echtes Mitgefühl für meine eigene Situation. Irgendwo in meinem Körper war ich anscheinend noch da, die Frau mit dem Namen Emilia.

Wortlos las Frau Dr. Gabriel den Text, den ich ihr unter die Nase gehalten hatte. Es war die Niederschrift meines Traums, der mich so durcheinandergebracht hatte, dass ich nun das Bedürfnis hatte, mir ihr zu reden, mein Schweigen endlich zu brechen. Als sie fertig war mit dem Lesen, legte sie das Papier auf den Tisch vor sich und sah mich an.

„Emilia, du hast eine ausgeprägte Gabe, Geschichten niederzuschreiben. Du könntest viel machen aus diesem wunderbaren Talent, aber dazu solltest du innerlich heil werden. All die schlimmen Dinge, von denen ich nur vermuten kann, dass sie dir widerfahren sind, machen es möglich, dass du so tief greifend und echt erzählen kannst, weil du all diese Gefühle wirklich kennst. Ich wünsche dir von ganzem Herzen, dass du mit deiner Vergangenheit abschließen kannst, um eine glückliche Zukunft zu haben ohne diesen Schmerz, der dich quält. Du bist etwas Besonderes. Ich lese aus deinen Geschichten die Sehnsucht, endlich geliebt zu werden, heraus und das hast du auch verdient“, erklärte mir die Psychologin.

„Sie müssen mir nicht noch Grieß um den Mund schmieren, ich habe mich schon vorher entschieden, endlich über die Vergangenheit zu sprechen“, gab ich barsch zurück.

„Ich meinte das ernst, was ich sagte, Emilia“, erwiderte sie ruhig.

„Ja, passt schon. Ich habe aber vorweg noch eine Frage. Bin ich verrückt? Haben normale Menschen auch solche Träume?“, wollte ich dringend wissen.

„Davor brauchst du keine Angst zu haben, Menschen träumen die verrücktesten Dinge, ohne selbst verrückt zu sein. Träume können uns einerseits viel von unserem Leben erzählen, aber andererseits auch etwas ganz anderes bedeuten. Ich glaube, bei dir haben die Träume auch einen ganz einfachen Hintergrund, dass du nämlich sehr ausdrucksstarke Geschichten erfinden kannst und deine Fantasie anscheinend grenzenlos ist. Du kannst dadurch deine positiven und negativen Gefühle ausdrücken, das ist wunderbar, das solltest du dir bewahren. Aber ich glaube nicht, dass du verrückt bist. Das Einzige, das man dir hier sehr zu deinen Lasten ausgelegt hat, war, dass du deine Tat nicht bereust. Aber ich verspreche dir, dass ich versuchen werde, es zu verstehen, wenn du dich mir anvertraust. Ich werde dir mein aufrichtiges Mitgefühl schenken, wenn du mich verstehen lässt, wie es dazu kam. Bist du einverstanden?“, fragte mich Frau Dr. Gabriel.

„Und wenn ich kein Mitgefühl will?“, fühlte ich mich sofort wieder angegriffen.

„Aber es ist doch nicht schlimm, wenn jemand mit dir fühlt. Was stört dich daran?“

„Ich habe auch für niemanden ein Mitgefühl, warum sollte ich das dann wollen?“, stellte ich die Gegenfrage, obwohl meine Behauptung nicht stimmte, denn ich hatte beschlossen, das Schweigen zu brechen, weil ich selbst Mitgefühl für mich empfand. Trotzdem ließen mich meine eingefahrenen Muster trotzig reagieren.

„Weil man verstanden wird, wenn jemand mit dir fühlt und sich in dich hineinversetzt. Vielleicht kannst du dann auch mit jemand anderem fühlen, wenn dir gezeigt wird, wie das geht. Aber das liegt in der Zukunft und das musst du dir für den Moment nicht einmal vorstellen können“, sagte die Psychologin einfühlsamer, als ich es bereit war, anzunehmen.

Trotzdem nickte ich zustimmend, vielleicht konnte sie echt Dinge bei mir erreichen, die ich nicht für möglich hielt. Deshalb war ich ja hier, um es zu versuchen. Auch wenn es mir große Angst machte meine Kindheit noch mal zu durchleben. Sie saß wie ein Schreckgespenst in meinem Nacken, das alles noch einmal rückblickend erzählen zu müssen.

„Gut, Emilia, du bist hier sicher bei mir. Atme tief durch und überlege, was du mir als Erstes erzählen willst, ich werde dir zuhören", versuchte Frau Dr. Gabriel, mich zu beruhigen.

Und tatsächlich atmete ich tief durch und sprach: „Ich wurde in einer stürmischen Winternacht im Dezember geboren. Soweit ich weiß, hatte meine Mutter starke Schmerzen und unkontrollierbare Blutungen, als sie meinen Vater anrief. Doch dieser war gerade unterwegs und brauchte aufgrund des tobenden Schneesturmes eine geschlagene Stunde nach Hause. Er fand meine Mama in einer Blutlache am Boden liegend und alarmierte die Rettung. Doch auch die Sanitäter brauchten an diesem Tag wegen des Wetters länger und meine Mutter atmete kaum noch, als sie eintrafen. Bis sie im Krankenhaus waren, war alles zu spät. Sie konnten gerade noch mein Leben retten, das bereits am seidenen Faden hing, indem sie mich per Kaiserschnitt zur Welt holten. Aber Mama verstarb ein paar Stunden später, man konnte nichts mehr für sie tun. Sie hatte ihr Leben gegeben, damit ich nicht sterben musste, ein schlechter Tausch meiner Meinung nach."

„Glaubst du das wirklich?", hakte die Psychologin nach.

„Dass es besser gewesen wäre, wenn ich gestorben wäre und nicht sie? Ja, natürlich! Sie wissen, warum ich hier eingesperrt bin, die ganze Welt hält mich für ein Monster", ging ich erneut auf Angriff.

„Es interessiert mich aber nicht, was die anderen denken. Ich will wissen, was du denkst. Glaubst du wirklich, dass es besser wäre, dass du damals gestorben wärst und deine Mutter überlebt hätte?", fragte die Psychologin noch einmal nach.

„Ich weiß es nicht. Vielleicht hätte sie dann all das durchmachen müssen, was ich als Kind ertragen musste", gab ich verbissen zurück.

„Das könnte sein. Aber sie war eine erwachsene Frau, sie hätte jederzeit gehen können. Du warst ein Kind und konntest das nicht. Aber darauf wollte ich nicht hinaus. Sie war deine Mutter und Mamas lieben oft bedingungslos. Kannst du dir vorstellen, dass sie dich so sehr geliebt hatte, dass sie froh war, dass sie selbst starb und nicht du?"

„Ja, zumindest habe ich mich an diesen Gedanken immer geklammert, als ich klein war. Ich wollte immer glauben, dass sie mich so sehr liebte", stammelte ich mit zittriger Stimme.

„Das ist der Punkt. Du hast es verdient, geliebt zu werden. Deine Mama hat dich bestimmt so sehr geliebt, bewahre dir das in einer Schatzkiste in deinem Herzen auf. Die kann dir keiner nehmen", erklärte Frau Dr. Gabriel liebevoll.

„Danke", reagierte ich reumütig.

„Magst du mir deine Geschichte weitererzählen?"

„Ich wuchs bei meinem Vater auf. Ich weiß nicht wirklich, was ich über diese Zeit, bevor ich zur Schule gehen musste, denken soll. Ich fühlte mich in meiner kindlichen Naivität von meinem Vater geliebt, er nahm mich in den Arm, wenn er da war, und lächelte mich stets an. Er war aber viel unterwegs und ließ mich in der Zwischenzeit auch immer allein, oft hockte ich stundenlang in einer Ecke und wartete verzweifelt auf seine Rückkehr. Aber ich war zu klein, um zu verstehen, wann er wiederkam. Und er versuchte gar nicht erst, mir das zu erklären, er redete überhaupt nicht mit mir. Ich verstand niemals, was in ihm vorging, gierte nach seiner Nähe, die mich überleben ließ. Aber er gab mir keine Chance, in ihn hineinzublicken, was für mich doppelt schwierig war, weil ich selbst kaum sprechen konnte. Die Wortkargheit meines Vaters und der fehlende Kontakt zu anderen Menschen ließen es nicht zu, dass ich meine Muttersprache richtig erlernen konnte. Als ich zur Schule kam, konnte ich nur in Wortgruppen sprechen und nicht einmal ganze Sätze formulieren.

Dadurch war die Schulwelt erstmals für mich fürchterlich erschreckend, ich hatte ja keine Ahnung, dass es andere Menschen gab als meinen Vater. Ich war die ersten sechs Jahre meines Lebens nur in der gemeinsamen Wohnung, nie woanders. Nur Papa ging fort, aber ich wusste nicht, dass es möglich war, selbst hinauszugehen. Die Eindrücke auf der Straße und in der Schule überforderten mich komplett. Es wurde auf mich eingeredet, aber ich verstand nicht, was sie von mir wollten. Ich hatte keine Ahnung, was das alles bedeutete, die Worte waren mir fremd. Ich hatte das Gefühl, dass ich komplett verkehrt war, wünschte mich in die Einsamkeit der Wohnung zurück, wollte einfach in Ruhe gelassen werden.

Erst später konnte ich verstehen, dass die Schule vieles an Erleichterung für mich brachte. Mein Vater wurde beim Jugendamt gemeldet und von diesem Tag an war ich nicht mehr allein. Ich brauchte viele Monate, um zu verstehen, dass es viele Menschen gab, die es gut mit mir meinten. Meine Lehrerin in der Vorschule, in die ich zurückgestellt wurde, um Sprechen zu lernen, bemühte sich sehr, mir die Sprache ordentlich beizubringen, und die Betreuerin vom Jugendamt war eine herzensgute Frau. Ich lernte schnell, zu sprechen, und nach der Vorschule entdeckte ich das Schreiben für mich und lernte daraufhin erst recht wie eine Wahnsinnige, um lesen zu können. Endlich konnte ich Dinge verstehen, weil ich selbst die Worte dazu hatte. Aber ich eckte weiterhin überall an, konnte in der normalen Welt kaum bestehen, weil ich keine Ahnung vom Leben außerhalb unserer Wohnung hatte. Ich glaubte aber, meinen Vater zu lieben, war zu jung, um sein Verhalten infrage zu stellen. Er zeigte sich auch bei der Betreuerin sehr einsichtig, wenn sie ihm erklärte, was ich brauchte, um mich gut zu entwickeln. Aber kaum war sie weg, schwieg er wieder. Und weil er mir niemals die Nähe verweigerte, fügte ich mich dem Ganzen. Aber je mehr sich mir in den kommenden Jahren die Welt der von mir gelesenen Bücher und des Schreibens meiner fantastischen Erzählungen erschloss, umso mehr tat es mir leid, dass ich das nicht mit ihm teilen konnte. Ich verstand kein bisschen, was in ihm vorging, er blieb ein verschlossenes Buch mit sieben Siegeln. Das machte mich immer trauriger. Ich wollte ihm von meinen Ideen und Geschichten erzählen, aber er wollte sie nicht hören. Er blieb versperrt wie eine eingerostete Tür, deren Scharniere sich keinen Millimeter mehr bewegen ließen. Am Schlimmsten war aber dann der Tag für mich, an dem das Jugendamt beschloss, dass wir keine Betreuung mehr brauchten, weil Papa immer fleißig mitspielte, solange die Betreuerin da war. In diesem Fall war sie zu sehr von dem Guten im Menschen überzeugt, als dass sie sehen konnte, dass er mich weiter seelisch verhungern ließ, indem er nicht mit mir redete. Und ich sagte auch nichts, wollte als naives Kind, das ich war, daran glauben, dass alles gut war, schließlich redete ich mir ein, dass er mich liebte. Ich verstand nichts davon, dass er dadurch, dass er sich mir gegenüber verschloss und sich jedem Gespräch entzog, mich gar nicht an seiner Gedankenwelt teilhaben ließ, nicht für mich da war. Ich verstand nicht, dass das Missbrauch war. Ganz im Gegenteil, ich fühlte mich verkehrt, weil ich ihn mit nichts erreichen konnte. Ich sehnte mich so sehr nach ihm." Ich musste innehalten, weil mich die Tränen körperlich so erschütterten, dass ich nicht weitersprechen konnte.

„Emilia, das ist sehr traurig, was du da erzählst. Du hast nichts falsch gemacht, ein Kind vertraut darauf, dass das, was die Eltern tun, richtig ist. Wie hast du das bloß ausgehalten?“, fragte Frau Dr. Gabriel.

„Ich habe keine Ahnung, ich konnte es ja nicht ändern", stammelte ich mit verweintem Gesicht.

Eine kurze Pause entstand, damit ich mich wieder fangen konnte.

„Hattest du Freunde?"

„Ich begann, mit Kindern in meinem Alter um die Häuser zu ziehen, als ich in der Schule mitbekam, dass es eine Außenwelt gab. Aber ich ließ niemanden so sehr an mich heran, dass wir richtige Freunde wurden, ich spürte, dass das meine Welt zu sehr auf den Kopf stellen würde. Außerdem fanden mich die anderen in meiner Klasse komisch und deren Eltern hielten mich für einen schlechten Umgang, was ja auch stimmte. Es hatte mir ja niemand beigebracht, wie man sich ordentlich verhielt. Nur meine Ängstlichkeit bewahrte mich in dieser Zeit vor den großen Dummheiten. Ich ließ trotzdem fast keine Gelegenheit aus, um etwas auszufressen. Und stellte mir dabei jedes Mal vor, wie mich mein Vater anschrie und mir seine Meinung sagte. Das wäre sehr erlösend für mich gewesen. Aber dazu kam es natürlich nie", sagte ich achselzuckend.

„So viele Schmerzen für ein so kleines Kind. Du darfst trauern, Emilia, dass deine Kindheit so verlaufen ist. Aber jetzt bist du erwachsen und kannst selbst entscheiden, wohin du gehst. Es ist noch ein langer Weg, aber ich glaube, du wirst es schaffen", stärkte mir die Psychologin mit ihren Worten den Rücken.

Und ja, für heute hatte ich genug geredet. An diesem Abend fiel ich tief erschöpft ins Bett. Ich war froh, dass mir mein Vater nichts mehr tun konnte, denn das, was ich heute erzählt hatte, war längst nicht alles, was passiert war – es war nur der Anfang des Schreckens.

One time 1

Ich war oft sehr einsam im Gefängnis, was zwar meistens besser so war, da mich keiner ertragen musste, aber manchmal sehnte ich mich nach dem ungezwungenen Kontakt zu Menschen, die nicht dieses Monster in mir sahen, wie sie mich in den Medien nannten. Da wollte ich einfach nur ganz normal sein – Emilia, eine ganz gewöhnliche, junge Frau. Und ich fand auch eine Möglichkeit dazu. Es gab da so eine Internetplattform, die hieß *One time*. Es war eine Art Tagebuch. Jeder, der hier angemeldet war, hatte die Aufgabe, einmal in der Woche etwas aus seinem Leben zu veröffentlichen und mit einem ausgewählten Kreis zu teilen. Es war nicht so wie diese anderen Internetplattformen, bei denen sich die Leute für unpersönlichen Scheiß feiern ließen, sondern das hier war gedacht, um sich in die Seele blicken zu lassen, ohne sich persönlich zu kennen. Die Auswahlkriterien waren streng, weil man sich hier ernsthaft mit dem anderen beschäftigen konnte, ohne ihn öffentlich bloßzustellen. Das war mein Vorteil, ich konnte mich bei *One time* ganz normal fühlen, denn hier wusste niemand, dass ich eine verurteilte Verbrecherin war. Ich gab einfach an, Schriftstellerin zu sein, verstellte mich aber ansonsten in keiner Weise, denn ich wollte einfach nur dazugehören und mich kurzfristig richtig fühlen. Deshalb nutzte ich diese eine Stunde in der Woche, in der ich vom Gefängnis erlaubten Internetzugang hatte, akribisch, um mir die Beiträge der anderen User durchzulesen und selbst meinen wöchentlichen Bericht zu verfassen. In dieser Zeit vergaß ich die Gefängnismauern um mich herum und war so bei mir, wie ich es wahrscheinlich gewesen wäre, wenn mir das Leben eine andere Chance gegeben hätte.

Diese Menschen, mit denen ich es da online zu tun hatte, konnten unterschiedlicher nicht sein, aber deshalb liebte ich diese ausgewählte Gruppe so. Da war zuallererst Marla, eine alleinerziehende Mutter, die sich bedauernswerterweise in einen Frauenhelden verliebt hatte. Das hörte sich sehr kompliziert an – und das war es leider auch. Dann war da Bernhard, er klopfte einfach Zitate übers Leben, die ihn bewegten, und Evelyn schrieb unermüdlich Bibelzitate, in denen sie anscheinend die Erfüllung für ihr Leben fand. Tim war Kellner mit einer großen Portion Charme und einer noch größeren Portion Dreistigkeit und

Humor. Er brachte mich immer wieder zum Lachen mit seinen Berichten und das tat mir unendlich gut. Gerhard tat mir einfach nur leid, eine Mutter brachte ihn zur Welt, die ihn eigentlich lieber abgetrieben hätte, sein Leben war eine Qual. Ich konnte sein Leiden aus eigenen Erfahrungen nachvollziehen. Es würde mich nicht wundern, wenn er es beenden würde, denn ich verstand ihn nur zu gut, wenn man unermüdlich um Liebe kämpfte und nichts zurückkam. Angela war eine streitsüchtige Verkäuferin – und ich glaube, man konnte es ihr kaum recht machen. Ich mochte die Beiträge von Melanie, sie war Künstlerin in einer Glaserei und unsterblich in ihren Meister verliebt. Dafür nervte mich Regina, die Gesundheitsfanatikerin. Sie war Veganerin und wollte alle belehren, um sie von ihrer Ernährungsweise zu überzeugen. Charles war politisch motiviert, obwohl ich das Gefühl hatte, dass er nur seine eigene Unfähigkeit, selbst zu denken, dahinter versteckte. Er war nicht der Hellste und manchmal sehr aggressiv. Clemens war Feuerwehrmann und ich stellte mir ihn als strahlenden Held vor, leider konnte er nicht einfach vorbeikommen und mich aus dem Gefängnis retten und in ein anderes Leben tragen. Dann war da noch Belinda, eine gutmütige Lehrerin, die ihre Schüler sehr gerne hatte, aber privat unter großer Einsamkeit litt. Und ich selbst trug Gedichte zu dem Ganzen bei, die ich mir unter der Woche ausdachte und in der einen Stunde, in der ich den schäbigen Computerraum benutzen durfte, schnell in die Tastatur tippte. Wichtiger war mir aber, die Beiträge der anderen lesen zu können und in ihre Welten einzutauchen, die verschiedener nicht hätten sein können und die mir so viel bedeuteten. Ich glitt sanft hinab in eine Welt der Normalität, als ich las, was die anderen an Erfahrungen aus ihrem Leben mitteilen wollten.

@Marla:
Ich wünsche mir so sehr, etwas mutiger zu sein, es ärgert mich oft maßlos, dass ich meine schüchterne Art nicht einfach überwinden kann. Und das Schlimme daran ist, dass meine Kinder schon genauso werden wie ich. Klar, sie sind erst zwei und vier Jahre alt, aber sie kommen kaum hinter meinem Rockzipfel hervor. Ihr Vater hätte sie bestimmt anders erzogen, er hatte den nötigen Mut fürs Leben, aber er ist nicht mehr da. Er hat sich entschieden, auf einem anderen Kontinent zu leben und gar nicht mehr Teil des Lebens seiner Kinder zu sein.
Mir graut schon vor dem Tag, an dem ich das den beiden erklären muss, dass ihr Papa einfach gegangen ist und sich aus unserem Leben

gestohlen hat, als seien wir wertlos. Aber das ist eine andere Geschichte. Eigentlich bin ich wegen Robin so verzweifelt. Ich sehe ihn jedes Wochenende in der Bar, in der ich aushelfe, um etwas Geld für meine Kleinen zu verdienen. Vom ersten Moment an wusste ich, dass ich mehr von ihm will, aber ich traue es mir nicht zu, ihm das zu sagen, bis heute nicht. Er ist so unglaublich attraktiv, sodass ich einfach darüber hinwegsehe, dass er ein Frauenheld ist. Er schleppt immer wieder eine andere ab, jede Woche eine neue Frau. Ich kann das nicht mehr mit ansehen. Ich ärgere mich, dass ich vor persönlichem Kontakt zurückscheue. Ich stelle es mir so romantisch vor. Ich glaube, dass er bei mir erkennen könnte, dass er nur eine einzige Frau an seiner Seite möchte, nämlich mich. Und dieser Gedanke, der mir ein Lächeln aufs Gesicht zaubert, lässt mich jeden Abend zur Ruhe kommen und zufrieden einschlafen.

Ich nehme mir felsenfest vor, ihn am nächsten Wochenende anzusprechen. Aber kaum treffe ich ihn wieder, beachtet er mich nicht und mich verlässt der Mut wieder. Warum sieht er mich nicht? Er steigt doch sonst auch jeder Frau nach. Vielleicht hat er nur Angst, die Liebe seines Lebens kennenzulernen, und sieht in mir mehr als diese kurzen Bekanntschaften. Zumindest rede ich mir das ein, um meine Gefühle für ihn zu rechtfertigen.

„Was findest du an dem?", fragte mich gestern eine Arbeitskollegin.

„Er ist perfekt", schmachtete ich vor mich hin.

„Du hast zwei Kinder und nennst diesen Typ perfekt. Der würde dich doch für die Erstbeste sitzenlassen", sagte sie zynisch.

Ich bin immer noch beleidigt. Wie kann sie nur so über Robin reden?

Marla war leider sehr naiv, aber es würde nichts bringen ihr das zu erklären, sie war verliebt. Ich konnte nur den Kopf schütteln. Leider würde sie mit diesem Robin nur in ihr eigenes Unglück rennen.

@Bernhard:

Zweifel und Scheitern begleiten oft unser Leben. Hier meine wöchentlichen, von mir ausgewählten Zitate dazu:

- *Immer versucht. Immer gescheitert. Egal. Versuch es wieder. Scheitere besser. (Samuel Beckett)*
- *Im Zweifel: Da ich nicht glauben kann einfach so, will ich zweifeln. Aber auch an meinen Zweifeln zweifeln, bis in den Glauben hinein. (Alexander Jehle)*

• *Aus Steinen, die einem in den Weg gelegt werden, kann man etwas Schönes bauen. (Johann Wolfgang von Goethe)*

Bernhard war eindeutig ein Querdenker. Manche seiner herausgesuchten Zitate liebte ich so sehr, dass ich sie aufschrieb, um sie mehrmals lesen zu können. Aber einige waren auch einfach nur zum Schmunzeln.

@Evelyn:
Wie ihr wisst, beginne ich jeden Tag mit einem Psalm aus der Bibel. Heute möchte ich meinen Lieblingspsalm mit euch teilen:
Psalm 23 - Der gute Hirte
Ein Lied von David. Der HERR ist mein Hirte, nichts wird mir fehlen. Er weidet mich auf saftigen Wiesen und führt mich zu frischen Quellen. Er gibt mir neue Kraft. Er leitet mich auf sicheren Wegen und macht seinem Namen damit alle Ehre. Auch wenn es durch dunkle Täler geht, fürchte ich kein Unglück, denn du, HERR, bist bei mir. Dein Hirtenstab gibt mir Schutz und Trost. Du lädst mich ein und deckst mir den Tisch vor den Augen meiner Feinde. Du begrüßt mich wie ein Hausherr seinen Gast und füllst meinen Becher bis zum Rand. Deine Güte und Liebe begleiten mich Tag für Tag; in deinem Haus darf ich bleiben mein Leben lang.

Evelyn und ihr tiefer Glaube waren beneidenswert. Sie wusste, wo ihre Hilfe war, wenn sie sie brauchte. Man merkte, dass Gott mit ihr war und dass sie ihre Kraft daraus schöpfen konnte. Manchmal machte mich das neidisch.

@Tim:
Heute war ich wieder in der Arbeit. Ihr wisst, wie sehr ich meinen Beruf als Kellner liebe und dass nichts über mein Kaffeehaus geht, in dem ich arbeite. Aber der wahre Grund, warum ich mich dort so wohlfühle, ist die Begegnung mit den unterschiedlichsten Menschen, da ist alles dabei, was unsere Erde an Vielfalt zu bieten hat. Oft ist es zum Lachen, aber auch ganz oft zum Weinen, manchmal teile ich unbändige Freude mit den Menschen und manchmal muss ich einfach nur den Kopf schütteln vor Unverständnis.
Heute erzähle ich euch von Frau Sinfonie, eine betagte, sehr auf ihr Aussehen bedachte Lady. Sie war fast ihr ganzes Leben mit einem Millionär verheiratet und achtet heute noch auf ihr tadelloses Benehmen,

um ihrem verstorbenen Mann nach wie vor die Ehre zu erweisen. Sie ist immer höflich, wenn sie auf Besuch kommt, sehr kritisch, bedankt sich aber mit einem großzügigen Trinkgeld, wenn sie zufrieden ist. Frau Sinfonie hat aber irgendwann in ihrem Leben vergessen, zu lachen. Ihre Gesichtszüge waren immer ernst und das tut mir jedes Mal im Herzen weh, wenn sie auf ihren üblichen Kaffee und Mehlspeise bei uns vorbeischaut. Ich habe lange überlegt, wie ich dieser netten, alten Dame ein Lächeln ins Gesicht zaubern kann, aber sie sprang auf meine Bemühungen nicht an. Und heute kam mir eine ungeplante Idee. Frau Sinfonie bat mich an ihren Tisch, weil ihr der Kaffee heute zu lauwarm war, sie verlangte höflich nach einer heißer temperierten Tasse. Ich schnappte mir ihren Kaffee und anstatt ihn einfach mitzunehmen, kippte ich ihn vor ihren Augen hinunter. Sie starrte mich im ersten Moment entsetzt an.
Dann sagte ich: „Ich liebe lauwarmen Kaffee:"
Und siehe da, Frau Sinfonie stimmte in mein Lachen mit ein.
„So viel Frechheit hätte ich Ihnen gar nicht zugetraut", kommentierte sie meine Handlung.
Und so brachte ich ihr eine dampfend heiße Tasse von dem koffeinhaltigen Gebräu und setzte mich nach Aufforderung zu ihr, weil gerade keine anderen Gäste da waren. Sie erzählte mir, dass ihr Mann sie auch oft mit Frechheiten zum Lachen gebracht hatte und sie ganz vergessen hatte, wie gut es tat ungezwungen fröhlich zu sein. Das Eis war gebrochen und ich dankte ihr für das gute Gespräch. Vielleicht stimmt es doch, dass Frechheit siegt.

Tim war zum Totlachen, ich liebte seine witzigen Geschichten. Es tat unendlich gut, seine Lebensfreude für einen kurzen Moment in der Woche mitzutragen. Es ließ mich hoffen, dass das Leben außerhalb der Gefängnismauern doch ein Schönes sein konnte.

@Gerhard:
Vor ein paar Tagen rannte ich stundenlang durch den Regen in der Nacht. Ich hatte das Gefühl, zu ersticken, mein Herz raste. Ich wollte zu dieser hölzernen Brücke bei uns in der Stadt, die mehrere Hundert Meter über einen riesigen Wasserfall führt. Viele sind schon von dort auf den felsigen Untergrund gesprungen, um sich das Leben zu nehmen, und ich wollte der Nächste sein. Ich hatte mein Leben satt. Meine bescheuerte Mutter ist nicht mehr zu ertragen. Wegen ihr ist

mein Leben eine einzige Katastrophe. Alles dreht sich um ihre Drogen. Wenn ich nicht sofort Lebensmittel kaufen würde von meinem Gehalt, wären wir schon beide längst verhungert. Jeden Tag arbeite ich auf dieser Müllkippe und sortiere den Abfall, damit wir irgendwie überleben können. Das ist mein Schicksal seit bereits drei Jahren, volljährig werde ich erst in einem Jahr. All das, um die Frau zu erhalten, die mich zur Welt gebracht hat. Sie ist eine Hure, lässt sich von jedem ficken, um Geld für ihre Spritzen zu bekommen. Sie ekelt mich an. Sie hat es verdient, dass ich nicht mehr bin, damit mein Gehalt wegfällt und sie nur mehr den goldenen Schuss wählen kann, wenn ich sie nicht mehr versorge.

Ich war an diesem Tag kurz zuvor zu Hause. Als ich das Wohnzimmer betrat, traf ich sie an wie üblich. Komplett unter Drogen mit einem fetten und ekelhaften Typen, der grunzend ihren Arsch fickte. Ich könnte kotzen bei dem Anblick.

„Du dreckige Schlampe", rief ich wütend.

„Wer ist das?", grölte der widerliche Typ.

„Mein missratener Sohn", lallte meine Mutter.

„Schau zu, wie ich in Mamas Arschloch spritze", verkündete er und stieß weiter fest zu, sein widerlicher Gesichtsausdruck verriet noch mehr, als ich sehen wollte. Er zog seinen Schwanz aus meiner Mutter und kam auf mich zu. Ich wollte schleunigst verschwinden, aber er packte mich. „Ich gebe dir 500 Euro, wenn du deine Mutter fickst und ich zusehen kann", grunzte er höhnisch.

„Bist du bescheuert?", brüllte ich und versuchte, mich aus seinem Griff zu lösen.

„Wir brauchen das Geld", hörte ich meine Mutter auch noch sagen.

„Ihr seid doch alle krank", bemühte ich mich, mich verbal zu wehren.

Die Frau, die mich geboren hatte, lag auf der Couch, spreizte ihre Beine und drückte mit den Fingern die Schamlippen zur Seite. „Komm, Schatz, fick meine Muschi, 500 Euro ist es wert", lallte sie lachend.

Ich wollte nur weg, weigerte mich mit aller Kraft, dieses kranke Spiel mitzuspielen. Doch der Freier meiner Mutter zwang mich in die Knie. Er war zu kräftig, als dass ich etwas ändern konnte. Er zwang mich, seinen Schwanz in den Mund zu nehmen, ich kämpfte mit dem Brechreiz. Dann pisste er mir in den Mund und lachte grausam. Es war so ekelerregend, dass ich nun endgültig kotzen musste.

Meine Mutter stand nur daneben und fauchte: „Du bist für nichts gut, ich hätte dich abtreiben lassen sollen."

Und dann rannte ich im Regen bis zu dieser Brücke und starrte lange in die Tiefe, aber trotz allem konnte ich nicht springen.

Gerhard sollte weglaufen und nie wiederkommen. Die Wut stieg in mir auf, es gab so viel Ungerechtigkeit auf dieser Welt, das war einfach nicht fair. Kein Mensch hatte das verdient, das schrie einfach zum Himmel. Warum musste er auch so leiden?

@Angela:
Diese scheiß beschissenen Kunden, die immer glauben, die verblödete Welt dreht sich nur um sie. Sollen doch ihre verdammten Lebensmittel in einem anderen scheiß Discounter kaufen und mir nicht auf die Nerven gehen. Kommt so eine blöde Tussi und regt sich auf, dass das Angebot von dem verfickten Salatdressing ausverkauft ist und sie isst nur diese eine bescheuerte Sorte. Am liebsten hätte ich ihr eine Flasche in den Hals gesteckt, damit sie die Klappe hält – eigentlich gut, dass keine mehr da war. Glaubt die blöde Kuh, dass sie mich beschimpfen kann, und nennt mich Nutte. Da habe ich mich nicht mehr halten können und durchaus höflich gesagt, sie soll sich verpissen. Rennt die Schlampe zu meinem Chef und beschwert sich. Wer hat denn angefangen? Und ich habe mir wieder so einen Schwachsinn anhören müssen, dass der Kunde König ist, so eine gequirlte Scheiße. Er meinte sogar, dass ich entlassen wäre, wenn es nicht so schwer wäre, Personal zu finden. Und alles nur wegen der beschissenen Alten mit ihrer verfickten Salatsoße. Die Welt steht echt nicht mehr lange. Am liebsten hätte ich ihr eine aufs Maul gegeben, dann hätten wir ja gesehen, wie sie heulend zu Mami rennt. Ich habe so einen Hals!

Angela war der Wahnsinn, ihre Beiträge waren zum Schießen. Ich musste jedes Mal so lachen, weil sie sich über alles und jeden beschwerte. Und sie wusste gar nicht, wie lustig sie war, das war fast wie Kabarett.

@Melanie:
Die Poesie der Kunst ist ein malerischer Ausdruck der Seele. Ich liebe meinen Beruf als Glaskünstlerin. Jeder Entwurf, den ich mithilfe der Glaserei umsetzen kann, ist ein Hochgenuss für sich. Die Farben des Glases sind mit nichts zu vergleichen. Wenn das Licht durch die Kunstwerke scheint, habe ich immer das Gefühl, der Himmel ist auf Erden gekommen. Ich bin einfach eine ewige Romantikerin.

Momentan arbeite ich mit dem Glasereimeister Peter an der Umsetzung eines Kreuzes für eine Kapelle. Ich habe eine strahlende Sonne so darauf platziert, dass sie klar als Lebenssymbol erkennbar ist. Der Pfarrer, der es in Auftrag gab, wollte ein Kreuz, das die Auferstehung Jesu sichtbar macht. Ich bin sehr zufrieden mit meiner Idee, das Licht doppelt strahlen zu lassen, einerseits durch die dargestellte Sonne und andererseits durch das Licht, das in der Kapelle durch ein helles Fenster durch das Kunstwerk strömen wird.
Peter ist dabei ein Schatz, da sich die Farben des Glases mit dem Brennen verändern, brauche ich immer dringend seine kompetente Beratung. Er ist einfach der Experte für die Ausführung meiner Entwürfe. Wir lachen viel gemeinsam und eine tiefe Freundschaft verbindet uns mittlerweile. Es ist schön, solche besonderen Menschen im Leben zu haben.

Wie gerne würde ich Melanies Kunstwerke einmal mit eigenen Augen sehen, aber das war ein Wunsch, der sich nicht erfüllen konnte, schließlich saß ich im Gefängnis und konnte nicht hingehen, wo ich wollte, so musste ich mich mit ihren Fotografien von ihren Kreationen begnügen.

@Regina:
Hallihallöchen! Ich habe gerade mein tägliches Work-out hinter mir und habe mir die Zeit genommen, um selbst eine Guacamole herzustellen. Dazu braucht man nur Salz und Limettensaft, darin zerdrücke ich das Fleisch von zwei Avocados. Dann schneide ich noch eine kleine Zwiebel, eine große Tomate und ein paar Jalapenos hinein. Geht ruckzuck, ist gesund und vor allem vegan. Das ist die Hauptsache, um die Ausbeutung von Tieren durch unsere Industrie endlich zu stoppen. Ich wünsche mir so sehr, dass alle Menschen so denken würden, aber so viele sind einfach nicht belehrbar und machen sich lustig über mich. Ich verstehe das nicht, die Argumente für ein veganes Leben liegen doch eindeutig auf der Hand. Warum Fleisch, wenn es so leckere Sachen wie Tofu gibt? Warum Eier und Milch, wenn ich alles durch rein pflanzliche Produkte easy ersetzten kann? Ich befürchte, der Kampf ist noch lange, bis alle einsehen, dass nur die vegane Lebensweise die Welt retten kann.

Ich verdrehte die Augen, kein Kommentar dazu.

@Davis:
Ich war heute mit meiner Frau unterwegs, natürlich bei der Parteiveranstaltung der Solos. Es gab ein Bierzelt und jede Menge deftiges Essen und Bier. Die Politiker der Solos sprechen das an, was wir unbedingt in unsere Gesellschaft an Regeln brauchen. Ich hasse diese dämlichen Ausländer, die uns alles wegnehmen. Der Höhepunkt war natürlich Hetzer Simon, er sollte der nächste Bundeskanzler werden. Er nimmt das Volk endlich ernst, traut sich, laut zu sagen, dass die anderen Parteien unfähige Stümper sind und dass die Einwanderer schuld sind, warum ich nach wie vor keine Arbeit finde. Endlich jemand, der mich versteht. Meine Frau Janine war natürlich an meiner Seite. Sie ist für mich da, weil sie weiß, wie viel mir die Solos bedeuten. Das ist meine Heimat, meine Familie. Da verstehen alle, wie schwer ich es im Leben habe, weil uns die Ausländer alles wegnehmen und keiner bis jetzt fähig war, diese Missstände zu stoppen. Ich würde sogar noch einen Schritt weitergehen und mit Polizeigewalt dreinfahren, wenn jemand glaubt, sich illegal in unserem Land aufhalten zu können. Und ich würde niemandem einen Pass ausstellen, der nicht hier geboren ist. Unsere Nationalität und unsere Werte gehören bewahrt. Jawohl!

Bei Davies fragte ich mich immer, wie er es mit seinen rechtsradikalen Ansichten geschafft hatte, weiter bei *One time* posten zu dürfen. Irgendetwas lief da gehörig schief.

@Clemens:
Die letzten Tage waren sehr ruhig, wir hatten nur kleine Feuerwehreinsätze, nichts Spektakuläres dabei. Aber vorgestern hat sich das Blatt dann gewendet. Wir bekamen den Großbrand eines Wohngebäudes als Meldung herein. Wir waren zu dem Zeitpunkt bereits die achte Feuerwehrzentrale, die informiert wurde, also hieß es, sich beeilen und schnell in die feuerfesten Klamotten hüpfen. Aus der Ferne sahen wir schon die Ausmaße des lodernden Feuers, die züngelnden Flammen reichten bis in den Himmel und alles war voller Qualm. Es musste schnell etwas getan werden, wenn nicht die Nachbarhäuser auch noch abbrennen sollten. Als Leiter meiner Truppe gab ich rasch die Befehle und informierte mich über den aktuellen Stand. Das Haus war geräumt, die erste Feuerwehr, die hier war, konnte die hier wohnende Frau und ihre beiden Kinder retten, ehe der Brand überhandnahm. Aber nun hieß es, an den richtigen Stellen das Feuer einzudämmen. Das betroffene

Haus war nicht mehr zu retten, aber die Nachbarschaft hatte noch eine Chance, wenn wir effektiv genug arbeiteten. Auch die umliegenden Häuser waren bereits evakuiert. Also nahmen wir den uns zugewiesenen Platz ein, zapften einen freien Hydranten in einer Nebenstraße an und löschten mit einem Verteiler mit drei Schläuchen, mehr Kapazität hatten wir zu sechst nicht. Der Kampf war körperlich sehr anstrengend, die Hitze traf uns an unserem Standort hart, ohne Sauerstoff wäre es nicht zu bewältigen gewesen, da die Rauchentwicklung so groß war. Aber wir hielten tapfer drauf, drei lange Stunden lang, bis jeder Muskel und Knochen in unseren Körpern schmerzte. Doch dann hatten wir es endlich geschafft. Das Haus war total abgebrannt, aber wir hatten die Verbreitung des Feuers verhindert. Stolz lobte ich meine Männer. Es blieb nur eine Feuerwehr zurück, um Brandwache zu halten, aber wir konnten gehen. An dem Tag fiel ich ins Bett, der Muskelkater war vorprogrammiert, aber auch die Gewissheit, dass wir es wieder einmal gemeinsam geschafft hatten, noch Schlimmeres zu verhindern. Keiner war dieses Mal gestorben – und das war mehr wert als alles andere.

Clemens war mein Held. In einsamen Nächten stellte ich mir vor, wie er kam, um mich zu retten. Solche Träume waren wunderbar, leider entsprachen sie nicht der Wirklichkeit.

@Belinda:
Ich bin gerade etwas verärgert, denn ich muss dieses Schuljahr an drei Schulen unterrichten. Ich mag meine Schüler nach wie vor und bin gerne Lehrerin. Aber das Hin- und Herfahren ist alles andere als lustig. Man ist irgendwie überall und nirgends so richtig. Und die Zeit, die draufgeht, geht wieder auf Kosten meiner eigenen vier Kinder, da ich nur mehr gestresst bin. Das Ganze nimmt mich so mit, dass ich kaum mehr schlafen kann, und dazu kommt auch noch, dass ich mich sehr einsam fühle in der Nacht. Am Tag habe ich meine Schüler, meine Kollegen und meine eigenen Kinder, aber wenn ich schlafen sollte, wünsche ich mir nichts mehr, als dass mich jemand in den Arm nimmt. Ich wünsche mir einen Mann, der mich beschützt und für mich da ist. Manchmal habe ich das Gefühl, es nicht auszuhalten, aber ich weiß nicht, wie ich es ändern soll. Meine Arbeit, mein Haushalt und natürlich meine Kinder beanspruchen meine ganze Zeit. Und so bin ich zwar meistens am Tag gut drauf, aber in der Nacht werde ich immer trauriger und trauriger, weil ich so allein bin.

Arme Belinda, ich fühlte mit ihr. Es gibt nichts Schlimmeres, als einsam zu sein.

@Emilia:
Die Straße ist lang, staubig und leer,
die Fröhlichkeit, sie kommt nicht mehr.
Ich gehe weiter auf dem grauen Asphalt,
mein Körper zittert, mir ist so kalt.
Ich habe Angst, ich bin allein,
frage mich: „Wird das immer so sein?"
Über meine Wangen laufen die Tränen,
ich habe keine warme Schulter zum Anlehnen.
Ich schreie: „Wer ist für mich da?",
doch weit und breit ist mir keiner nah.
Ich bin in meiner Einsamkeit und Traurigkeit gefangen,
warum noch um die Zukunft bangen?
Die Straße ist lang, staubig und leer,
die Fröhlichkeit, sie kommt nicht mehr.

Kaum hatte ich mein Gedicht hinzugefügt, war die Zeit schon wieder um. Jetzt hieß es wieder, eine Woche zu warten, ehe ich etwas in die Welt der anderen blicken konnte. Ich vermisste dieses kleine Stück Normalität jetzt schon.

Kapitel 4

Sterbende Sehnsucht

Ein sanftes Glühen durchbrach aufflackernd die Finsternis der Nacht. Rotgolden leuchteten die ersten Lichtstrahlen am Horizont und tauchten das Unfassbare in den ersten Schein des Tages. Die sternenklare Nacht, die dem malerischen Sonnenaufgang vorangegangen war, hatte seinen Tribut gefordert. Das wurde nun für alle auf makabre Art und Weise sichtbar, die hier entlanggingen. Ein älterer Herr, der seinen Hund Gassi führte, sollte der erste Zeuge der entsetzlichen Szene sein. Blankes Grauen zeichnete sich auf seinem Gesicht ab, als er sah, was sich vor seinen Augen ausbreitete. Für einen kurzen Moment stand er starr vor Schreck, ehe er laut aufschrie und andere Passanten auf das Unveränderbare aufmerksam machte. Schnell bildete sich eine Traube von Menschen, die alle eines gemeinsam hatten: Sie konnten nicht fassen, was sie Schreckliches sahen.

Drei Tage zuvor, es war ein sonniger und warmer Mittwoch im September, fuhr Mathias mit seinem Wagen zur Arbeit. Genüsslich zog er an seiner halb gerauchten Zigarette, während er mit der anderen Hand lässig das Lenkrad festhielt. Der Sommer neigte sich dem Ende zu und übergab mit ehrenhafter Schönheit langsam, aber sicher dem Herbst den Vortritt, was in den bunt verfärbten Blättern deutlich sichtbar wurde. Mathias ärgerte sich etwas, da er den ganzen Tag nicht aus der Firma kommen würde, um dieses herzerweichende Wetter draußen zu genießen. Aber Pflicht war Pflicht und daran konnte er nicht rütteln, wenn er seinen Broterwerb weiterhin behalten wollte.

Es war unheimlich wichtig, dass er genügend Geld heimbrachte. Er hatte mit seinen vierundzwanzig Jahren mehr Verantwortung zu übernehmen, als viele andere in seinem Alter. Denn er musste sich um seine Mutter und seinen kleinen Halbbruder kümmern. Mathias hatte zwar noch zwei Geschwister, die älter waren als er, aber die kamen gar nicht auf die Idee, ihre Mama finanziell zu unterstützen. Es war ihnen scheinbar egal, dass sie nicht arbeiten konnte. Schließlich war der Nachzügler, den sie zur Welt gebracht hatte, erst drei Jahre alt. Wer sollte sich sonst um ihn kümmern? Mathias war weit und breit der Einzige, der das verstand, denn er wusste um die Liebe seiner Mutter. Sie war sein Ein und Alles, er würde alles für sie tun. Das hatte sie mehr als verdient, nachdem sein Vater sie vor vielen Jahren im Stich gelassen hatte. Sie war damals auf sich allein gestellt mit den drei gemeinsamen Kindern.

Nicht einmal, als sie sich noch einmal verliebte, hatte sie mehr Glück. Von dieser Romanze war auch nur Mathias' Halbbruder, das vierte Kind, geblieben. Dafür war der Kleine herzzerreißend süß, wenn man nicht gerade vorhatte, auszuschlafen. Wenn er angetrabt kam mit seinem leichten, fröhlichen Kinderlächeln und seine dünnen Ärmchen nach einem ausstreckte, musste man ihn einfach gerne haben. Es ging gar nicht anders. Deshalb hatte Mathias auch zwei Jobs angenommen, um ihn und ihre gemeinsame Mutter über die Runden zu bringen. Er machte Schichtarbeit und hatte einen Finanzberaterjob, das ließ sich leicht unter einen Hut bringen. Dass er dafür sein eigenes Leben in vielen Bereichen zurückstecken musste, darüber dachte er kaum noch nach. Und so würde er auch heute die langweilige Arbeit bei der Schicht tun, nur um das nötige Kleingeld zum Leben zu haben.

Nur eine Aussicht machte ihn wieder froh. Eine junge Kollegin hatte seit Tagen ein Auge auf ihn geworfen. Sie entsprach genau seinem Geschmack, ein hübsches Gesicht mit langen blonden Haaren, dazu ein weiblicher Körper mit aufreizenden Rundungen, nicht dick, aber auch nicht zu mager. Vielleicht konnte er sie heute dazu bringen, mit ihm auf der Toilette zu verschwinden. Er hatte wahnsinnig Lust, dieser schönen Frau seine Leidenschaft zu schenken. Der Gedanke zauberte ihm ein Lächeln ins Gesicht, denn das waren die Dinge, die in seinen Augen das Leben lebenswert machten. Da konnte er seine Sorgen, um die Finanzen hinten anstellen.

Mathias hatte eine große Schwäche für hübsche Frauen. Wenn ihm eine gefiel, war es egal, wie alt sie war. Er setzte alles daran, das Objekt seiner Begierde für sich zu gewinnen. Dafür setzte er seinen Charme gekonnt ein und sein unschuldiger Blick tat das Übrige. Natürlich waren seine schlanke, hochgewachsene Silhouette und sein attraktiv, männliches Gesicht von Vorteil. Aber das absolute Ass im Ärmel war seine Ausstrahlung, er sah aus, als könnte er keiner Fliege etwas zuleide tun. Und er machte den Eindruck, der Mann fürs Leben zu sein, weil er seine schüchterne Ader gekonnt einsetzte, um seine Dreistigkeit geschickt zu verbergen. Er verstand es perfekt, jeder dieser Frauen das Gefühl zu geben, einzigartig zu sein. Sie schmolzen reihenweise dahin in seinen Händen und ließen ihn bereitwillig in ihre Betten.

Auf Mathias' Smartphone waren immer mindestens fünf Frauen gespeichert, die er jederzeit besuchen konnte, um ihre Einsamkeit zu vertreiben. Doch nach ein paar Schäferstündchen mit derselben Frau hatte er meist genug von ihr und ging wieder auf die Jagd, um neue Beute zu seiner Sammlung hinzufügen zu können. Es langweilte ihn, wenn sein Gegenüber ihr Herz zu weit öffnete, und seine Liebe krampfhaft erzwingen wollte. Dadurch war er immer ein Getriebener, ein Mann, der nie ankommen würde in seinem Leben. Aber das wollte Mathias nicht wahrhaben. Genauso wenig, wie er sich eingestand, dass er diese Frauen brauchte, um sein Ego aufzupolieren. Unbewusst benutzte er sie, um sich selbst einen soliden Wert zu geben, der ihn überleben ließ. Er erkannte nicht, wie ihn die Last, die er durch den Druck, Geld zu verdienen, auf den Schultern hatte, niederdrückte. Und das war auch der eigentliche Grund, warum er keine dieser Frauen lieben konnte oder – besser gesagt – lieben durfte. Denn eine eigene Familie käme nicht infrage. Das könnte er sich weder zeitlich noch finanziell leisten. Aber auch diese Tatsache war sorgfältig in einer verschlossenen Schublade in seinem Gehirn abgelegt, auf der deutlich die Aufschrift *Verdrängung* zu lesen war.

Denn in einer stillen Kammer seines Herzens sehnte er sich nach Liebe, Treue und Beständigkeit. Er glaubte felsenfest, dass er nicht lieben konnte, und das hatte einen ganz anderen Hintergrund. Er war sich ziemlich sicher, dass er die Frau, die seine Seele berühren konnte, nie wieder gehen lassen würde. Dieser einen würde er seine ganze Aufmerksamkeit schenken und sie auf Händen tragen, ihr alles von sich geben, was er zu geben hatte. Aber bis es so weit war, galt es, das Leben in vollen Zügen zu genießen. Wie sollte er sonst wissen, welche die Richtige war, wenn er es nicht ausprobierte? Es machte doch keinen Sinn, wenn er sich von drei Frauen die dritte für eine Beziehung nahm und die vierte, die er hätte haben können, besser zu ihm passen würde. Das durfte ihm nicht passieren, deshalb verführte er alles, was in seinen Augen attraktiv war. Vielleicht war irgendwann die wahre Liebe dabei. Das würde man doch bestimmt merken.

Auf seinem Arbeitsplatz war Mathias schon sehr erfolgreich gewesen, es gab kaum eine Frau, die er nicht beglückt hatte. Dass dieses Glück nur von kurzer Dauer war, kam ihm nicht in den Sinn. Zu verblendet war er von der Sucht nach dem sexuellen Höhepunkt, der momentan das Ziel seiner unaufhörlichen Jagd war. Die Leere, die die Zwischenräume seiner Begegnungen mit den verschiedenen Frauen dominierten, begannen in seinem Gehirn, unaufhörlich schmerzende Löcher zu graben, aber auch das wischte Mathias zur Seite. Er gab seinem Arzt die Schuld, dass dieser seine immer wiederkehrenden, dröhnenden Kopfschmerzen nicht ordnungsgemäß behandeln konnte. Er brachte dieses körperliche Leiden nicht mit seinem Treiben in Verbindung.

Als er endlich am Arbeitsplatz angekommen war, legte sich Mathias mächtig ins Zeug. Er brauchte dringend Sex, um sein selbst gebautes Kartenhaus aufrechterhalten zu können. Ein zarter Windhauch würde reichen, um es zum Einsturz zu bringen. Mathias bewegte sich auf immer dünner werdendem Eis, aber wie gesagt, er dachte gar nicht daran, dass er ins eiskalte Wasser einbrechen könnte. So blickte er wieder einmal möglichst unschuldig zu seiner schönen, blonden Kollegin, auf die er es abgesehen hatte. Es war ihm immer wichtig, den Frauen das Gefühl zu lassen, dass sie selbst auf der Jagd waren, und nicht den Eindruck hatten, gejagt zu werden. Mathias konnte meistens behaupten, verführt worden zu sein, denn er schaffte es fast immer, es so hinzudrehen. Das war Teil seines Erfolgs, denn diese Masche funktionierte fast wie auf Knopfdruck.

Und auch an diesem Tag hatte er bereits im Vorfeld gewonnen. Das hübsche Mädchen mit dem Vornamen Ines kam nach ein paar schüchternen Blickkontakten von Mathias unauffällig zu ihm. Sie nahm ihn sanft an der Hand und zog ihn in Richtung Waschräume. Innerlich jubelte Mathias, denn genau dort wollte er sie haben. Er tat, als wäre es das erste Mal in seinem Leben, dass er so etwas mitmachte, und flüsterte ihr ins Ohr, dass sie einzigartig sei. Er spürte, wie sie in seinen Händen dahinschmolz. Bereitwillig ließ Mathias sich von ihr hinter der verschlossenen Toilettentür küssen und von ihren Berührungen leiten. Zärtlich zog er sie aus und verwöhnte ihre Brüste mit seiner Zunge. Ihre Lust war deutlich zu spüren. So kam schnell eines zum anderen und er drang stöhnend in sie ein. Sein Ziel war fast erreicht, der Höhepunkt war nahe, als ein plötzlich auftretender und stechender Kopfschmerz ihn fast umwarf. Er taumelte zurück und hielt sich keuchend an der Kabinenwand fest, um nicht zu fallen.

„Spinnst du? Das tat verdammt weh“, fluchte Ines aufgebracht.

Doch Mathias konnte keinen klaren Gedanken mehr fassen, sein

Kopf schien zu bersten. Eine unbekannte Dunkelheit drang in sein Gehirn ein und bescherte ihm unerträgliches Leid. Der Schmerz war kaum auszuhalten. Schwer atmend wand er sich in alle Richtungen, um der Qual auszuweichen, doch diese Finsternis hielt ihn eng umschlungen gefangen. In seinen Augen war der aufsteigende Wahnsinn deutlich zu erkennen. Jetzt bekam es auch Ines mit der Angst zu tun. Sie sah den Irrsinn in seinen Augen. Panisch stieß sie Mathias zur Seite, der nun endgültig das Gleichgewicht verlor, und befreite sich händeringend aus dem engen Gefängnis. Zu groß war Ines' Furcht, er könnte ihr etwas antun. Sie blickte nicht zurück, bemerkte nicht das Häufchen Elend, das der Mann war, den sie wenige Augenblicke zuvor noch verführen wollte. Zurück blieb der ohnmächtige Weiberheld, der schmerzverzerrt am Boden lag.

Mathias saß weinend auf einer Parkbank, die mit eisiger, glitzernder Schönheit überzogen war. Der Winter hatte das Land in eine weiße Schneepracht gehüllt. Es war bitterkalt, die Schneekristalle funkelten in dem schwachen Sonnenlicht. Sogar die Äste der Bäume waren mit malerischem Raureif überzogen. Die Welt wirkte trotz Kälte wunderschön hell, aber davon wollte der junge Mann, der in dieser nicht zu ihm durchdringender Idylle saß, nichts wissen. Er registrierte gerade noch, wie ihm die Kälte den Hosenboden durchfraß und seine Haut am Hintern unangenehm biss.

Mathias war gerade neunzehn Jahre alt geworden, fünf Jahre vor den Ereignissen, die sich im Hier und Jetzt abspielten. Damals war sein Leben noch in Ordnung, Zufriedenheit bestimmte sein Gemüt, bis zu diesem, alles verändernden Augenblick an diesem zauberhaften Wintertag. Er hatte einen Brief in der Hand von seiner Freundin, die er seit zwei Jahren bedingungslos liebte. Ihr Name war Susanne, eine blonde Augenweide, aber am wichtigsten war, dass sie der beste Mensch war, dem Mathias je begegnet war. Er liebte sie von ganzem Herzen. Sie war die Frau, mit der er sein Leben verbringen wollte. Aber das war plötzlich wertlos geworden, denn das, was in den Zeilen, die sie für ihn geschrieben hatte, stand, riss ihm den Boden unter den Füßen weg.

Lieber Mathias!
Du weißt, dass es mir das Wichtigste auf dieser Welt ist, Zeit mit den Menschen zu verbringen, die ich liebe. Aber genau diese Zeit geht mir nun aus. Sosehr ich mich auch dagegen wehre, du wirst bald keinen

Platz mehr in meinem Leben haben. Denn meine Eltern haben eine Entscheidung für unsere Familie getroffen, an der ich nicht rütteln kann. Mein Vater hat einen Job in Montreal angeboten bekommen und wir werden nach Kanada auswandern. Daran ist leider nichts mehr zu ändern.
Ich habe geträumt, dass ich eines Tages, wenn ich alt bin, sterben werde. Im Himmel angelangt, fragte mich Gott, was ich am meisten bereue in meinem Leben. Und ich antwortete: Dass ich mein Leben nicht mit dir verbringen konnte, geliebter Mathias.
Während ich das schreibe, rinnen mir die Tränen auf das Papier, da der Traum traurige Gewissheit ist. Nie werde ich aufhören, mich in deine Arme zu wünschen. Ich könnte dir jetzt versprechen, dass wir den Kontakt halten und das irgendwie schaffen werden, aber das ist eine Lüge und würde noch mehr Leid als Heilung für uns beide bringen. So bleibt mir nichts anderes übrig, als Lebewohl zu sagen.
Bitte verzeihe mir.
Deine Susanne

Mathias erwachte über diese unliebsame Erinnerung. Susanne war nach wie vor das Phantom, dem er unbewusst nachjagte. Nur sie hatte er aufrichtig geliebt.

Zwei Tage lag er bereits in seiner abgedunkelten Wohnung. Sein Arzt hatte ihn krankgeschrieben nach seinem Zusammenbruch auf der Toilette, weil das Martyrium, das ihm sein Schädel bereitete, nicht enden wollte. Er hatte das Gefühl, komplett durchzudrehen. Jetzt sehnte er sich mehr denn je nach einer liebenden Hand, die ihn sanft streichelte und ihm in diesen schrecklichen Stunden beistand. Aber dafür gab es in seinem Smartphone keine Nummer. Er hatte diesen Frauen, die er regelmäßig besuchte, nur Sex zu bieten – und daran war momentan nicht zu denken. Der Kopfschmerz nahm ihm nicht nur die Freude, sondern auch seinen einzigen Lebensinhalt. Er konnte sich gar nicht erinnern, wann er das letzte Mal zwei Tage verbringen musste, ohne die Leidenschaft eines schönen Mädchens genießen zu können. Aber er war zu erschöpft, er schwitzte am ganzen Körper und ein Schwindelanfall löste den nächsten ab. Aber am schlimmsten waren die Schmerzen, die sein Gehirn stückweise zerfraßen. Der Traum von seiner Jugendliebe war noch das i-Tüpfelchen auf dem Ganzen. Er wollte nicht mehr, dass Susanne in seinem Kopf herumspukte wie ein Schlossgespenst. Denn es war bereits fünf Jahre her, als Mathias sie endgültig verloren hatte.

Schließlich schlief er wieder ein, weil sein Körper den Druck, der sich auf seinen Kopf gelegt hatte, nicht mehr ertragen konnte. Mathias hatte sich nicht mehr unter Kontrolle.

Mitten in der Nacht erwachte er erneut. Er öffnete seine brennenden Augen. Schwarze Nebelfäden verdunkelten ihm seine Sinne. Er hörte, wie jemand seinen Namen rief, immer und immer wieder.

„Was willst du?“, brüllte er in die Finsternis des Zimmers.

Als Antwort kam nur ein höhnisches, kaltes Lachen. Doch gleich darauf passierte noch etwas Eigenartiges – ein schwaches Leuchten breitete sich unter seinem Bett aus. Das Licht zog Mathias an, er wollte aus einem unerklärlichen Grund wissen, woher es kam. Er beugte sich über die Kante und lenkte seinen Blick unter das Bett. Das Licht blendete ihn, er rieb sich die Augen, um etwas erkennen zu können. Da lag hell erleuchtet eine Axt. Er wollte sie haben, sie besitzen. In seinem Wahn bildete er sich ein, dass sie die Lösung all seiner Probleme war. Er nahm sie besitzergreifend an sich und strich über die scharfe Scheide. Von seiner Hand tropfte Blut, lachend sah er zu, wie es in seine Bettdecke einsickerte. Der Anblick war für ihn unfassbar komisch.

„Du hast uns ausgenutzt“, hörte er eine weibliche Stimme sagen. Mathias blickte überrascht auf und wurde mit einer Flut von Beschimpfungen überschwemmt. Alle Frauen, mit denen er je geschlafen hatte, standen um sein Bett und beschwerten sich lautstark bei ihm. Seine selbst gebaute Scheinwelt des Glücks brach zusammen wie ein Kartenhaus, das einem leichten Luftzug ausgesetzt war. Wut kroch in ihm hoch über die Unverschämtheit dieser Frauen. Er hatte doch bei jeder sein Bestes gegeben und keine von ihnen hatte ihn abgewiesen. Er sah in seine Hände und wusste genau, was zu tun war. Er schwang die Axt und schlug wild drauflos. Er wollte sie alle bestrafen für ihren Missmut, dafür, dass er ihretwegen die wahre Liebe nicht erneut erfahren durfte. Blindlings ließ er keine von ihnen entkommen. Er hackte um sich, immer und immer wieder, bis es endlich mucksmäuschenstill war. Blut tropfte von der Axt, ein grausames Meer an Leichen ergoss sich über den rot bespritzten Boden.

Mathias musste nach Luft schnappen. Er kämpfte sich über die leblosen Körper und öffnete das Fenster. Aber nicht einmal die kühle Herbstbrise verschaffte ihm Linderung. So zog er sich das blutdurchtränkte Hemd aus und lehnte sich schwer atmend aufs Fensterbrett. Zitternd steckte er sich eine der Zigaretten an, die er aus der Packung nahm, die auf einem Tischchen neben dem Fenster lag. Immer weiter lehnte er sich hinaus, um etwas Abkühlung zu erhaschen. Doch wie ein Blitz schlug der Schmerz erneut in seinem Kopf ein, der Glimmstängel fiel zu Boden und erlosch.

Und er? Er konnte das Gleichgewicht nicht mehr halten und fiel. Eine gefühlte Ewigkeit später schlug sein Körper auf dem Gartenzaun vor dem Haus auf. Die Spitzen des antiken, schmiedeeisernen Gebildes drangen tief in Mathias' Leib ein. Das Blut, das in seinen Hals stieg, erstickte gurgelnd seinen Versuch, zu schreien. So starb er lautlos, ohne dass es jemand bemerkte.

Bis der ältere Mann in aller Herrgottsfrühe mit seinem Hund Gassi ging und die Leiche entdeckte. Die durch seine Schreie herbeigerufenen Menschen standen nun da – mit offenen Mündern. Doch keiner von ihnen kannte den Mann, der sich allem Anschein nach selbst das Leben genommen hatte. Keiner ahnte etwas von dem zerstörerischen Kampf, den Mathias in den Stunden zuvor ausstehen musste. Keiner wusste von den Halluzinationen, die ihm den Tod gebracht hatten. Niemand wusste etwas von der Sehnsucht in seinem Herzen, die ihn in den Wahnsinn getrieben hatten.

Mit seinem Körper war nun diese unerfüllte Sehnsucht nach Liebe in seiner Seele endgültig gestorben und verwandelte sich unerwartet in stillen Frieden. Der Getriebene war zur Ruhe gekommen – zur ewigen Ruhe.

Müde ging ich schlurfend den Gang entlang des Zellenblocks 21 – in Handschellen geführt von einem der Wärter. Meine Augen brannten, von der modrigen Luft wurde mir schlecht. Ich konnte mich kaum auf den schweren Beinen halten, die ganze Nacht hatte ich an meiner Geschichte über Mathias geschrieben. Es war wie ein Rausch, angetrieben von den Worten, die sich in meinem Kopf zu einer Erzählung formten, musste ich sie schnellstmöglich zu Papier bringen. Auch wenn ich nicht wusste, für wen, denn es waren Worte, die ich für mich behalten würde, sofern die Wärter mich nicht erneut dazu zwingen würden, ihnen die Papiere auszuhändigen. Ich war eine verurteilte Verbrecherin, so war es besser, nicht über alle meine Geschichten zu reden. Es war selbst mir bewusst, dass der aufsteigende, zerstörerische Wahnsinn, den ich beschrieben hatte, nicht zu meinen Gunsten ausgelegt werden würde. Ich wusste ja selbst nicht, warum ausgerechnet diese Erzählung sich in mir geformt hatte. Wenn ich den Drang verspürte, zu schreiben, war es, als flüsterte mir jemand die Worte zu. So ging es mir, seitdem ich lesen und schreiben konnte, deshalb hielt ich jetzt auch ein Büchlein in der Hand, in das ich schon als Kind und später als Jugendlicher mir als besonders erscheinende Texte eingetragen hatte. Es war eines der wenigen persönlichen Gegenstände, die ich in meiner Zelle hatte.

Wir waren am Ziel, die Worte des Aufsehers unterbrachen meine Gedanken. „Frau Dr. Gabriel, ich bringe Emilia Klein zur Therapie", brüllte er einen Tick zu laut.

Die Psychologin zuckte zusammen, aber nickte dann freundlich. „Wie geht es dir, Emilia? Du wirkst müde", begrüßte mich die Frau, deren Begegnungen ich anfing, zu schätzen.

„Es geht. Ich habe etwas mitgebracht", erklärte ich das Büchlein in meiner Hand.

„Ich wollte dich schon fragen. Was ist das?", fragte sie freundlich.

„Ein Buch mit Geschichten aus meiner Kindheit und Jugendzeit. Darin ist ein Aufsatz, mit dem ich in der Grundschule massive Probleme bekam. Es war in der 3. Klasse und ein neuer Lehrer unterrichtete unsere Klasse. Er hatte kein Verständnis für meine Geschichten. Er meinte, Mädchen sollten nicht so tun, als wären sie klug. Aber es war mir eine Genugtuung, dass er deshalb meinen Vater anrief, aber der schwieg ein weiteres Mal zu meiner großen Enttäuschung. Trotzdem ist der Text wichtig, denn damals beschloss ich, dass man sich auf keinen Mann verlassen kann."

„Emilia, es gibt Männer, auf die man sich verlassen kann, auch wenn dein Vater und dein Lehrer nicht dazugehörten. Du weißt aber auch, dass du klug bist?", unterbrach mich Frau Dr. Gabriel.

„Ja, ich glaube, das habe ich sehr bald gemerkt, dass ich klüger bin als manch anderer, aber erst, nachdem ich meine Muttersprache richtig erlernen durfte, vorher fühlte ich mich maßlos dumm. Doch das Bewusstsein meiner Intelligenz machte mich nicht weniger einsam. Darf ich den Text nun vorlesen?"

„Ich bitte darum." Ich räusperte mich, ehe ich las: „Die zerstörerische Kraft des Schweigens: In Gedanken baue ich Luftschlösser. Ich erzähle wunderbare Geschichten, die Worte sprudeln nur so aus meinem Mund hervor. Meine Ideen erschaffen alles neu. Ich reite durch meine fantastischen Welten, die ich mir selbst erdacht habe. Hier bin ich ich, hier bin ich frei. Ich genieße das Leben in vollen Zügen. Ich kenne meinen Weg, habe das Ziel klar vor Augen. Ich strotze vor Kraft, alles ist gut. Doch dann kommt er, den ich so sehr lieben will. Ich laufe auf ihn zu. Ich will ihn an meine Hand nehmen, ihn in meine Welt führen, mit ihm alle meine Träume teilen. Doch er hüllt sich in den Mantel des Schweigens. Die Worte sterben in meinem Kopf, die meine Welt getragen haben. Ich kämpfe mit den Tränen, kann sie nicht halten, um mein Herz legt sich ein dunkler Schleier. Ich habe keine Luft mehr zum Atmen, befürchte, in meiner Traurigkeit zu ertrinken. Das Schweigen nimmt mir mein Ziel, denn es hat zerstörerische Kraft in sich. Trotzdem strecke ich die Hand nach ihm aus, hoffe noch, er zieht mich aus dem See meiner Tränen, ehe es zu spät ist. Verzweifelt bitte ich ihn: Sag mir, was du erwartest, ich will dir gerecht werden. Ich brauche dich jetzt. Ein einziges Wort aus seinem Munde wäre die Erlösung. Doch er schweigt, jede Hoffnung ist endgültig verloren. Die Ungewissheit hat alles zerstört. Zurück bleibt unerträgliche Einsamkeit, ich bin allein."

„Das ist wunderschön. Du hast das mit neun Jahren geschrieben, habe ich das richtig verstanden?", hakte die Psychologin nach.

„Ich war schon zehn Jahre alt, da ich ja in die Vorschule ging", erklärte ich.

„Echt beeindruckend. Du konntest dich vier Jahre zuvor nur mit Wortfetzen ausdrücken und schreibst dann in so jungen Jahren so beeindruckende, tief greifende Texte. Du kannst stolz auf dich sein. Deine Intelligenz ist eine Gabe, Emilia", lobte mich Frau Dr. Gabriel.

Stolz stieg in mir hoch, aber etwas wurmte mich noch. Sollte ich nachfragen? Ich gab mir einen Ruck. „Darf ich wütend auf meinen Vater sein?"

„Hilft es dir?", kam als Gegenfrage.

„Ja, aber ich weiß nicht, ob es unangebracht ist", senkte ich bei diesen Worten den Kopf.

„Kein Gefühl ist unangebracht, aber man kann es prüfen. Du könntest ja auch traurig darüber sein, dass er sich dir gegenüber verschlossen hat. Aber wenn du Wut angebrachter findest, dann sei für den Moment wütend. Nur gib der Wut irgendwann die Chance, sich zu verwandeln. Vielleicht kannst du deinem Vater einmal verzeihen, auch wenn du dir das momentan nicht vorstellen kannst."

„Ich ihm verzeihen? Das ist das Verkehrteste, was ich jemals gehört habe", schrie ich aufgebracht.

„Beruhige dich, das war nur ein Rat für die Zukunft. Dass das jetzt nicht möglich ist, ist mir klar", beschwichtigte mich Frau Dr. Gabriel.

Erschöpft sank ich in meinen Stuhl. Die Psychologin fragte mich noch, was ich brauchte. Es überraschte mich, dass ich formulieren sollte, was ich wollte. Aber nach etwas Zeit, um in mich hineinzufühlen, bat ich schließlich um Ruhe. Und so entließ sie mich mit ein paar stärkenden Worten. Vielleicht hatte sie recht und es ging nun endlich bergauf für mich. Es tröstete mich, dass ich nicht tiefer sinken konnte, als zu Recht eingesperrt in einer Gefängniszelle zu sitzen. Es konnte doch nur besser werden, an diesen Strohhalm der Hoffnung klammerte ich mich für den Augenblick.

Kapitel 5

Die Einsamkeit meiner Zelle trieb mich regelrecht in den Wahnsinn. Ich freute mich über alle Maßen auf das Treffen mit der Psychologin, doch die Zeit wollte nicht vergehen. Ich wunderte mich immer noch, wie sehr sich das verändert hatte, es war gar nicht lange her, dass ich jedes Therapieangebot von Frau Dr. Gabriel abgelehnt hatte.

Die einzige Ablenkung war meine Nahrungsaufnahme. Aber das Essen, das mir der Wärter heute gebracht hatte, schmeckte mir nicht. Es war eine Art Backfisch, der so fettig war, dass mein Magen nach dessen Verzehr sogleich zu rebellieren anfing. So stocherte ich in dem geschmacklosen Erbsenbrei und zählte die Sekunden, die mir das Ticken der Wanduhr vorgab. Ich starrte auf den Zeiger und fühlte mich innerlich leer. Heute schossen mir keine Gedanken in den Kopf, die ich zu einer Geschichte formen konnte, um etwas abgelenkt zu sein. Heute vermisste ich es einfach, frei zu sein, mich mit Menschen zu treffen, wenn ich es wollte, und nicht haltlos in diesen immer gleichen vier Wänden zu verbringen. Es fraß mich innerlich auf, mein Herz raste, ich bekam kaum Luft, weil sich meine Brust zuschnürte. Ich war hier allein, es war keiner da. Keiner, der sagte, ich wäre eine Gefahr für andere. Aber momentan war ich mir selbst die größte Gefahr. Die Panik fraß sich in mein Herz, unbewusst wippte ich hin und her, Sekunde um Sekunde, Minute um Minute, Stunde um Stunde, ehe ich das erlösende Geräusch eines Schlüssels in meiner Zellentür vernahm. Ich durfte raus und mit Frau Dr. Gabriel sprechen. Ich sprang auf und musste kurz lächeln, weil ich mir nie gedacht hätte, dass mir die rothaarige Psychologin einmal so viel bedeuten würde.

„Emilia, wie geht es dir?“, fragte sie mich, als ich im Besprechungszimmer eintraf.

„Jetzt wieder besser, dieser Tag war eine einzige Qual. Ich kam nicht vom Fleck“, sagte ich ehrlich.

„Dann umso besser, dass du da bist. Du kannst etwas tun, du kannst aufstehen und gehen. Ich weiß, dies ist ein Gefängnis, aber du hast deine wundervolle Fantasie, Emilia, darin kannst du sogar fliegen. Du hast vielleicht nur vergessen, dass es möglich ist“, erklärte Frau Dr. Gabriel.

Ich dachte kurz nach, ehe ich antwortete: „Stimmt, ich kann fliegen.

Ich kann mich in meinen Träumen entfalten. Das rettete mir schon als Kind immer wieder das Leben, wenn ich glaubte, es nicht mehr ertragen zu können."

„Dann mach das jetzt genauso, schließe deine Augen, atme tief und ruhig ein, leg deine Hand aufs Herz und stell dir vor, wie du davonfliegst zu den Orten, an denen du glücklich bist. Du kannst dir aussuchen, wo du gerne sein möchtest."

Ich stellte mir vor, über das türkisfarbene Meer zu brausen, unendlich frei und vom Wind geborgen und gestreichelt, ein Hauch von Glücksgefühl stellte sich umgehend ein. Genau das brauchte ich gerade dringend, bei dem, was ich heute vorhatte, zu erzählen. Es war nicht leicht, das Vergangene über meine Lippen zu bringen.

Tief einatmend setzte ich zu den ersten Worten an: „Als ich ungefähr zehn Jahre alt war, begann ich meinen Vater zu bespitzeln. Ich hatte die Nase so gestrichen voll, dass ich gar nicht wusste, was für ein Mensch er war, weil er mich an nichts teilhaben ließ und mich konsequent anschwieg. Ich wollte zumindest wissen, was er in den Stunden tat, in denen er nicht zu Hause war. Anfänglich schwänzte ich sogar die Schule und folgte ihm in die Arbeit. Ich beobachtete, wie er sich jeden Tag aufs Neue in seinen Kran auf einer Baustelle setzte und seine Arbeit machte. Ich stellte dabei mit Entsetzen fest, dass er Kranführer war und nicht Bauarbeiter, wie ich immer angenommen hatte, denn das Einzige, zu dem er sich je geäußert hatte, war, dass er auf den Bau ging. Hungrig sog ich die Bilder meines arbeitenden Vaters in mich auf, wollte mehr erfahren, die Neugierde war geweckt. Aber die Stunden, die ich ihn als Kranführer beobachtete, wurden mir mit der Zeit dann doch langweilig. Da ich nun die Sicherheit hatte, dass er jeden Tag arbeiten ging, kehrte ich wieder in die Schule zurück mit einer Entschuldigung, dass ich krank gewesen sei. Natürlich hatte ich das Papier mit Vaters Unterschrift gefälscht, das ich dem Lehrer überreichte, aber es schien ihn nicht zu interessieren – er warf nur einen zur Kenntnis nehmenden Blick darauf. Es war ihm sowieso egal, ob ich zur Schule kam oder nicht.

Aber ich wollte unbedingt mehr über meinen Vater wissen, deshalb verfolgte ich ihn nun auch abends, wenn er das Haus verließ, was er immer tat, wenn er glaubte, ich schlief. Ich beobachtete ihn, wie er jeden Tag eine Bar ansteuerte, sich ein Bier nach dem anderen bestellte und sich mit den anderen Typen in der Bar betrank. Dabei schwieg er genauso, wie ich es von zu Hause kannte. Er und die anderen besoffenen Typen raunten sich nur Wortfetzen zu, ehe er sich torkelnd auf den Heimweg machte. Er tat mir auf einmal leid, weil ich nicht wusste, mit wem er überhaupt redete. Er musste der einsamste Mensch auf dieser Welt sein, weil er sich so in sich selbst zurückzog. Ich konnte es nicht fassen. Ich schwor mir, dass ich niemals so sein wollte, was mir ja im Endeffekt auch nicht gelungen ist. Ich möchte das ändern, was aber eine andere Geschichte ist. Zurück zu meinem Vater: Der Barbesuch wiederholte sich jeden Tag, bis ich an einem Mittwochabend eine schreckliche Entdeckung machte, die mein Leben für immer veränderte. Es zeigte mir auf, dass mein Erzeuger abgrundtief böse war, und übertraf meine schlimmsten Befürchtungen. Denn an diesem Tag steuerte er nicht die Bar an, sondern begab sich in das schlimmste Viertel unserer Stadt. Ich hatte noch nie so viel Angst, an jeder Ecke lungerte eine Furcht einflößende Gestalt. Da war alles dabei, brutale Typen, entstellte Menschen, Leute, die angepisst und angekotzt durch die Gegend rannten und ihrem Drogenrausch gar nichts mehr mitbekamen. Es war einfach nur schrecklich. Aber die Neugierde trieb mich weiter, immer weiter, ich wollte wissen, was Vater hier zu suchen hatte. Ich folgte ihm in das tiefste Kellerloch und schlüpfte gerade noch so durch, ehe mich jemand bemerkte.

Und nun hörte ich das erste Mal in meinem Leben Vater in ganzen Sätzen sprechen. Es war so ungewöhnlich, dass ich gar nicht begriff, was er zu dem Mann sagte, der ihm die Tür geöffnet hatte.

„Was hast du heute für mich?"

„Eine Neue, einen besonderen Leckerbissen. Ich habe sie gestern erst gekauft, sie ist höchstens zwölf Jahre alt und wurde noch nie gefickt. Wenn du mir das Doppelte des Üblichen bezahlst, kannst du ihr deinen Schwanz in all ihre Öffnungen rammen und sie so brutal entjungfern, wie du es magst. Aber lass sie am Leben, junge Mädchen verkaufen sich gut", erklärte die düstere Gestalt, mit der mein Vater sprach.

Ich verstand damals nur die Hälfte, aber ich wusste, dass ich das Geheimnis meines Vaters gefunden hatte, welches seine Seele abgrundtief schwarz machte. Ich konnte nicht davonlaufen, auch wenn alles in mir danach schrie, ich blieb, kauerte in einer dunklen Ecke und hörte zu, was geschah. Ich hörte die Schreie des Mädchens, die mein Vater offensichtlich brutal vergewaltigte. Ich fragte mich immer und immer wieder, warum er das tat. Die Gedanken kreisten in meinem Kopf, ich versuchte, die gequälten Schmerzensschreie zu leugnen, die an mein Ohr drangen. Ich hielt mir sogar die Ohren zu, um kurz auszublenden, was hier geschah. Aber ich war wie gelähmt, konnte nicht weg von dort. Es dauerte eine Weile, bis ich es mir eingestehen musste, bis ich verstand, was hier vor sich ging. Mein Vater hatte offensichtlich Vergnügen daran, unschuldige Mädchen brutal zu vergewaltigen."

„Emilia, wie hast du das ausgehalten?", fragte mich die Psychologin mit mitleidigem Gesichtsausdruck.

„Gar nicht, es war so schrecklich", schluchzte ich.

„Willst du eine Pause machen?", fragte Frau Dr. Gabriel.

„Nein, ich muss das zu Ende erzählen. Schnell merkte ich, dass sich jeden Mittwoch Ähnliches abspielte. Er kehrte immer wieder in dieses dubiose Kellerloch in dem finsteren Stadtteil, um ein minderjähriges Mädchen nach Bezahlung brutal zu vergewaltigen. Ich konnte mich dessen nicht entziehen, ich folgte ihm Woche um Woche. Ich fand sogar heraus, wie ich mich so in einen Lüftungsschacht zwängen konnte, dass er mich nicht entdeckte, ich aber sehen konnte, was er da Unfassbares trieb. Die Mädchen schrien wie am Spieß. Er fickte sie brutal, aus all ihren Öffnungen strömte das Blut, wenn er fertig mit ihnen war. Sein zufriedener Gesichtsausdruck war das nackte Grauen. Ich konnte es nicht fassen, was ich da sah. Mein Vater war eine Bestie. Aber ich konnte es niemandem erzählen, ging nur immer wieder hin, um das Unfassbare zu beobachten. So, als könnte ich den Mädchen irgendwie helfen, wenn ich da war. Das letzte Stückchen heile Welt, das noch in meinem Herzen wohnte, zerbrach in dieser Zeit in tausend Teile."

„Emilia, vielleicht wollte er dich beschützen mit seinem Schweigen, damit du nicht mitbekommst, welches Monster er war", kommentierte die Psychologin.

„Sie haben keine Ahnung, kein bisschen hat er mich beschützt. Er …", versagte mir die Stimme. Weinend sank ich in meinen Stuhl, die Erinnerung war zu schrecklich, als dass ich jetzt darüber reden konnte.

Frau Dr. Gabriel kam zu mir herüber: „Ich würde dich gerne in den Arm nehmen, wenn das für dich passt."

Ich schüttelte den Kopf, reichte ihr aber meine Hand, die sie nun ergriff.

„Es macht nichts, wenn du heute nicht weiter darüber reden kannst. Du weißt, ich bin da", erklärte sie mir, ehe ich mich im Strom meiner Tränen gänzlich verlor.

Nur am Rande bekam ich mit, wie ich irgendwann aufhörte, zu weinen, und mich der Wärter abholte, um mich in meine Zelle zu bringen.

Denn ich war wieder in das Reich meiner Fantasie zurückgekehrt.

Hemmungslos klinkte ich mich aus meinem seelischen Schmerz aus, ehe ich daran erstickte, und begab mich in eine meiner erdachten Geschichten.

Geliebt bis in den Tod

Elisabeth blickte schwer atmend und mit Herzrasen an sich herab. Das fahle, silberne Mondlicht ließ schemenhaft ihre Kleidung erkennen. Das lange, hochgeschlossene Kleid umspielte ihre weiblichen Rundungen. Es war aufwendig genäht und verspielt romantisch bestickt, was man in der Dunkelheit kaum erkennen konnte. Es war für besondere Festtage gedacht und im jetzigen Moment mehr als unpraktisch, da es Elisabeth an der Flucht hinderte. Schwer atmend wischte sie sich den Schweiß von der Stirn.

Ängstlich blickte sie über die abschüssige Weide, die sie hinter sich gelassen hatte. Das Bellen der kampferprobten Hunde wurde lauter. Die Soldaten rückten näher. Vor ihr breitete sich schwarz die Wasseroberfläche des finsteren Sees aus. Wie gigantische Riesen ragten die Berge dunkel über das glatte, ruhige Wasser. Nur der Mond hinterließ eine glänzende Silberspur auf der spiegelnden Oberfläche.

Die einzige Rettung war der dichte Wald zu ihrer Rechten, aber sie bezweifelte, es noch rechtzeitig zu schaffen. Alle Kraft war aus ihren angespannten Muskeln gewichen. Schleppend setzte sie ihren unfreiwilligen Weg fort. Die zerzausten Haare, die sich aus der Frisur gelöst hatten, klebten in ihrem Gesicht. Elisabeths Schritte wurden schneller, ihre Lunge brannte vor Anstrengung und der Magen krampfte sich schmerzhaft zusammen.

Sie zwang sich, einen Fuß vor den anderen zu setzen, die Angst zerrte an ihrem Innersten. Ein unerwarteter, brennender Schmerz an ihrem Bein ließ sie stolpern. Erschrocken stellte sie fest, dass sie einer der Hunde bereits eingeholt hatte und sich in ihrer Wade verbissen hatte. Elisabeth streckte ihre Hand nach einem groben Stein am Boden aus und schleuderte ihn auf den Schädel des Untiers. Jaulend vor Schmerz ließ der Hund ab von ihr, zog winselnd den Schwanz ein und verzog sich in die Finsternis der Nacht.

Elisabeth versuchte, aufzustehen, aber die klaffende Wunde am Bein machte das Vorhaben unmöglich. Das Geschrei der Soldaten hallte warnend in ihren Ohren wider. Sie würden sie bestrafen für ihre Frechheit. Sie hatte zuvor den Bürgermeister aus der Hand des Wachmannes befreit, der ihn zum Galgen führen sollte. Sie setzte gekonnt ihre weiblichen Reize ein, um den Soldaten einen Moment abzulenken. Diese Unachtsamkeit nutzte das Stadtoberhaupt, ihr geliebter Ehemann Wolfram, aus, um in der Menge abzutauchen. Sie hatte ihn gerettet, aber nun würde ihr an seiner statt sein entgangenes Schicksal ereilen.

Doch das war nun nicht mehr wichtig, denn sie tat all das aus Liebe. Wolfram hatte es wahrhaft verdient. Er versteckte in den vergangenen Monaten Hunderte Menschen, die wegen ihres Glaubens an Jesus Christus von den belagernden Soldaten verfolgt wurden. Er bewahrte sie vor ihrer sicheren Hinrichtung. Für seine Großmut wurde er heute selbst fast zum Märtyrer.

Mit Tränen in den Augen blickte sie zu den Bergen. Sie dankte ein letztes Mal Gott für die Ehe mit ihrem Wolfram. Zu früh sollte sie zu Ende sein. Der Tod war ihr gewiss. Sie betete zu Jesus, er möge die himmlischen Pforten für sie öffnen und sie in seinem großen, weiten Herzen für immer aufnehmen.

Der Ohnmacht nahe, spürte sie tragende, beschützende Hände. Sie glaubte, ein Engel holte sie fort. Durch den Schleier ihrer Tränen versuchte sie, das Kommende zu erahnen. Doch sie konnte kein himmlisches Wesen ausmachen, das sie in den Himmel geleitete. Nein, es war Wolfram. Er war ihretwegen zurückgekommen. Ihr Herz hüpfte vor Freude, auch wenn sie sein Handeln durchaus als töricht empfand. Sie konnte es ihm nicht verübeln, in dem Punkt stand sie ihm in nichts nach.

Seine Nähe war wie Balsam für ihre Seele. Er verschwand mit ihr im Dickicht des Waldes. Er schien sie eine Ewigkeit über Stock und Stein zu tragen. Als die Geräusche der Soldaten und Hunde verstummt waren und den Klängen des Waldes in der Finsternis wichen, bettete er sie sanft auf weiches Moos. Ein geflüstertes „Danke!“, kam über Elisabeths trockene Kehle.

„Bitte“, antwortete Wolfram zärtlich mit einem gekräuselten Lächeln. Langsam beugte er sich über seine Geliebte. Weich und warm berührten sich ihre Lippen und vereinten sich in einem Kuss der unbeugsamen, bedingungslosen Liebe.

Das Publikum in der Oper Neapels applaudierte begeistert. Die gelungene Inszenierung von dem Stück mit dem einfachen Namen *Wolfram* war sehenswert, ein Ohrenschmaus, wie Kritiker es betitelten. Das Bühnenbild ließ der Fantasie freien Lauf und die dramatischen und romantischen Übertreibungen im Schauspiel gefielen den temperamentvollen Italienern. Sie ließen ihrer Begeisterung freien Lauf und jubelten lautstark. Doch ein markerschütternder Schrei hallte plötzlich durch eine der Logen, die über dem Festsaal thronten, aber dieser lautstarke Hinweis auf akute Gefahr ging im aufbrausenden Jubel des Publikums unter. Erst als ein toter Frauenkörper vornüber vom Balkon stürzte und scheinbar an der Brüstung der Loge hängen blieb, registrierte ein Großteil der Anwesenden das vorangegangene Verbrechen. Die Kehle der dunkelhaarigen, etwas in die Jahre gekommenen Schönheit war durchschnitten und das Blut rann über ihr lebloses Gesicht mit den bereits seelenlos dreinblickenden Augen. Der Applaus verstummte augenblicklich und schlug schlagartig in Panik um. Die anwesenden Einwohner Neapels wussten, dass das im wahrscheinlichsten Fall die Handschrift der Mafia war und es nicht ratsam war, sich in irgendeiner Form einzumischen. Der Fluchtinstinkt beherrschte nun alle, es wurde wild durch die Gegend gebrüllt und versucht, um jeden Preis die Fluchtwege zu erreichen. Dabei entstand ein unglaubliches Chaos, das nicht mehr überschaubar war, viele wurden umgestoßen und verletzt. Genau das hatte der Mörder erwartet, um noch mehr Panik im Opernhaus zu erzeugen, ließ er die Leiche nun los und sie krachte unschön auf die Stühle. Diese makabre Szene zeigte seine Wirkung, jetzt war auch der letzte noch anwesende Zuschauer aus der Ruhe gebracht. Jeder schlug um sich und wollte nur mehr weg von diesem Horrorgeschehen. Es herrschte Panik. In diesem Augenblick des Chaos' entschwand der Mörder durch einen vorher ausgekundschafteten Hinterausgang und niemand nahm Notiz davon. Nur eine Möwe, die sich in der Stadt verirrt hatte, bemerkte seinen Armstumpf, der davon erzählte, in vergangenen Tagen grausam abgehackt worden zu sein.

Antonio versuchte, sich auf die aktuellen Abrechnungen, die er auf seinem Computer bearbeiten sollte, zu konzentrieren, aber es gelang ihm heute nicht. Seine Augen fielen immer wieder vor Müdigkeit zu. Er musste an seinen neunjährigen Sohn denken, der bei seiner Mama zu Hause war und bestimmt schon schlief. Wie gerne wäre Antonio jetzt bei seiner Familie, aber er musste noch auf Gäste warten. Der dunkelbraun gelockte Italiener war schlank und groß gewachsen und er besaß eine auffallende Charaktereigenschaft, die man an einem Südländer nicht vermuten würde – er war sehr ruhig. Das aufbrausende Temperament und Geschrei seiner Landsleute in Italien erschreckte ihn immer noch, obwohl er seit seiner Geburt in Neapel lebte. Er war nur für ein paar Jahre nach Rom gegangen, um dort zu studieren. Aber da war es keinen Deut besser gewesen. Das Verkehrschaos und das Gehupe im Straßenverkehr war eine der italienischen Gewohnheiten, mit der er nicht klarkam. Deshalb genoss er meistens die ruhigere Nacht, aber heute quälte ihn die Müdigkeit und er war nicht mehr bei der Sache. Er nahm aus Langeweile eines seiner Visitenkärtchen in die Hand, die sein Sohn so gerne an Gäste verteilte. Er vermietete Zimmer im fünften Stock eines Wohnhauses in der Via Chiaia, eine sehr bekannte Einkaufsstraße in der Nähe des Hafens von Neapel. *Terrazza Aragon* hieß sein Reich, denn seine Terrasse sollte einmal ein Kaffee werden, aber das waren momentan noch Zukunftsträume. Er hatte Glück, denn die Lage konnte für Städtereisende nicht besser sein. Erstens war es hier sicher, was in einer Stadt, in der die Mafia das Sagen hatte, nicht unwesentlich war. Außerdem war in derselben Straße die berühmte *Patisserie Gambrius* und die weltberühmte *Pizzeria Brandi.* Diese backte bereits 1889 die erste Pizza Margeritha für die Frau des Königs Umberto I., die eben auch Margeritha hieß, in den Landesfarben Italiens – grüner Basilikum, weißer Mozzarella und rote Tomaten. Und man konnte behaupten, was man wollte, die beste Pizza gab es eben nur in Neapel. Denn nur hier war der Pizzateig am Rand so hoch wie der Vesuv und in der Mitte fast durchsichtig, gekrönt von der sonnengereiften Tomatensoße, dem originalen Büffelmozzarella und dem duftenden Basilikum, kurz in den heißen Steinöfen gebacken. Mehr an Geschmack war nicht möglich.

Jetzt knurrte Antonio auch noch der Magen, er hatte es heute verabsäumt, etwas zu Abend zu essen und, da war er doch typisch Italiener, das war die wichtigste Mahlzeit des Tages, die er da ausgelassen hatte. So begab er sich kurz entschlossen in die Küche, dazu musste er über einen kleinen Rundbalkon, der über den kleinen Hof ragte, der fünf Stockwerke tiefer war und nur die Größe eines familientauglichen Pools hatte. Aber die Größe reichte, um über gespannte Nylonschnüre hier die Bettwäsche und Handtücher für die Gäste trocknen zu lassen, die seine Haushälterin jeden Tag wusch. In der Küche trank er einen Café, wie die Neapolitaner ihren Espresso nannten, und angelte sich einen Schokoriegel aus dem Kühlschrank, der eigentlich für die Gäste mit Kleinigkeiten gefüllt war. Dann begab er sich wieder zurück in sein Büro, um weiter zu warten.

Ein Knacken ließ ihn aus seiner Müdigkeit aufschrecken. Waren seine Gäste endlich angekommen? Dann könnte er in einer halben Stunde sicher nach Hause gehen, wenn sich die Touristen wohlfühlten in ihrer

Unterkunft. Aber er schob den Gedanken misstrauisch beiseite, denn sie hätten zuerst unten an der Tür klingeln und dann mit dem Fahrstuhl fünf Stockwerke hochfahren müssen, nachdem er ihnen das über die Fernsprechanlage erklärt hätte. Sie konnten es also nicht sein, die da vor seiner gläsernen Bürotür standen, denn er erkannte nun eindeutig einen Schatten.

Antonio lief es eiskalt den Rücken runter. Wer war das? Oder war er eingeschlafen und träumte das alles nur? Seine Frage wurde mit einem Stein beantwortet, der durch die Glastür geworfen wurde. Diese zersprang in Tausende Einzelteile. Das Glas rieselte zu Boden und hinterließ ein glänzendes Meer an Glasscherben in seinem Büro. Knirschend stieg eine vermummte Gestalt darüber in schweren Stiefeln. Seine dunkle Kleidung verbarg alle Merkmale, die einen Menschen erkennbar machten. Antonios Herz raste vor Angst, er schrie panisch auf. Aber es war schon zu spät, ein nach Chloroform stinkendes Taschentuch wurde ihm ins Gesicht gedrückt. Alles, was er noch erkennen konnte, war ein Armstumpf, der auf eine unliebsame Begegnung mit der Mafia in vergangenen Tagen hinwies. Dann wurde alles schwarz, Antonio sank bewusstlos zu Boden.

Als er seine verklebten Augen wieder öffnete, wusste Antonio nicht, wo er war. Panik stieg erneut in ihm hoch. Er sah antike steinerne Kreise über sich, die wie ein uraltes Fresko aus längst vergangener Zeit aussahen. Er setzte sich auf. Was war das hier, worin befand er sich? Wenn es sich nicht zu unglaublich anhörte, würde er sagen, dass er in einem Badebecken aus der Römerzeit lag. Aber das konnte doch nicht sein, oder? Antonio ließ seinen Blick durch den kleinen runden Raum schweifen, um herauszufinden, ob er allein war. Niemand schien hier zu sein – außer ihm. Aber wie war er bloß hierhergekommen und – vor allem – wie kam er hier wieder heraus?

„Hilfe", schrie er lautstark. Als Antwort bröckelte etwas Putz von der Wand. „Hilfe, Hilfe, Hilfe ...", probierte Antonio es erneut.

Aber außer, dass er noch mehr staubigen Putz von der Wand löste, passierte nichts. Antonio musste husten, denn er hatte etwas von dem Staub eingeatmet. Er versuchte, sich aufzurappeln, was ihm nicht gelang, so klopfte er sich vorerst den Putz von der Kleidung ab. Er blickte noch einmal nach oben. Das aus Kreisen bestehende Fresko musste einmal bunt gewesen sein, man konnte Spuren von Rot und Gelb erkennen. Außerdem war dieser runde, kleine Raum in vergangenen Tagen sicher wunderschön gewesen. Er stellte sich das Becken, in dem er saß, mit Wasser befüllt und die Badegäste darin vor. Vor etwa zweitausend Jahren. Denn mittlerweile war ihm bewusst geworden, wo er sich befand. Das war wirklich eine Therme aus der Römerzeit, eine der vielen, die man in Pompeji fand. Pompeji war die Stadt, die 79 nach Christus von einer sechs Meter hohen Ascheschicht verschüttet worden war, als der Vesuv ausbrach. Die Asche konservierte die römischen Gemäuer so gut, dass bei den Ausgrabungen eine nahezu vollständige Stadt gefunden wurde. Alles, was in der Hitze nicht verglüht war, befand sich weiterhin hier und war für die Nachwelt erhalten.

Antonio versuchte, noch einmal aufzustehen, sein gesamter Körper schmerzte, als er sich selbst endlich in die Höhe hievte. An einer Seite des runden Gebäudes waren mehrere vernagelte Bretter, die wahrscheinlich den Ausgang verdeckten. Er bemühte sich, sie mit den bloßen Händen zu entfernen, was gar nicht so leicht war. Mehrere Splitter steckten bereits in seiner blutenden Haut. Er versuchte, nicht darauf zu achten und sich darauf zu konzentrieren, wie er hier herauskam. Denn er wusste nicht, wer ihn hierhergebracht hatte und was genau er von ihm wollte. Er befürchtete nur, dass ihm sein Gegner nicht wohlgesonnen war, wenn der ihn hier gegen seinen Willen einsperrte.

Wenig später hatte Antonio es geschafft, sein Blick auf den antiken Umkleideraum war frei, hier waren immer noch quaderförmige Ausnehmungen in der Wand, die zur Ablage der Kleidung gedient hatten. Er sah sich um, aber keiner schien hier zu sein, so stahl er sich nach draußen. Hier war auch keine Menschenseele, was wiederum komisch war, denn er befand sich in einer gut besuchten Touristenattraktion. Er kämpfte sich weiter durch die Anlagen aus dem Römischen Reich und begab sich in Richtung Forum. Dort gab es die gruseligsten Gestalten in ganz Pompeji, denn hier waren Gipsabdrücke von einigen der verstorbenen Leichen aus damaliger Zeit. Sie entstanden so, dass zuerst die Asche die Form der Körper konservierte, der darin bis auf die Knochen zerfiel. Bei den Ausgrabungen wurden gefundene Hohlräume mit Gips ausgefüllt, die in manchen Fällen die Silhouette eines Menschen preisgaben, in der Haltung, in der er sterben musste. Nur die Knochen befanden sich noch in dem Gipsabdruck. So fand man verschiedene Erwachsene, Kinder und sogar Hunde.

Abgesehen von dieser beeindruckenden Geschichte war hier aber auch niemand zu sehen. Die Sonne brannte in hohem Stand auf ihn nieder, es musste schon Mittag sein. Irgendetwas stank hier gewaltig zum Himmel. Warum war hier niemand?

Antonio sah noch einmal zur Sonne hoch und legte seine Hand schützend über seine Augen, der Schweiß tropfte von seiner Stirn. Was war hier nur los? In was war er geraten? Als Antwort vernahm er ein Piepsen in seiner Hosentasche. Irritiert klopfte er seine Hose suchend ab. Er hatte doch sein Mobiltelefon gestern im Büro liegen gelassen und keine Chance gehabt, es einzupacken. Doch da war etwas in seiner Tasche, er zog ein Gerät hervor, das eindeutig nicht ihm gehörte. Er schaltete es an und fand auf dem Display eine Nachricht, die besagte, dass er sich zu dem weltberühmten Mosaik in Pompeji begeben sollte, das sich im Eingangsbereich des Hauses des tragischen Dichters befand. Es zeigte einen Hund mit den Worten *cave canem*, was so viel heißt wie *Achtung vor dem Hund.* Antonio war irritiert, aber auch neugierig – gepaart mit großer Angst. Aber er musste wissen, was das hier bedeutete, so machte er sich auf den Weg, das Mobiltelefon zeigte ihm bereits eine Karte mit seinen Bewegungen über GPS an. Er folgte dem Signal. Ein ungutes Gefühl machte sich immer mehr in seiner Magengrube breit, je näher er seinem Ziel kam. Er bog um die letzte Ecke und zu seiner Überraschung sah er in derselben Straße weitere drei Männer mit Smartphones in der Hand. Waren das doch Touristen? Hatte er sich geirrt? Aber dafür wirkten sie viel zu abgehetzt und schmuddelig. Teilten sie sein Schicksal oder waren es seine Gegner? Er musste es herausfinden, auch wenn er Angst um sein eigenes Leben hatte. Tief durchschnaufend legte er die letzten Meter zu dem Mosaik zurück.

„Habt ihr eine Ahnung, was hier vor sich geht?“, nahm er allen Mut zusammen.

Mit Angst in den Augen redeten die drei Männer zuerst alle durcheinander. Dann versuchten sie es nacheinander. Schnell wurde klar, sie teilten alle Antonios Schicksal, mit Chloroform betäubt und hierhergebracht und keiner wusste, wieso. Nach und nach fassten sie in der Not etwas Vertrauen und stellten sich gegenseitig vor: Francesco, Matteo und Emanuele waren Antonios Mitstreiter.

Die Mobiltelefone aller vier zeigten erneut eine Nachricht an, sie war bei allen identisch:

Ihr seid Teil eines Spiels. Wenn ihr überleben wollt, müsst ihr zusammenhalten.

Dann ging bei jedem ein Video ein, aber sie waren unterschiedlich. Antonio spielte seines als Erster ab, weil es die Bezeichnung *Eins* trug.

Es war ein Bericht eines italienischen Nachrichtensenders, der die Ermordung einer Frau in der Oper am Vorabend zeigte. Alle vier Männer waren überrascht, als sie die Identität der Ermordeten erfuhren, denn sie hatten alle etwas gemeinsam, ohne dass sie es bis zu diesem Zeitpunkt wussten.

„Das ist Valentina Bruno, meine Lieblingslehrerin. Sie unterrichtete mich in der Primarstufe und hat mich immer motiviert, etwas aus meinem Leben zu machen. Ich habe diese Frau sehr geschätzt", entfuhr es Antonio ungewohnt emotional, er war anscheinend doch mehr Italiener, als er sich selbst eingestand.

Die anderen drei erzählten ebenfalls von Frau Bruno, sie hatten sie alle als Lehrerin und scheinbar verdankten sie ihr alle, dass sie niemals aufgegeben hatten, weil die Pädagogin an ihre Fähigkeiten geglaubt hatte. Nur waren die Männer so unterschiedlich alt, dass sie sich in der fünfjährigen Primarstufe nie begegnet waren. Als jeder sein Alter den anderen preisgab, hätten sie sich in einer normalen Situation darüber totgelacht. Antonio war fünfunddreißig, Emanuele dreißig, Francesco fünfundzwanzig und Matteo zwanzig. Aber für jetzt beschworen sie nur, dass das kein Zufall sein konnte.

Emanuele hatte das Video mit der Nummer *Zwei* auf sein Gerät zugesandt bekommen. Er tippte nun auf *Abspielen*. Es begann mit einer Kurzdokumentation über die Zerstörung von Pompeji durch den Vesuv 79 nach Christus, in der die ganze Stadt unter der Asche des Vulkans begraben wurde.

Dann meldete sich wieder ein Nachrichtensprecher zu Wort und erklärte, dass die Ausgrabungsstätte erneut bedroht sei und Pompeji Gefahr liefe, nun unwiederbringlich zerstört zu werden. Diese brandneue Information stammte von heute Morgen. Der Reporter berichtete von einem angekündigten Terrorakt. Die Ausgrabungsstätte von Pompeji sollte, mit mehreren Bomben gespickt, von der Außenwelt abgeschnitten sein, denn ein Irrer drohte seine Ankündigungen wahrzumachen und alles zu sprengen, sollte sich irgendjemand auch nur nähern. Die Polizei stand vor einem Rätsel und hatte vorerst das Gelände umstellt, bis der Verrückte weitere Informationen preisgab. Es wurde davon ausgegangen, dass das Gelände menschenleer war und niemand momentan in Gefahr schwebte, aber natürlich wollte man auch alles versuchen, um die wertvollen Ausgrabungsstätten von Pompeji zu beschützen. Es lag die Vermutung nahe, dass es sich bei dem Attentäter um ein ehemaliges Mafiamitglied handelte.

„Sie wissen nicht, dass wir hier sind", fluchte Emanuele lautstark, die anderen versuchten, ihn etwas zu beruhigen, auch wenn ihnen ebenfalls die Todesangst ins Gesicht geschrieben stand aufgrund dieser aktuellen Berichterstattung, die ihre Lage erklärte. Auch wenn niemand wusste, dass sie mittendrin in dem Geschehen waren, und sie selbst immer noch nicht wirklich wussten, warum. Was hatte die Ermordung ihrer Lehrerin Valentina Bruno mit ihnen zu tun?

Das Video mit der Nummer *Drei*, abgespielt auf Francescos Smartphone, war noch beängstigender als das vorangegangene. Denn nun richtete sich ihr gemeinsamer Entführer direkt an sie. Man sah Bilder von den vier Männern, die gerade gemeinsam auf den Bildschirm blickten, wie sie ohnmächtig in der Nacht an den verschiedenen Orten von Pompeji lagen, dort, wo sie zuvor bewusstlos abgelegt worden waren. Dazu sprach eine verzerrte Stimme, die ihnen die Ereignisse von letzter Nacht noch einmal ins Bewusstsein rief. Der Täter ging bei allen nach demselben Muster vor, er betäubte sie mit Chloroform und brachte sie hierher. Es war schrecklich und sehr beängstigend, was er gegen ihren Willen getan hatte und wahrscheinlich noch bereit war, zu tun.

Der Entführer erhob seine Furcht einflößende Stimme im Video: „Und jetzt die Spielregeln. Ich habe vor, Pompeji endgültig dem Erdboden gleichzumachen und euch zu opfern für dieses Feuer, das in die Weltgeschichte eingehen wird, wenn die gesamte Ausgrabungsstätte von den Flammen verschluckt wird. Leider werdet ihr dadurch nicht berühmt, denn niemand weiß, dass ihr hier seid. Aber eine faire Chance gebe ich euch, um euer mickriges, bedeutungsloses Leben zu retten: Wenn ihr bis heute Abend herausgefunden habt, wer ich bin, dann lasse ich euch laufen. Bis zwanzig Uhr brauche ich eure Lösung, denn um einundzwanzig Uhr steigt das grandiose Feuerwerk, das für immer meinen Namen berühmt machen wird. Schaut euch dazu das letzte Video aufmerksam an, es gibt euch durch Hinweise eine Richtung an, in der ihr zu suchen beginnen könnt. Außerdem war ich so gnädig und hab euch im Restaurant einen Computer zur Verfügung gestellt, der Internetdatenbanken aufrufen kann, aber von mir präpariert und kontrolliert wird. Wenn ihr trotz meiner säuberlichen Blockaden Dummheiten macht und versucht, Hilfe zu holen, anstatt mein Spiel mitzuspielen, dann zünde ich die Bomben etwas früher, also seid keine Spielverderber. Dasselbe gilt für Fluchtversuche. Wahrscheinlich muss ich nicht erwähnen, dass eure Smartphones nur die Kommunikation mit mir zulassen. Meldet euch, wenn ihr eine Lösung für mich habt. Ihr dürft mich

Maestro nennen." Dann lachte er höhnisch, den vier Männern aber lief es eiskalt über den Rücken, doch sie hatten keine Zeit zu verlieren, jetzt, da sie wussten, dass sie eventuell doch noch eine Chance hatten.

Antonio befürchtete zwar, dass dieser Maestro sie nur zum Spielball machte, ehe er seinen teuflischen Plan ausführte, aber er wollte den anderen drei nicht unnötig die Hoffnung nehmen. Außerdem war eine Aufgabe besser, als gemeinsam zu verzweifeln. Es lenkte von der grausamen Todesangst ab, die ihnen bleiern in den Knochen saß.

Matteo startete zitternd sein Video mit der Nummer *Vier* an, das ihnen die benötigten Hinweise geben sollte für ihre Recherche. Sie sahen eine Schule, schnell waren sich die vier Männer beim Anblick des Gebäudes einig. Es handelte sich um ihre ehemalige Schule der Primarstufe, in der sie die ermordete Valentina Bruno unterrichtet hatte, als sie noch Kinder waren. Sie hörten ihre Stimme, wie sie das Gebäude und den Schulbetrieb beschrieb, das war etwas makaber, da sie alle wussten, dass ihre ehemalige Lehrerin bereits tot war, kaltblütig ermordet. Enttäuscht stellten sie fest, dass ihre ehemalige Lehrerin nur die Vorteile für die Eltern der Kinder beschrieb, die an dieser Schule zukünftige Schüler werden wollten. Das Video war nicht mehr sehr aktuell und erklärte vordergründig nichts, was die neugierigen Zuschauer nicht bereits wussten.

Nachdenklich gingen die Männer zu dem Restaurant, in dem der Computer auf sie warten sollte, der angeblich ihre geringe Chance, zu überleben, vorantreiben konnte. Als sie ihn gefunden hatten, schalteten sie ihn augenblicklich ein und ein Countdown zählte herunter, wie angekündigt bis zwanzig Uhr. Sie hatten noch fünf Stunden, vierzehn Minuten und dreiundzwanzig Sekunden, um ihrem Schicksal zu entgehen.

Da ihnen nichts Besseres einfiel, machten sie sich zuerst über ihre ehemalige Lehrerin Valentina Bruno schlau. Sie waren ganz erstaunt, dass sie bereits sechzig Jahre alt war, als sie gestern starb. Sie wirkte immer so jugendlich und war eine sehr attraktive Frau. Sie war nicht verheiratet und hatte keine eigenen Kinder. Privat war über sie fast nichts zu finden, sie schien ihr Leben wirklich der Schule gewidmet zu haben. Sie hatte zahlreiche Auszeichnungen im pädagogischen Bereich erhalten und wurde sogar einmal zur besten Lehrerin Neapels gewählt. Aber wie brachte sie diese Informationen zu ihrem Entführer? War er auch ihr Schüler gewesen? Wie würden sie ihn dann finden unter den vielen nicht dokumentierten Kinder, die in die Primarstufe gingen und von

Valentina Bruno unterrichtet wurden? Sie hätten ein Archiv gebraucht mit Daten aller Schüler, aber so etwas war öffentlich nicht zugänglich und sie saßen in Pompeji fest. Den Männern rann der Schweiß über die Stirn, nicht nur, weil es heiß war, sondern weil ihnen der Todesengel bereits höhnisch lachend im Nacken saß. Der Countdown zeigte nur mehr knappe vier Stunden an und sie waren kein bisschen weitergekommen.

„Was verbindet uns mit Valentina Bruno?", fragte sich Antonio mehr selbst.

„Sie war unsere Lehrerin", kaute Francesco die Fakten vor.

„Und sie unterrichtete uns nie gemeinsam, wenn einer von uns fertig war, kam der nächste von uns in ihre Klasse", vervollständigte Matteo das Ganze.

„Eine Sache gibt es doch noch, es fällt mir gerade erst ein. Ich war immer ihr Lieblingsschüler, sie hat mir geholfen, wo es ging. Ich durfte sie sogar zu Hause besuchen, dort gab sie mir Nachhilfe und lehrte mich vieles über das Leben. Im Nachhinein betrachtet, hat sie mich fast wie einen Sohn behandelt. Eigenartigerweise hat sie mir, als der Tag des Abschlusses der Primarstufe kam, ganz eindeutig gesagt, dass ich jetzt auf eigenen Füßen stehen müsse und dass wir uns leider für immer verabschieden müssten. Ich habe sie am Anfang sehr vermisst, aber mit der Zeit wurde mir klar, dass ich nur ihr Schüler war, was mit der Primarstufe beendet war. Sie wusste, dass sie mir alles für die Zukunft mitgegeben hatte, dafür bin ich ihr heute noch sehr dankbar", erklärte Emanuele etwas verlegen.

Das Stimmengewirr erhob sich, denn die anderen drei hatten Ähnliches zu berichten. Ihr Verdacht wurde konkreter. Anscheinend suchte sich Frau Bruno in der Vergangenheit immer einen Schüler bevorzugt aus, den sie besonders förderte, dem sie sogar das Gefühl gab, eine Art Ersatzmutter zu sein. Die vier Männer mutmaßten, dass sie vielleicht so ihre Kinderlosigkeit kompensiert hatte, aber das war nur eine Vermutung und spielte jetzt keine Rolle für ihre Recherche. Schnell trat der Verdacht auf, dass der Terrorist, der sie hierhergebracht hatte, auch einer ihrer ehemaligen Auserkorenen war und sie mehr gemeinsam mit ihrem Entführer hatten, als ihnen lieb war.

„Dann lass uns einmal überlegen, wie viele Lieblingsschüler sie in ihrer Laufbahn als Lehrerin hatte. Wenn unsere Logik stimmt, vielleicht hilft uns das weiter", überlegte Emanuele laut.

„Hier, ich habe da was", verkündete Francesco.

Antonio las die Überschrift des Zeitungsartikels von heute laut vor: „Zehnjährige Viertklässler betrauern den Tod ihrer Lehrerin Valentina Bruno." Dann murmelte er vor sich hin, während er leise weiterlas, und fasste anschließend laut für alle zusammen: „Mit dieser Klasse wäre sie in Pension gegangen, in bereits eineinhalb Jahren."

Matteo versuchte, logische Schlüsse zu ziehen, und verblüffte alle mit seinen umgehenden Berechnungen: „Also ist der jetzige Günstling unserer Lehrerin zehn Jahre alt, wenn es ihn gibt. Der ist eindeutig zu jung für einen Verbrecher dieses Kalibers. Der nächste müsste heute fünfzehn sein, auch noch zu unreif, um ein so schweres Verbrechen zu begehen oder ein Teil davon zu sein. Der hätte außerdem nicht die Kraft, vier erwachsene Männer zu entführen und hierherzubringen. Der Zwanzigjährige in der Folge bin dann wohl ich, Francesco der Fünfundzwanzigjährige, Emanuele der Dreißigjährige und Antonio der Fünfunddreißigjährige. Jetzt stellt sich nur die Frage, ob es einen vierzigjährigen ehemaligen Lieblingsschüler von Valentina Bruno gibt, den sie selbst – einen Moment – mit sechsundzwanzig bis einunddreißig Jahren unterrichtete und betreute."

Schnell ermittelten sie noch einmal in ihrer Lebensgeschichte im Internet und fanden tatsächlich heraus, dass sie mit sechsundzwanzig Jahren zu unterrichten begonnen hatte.

„Bingo, Matteo, du bist genial", kommentierte Antonio.

„Was ist, wenn ihr erster Schützling es nicht verkraftet hat, komplett aus ihrem Leben geworfen zu werden, und uns als Konkurrenten betrachtet?", fragte Emanuele.

„Ich bin überaus beeindruckt, ich fühle, dass wir auf der richtigen Spur sind", jubelte Francesco und die anderen stimmten mit ein, sie hatten das Gefühl, gemeinsam etwas geschafft zu haben.

Doch ihre Freude verstummte abrupt, als sie auf den Countdown sahen, es waren nicht einmal mehr zwei Stunden übrig, sie mussten herausfinden, wer hinter dem makabren Spiel stand. Die Zeit rann ihnen unaufhaltsam durch die Finger, es war, als wären sie zu einem lebendigen Stundenglas geworden, wenn der Sand vollständig durchgerieselt war, war ihr endgültiges Todesurteil unterschrieben.

So machten sie sich erneut mit dem Computer auf die Suche. Zuerst fanden sie einen Artikel über Valentina Bruno, in dem sie in einem Interview sogar bestätigte, dass sie immer einen Lieblingsschüler hatte, den sie besonders förderte, wenn sie großes Potenzial erkannte. Und dass sie das nie bereut hatte, weil sie durchaus jeden Schüler pädagogisch förderte, aber auch die besonders Begabten nie aus dem Blick verlieren wollte. Aber weiter brachte sie der Ausschnitt aus der Zeitung nicht, da sie natürlich keine Namen preisgab. Doch die vier Männer fühlten sich trotzdem geschmeichelt.

„Wir brauchen weitere Anhaltspunkte“, schlug Matteo vor.

„Genau! Was haben wir noch gemeinsam?“, fragte Antonio.

„Gute Frage. Wir sind alle männlich, anscheinend hätte sie lieber einen Sohn als eine Tochter gehabt. Und unsere Lehrerin hat uns alle gefördert, weil sie besonderes Potenzial sah“, gab Emanuele noch einmal zu bedenken.

„Was macht ihr eigentlich beruflich?“, wollte Francesco schlussfolgernd wissen.

Antonio managte sein kleines Hotel, Matteo studierte Informatik, Emanuele gehörte eine Pizzeria und Francesco war ebenfalls Lehrer geworden. Sie starrten sich an, es ging ihnen allen gut, aber ein Muster war hier nicht zu erkennen. Das war anscheinend eine Sackgasse und die Zeit verstrich unaufhaltsam, es waren nur mehr vierzig Minuten bis zwanzig Uhr, Verzweiflung machte sich unaufhaltsam breit im unfreiwilligen Rechercheteam. Es musste doch etwas zu finden sein, ihr einziger Anhaltspunkt war immer noch Valentina Bruno.

„Was ist das?“, fragte Matteo auf den Bildschirm zeigend.

Es war ein kleiner Hinweis auf einen Stalker, der jahrelang eine ehemalige Lehrerin aus Neapel verfolgt haben sollte. „Das könnte doch jede Lehrerin Neapels sein“, gab Emanuele zu bedenken.

„Nein, schau doch. Auf dem Bild ist die Schule, in der wir alle in der Primarstufe waren. Das könnte echt Frau Bruno sein, die gemeint ist“, rief Antonio erneut aufgeregt.

Francesco las laut weiter: „Victor M. wurde verhaftet, weil er viele Jahre versucht hatte, in den Privatbereich seiner ehemaligen Lehrerin vorzudringen. Die Pädagogin der Primarstufe erlitt deswegen einen Nervenzusammenbruch und musste im Krankenhaus behandelt werden.“

Matteo tippte den Namen *Victor M.* und *Neapel* auf gut Glück ein, es waren aber viel zu viele Ergebnisse, sie brauchten einen Nachnamen. Er hatte plötzlich eine Idee. „Wir dürfen ja alles recherchieren, was mit Frau Bruno zu tun hat, oder?“, versicherte er sich bei den anderen.

„Angeblich“, antwortete Antonio.

Matteo rief die Homepage der Primarstufe auf, auf diese hatten sie erlaubten Zugriff. Matteo fand, was er suchte, hier gab es tatsächlich ein passwortgeschütztes Archiv. „Vielleicht haben wir Glück, ich versuche, es zu hacken", kündigte Matteo den anderen an.

Und es gelang ihm tatsächlich nach mehreren scheinbar ewig dauernden Versuchen. Jetzt musste das Archiv nur noch den richtigen Inhalt haben, den Namen des Attentäters, den sie suchten. Und sie fanden tatsächlich Hoffnung Bringendes, nämlich alle Klassenfotos aus der Vergangenheit mit den Namen der Schüler. Sie suchten das Besagte heraus, in deren Klasse der Attentäter hätte sein müssen. Jung und hübsch strahlte Valentina Bruno vom Foto herab. Antonio sah ihn als Erster, ein untersetzter und finster dreinblickender Junge mit dem Namen Viktor Massa. Das musste ihr Peiniger sein, sie hatten ihn tatsächlich gefunden und es war gerade Mal drei Minuten vor zwanzig Uhr. Jetzt zählte jede Sekunde.

Antonio griff zum Smartphone und schrie hinein: „Sie sind Viktor Massa, ehemaliger Lieblingsschüler von Valentina Bruno."

„Ich bin beeindruckt. Und wärt ihr nicht gewesen, dann hätte sie mich bestimmt geheiratet. Stattdessen hat sie ihre Zeit verplempert und sich allein ihrer Arbeit als Lehrerin gewidmet. Ich musste sie töten, weil sie nie verstanden hat, wie sehr ich sie liebte. Ihretwegen habe ich mich sogar der Mafia angeschlossen, um ihr alles bieten zu können. Leider haben die mir die Hand abgehackt, als sie bemerkten, dass ich Diebesgut unterschlagen hatte. Aber ich habe das alles nur für Valentina getan, weil ich sie so unendlich liebte. Und deshalb müsst ihr auch sterben, Versprechen hin oder her. Wenn ihr versucht, zu fliehen, dann zünde ich die Bomben früher, ich bin bereit. Seid ihr auch bereit, zu sterben?", lachte die Stimme am anderen Ende höhnisch ins Telefon.

Antonio hatte es von Anfang an befürchtet, dass Viktor, dessen Namen sie nun kannten, mit unfairen Mitteln spielte. Er versuchte, sich nichts anmerken zu lassen, aber die anderen waren nicht dumm. So fasste er kurz das Telefonat zusammen. Francesco und Emanuele stand die endgültige Verzweiflung ins Gesicht geschrieben. Nur Matteo hatte noch einen Funken Hoffnung, der in seinen Augen aufblitzte. Er nahm sein Smartphone in die Hand und tat so, als würde er es mutwillig zerstören, die anderen wollten ihn davon abhalten, aber das gehörte zu seinem unausgesprochenen Plan. Blitzschnell blockierte er den Zugriff von Victor, der nun glauben würde, dass es defekt sei, und setzte im nächsten Moment über eine Umgehung der Sperre, die von Viktor eingerichtet wurde, einen Notruf ab. Die Männer agierten wie ein eingespieltes Team, obwohl sie nur flüchtig mit den Augen kommunizieren konnten. Dann schmiss Matteo das Smartphone endgültig an die Wand, wo es in seine Einzelteile zersprang. Matteo war genial, in dieser gespielten Wutszene hatte er alle Informationen preisgegeben, die die Einsatzkräfte brauchten, auch den Aufenthaltsort von Victor Massa. Der würde es bereuen, ein Softwaregenie mit den anderen Entführten gefangen genommen zu haben. Ängstlich warteten die vier Männer die nächsten Minuten ab und trauten sich nicht, sich vom Fleck zu rühren.

Es dauerte Gott sei Dank nicht lange, ehe bewaffnete Polizisten bei ihnen eindrangen und die Entwarnung verkündeten: „Wir haben ihn gefasst, die Bomben werden entschärft."

Antonio war jetzt nach dieser unendlichen Erleichterung, die sie gerade erfahren hatte, aber trotzdem neugierig: „Woher wusstest du, wo er ist?"

Matteo grinste, als er sprach: „Das habe ich mit dem Handy zurückverfolgen lassen. Das dauerte leider sehr lange, damit er es nicht merkte, aber als du mit ihm telefoniert hattest, bekam ich endlich das nötige Signal."

Überglücklich folgten die vier Männer den Polizisten in die Freiheit. Sie waren dem Tod gerade noch von der Schippe gesprungen. Aber so richtig realisierten sie das erst, als sie alle zu Hause waren in den Armen ihrer Familien und die Medienberichte überflogen von dem verrückten Viktor Massa, der einarmige Attentäter, der Pompeji zerstören wollte. Und alles nur, weil er sich in seine ehemalige Lehrerin Valentina Bruno verliebt hatte, er liebte sie bis in den Tod, den er ihr selbst beschert hatte.

Antonio fiel dazu noch das Sprichwort von Viktor Larenz ein: „Die größten Verbrechen geschehen aus Liebe."

One time 2

Der Wärter brachte mich erneut in den Computerraum. Ich war sehr froh darüber, denn jetzt konnte ich wieder eine ganze Stunde abschalten, für mich sein und mich auf *One time* einlassen. Es war, als wäre ich für kurze Zeit keine Gefängnisinsassin und hätte Anteil an dem Leben der Menschen da draußen.

@Marla:
Ich erwachte vor ein paar Tagen, das Gefühl der zärtlichen Berührung verweilte noch einen Moment auf meinem Mund. Ich fuhr sanft mit den Fingerspitzen über meine Lippen, um das innige Gefühl etwas zu bewahren. Doch schon schien es mit der sanften, flauen Sommerbrise, die durch mein geöffnetes Fenster wehte, davonzufliegen. Dicke Tränen rannen über meine Wangen, beinahe lautlos schluchzte ich, ließ meiner Trauer freien Lauf. Der immer wiederkehrende Traum stürzte mich fortlaufend in ein tiefes Loch meiner brennenden Sehnsucht. Mein Herz brannte, aber nicht vom Feuer der Liebe, das Robin in mir entzündet hatte, sondern vor der Eiseskälte, die seine Ferne bei mir erzeugte. Hätte mir jemand vor fast einem Jahr gesagt, dass ich je so intensiv für Robin empfinden würde, hätte ich ihn minutenlang ausgelacht. Nein, ich wäre mir felsenfest sicher gewesen, mich niemals in einen Mann wie Robin zu verlieben. Wie sehr hatte ich mich getäuscht, ich bin kläglich meinem eigenen Irrtum erlegen. Über dieser tristen Erkenntnis schlief ich im Morgengrauen erneut ein. Doch der Schatten der Traurigkeit hüllte mich fest ein, sodass die scheinbare Ruhe nur äußerliche Fassade war.
Als ich erneut erwachte, waren die Zweifel wie weggewischt. Robin würde sich für mich entscheiden und diese unzählbaren Frauengeschichten endlich lassen, ich durfte nur die Hoffnung nicht aufgeben. Und gestern stellte sich heraus, wie recht ich damit hatte. Endlich waren meine Träume in Erfüllung gegangen. Robin hatte mich endlich gesehen, so richtig wahrgenommen. Er saß zu später Stunde mutterseelenallein an der Bar, außer ihm war kein Gast mehr hier, wir waren allein. Er fragte mich auf einmal, ob ich neu hier wäre. Ich erzählte ihm, dass ich schon lange hier für ihn arbeiten würde und er lächelte

mit schiefem Kopf, deshalb glaubte ich, er wollte nur den Anschein erwecken, dass er mich nicht kannte. Fast erwartete ich, dass er nun endlich bereit war, mir auch seine Liebe zu gestehen. Aber er redete nur über belanglose Dinge mit mir. Doch das war egal, ich hatte schon so lange gewartet, etwas mehr Zeit würde ich auch noch überleben. Ich hing an seinen Lippen und wollte ihn einfach nur küssen. Dieser Mann sollte endlich mir gehören, ich bin mir so sicher, dass wir Seelenverwandte sind und auf ewig glücklich durchs Leben gehen könnten.
„Wann machst du denn heute Schluss?“, fragte er mich.
„In einer halben Stunde“, meinte ich.
„Ich will dich näher kennenlernen“, gab er augenzwinkernd zurück. Mein Herz hüpfte höher, auch wenn Robin schon sichtlich betrunken war. Ungern richtete ich ihm ein weiteres Bier her, aber ich wollte ihn nicht verärgern, nicht jetzt.
Als ich alles zusammengeräumt und somit fertig war, ging ich mit ihm hinaus an die frische Luft. Robin musste sich auf mir abstützen, weil er aufgrund des Alkohols in seinem Blut nicht mehr gerade laufen konnte. Mühsam schafften wir es zum nahe gelegenen Bach, wo er sich auf eine Parkbank fallen ließ. Ich setzte mich einfach neben ihn. Und dann ging alles ganz schnell, er zog mich auf seinen Schoß hinüber und er begann, mich auf den Mund zu küssen. Es war wunderbar, ich versuchte, den Biergeschmack zu ignorieren und es in vollen Zügen zu genießen. Er griff mir unter die Bluse und massierte meine Brust, das Gefühl auf meiner Haut war umwerfend. „Mir ist so schlecht“, würgte er plötzlich hervor. Er stieß mich zur Seite, rannte die paar Schritte zum Bach und fiel auf die Knie. Dann kotzte er sich die Seele aus dem Leib. Ich saß da und wartete eine gefühlte Ewigkeit. Das wunderbare Prickeln auf meinen Lippen – von seinen Küssen kurz davor – ließ mich ausharren. Irgendwann kam er wieder zu mir, er war leichenblass im Gesicht. „Tut mir leid, wir müssen das auf ein anderes Mal verschieben. Kann ich deine Telefonnummer haben?“, fragte er. Ich gab sie ihm ... und stellt euch vor, er rief mich heute an und wir haben ein Treffen vereinbart. Aber von diesem Glück kann ich euch erst nächste Woche erzählen. Es wird bestimmt wunderbar, er ist der Mann fürs Leben, ich weiß es ganz bestimmt.

Ich kannte Marla nun schon eine Weile über diese Internetplattform. Ich würde ihr das Glück gönnen, befürchtete aber, dass sie wieder enttäuscht würde mit ihrer Leichtgläubigkeit. Sie glaubte zwar ganz vorbildlich immer an das Gute im Menschen, was ja grundsätzlich nicht schlecht war, nur meistens behandelten sie die anderen alles andere als gut. Sie hatte einfach etwas Besseres verdient als diesen Idioten, den sie da anhimmelte.

@Bernhard:
Manchmal möchte man die Schönheit des Lebens in vollen Zügen genießen. Hier ein paar Zitate, wie das auch gelingen kann:
• Fantasie ist wichtiger als Wissen, denn Wissen ist begrenzt. (Albert Einstein)
• Am Ende wird alles gut und wenn es nicht gut wird, ist es nicht das Ende. (Oscar Wilde)
• Alle guten Geschichten verdienen es, ausgeschmückt zu werden. (Gandalf in „Der Hobbit“)

Bernhards Worte in Gottes Ohr, wie sehr wünschte ich, er würde recht haben, aber für mich war die Schönheit des Lebens leider sehr verborgen in dieser Welt und alles andere als greifbar.

@Evelyn:
Heute träumte ich von wunderbaren Engeln, deshalb habe ich diesen Psalm aus der Bibel für euch ausgewählt: Psalm 91 – Unter Gottes Schutz
Wer unter dem Schutz des Höchsten wohnt, der kann bei ihm, dem Allmächtigen, Ruhe finden. Auch ich sage zum HERRN: „Du schenkst mir Zuflucht wie eine sichere Burg! Mein Gott, dir gehört mein ganzes Vertrauen!“ Er bewahrt dich vor versteckten Gefahren und hält jede tödliche Krankheit von dir fern. Wie ein Vogel seine Flügel über die Jungen ausbreitet, so wird er auch dich stets behüten und dir nahe sein. Seine Treue umgibt dich wie ein starker Schild. Du brauchst keine Angst zu haben vor den Gefahren der Nacht oder den heimtückischen Angriffen bei Tag. Selbst wenn die Pest im Dunkeln zuschlägt und am hellen Tag das Fieber wütet, musst du dich doch nicht fürchten. Wenn tausend neben dir tot umfallen, ja, wenn zehntausend um dich herum sterben – dich selbst trifft es nicht! Mit eigenen Augen wirst du sehen, wie Gott es denen heimzahlt, die ihn missachten. Du aber darfst sagen: „Beim HERRN bin ich geborgen!“ Ja, bei Gott, dem Höchsten, hast du Heimat gefunden. Darum wird dir nichts Böses zustoßen, kein Unglück wird dein Haus erreichen. Denn Gott wird dir seine Engel

schicken, um dich zu beschützen, wohin du auch gehst. Sie werden dich auf Händen tragen, und du wirst dich nicht einmal an einem Stein stoßen! Löwen werden dir nichts anhaben, auf Schlangen trittst du ohne Gefahr. Gott sagt: „Er liebt mich von ganzem Herzen, darum will ich ihn retten. Ich werde ihn schützen, weil er mich kennt und ehrt. Wenn er zu mir ruft, erhöre ich ihn. Wenn er keinen Ausweg mehr weiß, bin ich bei ihm. Ich will ihn befreien und zu Ehren bringen. Ich lasse ihn meine Rettung erfahren und gebe ihm ein langes und erfülltes Leben!"

Wenn mir doch Evelyn einen ihrer Engel schicken könnte, der mich aus meinem Leben herausholte, wie viel Dank würde ich ihr schulden dafür.

@Tim:
Immer wieder muss ich es ertragen, dass manche Menschen kein Gefühl fürs Miteinander haben, aber das heutige sprengte alles, was ich an Grausamkeiten schon erlebt hatte. Eine Gruppe von drei Männern, offensichtlich betrunken am helllichten Tag, kam in das Kaffeehaus, in dem ich arbeite, und belästigten einen blinden Gast. Ich schritt besorgt ein, wies sie an, zu gehen. Aber sie setzten sich demonstrativ nieder und wollten bei mir Bier bestellen. Ich wollte ihnen deutlich machen, dass ich ihnen keinen Alkohol verkaufe, als eine Frau hereinkam, die offensichtlich ein Baby erwartete.
„Na, du fette Sau, frisst dich noch zu Tode", rief ihr einer der Unruhestifter entgegen.
Sie drehte sich her und kam zu meiner Überraschung zu uns herüber. „Ich bin schwanger und Gott sei Dank nicht von dir", meldete sie schlagfertig zurück.
Doch dann eskalierte die Situation. Die zwei anderen betrunkenen Männer sprangen auf und packte sie jeweils am Arm. Ich wollte helfen, aber der dritte Mann, der den Streit begann, stieß mich zur Seite. Und dann tat er etwas, was ich niemals für möglich gehalten hätte. Er boxte der schwangeren Frau hart in den Bauch. Sie schrie auf und krümmte sich vor Schmerzen. Ich rappelte mich auf und versuchte noch einmal, dazwischenzugehen, aber ich hatte keine Chance. Ich wurde erneut weggestoßen und landete mit dem Kopf auf dem Steintisch und wurde bewusstlos. Ich musste wegen einer Platzwunde ins Krankenhaus, die drei Männer konnten fliehen. Es ließ mir keine Ruhe, ob dem Ungeborenen etwas zugestoßen war, deshalb fragte ich mich zu der Frau durch

und erreichte sogar, sie auf der Krankenstation besuchen zu dürfen. Sie hatte eine gute Nachricht für mich, dem Baby war nichts geschehen. Ich war so erleichtert. Sie bedankte sich sogar, dass ich helfen wollte, aber ich meinte, das sei doch selbstverständlich. Nur mein Glaube an die Menschheit ist angeknackst, es ist für mich unverständlich, wie man so etwas tun kann. Das Kind im Bauch dieser Frau ist doch das Unschuldigste, was es gibt. Ich verstehe die Welt nicht mehr.

Irgendwie war ich traurig, dass Tim heute keine lustige Geschichte auf Lager hatte. Aber dass ihn das mitnahm, war klar. Leider kannte ich solche Männer nur zu gut, die Kindern Leid zufügten – und das auch noch mit Freude taten. Kurz stieg der Hass in mir hoch, aber ich versuchte, mich schnell zu beruhigen, denn meine Zeit am Computer war sehr begrenzt.

@Gerhard:
Seit dem Vorfall mit meiner Mutter, bei dem sie gesagt hat, dass sie mich abtreiben hätte sollen, war ich jeden Tag bei der Holzbrücke, aber ich konnte einfach nicht springen. Er war, als hielte mich eine unsichtbare Hand zurück. Jeden Tag sagte ich mir vor, dass ich morgen wiederkommen würde, um mein Leben endgültig zu beenden. Und so ging es tagein und tagaus.
Zu Hause war nichts besser geworden. Mutter nahm Drogen und beschaffte sich ihr Geld dafür mit Sex. Der einzige Unterschied war, dass sie tat, als wäre ich Luft. Aber das war mir nur recht. Ich hasste diese Frau, ich wünschte ihr den Tod an den Hals. Ich wollte sie bestrafen dafür, was sie mir antat, und ich wollte, dass sie leidet. Die beste Idee schien mir, mich selbst umzubringen, weil ich wusste, dass sie sich ohne mich nicht versorgen konnte. Sie glaubt, es sei selbstverständlich, dass ich für unsere Lebensmittel und unseren Haushalt sorge. Sie glaubt, dass das Blut, das uns verbindet, noch eine Bedeutung hat. Da hatte sie sich aber geschnitten. Denn ich stand wieder auf der Brücke und versuchte, mein Leben zu beenden. Ich wollte mich konzentrieren, um endlich über das Geländer klettern zu können.
Da hörte ich plötzlich eine Stimme: „Tu es nicht. Ich stand da auch vor ein paar Jahren und bin jetzt glücklich. Es gibt immer eine Lösung, vertrau mir."
Die Stimme klang wie die eines Engels, ich brach, ohne es zu wollen, in Tränen aus. „Wer bist du?", sagte ich, ohne mich umzudrehen.

„Dein Freund", kam als Antwort zurück.
Ich drehte mich um, vor mir stand ein Mann, der um die vierzig war, und lächelte mich wohlwollend an. „Meine Frau und meine beiden Töchter starben bei einem Autounfall. Ich wollte nicht mehr leben und ja, ich vermisse sie immer noch schrecklich. Aber sie hätten nicht gewollt, dass ich da runterspringe. Egal, was dich beschäftigt, ich will dir helfen", sprach er ruhig.
Und so ging ich einfach mit ihm essen, ich habe nichts mehr zu verlieren. Er heißt Robert und er versteht mich. Wir haben uns seitdem schon dreimal getroffen, er scheint es ernst zu meinen. Er gibt mir Hoffnung, die Schattenseite des Lebens verlassen zu können und zur Sonnenseite zu wechseln. Soll ich ihm vertrauen und es noch einmal wagen, zu leben?

Den letzten Satz konnte ich gar nicht lesen. Ich hatte auch einmal vertraut auf Rettung und wurde sehr enttäuscht. Aber vielleicht hatte Gerhard mehr Glück. Ich wünschte ihm von ganzem Herzen, dass er die Freiheit fand, die mir nicht vergönnt war.

@Angela:
Ich drehe noch durch. Heute musste ich wieder mit dieser bescheuerten Susi zusammenarbeiten, die ist so beschränkt, dass es kaum zu glauben ist. Die kann nicht einmal ein paar beschissene Dosen richtig ins Regal räumen und den scheiß Preis richtig anheften. Aber sie hat riesige Titten und tanzt damit dem Chef vor der Nase rum, bis sein Hirn komplett ausschaltet und er nur mehr schwanzgesteuert reagiert. Blond ist sie natürlich auch noch, mehr brauche ich echt nicht. Ich sehe es wirklich nicht ein, dass sie gar nichts kapiert und ich immer hinter ihr nacharbeiten kann, schließlich bekommt sie genauso Kohle für ihren Job, den sie nicht macht. Heute hat sie echt den Vogel abgeschossen. Kam eine Lieferung mit Erdbeeren, die teilweise verschimmelt waren, und sie nimmt die Ware auch noch an. Aber anstatt ihr klar zu machen, dass sie dem Geschäft schadet, bekomm ich vom Chef eine auf den Deckel, weil ich nicht kontrolliert habe, was Wonder-Susi so treibt. Bin ich ihr verficktes Kindermädchen? Das wird ein Nachspiel haben und es ist mir echt schon scheißegal, wenn ich meinen Job verliere. Es gibt andere verdammte Discounter, die eine nette und fleißige Mitarbeiterin wie mich gerne aufnehmen.

Ich hielt mir den Bauch vor Lachen, Angela würde nie auf die Idee kommen, dass sie auch einmal etwas falsch machen könnte. Es war zu komisch. Sie weiß gar nicht, wie sehr sie mich unterhalten konnte mit ihrer Schwarzseherei.

@Melanie:
Heute Nacht bin ich schweißgebadet aufgewacht. Ich habe vom Glasereimeister Peter geträumt, der mit mir meine Kunstwerke verwirklicht. Es war ein sehr erotischer Traum. Da war ein romantisches Zimmer im Mondschein mit weißen, wehenden Vorhängen, ein riesiges Bett mit unzähligen weißen Daunenkissen und -decken. Hier war es gemütlich. Überall flackerten Kerzen in der Brise, die durch das offene Fenster strömte. Es roch angenehm nach flüssigem Kerzenwachs. Ich sah mich selbst in dem Bett liegend, ruhig schlafend. Plötzlich stand ein nackter, muskulöser Mann vor mir, es war Peter. Er setzte sich zu mir und streichelte mir sanft den Rücken, bis ich gänzlich erwachte.
„Peter, was machst du hier?", fragte ich ihn schlaftrunken.
„Ich will dich lieben", antwortete er zärtlich.
„Aber", stammelte ich. „Was aber?", wollte er mit ruhiger Stimme wissen.
„Du hast so einen schönen Körper und ich bin so dick", rutschte es mir heraus.
Er lachte und sagte: „Ich mag wohlgeformte Frauen. Ich liebe es, wenn ein weiblicher Körper rundlich ist und der Busen, der Bauch und der Hintern kuschelig weich sind. Du bist perfekt, meine Schöne." Dann küsste er mich sanft und wir liebten uns immer wieder, bis der Morgen graute. Es war ein wunderbares Gefühl.
Doch als ich in der Früh schweißnass erwachte, war ich allein, einsam wie immer. Mir fiel wieder ein, dass Peter für mich unerreichbar war. Der Traum hatte nur die Sehnsucht geschürt, die ich mir nicht eingestehen wollte, ich war hoffnungslos in ihn verliebt.
Wie sollte ich ihm jetzt noch in die Augen schauen?

Schade, dass Melanie sich einsam fühlte, ich kannte das Gefühl nur zu gut. Ich hätte ihr aber auch keinen Rat geben können, von Beziehungen verstand ich eigentlich gar nichts.

@Regina:
Liebe Freunde! Ich bin am Boden zerstört. Nachdem ich heute drei

Stunden laufen war, um meinen Körper in Topform zu halten, war ich mit meiner Freundin essen. Es war unfassbar, was ich da erlebt habe. Dieses Restaurant preist sich ernsthaft als vegane Gourmetküche an und meine Freundin Cornelia ist eine Verräterin. Als Erstes entdeckte ich, dass auf der Speisekarte nur die Hälfte wirklich vegan ist und die anderen angebotenen Speisen tatsächlich vegetarisch sind. Der Kellner zuckte auch noch mit den Achseln, als ich mich beschwert habe.
Wir haben trotzdem bestellt und das, was ich bekam, war eine bodenlose Frechheit. Mein Tofu war so mies zubereitet, dass ich ihn zurückgehen lassen musste. Ich bot an, mich selbst in die Küche zu stellen, aber der inkompetente Kellner verdrehte nur die Augen. Dann ließ ich mir einfach Pommes bringen, aber als sie da waren, hatte ich keinen Hunger mehr und ließ sie stehen, mir war der Appetit vergangen.
Der Überhammer war dann noch meine Freundin, sie bestellte sich ernsthaft als Nachspeise eine Sachertorte. Sie meinte, sie mache heute einmal eine Ausnahme. Ich dachte, ich sehe nicht recht. Wutentbrannt habe ich das Restaurant verlassen und noch gehört, wie der Kellner raunte: „Bei der macht der Spaß aber auch eine Kurve."
Zu Hause habe ich nur geweint, keiner versteht mein Bemühen um eine bessere Welt, ich kann es echt nicht fassen.

Regina hatte Probleme, die nur in unserer Wohlstandsgesellschaft begründet waren. Würden solche Menschen einmal erleben, was Hunger ist, würde niemand darüber nachdenken, was er isst, sondern nur froh sein, dass es wieder etwas zu essen gibt. Aber zumindest wollte sie einen Beitrag zu einer besseren Welt leisten und das konnte man ihr positiv anrechnen, auch wenn ich ihre Probleme nicht verstand, wenn Essen das Einzige wäre, was mich belastet, wäre ich wahrscheinlich eine sehr glückliche Frau.

@Davis:
So, ich habe sicher schon Tausende Bewerbungen geschrieben und es ist unfassbar, was ich bei den Vorstellungsgesprächen erlebe. Heute habe ich mich als Hausmeister in einem Bürokomplex vorgestellt. Ich weiß, dass ich geeignet bin, da ich fast alles reparieren kann, was da so anfällt. Aber ich war nicht der einzige Bewerber dort. Und wie überall wollen diese Ausländer meinen Job. Da hatte ich schon wieder so einen Hals. Aber ich hielt vorerst die Klappe, da ich die Arbeitsstelle brauche. Ich war mir sicher, dass ich dieses Einwandererpack allemal ausstechen

werde, und legte mich ins Zeug. Nach einem anstrengenden Tag wurde das Ergebnis verkündet und ein dunkelhäutiger Sozialschmarotzer bekam den Job. Ich hatte so eine Wut, alles nehmen uns diese Ausländer weg. Wenn bei der nächsten Wahl die Solos gewinnen, ist endlich Schluss damit, dann können sie alle nach Hause gehen. Aber solange konnte ich nicht warten. Mein Ärger musste raus, so verfolgte ich den Arsch, der mir meine Arbeitsstelle weggenommen hatte. Ich wartete auf den richtigen Moment und er ging tatsächlich durch einen verwilderten Park. Dort griff ich ihn an, schlug ihn nieder. Immer wieder drosch ich auf ihn ein, bis meine Wut verraucht war, dann zerrte ich ihn hinter Büsche, damit ihn niemand fand. Er sollte leiden und sich gerne wieder in sein Land schleichen. Meine Janine würde stolz auf mich sein, dass ich mir das nicht mehr gefallen lasse, keinen Job zu haben wegen diesem Pack, das nicht einmal in unserem Land sein sollte. Aber die Solos werden bald an der Macht sein und dann kommt meine Stunde.

Schockiert las ich diese Zeilen. Wenn ich nicht wüsste, wie grausam und blind die Menschheit sein konnte, hätte ich es nicht geglaubt. Und dann glaubte der rechtsradikale Arsch auch noch, im Recht zu sein, das war zum Kotzen. Und das aus meinem Mund, obwohl ich als verurteilte Verbrecherin angeblich eine Gefahr für die Gesellschaft war. Heute konnte ich über diese Ironie sogar grinsen.

@Clemens:
Ich muss euch unbedingt etwas erzählen, ich komme aus dem Lachen gar nicht mehr raus. Eine dreiundachtzigjährige Frau rief uns um Hilfe, ihr junges Kätzchen war in einen Baum geklettert und traute sich nicht mehr herunter. So weit, so gut, ein Standardeinsatz, den uns die Dame privat bezahlen musste. Aber wir machen so etwas gerne. Das sind die netten Aufgaben in unserem Beruf, mit denen man den Betroffenen eine Freude machen kann. Wir kommen also zu zweit dort an und die alte Frau begrüßt uns höflich und zeigt uns den Baum, in dem eine junge, weiße und kläglich maunzende Katze sitzt. Aber als die Dame nach ihrem Haustier zu rufen anfing, konnten sich mein Kollege und ich nicht mehr halten vor Lachen. Das harmlos wirkende Mütterchen rief: „Muschi, wo ist meine Muschi? Jetzt wirst du gerettet, dass ich meine Muschi wieder streicheln kann.“ Und sie hörte nicht auf damit, ignorierte unser Gelächter. Wie konnte man eine Katze nur ernsthaft Muschi nennen? Es war zum Totlachen.

Nach wenigen Minuten hatten wir das Haustier gerettet und ihre Besitzerin damit glücklich gemacht. Aber der Name der Katze hat uns den restlichen Tag noch amüsiert. Manche Dinge vergisst man bestimmt nie.

Süße Geschichte, ich wünschte, ich wäre die Katze und in Clemens Armen gelandet. Ich hätte mich ganz fest an meinen Helden geschmiegt und mich sanft streicheln lassen.

@Belinda:
Schön langsam läuft es mit dem Unterricht an meinen neuen Schulen. Das Thema Disziplin wird immer leichter, da die Schüler meine Regeln bereits kennen, das macht es einfacher. Und sie wissen es, wie in meinen vorherigen Schulen, bereits zu schätzen, dass ich sie mag. Es ist mir immer besonders wichtig, dass ich weiß, was sie brauchen. Aber ich fordere von meinen Schülern auch immer ein angemessenes Verhalten, das ist mein Geheimnis. Ich traue ihnen etwas zu und liebe die Arbeit mit den zehn- bis fünfzehnjährigen Kindern und Jugendlichen. Auch die sogenannten schwierigen Schüler hole ich mir ins Boot und bestehe auf Menschlichkeit. Heute wird oft nur mehr von der Erziehung zur Individualität gesprochen, was auch wichtig ist, aber die Erziehung zur Gemeinschaft wird da oft übersehen. Das finde ich sehr schade, weil es heute unter den Erwachsenen viel zu viele Egoisten gibt. Auch deshalb bin ich froh, dass ich Lehrerin bin, weil ich das Gefühl habe, im Herzen der Kinder und Jugendlichen noch etwas bewegen zu können.

Schade, dass ich nie so eine gute Lehrerin wie Belinda hatte. Es gab so viel, was ich in meinem kurzen Leben bedauerte.

@Emilia:
Hände sind da, um Gutes zu tun,
dürfen stolz nach getaner Arbeit ausruh'n.
Wenn mit Liebe und Frieden alles gerichtet,
wäre das Leben in schönen Zeilen gedichtet.
Doch kaum ruht das Böse in der Hand,
zieht Leid unaufhaltsam in das Land.
Hände schlafen, verletzten und morden,
zerstören und bereiten tödliche Sorgen.

Hände sind grausam und brechen jedes Tabu,
die einen schauen weg, die anderen schauen zu.
Doch die Strafe wird sie alle treffen,
denn Hände sind zum Behüten geschaffen.
Wenn des Menschen Herz endlich legt das Gute in die Hand,
das Böse einstürzten lässt wie eine überflüssige Wand.
Dann wird Frieden auf dieser Erde sein,
und das Glück und die Liebe lassen uns nie mehr allein.

Der Wärter stand bei den letzten Worten schon hinter mir, aber er drückte ein Auge zu, weil er wusste, dass ich keinen Ärger machte. Leise flüsterte ich ein Dankeschön, was er mit einem Nicken quittierte, ehe er mich zurück in die Zelle brachte.

Kapitel 6

Ich hasse mich dafür, ihn zu lieben.
Ich habe ihn gebeten, bei mir zu sein,
aber er hat sich bewusst entschieden, nicht hier zu sein.
Meine Seele schreit nach seiner Nähe,
aber er ist lieber woanders.
Ich verstehe nicht, wieso, frage ihn, warum,
aber sein Schweigen verdoppelt den Schmerz.
Ich kämpfe darum, ihm wichtig zu sein,
aber ich bin ihm nicht einmal eine Erklärung wert.
Er bleibt sie mir schuldig,
denn er weiß, dass mir seine Worte Heilung bringen würden,
denn Reden verbindet und Schweigen trennt.
Die Möglichkeiten, die ich in sein Schweigen hineininterpretiere,
bringen mich innerlich um. Es tut unerträglich weh.
Ich hasse mich dafür, ihn zu lieben.

Immer wieder las ich diese Worte, die ich geschrieben hatte, als ich bereits als Kind herausgefunden hatte, welche Bestie mein Vater in Wirklichkeit war. Ich liebte ihn damals trotzdem noch, versuchte, die jungen Mädchen, die er zerstörte, gedanklich beiseitezuschieben, und sehnte mich nach seiner Nähe und seinen Worten, die er mir tagein und tagaus vorenthielt.

Aber je öfter ich ihn bei seinem grausamen Tun beobachtete, umso mehr hasste ich mich selbst dafür, dass ich immer noch abhängig war von ihm. Ich überlegte, ob ich es schaffen konnte, einfach wegzugehen, damit ich seine abartigen Wesenszüge nicht mehr mitbekam. Aber ich wusste einfach nicht, wohin, und vor allem nicht, zu wem, ich hatte niemanden, der mir helfen könnte. Ich fühlte mich unfähig, zu handeln, aber ich war damals auch noch ein Kind am Rande zur Pubertät. Ich hatte schreckliche Angst, wusste nicht, wem ich mich anvertrauen konnte. Damals wusste ich noch, dass ich dringend Hilfe brauchte. Aber ich wusste nicht, wem ich das alles erzählen sollte. Ich fürchtete mich davor, dass mein Vater mich umbringen würde, wenn ich sein für mich unerträgliches Geheimnis verriet. Ich hatte mehrfach gesehen, zu was er fähig war, mein Genick zu brechen, wäre da nur ein Klacks dagegen. So beschloss ich, zu warten, bis ich wusste, wer vertrauenswürdig war, wer mich schützen würde vor dem Monster, das mit mir unter einem Dach hauste.

Und das war der fatalste Fehler, der mir jemals unterlaufen war, dass ich nicht gleich das Weite gesucht hatte. Denn kaum hatte ich meine erste Regelblutung, wurde alles noch viel schlimmer, so schlimm, dass ich nur mehr sterben wollte. In dieser Zeit schrieb ich ein Gedicht, das ich gerade in meinen Notizen aus der Vergangenheit suchte. Eilig las ich noch einmal die kindlich niedergekritzelten Worte, mit denen ich der Therapeutin heute erzählen wollte, wie ich damals in mir drinnen gestorben war, mein eigenes Selbst war unwiederbringlich erloschen. Und ab da hasste ich ihn grenzenlos, auch wenn ich nie ganz aufhören konnte, ihn zu lieben. Und dafür hasse ich mich heute noch selbst.

Ich habe mich in den Tiefen dieser Welt verloren, suche verzweifelt in meinem Innersten, aber ich bin nicht mehr da. Ich liege in den Nächten schlaflos und ratlos da, mein Herz rast, ich habe das Gefühl, zu ersticken, habe Angst, in einem Meer der Traurigkeit zu ertrinken. Ich versuche, zu fühlen, ob ich in mir noch lebendig bin oder schon tot, aber es gelingt mir nicht. Doch ich fühle ein kleines Fünkchen Mut, denn noch habe ich nicht ganz aufgegeben, ich will mich selbst wieder spüren, will das Feuer der Lebendigkeit in mir erneut entfachen. Ein Wort aus der Liebe Mund und meine Seele würde heilen. Ich schreie dem Leben Hilfe suchend zu: „Umarme mich, küss mich, damit ich mich wiederfinde." Aber der Wind trägt keine heilsbringende Antwort an mein Ohr, ich höre nur des Todes Stille. Meine Tränen spülen die letzte Hoffnung auf Glück hinfort. Tatenlos sehe ich zu, kämpfe nicht mehr um mein Glück, kann mir nicht holen, was ich brauche, bleibe mit sehnsüchtigem und blutenden Herzen zurück. Denn Worte können verletzen, aber Schweigen tötet.

Dreimal las ich den Text Frau Dr. Gabriel vor. Sie hörte zu und fragte nach, ich las in ihrem Gesicht eine Vorahnung, was mir noch alles widerfahren war, was ich bis jetzt nicht ausgesprochen hatte. Sie war eindeutig eine intelligente Frau und wusste nur zu gut, was in Leuten wie mir vorging.

„Emilia, möchtest du erzählen, warum du diesen Text als Jugendliche geschrieben hast?", fragte sie mich schließlich.

Ich nickte, kämpfte aber mit den Tränen und konnte nicht zu sprechen beginnen, weil mein Mund zu trocken war. Geduldig wartete die Psychologin, bis ich die ersten Worte fand: „Eines Tages saß ich auf der Toilette, ich war dreizehn Jahre alt, und schrie laut auf, weil ich feststellte, dass ich aus der Scheide blutete. Mein Vater war zu Hause und sah nach, was mit mir los war. Die erste Reaktion war ein angewiderter Blick, als er das Blut sah, und die zweite und letzte, dass er mir ein paar Münzen auf den Toilettenboden warf und das Wort „Tampon" raunte.

Gott sei dank kannte ich das schon von Mitschülerinnen, auch wenn ich mir ernsthaft dachte, mich würden die Regelblutungen nicht treffen, versuchte ich, mich dem Schicksal zu fügen, und kaufte mir in der Drogerie Tampons. Wie immer musste ich allein damit zurechtkommen, verfluchte meinen Körper für diese unsinnige Einrichtung, als die ich die Regelblutung sah."

„Du hattest nicht die Chance, dich darüber zu freuen, eine Frau geworden zu sein, darüber darfst du wieder traurig sein, auch wenn ich befürchte, dass du mir nun weit Schlimmeres erzählen wirst", warf Frau Dr. Gabriel ein.

Ich atmete tief durch, ehe ich weitersprach: „Wenig später brachte mein Vater einen dieser versoffenen Typen mit nach Hause, mit denen er in der Bar hockte, wenn er nicht gerade junge Mädchen brutal vergewaltigte. Ich wollte wissen, was das sollte, aber ich bekam natürlich keine Antwort. So ging ich ins Bett, um mich diesem eigenartigen Besuch zu entziehen. Ich erwachte, als ich etwas Feuchtes zwischen meinen Beinen spürte. Schreiend und mit Entsetzen stellte ich fest, dass der ekelhafte Typ, den mein Vater angeschleppt hatte, seine Zunge auf meiner Muschi hatte. Ich versuchte, ihn abzuschütteln, aber er hielt mich fest und machte einfach weiter. Er steckte sie mir sogar in meine Öffnung, es war so schlimm, nicht wegzukönnen. Ich schrie nach meinem Vater, ehe ich bemerkte, dass er bereits im Zimmer war, als er mir höhnisch lachend zuraunte, dass ich die Klappe halten sollte. Mit Entsetzen sah ich, dass er sich einen runterholte, während sein mutmaßlicher Freund mich mit seiner Zunge bearbeitete. Aber als er seinen Schwanz rausholte, stoppte ihn mein Vater. Ich fragte mich, ob ich ihm doch leidtat, klammerte mich daran, dass er mich doch ein bisschen lieben musste, ich war doch seine Tochter. Wie sehr täuschte ich mich. Er wollte nur verhindern, dass ich schwanger wurde. Er schleifte mich am nächsten Tag zum Frauenarzt und besorgte mir die Pille, dann ging es so richtig los. Der ekelhafte Typ kam wieder. Weinend ließ ich mein erstes Mal unfreiwillig über mich ergehen, das Gefühl der Ohnmacht überkam mich. Am Anfang hörte ich es noch, wie geil das Arschloch es fand, mich zu vergewaltigen. Ich hörte meinen Vater, wie er mir im Befehlston zuraunte: „Blasen bringt mehr Geld." Und ich gab auf, tat, was er wollte, ich hatte alles verloren. Angewidert sah ich, wie er dabei zusah, um sich dabei einen runterzuholen. Aber dann begann ich, mich immer mehr in mich zurückzuziehen, denn zu dem ekelhaften Typen kamen andere Männer, an die mich mein Vater verkaufte. Die Männer missbrauchten mich, fickten meinen Mund, meine Muschi und mein Arschloch, bis ich das Gefühl hatte, innerlich komplett tot zu sein. Und meinem Vater brachte dieses unfassbare Verbrechen an mir Lust. Es erregte ihn sexuell, wie ich stückweise zerstört wurde von den Vergewaltigern. Ich ging durch die Hölle, konnte mich aber nicht bewegen, nichts daran ändern. Ich fühlte mich wie gelähmt. Ich schämte mich so sehr und ging deshalb nicht mehr in die Schule. Ich fing an, zu glauben, dass ich eine Hure oder Schlampe war oder halt das, als was mich die Arschlöcher, die mein Vater anschleppte, bezeichneten. Ich lebte in einer eigenen Welt, denn Emilia Klein war tot, es gab sie nicht mehr, ihr Körper wurde eine seelenlose Hülle." Überrascht stellte ich fest, dass ich weinte.

„Emilia, lass deine Tränen zu über diese bodenlosen Ungerechtigkeiten, die dir widerfahren sind. Das ist echt unfassbar, was mit dir geschehen ist. Dein Vater hat das größte Verbrechen an dir begangen, was man sich vorstellen kann. Aber das ist vorbei, er kann dir nichts mehr tun", sagte die Psychologin.

Tränenverschmiert antwortete ich: „Fünf Jahre lang ging das so, ich floh in eine Welt, die ich mir ausmalte. Ich lebte in ihr, stellte mir vor, wie normale Teenager in ihr lebten, und baute mir diese Fantasiewelt weit weg von dem, was ich durchmachen musste.

„Das hat dir dein Überleben garantiert. Magst du mir davon erzählen?"

Erleichtert tauchte ich in meine Fantasiewelt ab, in der ich sicher war vor meinem Vater und den dubiosen Vergewaltigern. Die Worte sprudelten nur so aus mir hervor, wie ich sie mir jahrelang als Jugendliche ausgedacht hatte.

Der Weisheit letzter Schluss

Ich, Emilia Klein, lebe in einer Welt, der ich gerne entfliehen möchte. Deshalb träume ich oft von einem Leben, in dem die Welt in Ordnung ist. Dort stehen die Menschen zueinander, es ist Platz für wahre Liebe und Jugendliche wie ich können ein unbeschwertes Leben führen mit harmlosen Höhen und Tiefen, ohne das grausame Leid der Welt zu schauen, das ich am eigenen Leib schmerzhaft erfahren muss. Das ist eine meiner Geschichte, die mich die Realität für kurze Zeit vergessen lassen:

Verena schaute zum fünften Mal auf ihr Smartphone. Das schaute Sonja gar nicht ähnlich, so spät zu kommen. Schon gar nicht, wenn sie im Einkaufszentrum verabredet waren, denn ihre beste Freundin gab alles dafür, sich durch den Dschungel von Kleidung, Schuhen, Taschen, Kosmetik und vielem mehr zu wühlen und dann entspannt auf einen Kaffee die Füße von sich zu strecken. Sonja konnte sich eigentlich fast alles kaufen, was ihr gefiel, weil ihre Eltern stinkreich waren. Verena musste sich mit ihrem knappen Taschengeld genauer überlegen, was sie sich leistete. Aber das war nicht so schlimm, denn sie konnte sich vieles von Sonja ausborgen und kam damit auch in den Genuss von etwas Luxus.

Zum sechsten Mal checkte Verena die Uhrzeit. Auch die Textnachricht, die sie Sonja bereits geschrieben hatte, war noch nicht von ihr gelesen worden. So kramte sie aus Langeweile in der Handtasche herum. Sie zog ein kleines, zerfleddertes Buch heraus mit dem Titel *Märchen aus Oberösterreich.* Seufzend blätterte sie darin. Sie hatte es eingepackt, weil sie bis morgen ein Märchen für den Deutschunterricht ausgesucht und gelesen haben musste. Wenn sie schon warten musste, dann konnte sie auch Hausübungen machen, das war ähnlich langweilig. So begann sie, in dem abgegriffenen Bibliotheksbuch aus ihrer Schule zu lesen:

Die Suche nach einem Zuhause

Es war einmal ein Mädchen, das sich sehr einsam fühlte. Es saß mutterseelenallein am Ufer des Attersees und weinte bitterlich, denn es wusste nicht, wo es zu Hause war. Es hatte sich wirklich bemüht, das herauszufinden, aber es war gescheitert. Es hatte keine Ahnung, wo es hingehörte. Und so tropften seine Tränen in das türkisblaue Wasser, in dem sich die Sonne glitzernd spiegelte.

Das bisschen salzige Flüssigkeit blieb in den warmen Strömungen des Sees nicht unbemerkt. Ein kleines Seeungeheuer, das normalerweise im Verborgenen blieb, schmeckte die Tränen und schwamm neugierig und etwas zu mutig an die Oberfläche, denn es bedachte nicht, dass es ein Menschenkind sein könnte, das da traurig am Wasserrand saß. Doch als es auftauchte, war es schon zu spät. Das Mädchen hatte es bereits entdeckt. Es rieb sich die Tränen aus den Augen und fragte: „Was bist du?“

„Ein Seeungeheuer“, stammelte das kleine Tierchen ängstlich.

Das Mädchen musterte es, betrachtete sein Fell, das dem eines silbernen Fischotters glich. Doch hatte es geschwungene Flossen wie ein Fisch, große, niedliche Kulleraugen und abstehende Federn am Kopf wie eine Ente, dazu passte der goldorange Schnabel im Gesicht. Alles in allem sah es einfach putzig aus und so gar nicht wie ein Seeungeheuer.

Das Mädchen musste herzhaft lachen. „Tut mir leid, aber du bist zu niedlich für ein furchtbares Seeungeheuer. Du brauchst vor mir keine Angst haben, ich tue dir nichts. Ich heiße übrigens Annalena“, lächelte das Mädchen, als es die Worte sprach.

„Schön, dass ich dich zum Lachen gebracht habe. Aber sag, warum warst du gerade noch so traurig?“, fragte das niedliche Wesen aus dem Wasser vorsichtig.

Annalena atmete tief durch und antwortete: „Ich weiß nicht, wo ich hingehöre. Ich weiß nicht einmal, wo ich herkomme. Die wenigen Jahre meines Lebens wurde ich hin- und hergereicht, keiner hatte ein Zuhause für mich, niemand wollte genug Zeit in mich investieren, damit ich ankam und endlich einmal daheim sein konnte.“

„Das ist ein echtes Problem. Aber ich bin auch nie an derselben Stelle des Attersees zu finden, weil der Ort eigentlich nicht wichtig ist. Ich bin meistens dort, wo meine Familie ist. Dort bin ich zu Hause. Hast du niemanden, bei dem du daheim bist?“, wollte das Seeungeheuer wissen.

„Nein, niemanden“, begann Annalena wieder zu heulen, aber plötzlich erhellten sich ihre Sinne. Sie sah dem putzigen Tierchen in die Augen und strahlte bei dem Gedanken, den sie in Worte fasste: „Mir hat mal jemand von Gott erzählt und dass er mich bedingungslos liebt und immer bei mir ist.“

„Dann bist du im Herzen Gottes zu Hause", sprach das Seeungeheuer.
„Dann bin ich im Herzen Gottes zu Hause", jubelte Annalena. Sie verabschiedete sich von dem Tier aus den Tiefen des Attersee und ging frohen Mutes davon. Endlich wusste Annalena, wo sie zu Hause war, und wollte dieses Wissen weitergeben.
Vielen Menschen erzählte sie von Gott in ihrem langen und glücklichen Leben. Als sie alt und schwach in dem großen Kreis ihrer Familie und Freunde starb, wussten alle, dass sie heimkehrte in den Himmel und auch dort im Herzen Gottes zu Hause sein würde. Ihr letzter Gedanke galt dem Seeungeheuer aus dem Attersee, das sie nur einmal als junges Mädchen getroffen hatte. Sie flüsterte ein leises: „Danke!"
Mit einem Lächeln auf den Lippen machte sie ihren letzten Atemzug.

Verena ließ das Buch sinken und dachte über das Gelesene nach.
„Streberin", hörte sie plötzlich und zuckte deshalb vor Schreck zusammen.
„Sonja, wo warst du?", kreischte Verena freudig aufgeregt.
„Tut mir leid, ich habe blöderweise mein Smartphone im Auto meines Vaters liegengelassen, das ist mir noch nie passiert. Der hat mich etwas früher ins Einkaufszentrum gebracht, weil hier ein Freund von ihm arbeitet, der sein Architekturbüro im dritten Stock hat", erklärte Sonja.
„Hier gibt es einen dritten Stock?", fragte Verena ungläubig nach.
„Ja, da sind nur Büroräume, aber das ist jetzt egal. Ich wollte dir eigentlich erzählen, warum ich zu spät bin. Der Freund meines Vaters, er heißt Sebastian Baumgartner, hat mir etwas sehr Spannendes erzählt. Es gibt einen Nachwuchsarchitektenwettbewerb, bei dem Jugendliche von 13 bis 18 Jahren ein Hotel entwerfen und einreichen können. Der Förderer des Wettbewerbs ist ein Scheich aus Dubai und der hat tatsächlich vor, das Gebäude, das gewinnt, zu bauen. Ist das nicht aufregend? Ich möchte da unbedingt mitmachen", sprühte Sonja vor Aufregung.
„Du hast aber keine Ahnung von Architektur", kicherte Verena amüsiert.
„Aber dieser Sebastian, er würde uns helfen", konterte ihre beste Freundin.
„Was heißt da *wir*?"
„Komm schon, wir machen immer alles gemeinsam. Das ist unsere Chance, erfolgreich zu sein, ehe wir die Schule abgeschlossen haben. Biiitte!", antwortete Sonja mit scheinbar rollenden Augen, die sie gekonnt zu Überredungskünsten einsetzte.

„Wie stellst du dir das vor, du Verrückte?“, witzelte Verena.

„Na ja, dein Grips und mein Durchsetzungsvermögen und wir schaukeln das Ding“, kam als Antwort zurück.

Verena willigte schließlich nachgiebig ein, um den Frieden zu wahren, aber ganz überzeugt war sie nicht von der Idee ihrer Freundin. Was für eine Schnapsidee, in ihren jungen Jahren darauf zu hoffen, einen Wettbewerb zu gewinnen, um bekannt zu werden. Das war doch ein Ding der Unmöglichkeit! Aber weiter kam sie nicht mit ihren Gedanken, denn im nächsten Augenblick bogen zwei Jungs um die Ecke, die mit den beiden Freundinnen in die Klasse gingen. Es waren Pascal und Marlon. Sonja war mit Pascal zusammen und Verena war unsterblich in Marlon verliebt, aber sie traute sich nicht, es ihm zu sagen, und hatte Angst, ihre Freundin würde es einmal vor ihm herausplatzen. Das wäre ihr mehr als unangenehm. Er war so hübsch mit seinen kurzen, schwarzen Locken, den blauen Augen und den bereits männlich wirkenden Gesichtszügen. Verenas Knies wurden weich, sie stützte sich auf Sonja ab, um nicht umzufallen. Diese grinste sie an und deutete in Marlons Richtung. Verena hätte sie am liebsten umgebracht für diese Geste, sie konnte es ihrem Schwarm einfach nicht sagen, wie sehr sie auf ihn stand. Das ging einfach nicht. Da konnte Sonja noch so sehr die Augen verdrehen.

Nach einer kurzen Begrüßung zog Sonja ihren Pascal in Richtung Kino, dort wollten sie sich zu viert einen Film ansehen. Verena trottete brav neben Marlon her und versuchte, ihn so wenig wie möglich zu beachten. Sie kam sich irgendwie wie ein dummes Schaf vor, das einfach seiner Herde folgte und möglichst wenig darüber nachdachte. Über diesen Gedanken musste sie selbst laut lachen, es war zu amüsant.

„Worüber lachst du?“, fragte Marlon.

Verena zuckte vor Schreck zusammen und stammelte: „Nichts, es kam mir nur etwas Lustiges in den Sinn.“

Sie wollte sich schon wieder abwenden, aber Marlon war heute anscheinend redselig, Verena war das sehr unangenehm. „Kann ich dich etwas fragen, ohne dass du beleidigt bist?“, wollte er wissen.

„Klar, wieso sollte ich beleidigt sein?“, konterte Verena, die sich am liebsten verkrochen hätte, um dem Gespräch zu entgehen.

„Irgendwie bist du immer so komisch in meiner Gegenwart, kann es sein, dass du mich nicht magst?“, fragte er geradeheraus.

Verena starrte Marlon ungläubig an. Was sollte das? Was sollte sie nun sagen? Seine Vermutung entsprach alles anderem, nur nicht der

Wahrheit. Sie fühlte sich wie ein Ertrinkender, der verzweifelt nach Luft rang. Sie sah keinen brauchbaren Ausweg aus der Misere. Sie stotterte: „Ich liebe dich!“ Verena fragte sich im nächsten Moment, ob sie das echt gesagt hatte. „Mann, das war die dämlichste aller Erklärungen“, dachte sie für sich. Was war ihr nur in den Sinn gekommen? Diese Kurzschlussreaktion würde alles kaputt machen, sie musste weg. Die Haare ins Gesicht fallend, um Marlons wahrscheinlich vernichtende Reaktion nicht zu sehen, bog Verena in Richtung Toilette ab. Sie hatte vor, sich einzusperren und nicht wieder hervorzukommen nach dieser peinlichen Aktion. Gesagt, getan, sie stemmte die Klotür auf, suchte sich eine Kabine und sperrte sich schwer atmend ein.

„Verena?“, hörte sie nach einer gefühlten Ewigkeit. Es war Sonja, sie klang besorgt.

„Ja?“, gab sie zögerlich zur Antwort.

„Wir haben Kinotickets, in zehn Minuten geht der Film los. Kommst du?“, wollte ihre Freundin wissen.

„Ich kann nicht, ich habe Marlon gesagt, dass ich ihn liebe“, schluchzte Verena laut.

„Und du hast verpasst, wie sehr er sich gefreut hat darüber, weil du davongerannt bist“, argumentierte Sonja.

„Sagst du das nur, weil du meine beste Freundin bist?“, fragte Verena vorsichtig.

„Ich sage das, weil du ein feiger Angsthase bist und deinem Glück selbst im Weg stehst, wenn du nicht sofort mitkommst“, schwang bereits genervte Ungeduld in der Stimme mit.

Verena vertraute Sonja, deshalb folgte sie ihr in den Kinosaal, in dem die Jungs bereits warteten. Marlon grinste, als sich Verena neben ihn setzte. Sie war weiterhin mehr als nervös und verlegen.

„Stimmt das, was du gesagt hast?“, flüsterte Marlon ihr zu.

Sie nickte schüchtern. Er ergriff vorsichtig ihre Hand und strich zärtlich über ihren Handrücken. Es kribbelte wohlig auf Verenas Haut, sie musste lächeln.

„Ich stehe auch schon sehr lange auf dich, aber ich dachte mir immer, dass du mich nicht magst, weil du mir meistens aus dem Weg gingst“, sprach Marlon leise weiter.

Verena zuckte verlegen mit den Schultern, sie brachte vor lauter Nervosität kein Wort heraus. Aber Marlon nahm ihr den nächsten Schritt ab. Vorsichtig nahm er ihr Kinn zwischen Daumen und Zeigefinger und zog ihren Kopf sanft heran. Dann küsste er sie auf den Mund. Verena konnte ihr Glück nicht fassen, seine weichen Lippen fühlten sich an wie ein seidenes Streicheln auf ihrem Mund. Es kribbelte in ihrem Bauch und diese Empfindung steigerte sich zu einem Feuerwerk der erfüllten Sehnsüchte. Es fühlte sich nicht nur richtig an, es fühlte sich gewaltig an. Es war, als hätte sie endlich das letzte Puzzlestück gefunden, um bei sich selbst anzukommen. Sie fühlte sich einfach nur glücklich, es war wie ein Rausch. Es dauerte deshalb etwas, bis sie Pascals und Sonjas Lachen hörte. Es war ein freudiges Lachen über ihre besten Freunde, die es endlich geschafft hatten, sich näherzukommen. Marlon grinste Verena an und diese konnte auch nicht anders. Zu viert lachten sie über diesen wahrhaft schönen Moment.

Zu Hause riss Verena die Postkarte von der Wand, die sie in der Adventzeit dort angeklebt hatte. Das war drei Monate her, damals hatte sie das Gedicht darauf angesprochen. Jetzt las sie kopfschüttelnd die Verse, die plötzlich nur mehr nichtssagend waren:

An alle einsamen Seelen da draußen:
Es ist Weihnachtszeit, die Einsamkeit hüllt mich ein,
ich fühle mich ungeliebt und allein.
Ich schaffe es nicht mehr, zu reden,
kann mir selbst nicht vergeben.
Alles ist anstrengend, ich fühle mich schwach,
die Stärke, die ich bisher für alles hatte, wird nicht mehr wach.
Ich höre euch lästern, ihr wisst alles besser über mein Leben,
darauf kann ich keine Antwort mehr geben.
Ich bin innerlich tief verletzt, ich fühle mich klein,
will niemanden belästigen, um für mich da zu sein.
Irgendwann werde ich wieder tun können, als wäre alles gut,
vielleicht melde ich mich dann mit neuem Mut.
Bis dahin ziehe ich mich in mich zurück,
hoffe und bete, dass es mich wiederfindet, das Glück.

Okay, damals war sie wirklich unglücklich und hatte sich sehr allein gefühlt, aber alle Probleme hatten sich in Luft aufgelöst. Und dann kam auch noch Marlon dazu mit seinem wunderbaren Kuss, der unentwegt in ihren Gedanken kreiste. Verena hoffte, dass das der Beginn von etwas Neuem mit ihm war, aber wissen konnte sie es noch nicht genau, wie es weiterging, denn sie hatten nicht darüber gesprochen. Kurz nahm sie ihr Smartphone in die Hand, um ihm eine Nachricht zu schreiben, als sie im nächsten Augenblick der Mut verließ. Was, wenn sie sich alles nur eingebildet hatte? Schon wieder nagten Zweifel an ihr, es war zum Verrücktwerden!

Verena ließ das Smartphone unsanft auf den Tisch knallen, als es den Nachrichtenton, der wie ein Wassertropfen klang, von sich gab. „War das Marlon, der geschrieben hat?“, fragte sie sich selbst mit schwitzigen und nervösen Händen. Erwartungsvoll entsperrte sie das Handy und sah enttäuscht auf die Textnachricht von ihrer Freundin Sonja.

Geht es dir gut? Normalerweise meldest du dich sofort, wenn sowas Aufregendes passiert. ☺ Wie geht es mit dir und Marlon weiter? Ich will alles wissen.

Verena tippte eine Antwort:

Ich weiß es ehrlich gesagt nicht und will mir gerade keine Hoffnungen machen.

Kannst du einmal an dein Glück glauben? ☺ Schreib ihm SOFORT eine Nachricht!

Ihre beste Freundin tadelte sie zum wiederholten Male. Doch auch, wenn sie es gut meinte, würde Verena sicher nichts dergleichen tun. Sie traute sich das einfach nicht. Wahrscheinlich war sie deshalb mit Sonja so eng befreundet, weil diese selten der Mut verließ und davon konnte Verena manchmal profitieren. Seufzend legte sie ihr Smartphone abermals weg. Aber es dauerte nur ein paar Sekunden, ehe wieder eine Nachricht einging.

„Mensch, Sonja, was willst du denn noch?“, sagte Verena laut und vorwurfsvoll zu ihrem Handy. Aber als sie die Nachricht checken wollte, sah sie Marlons Namen auf dem Display. Ihr Herz hüpfte vor Freude, als sie seine Worte las:

War heute echt super mit dir. Mag dich wiedersehen. Treffen wir uns morgen nur zu zweit um halb drei am Stadtplatz?

Sehr gerne. Ich freue mich auf dich!

Das war alles, was Verena zustande brachte. Aber das reichte auch vorerst. Sie wusste nun, dass sie ihn wiedersah. Schnell schrieb sie Sonja die Neuigkeit, ehe sie ins Bett ging und das Gefühl hatte, Marlons Kuss noch immer auf den Lippen zu spüren.

„Verena, steh auf. Sonja ist da", hörte sie eine genervte Mutterstimme. Sie schaute auf die Uhr. Es war erst acht Uhr morgens – und das am Sonntag. Was um Himmels willen wollte Sonja bereits hier? Weiter kam sie nicht mit ihren Gedanken, denn ihre Freundin stand bereits in der Tür. „Was soll das?", fragte Verena verschlafen.

„Wir haben ein Gebäude zu planen. Schon vergessen?", antwortete Sonja etwas zu übermotiviert für Verenas Geschmack.

„Am Sonntagvormittag?", gähnte Verena die Worte heraus.

„Ja, genau dann. Steh auf, ich habe dir Frühstück mitgebracht und ran an die Arbeit!", befahl Sonja.

Verena musste lachen. Sie hatte ja keine Ahnung, wie ernst ihrer besten Freundin das Projekt war. Erst jetzt sah sie den Kaffee und das Paket, das offensichtlich Essen enthielt, in Sonjas Händen. Sie setzte sich auf, strich sich die verstrubbelten, langen Haare aus dem Gesicht und griff nach dem Pappbecher mit dem süßen Cappuccino, der genau das Richtige war, um in die Gänge zu kommen. Dann wickelte sie das Papier aus und zum Vorschein kam ein süßes Croissant mit Vanillecreme gefüllt, das schmeckte himmlisch. Aber kaum hatte sie es gegessen, trieb sie Sonja schon wieder zur Eile an. Sie durfte sich nicht einmal etwas Anständiges anziehen. So kramte Verena folgsam ihre Zeichenutensilien heraus, um mit der Planung des Hotels zu beginnen. Sie tat es ihrer Freundin zuliebe, denn sie glaubte nach wie vor, dass es ein Hirngespinst war, ernsthaft anzunehmen, dass sie eine reelle Chance hatten.

Gemeinsam überlegten sie hin und her, Verena kritzelte ein zwanzigstöckiges, kastenförmiges Hochhaus auf das Papier. „Damit gewinnen wir sicher nicht, das gibt es millionenfach. Wir müssen einzigartig sein", lachte Sonja über den Allerweltsentwurf.

„Du hast recht, wir müssen etwas nie Dagewesenes erfinden. Aber genau das erscheint mir, unmöglich zu sein", seufzte Verena demotiviert. Nach mehreren erfolglosen Versuchen kam ihre doch noch eine witzige Idee, sie zeichnete einen Hotelkomplex, der wie eine sitzende Katze aussah.

„Nicht schlecht, aber ich glaube nicht, dass so etwas einen Scheich anspricht. Und es ist wahrscheinlich zu teuer, um es zu bauen, wenn alles rund ist. Außerdem vertun wir sehr viel Platz im Inneren, weil das meiste nicht nutzbar sein wird", kritisierte Sonja.

„Hast du einen Architektenkurs belegt?", witzelte Verena.

„Nein, aber dieser Architekt, der mit meinem Vater befreundet ist, dieser Sebastian Baumgartner hat mir einiges erklärt", gab Sonja zurück.

„Schon gut, dann erklär mir doch auch mal, was du alles weißt", forderte Verena ihre Freundin auf.

So fachsimpelten die beiden und Verena nahm erneut den Bleistift in die Hand. Ihr Blick fiel auf eine indianische Kette mit Perlen und Federn, die in ihrem Zimmer hing, und plötzlich wusste sie, was zu tun war. Sie malte sechs zylinderförmige, dicke Perlen übereinander, die als Wohneinheit gedacht waren, in die sie großzügige helle Glasfronten einzeichnete. Unterhalb jeder Perle kam versetzt eine breite Feder dazu, auf der jeweils ein Pool platziert wurde. Durch die Versetzung hatte jeder Stock, also jede buchbare Suite für Hotelgäste, nicht nur ein eigenes Schwimmbecken, sondern auch genügend Sonnenlicht dafür. Die Zeichnung wirkte wie eine futuristische, komprimierte, indianische Perlenkette. Die Idee war genial. Die Mädchen lachten auf vor Freude, damit könnten sie echt eine Chance haben, so etwas war sicher noch nie da gewesen.

„Ich wusste, dass du das hinbekommst", gratulierte Sonja ihrer Freundin. Und sogleich machten sie sich an die Ausfertigung des Hotels, die Details wurden immer konkreter. Es war ein Höhenflug der Extraklasse. Selbst Verena ließ nun alle Zweifel fallen, denn ihre Idee könnte echt auf Gegenliebe der Juroren stoßen. Alles andere war nicht mehr in ihrer Hand. Der Beste möge gewinnen, aber sie würden sich bestimmt nicht blamieren, wenn sie unter den Verlierern waren.

Die Köpfe rauchten, irgendwo lagen noch die kalten Reste der Pizza und die Gläser waren halb voll mit bereits zimmerwarmer Cola. Verenas Mutter hatte sie noch versorgt, ehe sie selbst wegmusste.

„Verena, hast du nicht in einer Stunde ein Date mit Marlon?", fragte Sonja erschreckt darüber, wie schnell die Zeit vergangen war, während sie so eifrig gearbeitet hatten.

Verena blickte auf die Uhr, ehe sie panisch aufschrie: „Scheiße, ich bin noch immer im Pyjama. Sonja, ich muss schnell duschen gehen und mich herrichten. Wie konnte ich das nur übersehen."

„Du schaffst das schon. Ich finde allein hinaus. Wir reden morgen weiter über unser Projekt", beruhigte sie ihre Freundin mit ihren Worten. Und schon war Verena im Badezimmer verschwunden, duschte sich eilig, zog ohne Überlegen ihre Lieblingsklamotten an, frisierte sich und schminkte sich dezent. Ein Blick auf die Uhr, als sie endlich das Haus verließ, verriet ihr, dass sie gerade noch pünktlich kommen könnte, wenn sie sich beeilte.

Verenas schwitze am ganzen Körper, einerseits, weil sie spät dran war, andererseits, weil sie so nervös war. Schon von Weitem sah sie Marlon. Er saß lässig auf einer Parkbank und tippte gedankenverloren in sein Smartphone. Verena nahm ihren Mut zusammen und begrüßte ihn. Er ließ das Handy neben sich auf die Holzlatten sinken und bot ihr durch eine Geste seiner Hand den Sitzplatz neben sich an.

„Hallo, Baby", flüsterte er ihr liebevoll ins Ohr.

Verena wurde feuerrot im Gesicht, aber das sah Marlon bereits nicht mehr, weil er sie sanft auf ihre Lippen küsste. Da war es wieder, dieses überwältigende Gefühl, das Verena alles um sich herum vergessen ließ. Innerlich sprang sie vor Freude wie ein kleines Kind. Sie wollte, dass dieser Moment niemals aufhörte. Umso enttäuschter war sie, als Marlon sich nach ungefähr zehn Minuten von ihr löste, um ihr etwas auf dem Smartphone zu zeigen. Verena musste geheucheltes Interesse vortäuschen, so sehr wollte sie wieder seine Lippen auf den ihren spüren.

Doch Marlon erklärte ihr: „Kennst du diese Escapespiele?"

Verena lächelte: „Klar, ich liebe sie. Ich habe mir da schon viele Apps runtergeladen, um die kniffligen Logikrätsel zu lösen, um aus den Räumen zu entkommen. Und mein Vater macht mit mir fast jeden Monat einen echten Raum, indem man sechzig Minuten Zeit hat, um alle Rätsel zu lösen, um ans Ziel zu kommen. Das macht irre Spaß, vor allem, wenn es wie ein Adventure aufgebaut ist."

„Dann bist du ja bestens informiert. Es gibt aber jetzt eine dritte Form", erklärte Marlon grinsend.

„Echt?", rief Verena begeistert.

„Ja, es werden Menschen in ein Spiel verwickelt, von dem sie nichts wissen. Nur der Spielemacher weiß Bescheid, die Spieler glauben, dass es Realität ist", gab Marlon mit seinem Wissen an, was Verena irgendwie süß fand. Er zeigte ihr dazu einige Beispiele. Das Blöde daran war, dass man es nicht freiwillig spielen konnte. Darum wechselten sie bald wieder das Thema. Marlon lud Verena auf einen Eisbecher ein. Sie amüsierten sich den ganzen Nachmittag und küssten sich immer wieder. Als Verena nach Hause kam, war sie sich sicher, dass sie die Liebe ihres Lebens gefunden hatte. Marlon war einfach perfekt.

Sonja stand schon vor dem Büro des Architekten und wartete auf ihre beste Freundin. „Das gibt es doch nicht, was ist nur mit Sonja los? Die Verabredung bei dem Architekten ist wohl wichtig!“, dachte sie bei sich. Verena winkte ihr freundlich zu. Aber ihre beste Freundin wirkte aufgebracht. Es schien so, als wollte sie jetzt an Verena vorbeigehen. „Was ist los?“, fragte diese keuchend, weil sie Schritt zu halten versuchte.

„Spinnst du? Bei dem, was du dir erlaubt hast?“, brüllte Sonja durch die Gegend.

Verena war perplex, sie verstand überhaupt nicht, was los war. Aber der Kämpfergeist war in ihr geweckt, schließlich ging es um ihre beste Freundin. Sie stellte Sonja erneut zur Rede, nahm sie in die Mangel, damit sie nicht ausweichen konnte.

„Du bist doch nur mit Marlon zusammen, um ihn auszunutzen“, schrie Sonja.

Verena blieb kurz der Mund offenstehen, ehe sie zu lachen anfing. „Warum lachst du? Johanna hat gesagt, sie weiß ganz sicher, dass du nur auf sein Geld aus bist. Außerdem hat sie herumerzählt, dass du mich eine blöde Schlampe genannt hast“, behauptete ihre beste Freundin.

„Und das glaubst du? Ohne mich zu fragen? Du bist meine beste Freundin und es ist selbstverständlich, dass man über Freunde nichts Schlechtes sagt. Ich stand und stehe immer hundertprozentig zu dir und das wird sich auch nicht ändern“, erklärte Verena nun leicht verärgert über die haltlosen Behauptungen.

„Hast du nicht?“, fragte Sonja kleinlaut.

„Natürlich nicht, wir sind Freunde, so etwas würde mir in hundert Jahren nicht einfallen. Und mit Marlon bin ich glücklich. Warum sollte ich ihn ausnutzen wollen? Johanna ist doch diejenige, die jeden Typen ausnimmt. Das ist doch immer so, dass einem jemand die Schuld in die Schuhe schiebt, um von seinen Fehlern abzulenken. Sonja, wenn Johanna das braucht, mich für etwas zu beschuldigen, was nicht der Wahrheit entspricht, dann ist sie eigentlich selbst sehr unglücklich. Sie sollte uns leidtun“, bemerkte Verena mit Nachdruck.

„Okay, es tut mir leid. Wir sollten uns vielleicht wirklich um Johanna kümmern, sie braucht wahrscheinlich nur jemanden, der für sie da ist“, entschuldigte sich Sonja aufrichtig.

„Passt schon“, antwortete Verena glücklich grinsend. Dann erzählte sie von dem Treffen mit Marlon und den Adventure-Games, von denen er gesprochen hatte. Gemeinsam traten sie schließlich in das Büro des Architekten ein, doch er war nicht da. Das war irgendwie eigenartig.

Eigentlich hatten sie erwartet, ihn hier anzutreffen. Plötzlich fiel die Tür hinter ihnen ins Schloss und die beiden Mädchen stellten erschrocken fest, dass sie eingesperrt waren. Panisch rüttelten sie an der verschlossenen Tür und schauten sich um, ehe Sonja auf den Tisch blickte. Verena traute ihren Augen nicht, aber eines war nun beiden klar – das Spiel hatte begonnen!

Da lag eine vergilbte Schatzkarte mit einer schwarzen Piratenflagge, auf der ein blank polierter, weißer und grinsender Totenkopf zu sehen war. Daneben lag eine Taschenlampe, die Verena sofort inspizierte. Sie drückte auf den Einschaltknopf und zu ihrer Verwunderung leuchtete sie blau. Das musste UV Licht sein. Was sollte das bedeuten?

„Auf der Karte ist der Grundriss des Büros eingezeichnet, aber mehr nicht. Das ist irgendwie eigenartig!", grummelte Sonja vor sich hin.

Verena hatte eine Idee. Sie suchte nach dem Schalter für die Jalousien und verdunkelte den Raum. Dann leuchtete sie mit der UV-Licht-Taschenlampe auf die Schatzkarte! Bingo! Eine Topfpflanze, die zuvor nicht eingezeichnet war, erschien und daneben eine kleine Schaufel. Sonja eilte zu dem Gummibaum, der an der entsprechenden Stelle des Büros stand – und tatsächlich lag daneben eine Miniaturschaufel. Sie stocherte damit vorsichtig in der Blumenerde herum, bis sie auf etwas metallisch Klingendes stieß. Schnell grub sie es aus und nahm den Gegenstand an sich, den sie zuvor von der schützenden Zellophanfolie befreien musste. Darunter kam eine Rolle aus Messing zum Vorschein und rundherum waren weiße Buchstabenreihen, die man drehen konnte. „Was ist das?", fragte sie verblüfft.

„Das ist ein Kryptex. Wenn man die richtige Buchstabenkombination eingibt, dann öffnet es sich und man kann das entnehmen, was jemand zuvor hineingetan hat", antwortete Verena. Die Mädchen überlegten, welches die richtige Kombination sein könnte? Vielleicht hatten sie etwas auf der Schatzkarte übersehen? Sie leuchteten noch einmal darauf und bemerkten jetzt erst, dass eine Schranktür mit einem kleinen Kreuz markiert war. Sie inspizierten im Raum den Schrank, aber da war nichts. Er war leer. Es dauerte etwas, bis Verena erneut das UV-Licht holte und auf die Tür des Kastens leuchtete. Sonja jubelte vor Freude, denn da war ein Rätsel. Sie mussten es wahrscheinlich nur lösen und das Wort in den Kryptex eingeben. Da stand:

Roh gibt es mich nicht und gekocht kann man mich nicht essen. Was bin ich?

„Was könnte das sein?", überlegte Sonja laut und angestrengt.

„Wenn es das roh nicht gibt und gekocht nicht gegessen werden kann, dann ist es eventuell verbrannt", mutmaßte Verena.

„Das ist es: Asche!", schrie ihre Freundin. Schnell gaben sie das Wort in den Kryptex ein und tatsächlich öffnete er sich. Darin waren ein Schlüssel und ein Stück Papier.

Sonja griff sich den Schlüssel und eilte zur Tür. Sie steckte ihn ins Schlüsselloch und drehte ihn einmal herum. Sie waren frei! „Was jetzt?", rief sie ihrer Freundin zu.

Verena starrte auf den Zettel aus dem Kryptex und las vor: „In dem Kostümladen habe ich etwas für euch versteckt, der bärtige Pirat verrät euch, was. Folge den rätselhaften Gegenständen linear durch das ganze Gebäude und du wirst deinen Weg finden. Lasst euch nur nicht erwischen!"

„Das hört sich ja wie eine Schnitzeljagd an", kommentierte Sonja das Geschehen. „Ich glaube, wir werden gerade ordentlich auf die Probe gestellt."

Die beiden Freundinnen schlenderten wenige Augenblicke später unauffällig durch den Kostümladen und hielten nach einem Piraten Ausschau. Er war nicht schwer zu finden, denn eine lebensgroße, dicke und bärtige Piratenfigur stand mitten im Geschäft. Die Mädchen begannen, die Figur zu untersuchen, aber sie fanden weder eine Aufschrift noch einen losen Gegenstand an ihr.

„Kann ich euch helfen?", fragte der Verkäufer sichtlich genervt.

Die Freundinnen zuckten vor Schreck zusammen, sosehr waren sie in ihre Suche vertieft gewesen. „Entschuldigung, wir haben gewettet, ob wir herausfinden, wer diese tolle Figur entworfen und hergestellt hat", log Sonja.

Der Verkäufer stieg Gott sei dank auf das Täuschungsmanöver ein, er antwortete mit stolzem Unterton: „Die habe ich selbst entworfen und bei der Firma Plastic herstellen lassen. Sie deutet mit ihrem Zeigefinger auf unsere Piratenabteilung, auf die ich besonders stolz bin."

„Dann schauen wir mal dort, ob wir etwas finden. Wir sind sehr große Piratenfans", log Sonja weiter.

Aber es klappte, der Verkäufer ließ sie wieder in Ruhe und strahlte wegen des Breis, den sie ihm ums Maul geschmiert hatten. Die kleinen Notlügen taten in dem Fall keinem weh.

Verena durchstöberte die Piratenabteilung. Hier waren unzählige Kostüme, Augenklappen, Fernrohre, Papageien, Säbel, Holzbeine und alles, was das Herz begehrte, wenn man sich gerne als Pirat verkleidete. Aber was war der richtige Gegenstand, den sie suchten? Ratlos stöberten sie zehn Minuten, ehe der Verkäufer schon wieder dastand. „Seid ihr fündig geworden?“, hakte er erneut nach.

„Ich kann mich nicht entscheiden“, log Sonja erneut. In dem Moment nahm Verena eine Augenklappe in die Hand, auf ihr standen die Initialen *SB*. Der Architekt hieß Sebastian Baumgartner – SB. Das musste es sein. Und tatsächlich stand etwas in ihrem Inneren, was aber von der Verpackung leider zu zwei Dritteln verdeckt war.

„Die nehmen wir“, funkte Verena dazwischen.

„Komisch, die habe ich noch nie gesehen. Die gehört gar nicht in mein Sortiment“, grübelte der Verkäufer vor sich hin.

„Aber die muss ich haben, mein Freund hat die Initialen SB, der wird sich riesig darüber freuen, er teilt meine Leidenschaft für Piraten“, log nun auch Verena.

„Dann schenke ich sie dir“, entschied der Verkäufer spontan.

Die Mädchen verließen grinsend das Geschäft, jetzt war ihnen klar, warum sie sich nicht erwischen lassen sollten. Das war ja gerade noch mal gut ausgegangen.

Sonja begutachtete ihre Beute und entfernte die Verpackung. In der Augenklappe war auf der Innenseite eingestickt:

Was trinken Piraten?

„13 Mann auf des toten Mannes Kiste und ’ne Buddel voll Rum, hohoho!“, imitierte Verena das Piratengehabe.

„Und wo gibt es Rum? Im Supermarkt“, versuchte Sonja, eine Lösung zu finden.

„Oder im Spirituosengeschäft“, spann ihre Freundin weiter.

„Toll, wir sind beide leider gerade noch nicht mal 18, jetzt müssen wir echt schlauer sein mit unserem Vorgehen, denn kaufen dürfen wir den Rum nicht. Das könnte sonst ein Problem werden“, seufzte Sonja.

So beschlossen sie, das eine von ihnen suchte und die andere die Verkäuferin ablenkte. Sonja erzählte der Dame an der Kasse irgendetwas von einem Likör, nach dem sie suchte, natürlich ohne zu verraten, dass sie zu jung für Schnaps war.

Verena inspizierte unterdessen die Rumflaschen. Es dauerte nicht lange, ehe sie grinsen musste. Auf einer war ein Piratenlogo, ein Totenkopf mit zwei gekreuzten Knochen. Sie nahm die Flasche kurz an sich und drehte sie um, auf der Rückseite war ein Säckchen befestigt, wieder mit den Initialen SB. Verena riss es unauffällig runter und stellte die Flasche zurück ins Regal. Dann schlenderte sie ruhig nach draußen und wartete auf ihre Freundin.

„Was hast du?", fragte diese aufgeregt, als sie zu ihr kam.

„Ein Säckchen mit einem gelben Gewürz, es riecht nach Curry", erklärte Verena.

„Dann lass uns mal zum Gewürzladen gehen", schlug Sonja vor, der das Rätselraten immer mehr Spaß machte.

Wieder möglichst unauffällig streiften die beiden Mädchen durch den Gewürzladen. Hier roch es intensiv nach den verschiedensten Kräutern, aber sie sahen sich nach Curry um. Es war unglaublich, wie viele verschiedene Currysorten es gab. Sie sahen sich die Packungen genau an, aber irgendwie schien keine so richtig zu passen. Waren sie womöglich auf der falschen Spur?

„Vielleicht müssen wir nach einem bereits fertig gekochten Gericht mit Curry suchen", schlug Sonja vor.

„Das ist unlogisch, da hätten wir ja nie eine reale Chance, es zu finden. Ich spüre, dass es hier sein muss", flüsterte Verena.

„Kann ich helfen?", fragte die Verkäuferin, die sie blöderweise endlich entdeckt hatte.

Sonja lächelte und log wieder einmal das Blaue vom Himmel herunter: „Ja, wir haben gewettet, dass es eine eigene Currymischung für Piraten gibt. Aber scheinbar hatte ich recht, dass das ein Blödsinn ist."

„Oh doch, wir haben ganz neu eine Piratenmischung, die ist vorne am Tisch neben dem Eingang", erklärte die Verkäuferin.

Die Freundinnen sahen sich überrascht an und mussten laut lachen. Die Verkäuferin ließ sich davon nicht beirren und führte die Mädchen zu der Currymischung für Piraten. Verena sah es gleich, auf einer der Packungen klebte ein SB, wieder die Initialen des Architekten. An der Packung hing ein Fernrohr als Geschenk, wenn man das Gewürz kaufte.

Verena griff sich den besagten Curry mit den Worten: „Den nehmen wir."

Die Verkäuferin nahm ihr die Packung ab und entdeckte den Aufkleber. „Entschuldigung, da hat sich wohl jemand einen Scherz erlaubt und einen Sticker darauf geklebt, ich gebe euch eine andere Packung", bemerkte sie.

„Nein, das passt perfekt, ich heiße Sabine Brunnhuber. Diese Currypackung scheint auf mich gewartet zu haben", log dieses Mal Verena. So bezahlten sie das Gewürz und verließen immer noch lachend das Geschäft, auch dieses Mal wäre es fast schiefgegangen, aber je schwieriger es war, umso mehr steigerte sich der Kampfgeist der beiden Freundinnen.

Bei einer Kaffeepause inspizierten die beiden die Currypackung und das Fernrohr, aber außer den Initialen SB war nichts Auffälliges daran zu erkennen. Was hatten sie übersehen? Sonja drehte und wendete das Fernrohr.

„Schau doch mal hindurch", überlegte Verena laut.

Sonja lachte, aber sie folgte trotzdem dem Rat ihrer Freundin. Das Erstaunen bei dem, was sie sah, war ihr schlagartig ins Gesicht geschrieben. „Da ist eine Flamme", kommentierte sie ihre Entdeckung.

„Zeig her", verlangte Verena aufgeregt. Es war interessant, das Fernrohr vergrößerte nicht seine Umgebung, sondern zeigte das starre Bild eines Feuers.

„Was machen wir jetzt damit?", fragte Sonja.

Ihre Freundin zuckte mit den Schultern und drehte noch einmal die Currypackung in den Händen auf und ab. Was war das? Hatte sie etwas Weißes in der Currymischung aufblitzen sehen? Schnell riss sie die Verpackung auf, etwas zu hastig, denn das gelbe Pulver verstreute sich über den ganzen Tisch. Aber mittendrin lag ein weißer Zettel. Da war bestimmt noch ein Hinweis drauf.

Und tatsächlich, da stand in geschwungenen Lettern:

Kombiniere das Bild mit dem, was Bienen produzieren.

„Bitte?", fragte Sonja.

„Honig und Flamme?", setzte Verena eines drauf.

Beide starrten sich an, das ergab irgendwie keinen Sinn. So zahlten sie ihren Kaffee und streiften erneut durch das Einkaufszentrum, um eine Lösung zu finden. Die beiden Mädchen schauten auf den Plan für die Shops und tatsächlich gab es hier eine Honigwelt. Dort wollten sie es versuchen, da sie keine andere Idee hatten, was die Hinweise bedeuten konnten.

Sie schlenderten wieder möglichst unscheinbar durch das Geschäft, Honig in allen Variationen, viele Getränke mit Honig versetzt, Kosmetikprodukte und Kerzen gab es hier. „Kerzen!", schrie Verena.

Sonja griff sich an die Stirn und flüsterte erleichtert: „Bienenwachs, das wir da nicht früher draufgekommen sind!" Und schon untersuchten sie die unzähligen Kerzen aus Bienenwachs, die hier zum Verkauf angeboten wurden. Es dauerte ziemlich lange, sie wollten schon fast aufgeben, als sie ein Teelicht entdeckten, das eine Bienenkönigin aus Wachs aufgesetzt hatte. Auf ihrem Rücken, an der Stelle, an der Imker die Königinnen markierten, waren wieder die Initialen RB, ganz klein, aber sie waren da. Die Mädchen freuten sich maßlos über ihren Fund. Sie bezahlten das Teelicht und verließen die Honigwelt. Jetzt waren sie wirklich mit ihrem Latein am Ende, denn die Kerze schien eine Sackgasse zu sein. Den Zettel, das Fernrohr und das Teelicht in der Hand setzten sie sich auf eine Bank und starrten darauf.

„Ist da noch ein Platz frei?", fragte eine ältere Dame.

„Ja, natürlich", sagte Sonja.

„Alles in Ordnung? Ihr seht so ratlos aus", wollte die Frau von ihnen wissen.

Verena erzählte ihr, ohne nachzudenken, von den Hinweisen, mit denen sie gerade nichts anzufangen wussten. „Ihr sollt doch die Kerze mit der Flamme kombinieren. Zündet sie einfach an!", schlug die ältere Dame vor. Sie kramte ein Feuerzeug aus ihrer Handtasche und zündete den Docht an.

„Danke, aber was soll das bringen?", fragte Sonja vorsichtig.

„Ich habe von meinem Enkel einmal ein Teelicht geschenkt bekommen und als ich es anzündete und das Wachs flüssig wurde, stand darin eine sehr schöne persönliche Botschaft an mich. Vielleicht habt ihr Glück", erklärte die betagte Frau.

„Danke", bemerkte Verena, die hoffte, dass die ältere Dame recht behalten würde.

Da sie nichts anderes tun konnten, als warten, holten sie sich abwechselnd eine Pizzaschnitte, während die andere das brennende Teelicht bewachte. Und tatsächlich, als das Wachs geschmolzen war, stand da:

SF 13, 9471

Ein weiteres Rätsel, vor dem die Mädchen standen. Dieses Mal baten sie gleich um Hilfe, sie fragten einfach beim Informationsschalter des Einkaufszentrums nach, was *SF 13* bedeuten könnte. Der Mann, der die Auskünfte gab, lachte, als er erklärte, dass das nur ein Schließfach sein konnte. Die konnte man mieten, dann bekam man einen vierstelligen Code für das Zahlenschloss.

Die beiden Freundinnen bedankten sich und machten sich auf die Suche nach Schließfach 13, was ausnahmsweise schnell gefunden war, und gaben den Code *9471* in das Zahlenschloss ein, um es zu öffnen. Darin lag eine Holzbox, die die beiden an sich nahmen. Auch diese Schachtel war mit einem vierstelligen Code verschlossen. 9471 öffnete sie aber nicht, doch das wäre auch zu einfach gewesen. Die Mädchen verschlossen das Schließfach wieder sorgfältig und nahmen die Holzbox mit, um die Zeichen, die darauf waren, zu entschlüsseln. Es sah nach einem weiteren Rätsel aus, aber dafür wollten sie sich ein gemütliches Plätzchen suchen.

Sie setzten sich auf eine Besuchercouch und inspizierten die merkwürdigen Symbole auf dem Kästchen:

☠☼⌘💣
💣☠☼⌘
⌘💣☠☼
☼⌘💣☠

Was sollte das bedeuten? „Wenn wir für die Zeichen Ziffern einsetzten?“, schlug Sonja vor.

„Ja, aber welche? Und was machen wir mit vier Ziffernfolgen? Wir brauchen nur eine vierstellige Zahl, um das Kästchen zu öffnen“, bemerkte Verena.

„Stimmt, aber was machen wir dann damit?“, fragte ihre beste Freundin.

Schweigen im Wald, sie waren eindeutig ratlos. Mehr als eine Stunde versuchten sie, eine Theorie nach der anderen aufzustellen, nur um sie im nächsten Moment wieder zu verwerfen, weil die Idee nicht zu einer sinnvollen Lösung führte.

„Können Sie mir helfen?“, riss sie jemand aus den Gedanken. Ein Mann stand vor den beiden Mädchen mit dunkler Sonnenbrille und einem Blindenstab in der Hand.

„Ja, natürlich“, stammelten die beiden.

„Mein Hund muss hier irgendwo sein, aber er reagiert nicht auf meine Rufe. Ich verstehe das nicht, normalerweise weicht er mir nicht von der Seite, er weiß, dass ich ihn brauche. Es ist ein brauner Labrador und er heißt Brownie. Ich würde euch nicht bitten, wenn ich nicht bereits verzweifelt gesucht hätte. Er ist mein Ein und Alles und ersetzt mir das Augenlicht. Ich heiße übrigens Toni“, bat der Blinde rührend ehrlich um Hilfe.

„Wir heißen Sonja und Verena. Natürlich helfen wir“, beschloss Verena. „Würden Sie inzwischen hier warten und auf unser Kästchen aufpassen?“, schlug Sonja vor, um ihm eine Aufgabe zu geben.

Die beiden machten sich sofort auf die Suche. Sie gingen zum Infoschalter und erzählten von Tonis Misere. Brownie wurde als vermisst aufgerufen und plötzlich schien das ganze Einkaufszentrum auf der Suche zu sein nach dem verschollenen Blindenhund. Es war ein schöner Akt der Nächstenliebe, der sich hier gerade zeigte. Und so dauerte es nicht lange, bis Brownie gefunden war. Der Hund dürfte dem Geruch der Fleischerei nicht widerstanden haben können und steckte ganz in der Nähe der unterschiedlichen Würste in einer viel zu engen Zwischenwand fest, konnte weder vor noch zurück. Ein kräftiger Mann drückte die dünne Holzwand zur Seite und befreite das Tier. Verena und Sonja durften ihn zu seinem Besitzer bringen, der sich riesig freute und ihnen als Dankeschön ein Eis spendierte.

„Eure Box ist ja interessant. Darf ich fragen, was die erhobenen Totenköpfe bedeuten?“, fragte Toni nach.

„Bitte?“, fragten die Mädchen gleichzeitig.

„Da sind vier Totenköpfe, die etwas erhöht sind, sodass ich sie spüren kann. Sehen kann ich ja nicht“, lachte Toni selbstironisch.

„Die anderen Symbole können Sie nicht spüren?“, fragte Verena nach.

„Da ist noch mehr? Nein, ich kann nur Totenköpfe sehen mit meinem inneren Auge und es fühlt sich so an, als wären sie wegradierbar, weil sie so weich sind“, fügte der blinde Mann noch hinzu.

„Darf ich mal?“, sagte Sonja mehr bestimmend als fragend. Sie zog eine Münze aus der Tasche und kratzte über die Symbole. Und siehe da, die Totenköpfe verschwanden. Nun stand da:

9☼⌘💣
💣8☼⌘
⌘💣4☼
☼⌘💣4

Sie gaben die Zahlen 9844 in das Schloss der Box ein, es klickte, als es sich öffnete, und sie schauten gespannt hinein. Darin lag ein Puzzle, unzählige kleine Puzzleteile. Die Mädchen verabschiedeten sich von Toni und bedankten sich noch für den Hinweis, ehe sie sich einen Tisch suchten, um das Puzzle zusammenzubauen. Es dauerte eine gefühlte Ewigkeit, aber schön langsam entstand vor ihren Augen eine Bücherwand.

Auffallend war, dass wieder die Symbole der Box auf vier der Bücher auftauchten und unter dem Bücherregal stand:

⌘💣☠☼

„Das ist mir ausnahmsweise klar. Wir müssen die Bücher mit dem entsprechenden Symbol in dieser Reihenfolge aus der Wand ziehen. Jetzt bleibt nur mehr die Frage, wo sich dieses Regal befindet“, erklärte Sonja.

„Mach einmal ein Foto mit deinem Smartphone von dem Puzzle, so können wir es schlecht mitnehmen“, fiel Verena dazu ein, ohne aber eine Lösung anbieten zu können. Sonja folgte dem Rat ihrer Freundin und war mehr als überrascht, als das Smartphone einen Link anzeigte. Neugierig drückte sie darauf und blickte auf Koordinaten.

„Genial“, kommentierte Verena das Geschehen.

Sie mussten nur nach den Koordinaten suchen und würden herausfinden, wo sich die Bücherwand befand. Zu ihrer beider Überraschung war der gesuchte Ort nicht im Einkaufszentrum, in dem sie unterwegs waren, sondern eine halbe Stunde Fußmarsch entfernt.

„Das ist doch bei der Burg, in der der Legende nach ein Piratenschatz versteckt liegt, der nie gefunden wurde“, dachte Sonja laut nach.

„Das passt gut zu unserem Spiel. Jetzt heißt es wohl noch, auf einen Berg zu wandern“, ergänzte Verena gespannt.

Die Freundinnen machten sich, ohne weiter Zeit zu verlieren, auf den Weg, sie mussten sich beeilen, denn die Burg war nicht ewig offen. Rätselhaft war noch, wie sie zu einem Bücherregal vorgelassen wurden, das wahrscheinlich ein Ausstellungsstück war. Das könnte noch ein Problem werden. Aber das mussten sie vor Ort herausfinden.

Keuchend kamen sie bei der Burg mit dem Namen Drachenstein an. An der Kasse saß ein Mann, der steinalt wirkte. Er wirkte, als säße er schon jahrelang hier, so steif und langsam, wie er sich bewegte. Zaghaft zeigten ihm die Freundinnen das Foto von der Bücherwand, um irgendetwas darüber herauszufinden.

„Kenne ich nicht. Ich verkaufte nur Eintrittskarten“, raunte er schlecht gelaunt.

So bezahlten die beiden Mädchen und folgten der Ausstellungsrichtung. Hier gab es jede Menge geschichtliches Zeugs aus dem Mittelalter, das durchaus interessant sein könnte, wenn den beiden Freundinnen nicht ein anderes Ziel vor Augen gelegen wäre. Sie wollten endlich diese Schnitzeljagd beenden und das Ambiente hier roch nach Finale. Sie streiften durch die Gänge, bis sie endlich das Bücherregal von dem Puzzle fanden. Hier stand es vor ihnen, sie sahen die Bücher mit den Symbolen, nur war das Ganze alarmgesichert. Was sollten sie jetzt tun?

„Bis der Tattagreis vom Eingang hier ist, haben wir das Rätsel bestimmt gelöst", wagte es Verena mutig.

„Aber das ist strafbar, wir sollten das echt nicht tun", wandte Sonja ein.

Doch da hatte Verena schon den Alarm ausgelöst. Die Sirene hallte durch die alten Burgmauern, so beeilte sich auch Sonja, zu den Büchern zu kommen, um den Code zu drücken. Die Bücher mit den richtigen Symbolen ließen sich nach hinten kippen und das letzte löste einen Mechanismus aus. Die Bücherwand schwang auf, Staub rieselte auf die beiden Freundinnen hernieder. Ohne zu zögern, verschwanden sie hinter dem Regal, das sich sogleich wieder ächzend schloss. Es war hier stockdunkel, es tropfte feucht von der Decke und es roch nach Moder.

„Jetzt sitzen wir in der Falle", sprach Sonja mit zitternder Stimme.

„Es gibt bestimmt einen anderen Ausweg", versuchte Verena, Mut zu machen.

Sie schalteten die Taschenlampen ihrer Smartphones ein. Langsam und vorsichtig stiegen sie die Treppen hinab, die vor ihnen lagen. Die Stufen waren aus altem behauenem Stein und durch die Nässe sehr rutschig. Mit jedem Schritt raste das Herz der Mädchen zusehends mehr. Auf einmal war da ein leichtes Leuchten, das unter einer Tür hervorkam. Sie war verschlossen und eine Inschrift war zu lesen:

Diese Tür öffnet nur demjenigen, der UNSICHTBAR ist.

Die Freundinnen starrten sich ratlos an. Unsichtbar zu sein, war nun echt viel verlangt, sie waren doch keine Gespenster. Verena suchte die Decke ab und schrie laut auf. Über ihnen saß ein zerlumpter Affe, der durch ein Fernrohr gaffte, das genau auf sie gerichtet war.

„Das ist es, er darf uns nicht sehen. Versteck dich", schrie Sonja laut auf. Sie drückten sich an die feuchten, modrigen Wände, sodass der Affe ins Leere schaute. Und siehe da, wie von Geisterhand, ging die Tür auf und gab die Sicht auf einen goldenen Piratenschatz frei.

Beeindruckt betraten die Mädchen den Raum. Es war faszinierend schön, auch wenn der Schatz nicht echt war, es dürfte sich um ein Ausstellungsstück handeln, das nicht zugänglich war. Hinter ihnen hörten sie ein Klatschen und die Worte: „Gratuliere, zwei schlaue, mutige, junge Damen haben das Rätsel um den Piratenschatz der Burg Drachenstein gelöst.“ Es war der Architekt Sebastian Baumgartner. „Ich wollte wissen, ob ihr beiden in der Lage seid, in alle Richtungen zu denken und logische Lösungen zu finden. Ich bin nun davon überzeugt, dass ihr die idealen Nachwuchsarchitekten seid, euer Entwurf hat mich umgehauen, weil er so genial ist. Das war anscheinend ein Glückstreffer“, fuhr er mit seiner Lobesrede fort.

Zur Feier des Tages lud er die Mädchen noch zum Essen ein. Als sie die Burg verließen, lachte der alte Mann, der ihnen die Karten verkauft hatte, wissend. Er steckte auch mit dem Architekten unter einem Hut. Aber das war nun auch egal, denn sie hatten das Spiel gewonnen.

Sie genossen den Abend im Anschluss bei einer großen Portion Spaghetti carbonara und besprachen mit Baumgartner das weitere Vorgehen, das sie im Wettbewerb zu Siegern machen sollte, wenn die Jury genauso begeistert war von ihrem Entwurf wie der Architekt.

Und so war dieses Spiel, diese einmalige Schnitzeljagd, der Anfang einer wunderbaren Chance. Verena und Sonja arbeiteten mit dem Architekten das Gebäude für den Wettbewerb mit Feinschliff aus. Er gab ihnen wertvolle Tipps, es machte richtig Spaß, mit ihm zusammenzuarbeiten.

„Ich bin mir sicher, dass euer Hotelentwurf bald in Dubai gebaut wird, besser könnten es Profis nicht planen“, beendete der Architekt das Projekt, als es endlich abgeschickt war. Jetzt hieß es abwarten und Tee trinken.

Marlon und Pascal hatten sich sogar ein Hemd zu ihrer Jeans angezogen und ihre Freundinnen Verena und Sonja gebeten, Kleider anzuziehen. Was hatten sie nur vor? Die Mädchen kicherten in Vorfreude auf die Überraschung, als sie mit dem Auto losfuhren. Alles Drängen, das Ziel zu erfahren, half nichts. So mussten sie wohl oder übel warten. Überraschenderweise fuhren sie aus der Stadt hinaus. Die Spannung fiel von den Freundinnen ab, als sie zu einer wunderschönen Villa kamen. Hier wurde anscheinend eine Gartenparty gefeiert. Verena nahm Marlons Hand und Sonja küsste Pascal für den netten Einfall, hierherzukommen. Sie wussten nicht, dass die große Überraschung noch bevorstand. Sie ahnten es erst, als sie den Garten betraten und ihnen die Anwesenden alle bekannt vorkamen, ihre Familien und Freunde waren hier versammelt. Aber das Erstaunlichste war, dass mitten im Garten ein zwei Meter großes Modell ihres Hotels stand, genauso wie sie es entworfen hatten. Daneben wartete der Architekt Sebastian Baumgartner. Er verkündete lautstark, damit alle Anwesenden es gut hören konnten: „Alle herhören, wir haben uns zu einem besonderen Anlass hier versammelt. Unsere Sonja und unsere Verena haben den Nachwuchsarchitektenwettbewerb gewonnen, ihre Idee wird in Dubai in die Realität umgesetzt. Keine Sekunde habe ich an den beiden gezweifelt."

Alle jubelten und gratulierten, Sektkorken knallten und ein Büffet war für die beiden Gewinnerinnen und die Partygäste gerichtet. Sonja und Verena schwebten im 7. Himmel. Ihre Träume waren wahrgeworden. Pascal und Marlon grinsten sich an, die Überraschung war ihnen gelungen, ihre Freundinnen waren glücklich. Man sah ihnen im Gesicht an, dass dieser schöne Moment ewig dauern könnte.

Kapitel 7

Ich sah in die Gesichter der Männer, die mir all das Leid zugefügt hatten. Mein Vater hatte zugelassen, dass ich ihretwegen innerlich tot war, mich gar nicht mehr spüren wollte. Ihretwegen würde ich nie erfahren, was positive Sexualität war, weil ich diese gar nicht zulassen könnte. Sie hatten mich zerstört. Und all das verdankte ich bedauernswerterweise dem Mann, der mich gezeugt hatte, bei dem ich, weil meine Mutter verstorben war, aufwachsen musste und der mich verkauft hatte, als wäre ich ein wertloser Gegenstand, der mir meine Kindheit nahm, der alles, was ich gebraucht hätte, in den Mantel des Schweigens hüllte. Ich konnte dieses Monster, das mein Vater war, nicht verstehen. Viel zu lange hatte ich versucht, zu begreifen, was er dachte, versucht, mit ihm zu reden. Aber heute bin ich überzeugt, dass er das Unglück brauchte, um die dunkelsten Teile seiner Seele ertragen zu können. Er war ein brutaler Vergewaltiger, hatte nicht nur mein Leben zerstört, indem er mich diesen Bestien zum Sex anbot, sondern auch das der vielen jungen Mädchen, die er selbst brutal zugerichtet hatte. Doch diese verabscheuenswürdige Lust hatte er im Endeffekt bezahlt und etwas anderes hatte er auch nicht verdient. Es war nur eine Frage der Zeit, ehe er seine gerechte Strafe erhalten würde. Ich sah noch einmal in Gedanken in die Gesichter der Männer, die mir all das Leid zugefügt hatten und die immer noch Panik in mir hervorriefen. Was aus ihnen geworden war, weiß ich heute nicht, aber ich wünschte mir, es würde ihnen genauso ergehen wie meinem Vater, wenn es noch einen Funken Gerechtigkeit auf dieser Welt gab.

Schreiend wachte ich aus meinem schrecklichen Traum auf. Ich wollte, dass es aufhörte. Wann würde mich meine zerstörerische Vergangenheit nicht mehr einholen? Wann würde der Tag kommen, an dem der Schmerz endgültig ein Ende hatte? Könnte ich irgendwann wieder Emilia Klein sein, eine junge Frau, die ihr Leben noch vor sich hatte und endlich glücklich war? Ich glaubte noch immer nicht wirklich daran, aber ich wollte es herausfinden, deshalb brauchte ich die Psychologin. Sie war meine letzte Chance, soviel hatte ich verstanden, seitdem ich beschlossen hatte, mich ihr doch anzuvertrauen.

„Du willst doch, dass diese Männer bestraft werden, oder?“, fragte mich Frau Dr. Gabriel.

„Ja, aber wer glaubt einer verurteilten Schwerstverbrecherin?“, gab ich zu bedenken.

„Ich glaube dir. Du kennst doch ihre Namen, oder?“, hackte die Psychologin weiter nach.

„Ich will sie aber nicht sehen. Muss ich wirklich nur ihre Identität bekannt geben und ihnen nicht gegenübertreten?“, fragte ich sicherheitshalber noch einmal nach.

„Deine Aussagen werden aufgenommen und du musst ihnen nicht persönlich begegnen. Aber sie bekommen endlich ihre Strafe für das, was sie dir angetan haben.“

Ich nickte, wartete, bis die Aussage aufgezeichnet werden konnte, und sprach nüchtern und deutlich in die Kamera: „Ich heiße Emilia Klein. In meiner Vergangenheit wurde mir Schreckliches angetan. Während andere in ihrer Kindheit noch mit Puppen spielen, erfuhr ich unsägliches Leid, denn ich hatte gerade erst meine Periode bekommen, als es begann. Da war ich 13 Jahre alt. Der erste Mann, der mich vergewaltigte und es all die fünf Jahre durchgehend immer wieder tat, war Josef Gruber, aber alle sagten Stecher Joe zu ihm. Er hat mich bestimmt jede Woche einmal gekauft bei meinem Vater, um mich zu vergewaltigen. Der nächste war Benjamin Altenberger, ein versoffener Typ, der mich drei Jahre lang quälte. Er wurde Alki Beni genannt und kam mindestens einmal im Monat vorbei. Dann war da noch dieser Richter, der zwei Jahre zu mir kam, um die Verbrechen zu begehen, die er im Gerichtssaal verurteilte, obwohl er keinen Deut besser war. Er war der brutalste unter allen, hat mir oft mein Arschloch blutig gefickt. Aber das war nicht das Schlimmste, denn er hat mich fast aus krankem Vergnügen getötet, knapp habe ich einen gemeinsamen Urlaub, zu dem ich gezwungen wurde, überlebt. Sein Name ist Paul Schmidt. Und ein Jahr musste ich bei den Zwillingsbrüdern Justin und Marvin Hofhausner herhalten. Sie vergewaltigten mich immer gemeinsam und stachelten sich an, um mich zu quälen. Marv und Jus, wie sie genannt wurden, vertickten Drogen und waren selbst ihre besten Kunden. Und als letzten muss ich Kevin Salow erwähnen. Er hat mir persönlich nichts getan, aber er hat meinem Vater die Mädchen verschafft, die er auf grausame und brutale Art und Weise zurichtete, während er sie vergewaltigte. Sein Deckname war Blutiger Sal. Ich wünsche mir, dass diese Männer dafür bestraft werden, was sie jungen Mädchen angetan haben, denn ich bin bestimmt nicht die Einzige, deren Leben sie zerstört haben." Weinend brachte ich kein Wort mehr heraus. Ich wollte nicht allein sein, so durfte ich mich auf die Couch von Frau Dr. Gabriel legen. Erschöpft schlief ich ein.

Ein paar Wochen waren vergangen, als ich den erlösenden Fernsehbericht sah. Der Reporter nannte meinen Namen nicht, weil es nicht gut ankam, wenn das Opfer selbst ein verurteilter Verbrecher war, aber das war mir nur recht, dass ich nicht erwähnt wurde. Denn endlich bekamen meine Peiniger ihre Strafe. Sie mussten alle dafür büßen, was sie mir angetan hatten. Dafür hatte ich unzählige Videos besprechen müssen, in denen ich alles noch einmal durchleben musste, es war fast nicht zum Aushalten und hatte mich sehr ausgelaugt. Ich hatte bestimmt fünf Kilo abgenommen und man sah nun meine Rippen, was mich körperlich noch mehr geschwächt hatte.

Deshalb hörte ich mit Genugtuung das Urteil, das der Reporter zusammenfasste: „Josef Gruber wird zu zwölf Jahren Haft verurteilt, Benjamin Altenberger wird mit acht Jahren Freiheitsentzug bestraft. Paul Schmidt wird seine Befugnis als Richter entzogen, weil bei ihm Amtsmissbrauch erschwerend hinzukommt, wird er fünfzehn Jahre hinter Schloss und Riegel verbringen. Die Zwillingsbrüder Marvin und Justin Hofhauser werden zu sieben Jahren Haft verurteilt. Und Kevin Salow, dessen Fall parallel abgehandelt wurde, erhielt lebenslänglich. Hier wollte die Richterin ein eindeutiges Exempel gegen Kindesmissbrauch setzen."

Innerlich jubelte ich und empfand so etwas wie Vergeltung. Denn jetzt konnte ich es akzeptieren, dass ich selbst eine verurteilte Schwerverbrecherin war, denn hätte mein Vater diese Männer nicht in sein Leben geholt und zugelassen, dass sie mich missbrauchten, wäre ich heute ein freier Mensch und niemals zu der Tat fähig gewesen, die ich begangen hatte. Das sollte keine Ausrede sein, denn es war notwendig, das zu tun, was ich getan hatte, um innerlich ein Stück Freiheit zurückzuerlangen.

Frau Dr. Gabriel, die den Bericht mit mir gemeinsam ansah, holte mich in die Gegenwart zurück: „Wie geht es dir damit, Emilia?"

„Sehr gut, endlich müssen sie für das bezahlen, was sie mir angetan haben. Die Gerechtigkeit siegt", sagte ich fröhlich.

„Es ist mir schon aufgefallen, dass du einen ausgeprägten Gerechtigkeitssinn hast. Ehrlich gesagt, bin ich beeindruckt, dass du zu deiner

Tat stehst und es richtig findest, dafür bestraft worden zu sein. Aber wir müssen jetzt trotzdem noch daran arbeiten, dass du die Vergewaltigungen bewältigst, um damit abschließen zu können, und dass du dir dein Verbrechen selbst vergibst, um endlich die wunderbare Frau aufleben zu lassen, die du bist, Emilia Klein. Passt es für dich, wenn wir mit dem Ersten beginnen?“, fragte mich die Psychologin liebevoll, sie hatte mich mittlerweile genauso in ihr Herz geschlossen wie ich sie. Ich hätte mir niemals gedacht, dass das möglich wäre. Ich nickte und spürte das erste Mal den Hoffnungsschimmer, dass alles gut werden könnte.

„Was empfindest du jetzt nach diesem Fernsehbericht?“, stellte mir Frau Dr. Gabriel die erste Frage.

„Genugtuung“, kam es von mir wie aus der Pistole geschossen.

„Gut, behalte dir dieses Gefühl, denn wir versuchen jetzt, dass die Vergangenheit ruhen kann. Diese Männer haben dir Leid zugefügt, dessen Details wir momentan nicht brauchen, darüber haben wir bereits gesprochen. Wenn du jetzt im Raum schaust, wo befindet sich dieses Leid?“

„Ehrlich gesagt, befindet es sich bereits außerhalb des Gefängnisses, es kann mir nichts mehr anhaben“, antwortete ich stolz.

„Super, Emilia, vor ein paar Wochen war es noch in dir, dann neben dir und nun ist es so weit weg, dass du ein Stück Freiheit zurückerlangt hast. Diese Qualen hast du zwar erlebt und das gehört bedauerlicherweise zu deinem Leben dazu, aber die Wut und die Trauer sind vorbei, du hast es selbst geschafft. Dieses Kapitel deines Lebens ist abgeschlossen, wenn du es jetzt noch versperrst, dann wird es keine Macht mehr über dich haben. Du kannst stolz sein, Emilia. Du bist eine bemerkenswerte Frau.“

„Danke“, sagte ich verlegen. Auch dieses Kompliment hätte ich bis vor Kurzem nicht annehmen können, aber es fühlte sich nun gut an. Die Bestie, als die ich in der Gesellschaft abgestempelt war, trat einen Schritt zurück und für den Moment war ich Emilia Klein, eine Frau wie jede andere auf dieser Welt. Eine Frau, die sich einfach nur nach Liebe sehnte wie jeder andere Mensch auch.

„Vielleicht spielst du auch einmal mit dem Gedanken, dir selbst zu vergeben. Vergiss, was andere über dich denken. Wichtig ist, was du über dich denkst“, gab mir die Psychologin noch als Hausübung auf.

Und auch das konnte ich auf einmal annehmen, es war wie ein Wunder. Ich wollte mich plötzlich mit mir selbst aussöhnen und das Monster loswerden, das andere in mir sahen.

Deshalb nickte ich der rothaarigen Ärztin zu, die bereits so viel für mich getan hatte, und nahm mir vor, weder sie noch mich zu enttäuschen.

Das tödliche Reich der Menschlichkeit

Es war einmal ein König, der war sehr einsam. Er hatte ein schweres Los in seinem Leben, denn seine Mutter verstarb bereits im Kindbett und somit blieb er der einzige Nachkomme und hatte keine Geschwister. Und sein Vater, der vor ihm regierte, starb im Krieg, als er gerade einmal zehn Jahre alt war. Seitdem war er das gekrönte Oberhaupt dieses Landes – König Maximilian, ein Mann von Ruhm und Ehre. Der Hofstaat begleitete ihn jede Minute seines Lebens und es gab darunter wahrhaftig weise Männer, die ihm bei den strategischen Entscheidungen unterstützten. Aber der König hatte keine Kindheit, denn er musste in seinen jungen Lebensjahren ein Land regieren, das bestimmte seine Pflicht. Noch dazu ein Königreich, indem seit zwanzig Jahren Krieg herrschte und die Not sehr groß war, denn ein anderes Volk begehrte Maximilians Land, das Tantumien genannt wurde. So zog der König seit seinem Amtsantritt vor bereits zehn Jahren immer wieder in den Krieg, als wäre es das Normalste auf der Welt, ohne Aussicht auf Frieden leben zu müssen. Das Töten war ihm praktisch in die Wiege gelegt worden. Das war sein trauriges Schicksal. Er hatte jedes Leid gesehen, das man sich vorstellen konnte, nichts war ihm in seinen jungen Tagen erspart geblieben.

Eines Tages kehrte er wieder einmal von einer grausamen Schlacht zurück, die für den König erfolgreich über die Bühne gegangen war. Maximilians Oberbekleidung war blutdurchtränkt, die Feinde waren dieses Mal geschlagen. Mühsam streifte er das rote Gewand ab und ließ sich ein heißes Bad ein. Er wusch sich das Blut von seinem geschundenen Körper, seine Gelenke und Muskeln schmerzten vom Schwingen der Klinge. Seine Haut war von blauen Flecken und Wunden übersät. Die Bilder vom Schlachtfeld schossen ihm erneut ins Gehirn. Er sah unzählige Feinde und viele Freunde vor seinen Augen sterben. Er hörte ihre schrecklichen Schreie, wenn sie erbarmungslos durch die Hand ihres Gegners fielen. Er sah sich selbst blindlings mordend in die Linie des Feindes laufen. Sein Schwert brachte den unausweichlichen Tod mit sich. Er roch in Gedanken den Schweiß der kämpfenden Männer und das Blut, das in Strömen vergossen wurde. Er hörte die Waffen klirren, die hart aufeinandertrafen und die vielen anderen erschreckenden

Laute, die ohne Gnade verrieten, wie Trauer und Leid sich ausbreiteten und anschließend ein stinkendes, siechendes Leichenfeld hinterließen. Die armen Seelen der Toten würden heute Nacht in Richtung Himmel aufsteigen, wenn der letzte Lebensatem der Gefallenen endgültig erloschen war.

Am liebsten hätte Maximilian diese Bilder des Elends zur Seite gewischt und ihnen keine weitere Bedeutung zugewiesen. Aber sein Herz war nach all den Jahren noch immer nicht verhärtet, obwohl er schon so lange im Krieg mordete. Er wünschte sich nichts mehr, als dass dies alles endlich ein Ende haben sollte, er sehnte sich schmerzlich nach Frieden. Aber nichts deutet darauf hin, dass es in naher Zukunft so sein würde. Sein Land war begehrt und Maximilian wollte das Erbe seines Vaters nicht kampflos aufgeben. Er war der König und er wollte es auch in Zukunft bleiben, das war er seinen verstorbenen Eltern schuldig. Doch der unerträgliche Schmerz in seinem gequälten Herzen über das viele Leid war ein sehr hoher Preis, den er zu zahlen hatte. Das war unbestreitbar. Dicke Tränen flossen ihm über sein zerschnittenes, junges Gesicht. Er wünschte sich Trost, jemanden, der ihn in den Arm nahm, aber er war der König und konnte sich keine Schwäche anmerken lassen, bei niemandem. Wenn er mit dem Baden fertig war, mussten seine Tränen wieder versiegt sein und er musste mutig und stolz in frischen Kleidern bei der Siegesfeier erscheinen, um seinen Männern mit einem köstlichen, überreichen Festmahl neuen Mut zu machen für die kommenden Schlachten. Er war ihr standhaftes Vorbild, ihr nie wankender Fels, ihre eiserne Kraft, um nicht aufzugeben und das Königreich bis zum letzten Mann zu verteidigen.

Die triumphierende Musik empfing den König würdig. Er trug ein purpurrotes Oberkleid mit saphirblauen Hosen, die Farben des Königswappens. Außerdem war ein furchterregender, zähnefletschender Wolf auf seine Brust gestickt, das Symbol des Königs. Und diesem gefährlichen Untier musste Maximilian gerecht werden. Seine Untertanen respektieren ihn und hatten die nötige Ehrfurcht, die einem Mann seines Standes gebührte. Aus diesen respektvollen Gedanken an sein Volk erwuchs dem König neuer Mut und er stolzierte durch die Reihen seiner von der Schlacht geschundenen Männer und sprach ihnen Lob zu, weil sie sich so tapfer in der Schlacht geschlagen und den Sieg errungen hatten.

Zu später Stunde, als die Bäuche voller gebratenem Fleisch und mit jeder Menge schwerem Wein gefüllt waren, störte keuchend und verschwitzt ein Bote das Festmahl. Irgendetwas stimmte vom ersten Blick an nicht an ihm, er war für einen Mann viel zu schmächtig. Außerdem war sein Gesicht bartlos und sein Antlitz wirkte wie das eines Mädchens. Der König blickte den Eindringling misstrauisch an. „Was willst du?“, bellte Maximilian.

„Lieber König Maximilian von Tantumien, ich bin ein Abgesandter von König Raphael von Verum, ich überbringe wichtige Botschaft.“

„Spar dir das Gesülze, sag, was du willst“, donnerte der König.

„Mir wäre es angenehm, wenn wir das unter vier Augen besprechen könnten“, ließ sich der Bote in seiner Wortwahl nicht beirren.

„Gut, dann müsst ihr aber bis morgen warten, denn hier wird heute noch ausgiebig gefeiert. Seid unser Gast“, brüllte Maximilian fröhlich und seine betrunkenen Männer stimmten grölend mit ein.

Der Gesandte bedankte sich höflich und nahm Platz. Maximilian beobachtete ihn, er langte ordentlich zu bei dem angebotenen Speis und Trank. Es schien, als hätte er lange nichts zu essen bekommen, so nutzte er wohl die Gunst der Stunde, sich ordentlich satt zu essen. Die Zeit verging wie im Flug und der Wein machte alle schläfrig, sodass der Abend kurz nach Mitternacht sein Ende fand.

Am nächsten Morgen erwachte der König, die Prellungen und Blessuren schmerzten und der Wein vom Vortag ermüdete seine Glieder. Außerdem quälte ihn der Durst. Er stürzte ein Glas Wasser hinunter, ehe er zur frühen Morgenstunde bereits gestört wurde.

„Sir, ich bringe Ihr Frühstück. Außerdem möchte der Bote alsbald mit Ihnen sprechen“, erklärte Ulrich, die rechte Hand des Königs.

„Ja, wenn ich mich angezogen und gestärkt habe, darf der Abgesandte erscheinen“, orderte Maximilian an.

Er schlang das Brot und die Eier hinunter, erfrischte die Kehle mit weiterem Wasser und zog sich an. Dann empfing er den Fremden aus Verum, der bereits am Vortag am Festbankett teilgenommen hatte. Aber als dieser den Raum betrat, traute der König seinen Augen nicht. Denn vor ihm stand eine wunderschöne Frau, die ein smaragdgrünes Kleid trug, das ihre Figur gekonnt umspielte.

Maximilian blieb, ohne es zu beabsichtigen, der Mund offenstehen. „Ihr seid eine Frau“, stammelte der König so unsicher, wie es sich für seinen Stand eigentlich nicht geziemte.

„Ja, es ist leichter, als Mann zu reisen“, erwiderte sie.

„Wer seid Ihr?“, erlangte Maximilian mit seinen Worten die Verfassung wieder.

„Ich bin Amalia, Tochter von König Raphael, die Prinzessin von Verum“, stellte sie sich höflich vor.

„Was suchst du hier?“, wollte der König wissen.

„Mein Volk hungert, weil wir von denselben Königreichen bedroht werden wie Ihr, Eure Hoheit. Deshalb schlägt mein Vater ein Bündnis vor“, erklärte die Prinzessin.

„Ich werde darüber nachdenken. Verum hat mich nie bedroht, aber wie kann ich Euch vertrauen?“, fragte Maximilian nach.

„Indem Ihr mich zur Frau nehmt“, antwortet Amalia von Verum.

Der König verstummte. Normalerweise hätte er das Bündnis ebenfalls höflich abgelehnt, denn er hatte so schon genug Feinde und wollte nicht auch noch für ein anderes Königreich geradestehen. Aber Verum lag strategisch günstig, denn es war inmitten des Feindeslandes, das Maximilian ständig bedrohte, und dürfte somit eine gute Hilfe sein, wenn es darum ging, Angreifer einzukesseln. Aber der Hauptgrund, warum Maximilian schwach wurde, war die liebreizende Prinzessin, ihre Schönheit faszinierte ihn, obwohl er sie nicht kannte. Der König wollte sie zur Frau, ihr geheimnisvolles Wesen zog ihn magisch an. Und so sagte er, ohne weiter zu zögern, zu und entschied, dass die beiden Königreiche Tantumien und Verum ab dem heutigen Tage Verbündete waren.

Schon einen Monat später wurde die Hochzeit gefeiert und König Maximilian reichte König Raphael die Hand, so besiegelten sie ihr Abkommen der beiden Königreiche.

Maximilian und Amalia waren glücklich. Der erste Eindruck hatte den König nicht getäuscht, sie besaß auch innere Schönheit und war eine treue, liebevolle Seele. Und das Glück setzte sich fort, denn die Königin gebar ein Jahr nach der Vermählung Zwillinge. Der Erstgeborene war ein Knabe und erhielt den Namen Leonhard, die zweitgeborene Tochter wurde Theresa genannt. Sie wuchsen als geliebte Kinder heran und genossen die Zuwendung ihrer Eltern.

Doch der nie enden wollende Kriegsdienst ging unaufhaltsam weiter. Maximilian hatte zwar recht gehabt, sich Raphael als Verbündeten ins Boot zu holen, weil eine doppelte Streitmacht noch effektiver war als eine allein, aber der König wurde müde, der Kampfgeist schien zu erlöschen. Er war es müde, Krieg zu führen und zu morden. Die Abertausenden Toten, die er auf dem Gewissen hatte, gingen ihm nicht mehr aus dem Kopf und das Leid der Schlachten kroch ihm schmerzhaft in sein Herz und hielt es mit eisernem Griff gefangen. Er wollte nicht, dass seinen Sohn das gleiche Schicksal ereilte. So weinte der König oft nächtelang ohne Hoffnung auf eine Wendung des Schicksals und nur Amalia war in diesen finsteren Stunden an seiner Seite und versuchte, ihren Ehemann, so gut es ging, zu trösten, aber die Schwermut hatte sich breitgemacht in Maximilian und hielt ihn gefangen. Nur das Lachen seiner Familie holte ihn untertags für kurze Weile aus diesem erdrückenden Gefängnis, das der allumfassende Schmerz ihm innerlich bereitete.

Eines Tages, als er seiner Tochter aus einem Fenster seiner Burg zusah, wie sie mit einem kleinen Kätzchen freudig im Garten spielte, wünschte er sich, dass der immerwährende, quälende Krieg keine beherrschende Macht mehr über seine verletzte Seele haben sollte und er die erdrückende Bürde einfach gelassen hinnehmen könnte. Der Wunsch wurde so stark, da erschien ihm, wie aus dem Nichts, eine zauberhafte Fee. Sie war violett gekleidet und wirkte fast durchsichtig mit ihrer porzellanblassen Haut und ihrem silberblonden Haar. Sie war wunderschön, strahlte aber eine eisige Kälte aus, die für den König anziehend wirkte in seiner ausweglosen Situation. Genau diese vollkommene Gleichgültigkeit wünschte sich Maximilian für sein Leben, damit er das Morden im Krieg nicht mehr an sich heranlassen müsste und in Frieden mit sich selbst leben könnte.

Die Fee sagte mit glockenheller, betörender Stimme: „Ich bin zu dir gekommen, um dir einen ersehnten Wunsch zu erfüllen, und ich glaube, ich weiß auch, was du dir von ganzem Herzen wünscht: ein kaltes, unerschütterliches Herz, dem es gleichgültig ist, zu morden."

„Ja genau, das stimmt, auch wenn es traurig ist, so denken zu müssen. Ich habe schon viel zu viele Kriege geführt, um das Leid, das meine Seele zerfrisst, noch weiter zu ertragen", antwortete der König mit gesenktem Haupt.

„Dann soll es so sein", sprach die Fee ein Machtwort.

„Willst du gar keine Gegenleistung?", wollte Maximilian noch wissen. „

Der Tag wird mit Sicherheit kommen, an dem ich mir hole, was mir zusteht für meine Magie. Aber bis dahin sorge dich nicht darum", sprach sie keck und schwang ihre federleichten Flügel, um den König dreimal zu umrunden.

Maximilian gab es im nächsten Augenblick einen schmerzhaften Stich ins Herz, mit gequältem Gesichtsausdruck und nach Luft ringend sank er zu Boden. Er glaubte, zu ersticken, sosehr verkrampfte sich sein

Herz. Er keuchte, ehe ihn die Finsternis einhüllte, als er ohnmächtig zusammensackte und reglos am Boden liegen blieb.

Schwarze Nebelschwaden waberten vor seinen getrübten Augen, als er nach einer gefühlten Ewigkeit wieder erwachte. Maximilian brauchte ein paar Minuten, ehe er wusste, wo er sich befand. Er registrierte unscharf seine königlichen Gemächer und sein Bett, in dem er lag. Er fragte sich, was anders geworden war in der Zeit, in der er nicht bei Sinnen gewesen war. Irgendetwas fehlte, nein, nicht in seinem Schlafzimmer, sondern in ihm drinnen. Aber der König konnte nicht sagen, was es war. Als er noch so darüber nachdachte, was es sein könnte, betrat jemand den Raum.

„Gott sei dank, du bist wieder munter", sprach die Königin freudig.

Maximilian sah Amalia ratlos an, es fiel ihm ein, dass sie seine Frau war, aber er wusste nicht mehr, ob sie ein glückliches Paar waren oder nicht. Sosehr er sich zu dieser Erinnerung zwang, je mehr entglitt sie ihm und er kam nicht dahinter. „Was ist passiert?", fragte er schließlich, um irgendetwas zu erfahren und die Stille zu durchbrechen.

„Das wollte ich eigentlich dich fragen. Wir fanden dich ohnmächtig. Dieser Zustand dauerte drei Tage an. Und der Arzt, der dich untersuchte, meinte, dass er keine Ursache erkennen kann, warum du nicht Herr deiner Sinne warst. Er vermutete ein traumatisches Ereignis. Kannst du dich an nichts erinnern?", wollte die Königin wissen.

„Nein, ich weiß nicht, was passiert ist. Ich glaube nur, dass etwas in mir fehlt, aber ich weiß nicht, was", erwiderte er.

„Macht doch nichts, lass dir Zeit. Du wirst schon wieder gesund. Ich liebe dich", wollte Amalia ihm Mut machen.

Der letzte Satz hallte in des Königs Kopf wie ein Echo nach. Was war Liebe? Er konnte sich nicht mehr erinnern. Genauso wie er zuvor nicht hatte nachempfinden können, ob er mit seiner Frau glücklich war. Es war, als wären diese Gefühle wie weggewischt. Wahrscheinlich hatte das nur mit der Ohnmacht zu tun. Erschöpft schloss Maximilian erneut seine Augen und erwachte erst wieder am nächsten Tag. An die Fee und die Erfüllung seines Wunsches konnte er sich ebenfalls nicht mehr erinnern, aber davon wusste er schlussfolgernd nichts.

Die Zeit verstrich, doch der Zustand der leeren Gefühllosigkeit blieb. Die nächsten Jahre vergingen, ohne dass der König wieder Zugang zu seiner eigenen Gefühlswelt bekam. Das war in den immerwährenden Kriegen ein großer Vorteil. Das Morden und das viele Leid machten ihm nichts mehr aus, es ließ ihn – im wahrsten Sinne des Wortes – kalt.

Das Bündnis zu seinem Schwiegervater König Raphael hielt, weil Maximilian immer erfolgreicher als Kriegsherr wurde, aber sein Verbündeter hielt Abstand, denn auch er bekam mit, dass der grausame Ruf, der dem Mann seiner Tochter vorauseilte, leider der bitteren Wahrheit entsprach. Maximilian wurde nur mehr als eiskalt und unbarmherzig beschrieben, er habe ein Herz aus Stein, sagten die Leute. Und deshalb war er sehr einsam, aber das war dem König auch egal, denn er wusste ja nicht mehr, was Liebe und Glück bedeuteten. Er hatte nicht einmal mitbekommen, wie seine Frau und seine Kinder an seiner Eiseskälte stückweise zerbrachen. Amalia hatte es immer und immer wieder versucht, sein verhärtetes Herz zu erweichen, aber sie konnte ihn mit nichts erreichen und musste zusehen, wie ihre Kinder darunter litten, die Zuwendung ihres Vaters verloren zu haben. So beschloss die Königin nach zwei Jahren, in denen sie auf eine Wendung hoffte, zu gehen, und nahm den Prinzen und die Prinzessin mit sich. Maximilian registrierte es nicht einmal mit einem Wimpernzucken, als seine Familie fort war. Er konnte es nicht mehr nachempfinden, wie sehr die drei sich seinetwegen quälten. Sein Herz war zu Eis gefroren, er konnte sich nicht an die Liebe und das Glück erinnern, das ihm seine Frau Amalia und seine Kinder Leonhard und Theresa einst beschert hatten.

Und so lebte er die nächsten Jahre einfach weiter und konnte nur spüren, dass etwas fehlte, aber er wusste nicht mehr was. Die Sehnsucht nach Liebe, die jeder Mensch im Herzen trug, war wie weggewischt. Das Glück spielte keine Rolle in seinem Leben, weil er nicht wusste, was es bedeutete, zufrieden zu sein. Ein finsteres Zeitalter legte sich über das Königreich Tantumien, denn der König hatte kein Mitgefühl mehr und kümmerte sich nicht mehr um sein Volk. Er steckte alles, was sein Reichtum hergab, in die Kriegsführung, denn er glaubte, dass Macht das war, was er tun und weiter erlangen sollte. Aber nicht einmal da empfand er Befriedigung, wenn er einen Sieg nach den anderen einfuhr. Sein eigenes Volk litt, weil Maximilian nicht mehr bereit war, für Nahrung und Zufriedenheit zu sorgen, wie er es früher getan hatte. Seine Leute wurden krank und hungerten, sie hatten Angst vor ihrem König. Sie vergasen, wie gut der König einst zu ihnen gewesen war. Die Stimme nach Vergeltung wurde immer lauter unter den einfachen Leuten. Maximilian wusste nicht, dass er in Gefahr war. Sein Volk fand zu jeder weiteren vergangenen Stunde mehr Gefallen daran, sich an ihrem Staatsoberhaupt zu rächen.

Nur sein treuer Diener Ulrich stand dem König selbstlos zur Seite, er kümmerte sich um Maximilian, wie er es immer getan hatte. Er liebte ihn bedingungslos, obwohl der König auch ihn ohne Mitgefühl und Empathie behandelte. Ulrich spürte mitfühlend sein steinernes Herz und weinte um des Königs willen, weil er seine Großherzigkeit aus vergangenen Tagen nicht vergessen hatte. Jedoch auch das bekam Maximilian nicht mit. Er wusste nicht, welches Glück er hatte, dass Ulrich immer noch an seiner Seite war.

Nicht einmal, als er ihm das Leben rettete, konnte er es dankbar annehmen. Denn das Volk stand eines Tages mit brennenden Fackeln und Waffen vor den Toren der Burg und forderte das Leben seines Königs. Ulrich reagierte sofort und brachte Maximilian in Sicherheit. Er versteckte den König in einer verborgenen Höhle im unwegsamen Gebirge. Und da saßen sie nun um ein kleines, loderndes Feuer: Ulrich, der treue Diener, und König Maximilian, dessen Herz zu hartem Eis gefroren war, das nicht mehr auftauen wollte.

Ulrich schwand in dieser Stunde die letzte Hoffnung. Er weinte, als der König sich zur Ruhe gelegt hatte, denn auswegloser konnte die Situation nicht mehr sein. Wenn er nur wüsste, warum der König so geworden war, aber er konnte in den letzten Jahren nur hilflos zusehen, wie Maximilian alles zugrunde richtete, was er sich seit Kindestagen als König mühsam aufgebaut hatte. Und diese zahlreichen Tränen, die Ulrich in dieser Nacht seinetwegen vergoss, riefen erneut den Zauber auf den Teppich, den der König einfach vergessen hatte.

Die Fee, die sein Herz zu Stein verwandelt hatte, kehrte zurück und zeigte sich erneut vor Maximilian, der sich bei ihrem Anblick plötzlich wieder erinnern konnte, als sie in ihrer glanzvollen Schönheit vor ihm stand und ihn unsanft aus dem freudlosen Schlaf riss. „Du warst es, die mir die Kälte in meinem Herzen beschert hat“, sprudelte die wiedergekehrte Erinnerung aus des Königs Mund hervor.

Die fast durchsichtige Fee mit ihren silberblonden Haaren und dem violetten Kleid drehte sich mehrfach im Kreis, ein magischer Funkenregen stob um sie, und sie erwiderte höhnisch lachend: „Ich darf dich erinnern, wie sehr du mich um meine Kälte, die ich ausstrahle, beneidet hast. Ach so, entschuldige meine Unachtsamkeit, du weißt ja nicht einmal mehr, was Neid ist. Ich habe dir ja alle Gefühle genommen und nur eine steinerne Leere in dir hinterlassen.“ Das böse Gelächter der Fee hallte an den Wänden der Hölle wider.

Ulrich wachte erschrocken auf und traute seinen Augen kaum, als er das magische Wesen erblickte. Er stammelte: „Herr, wer ist das?“

„Eine Fee, die mir einst das steinerne Herz beschert hat", erklärte Maximilian seinem treuen Diener.

„Ja, und nun bin ich gekommen, um mir zu holen, was mir zusteht. Du hast jetzt den Preis für meinen Zauber zu zahlen. Aber dafür ist es notwendig, dir mein wahres Gesicht zu offenbaren", sprach die Fee mit Genugtuung in der Stimme.

„Wer bist du wirklich?", stammelte Ulrich, dem jede Farbe aus dem Gesicht gewichen war, zu eindeutig konnte er die Boshaftigkeit der Fee fühlen.

„Ich bin der Tod und ich nehme mir dein Leben, König Maximilian. Das ist der angemessene Preis für den Wunsch, den ich dir gewährt habe", donnerte die Fee und verwandelte sich in die Gestalt einer lebenden Leiche. Der Anblick war gruselig. Die blanken Knochen blitzten unter dem verwesenden Fleisch hervor, das in Fetzen vom Körper des Todes hing.

„Du kannst mir keine Angst machen, ich weiß nur mehr von Erzählungen, was das ist. Es ist mir egal, in welcher Gestalt du vor mir stehst", konterte der König die gewechselte, schreckliche Gestalt der einst wunderschönen Fee.

„Wenn ich es nicht besser wüsste, dann würde ich sagen, dass du sehr mutig bist", verhöhnte der Tod Maximilian und lachte abermals höhnisch.

„Komm schon, du bist doch ein Spieler. Wie kann ich mein Leben retten und meine Gefühle zurückerlangen?", versuchte der König, einen Deal einzugehen.

„Du Narr, du glaubst doch nicht, dass du dich mit dem Tod anlegen kannst", donnerte die verwesende Leiche.

Ulrich verkroch sich vor Angst hinter seinem Herrn, aber dieser ließ nicht locker: „Spiel mit mir. Wenn ich gewinne, erhalte ich mein Leben und meine Gefühle zurück. Wenn du gewinnst, nenn mir deinen Preis."

„Gut. Wir spielen um zwölf positive Gefühle, indem du auf grausamste Art ihr Gegenteil durchleben musst und nicht erkennen kannst, dass dein Leiden ein Ende haben wird, wenn du versagst, denn ich bestimme, welche Erinnerungen in deinem Geiste sind und welche nicht. Bleibst du bei allen standhaft, gewähre ich dir die Gnade, um die du mich bittest. Bettelst du mich nur einmal an, dass ich dich von der Qual erlösen soll, gewähre ich dir den Tod und nehme deine Frau, deine beiden Kinder und deinen treuen Diener Ulrich mit in den Tod."

„Abgemacht", schlug der König ein.

Ulrich zuckte in Todesangst zusammen, denn auch er würde sterben, wenn Maximilian scheiterte. Und er befürchtete, dass es niemals gut war, den Tod austricksen zu wollen. Aber nun war es eindeutig zu spät und er konnte nur für seinen Herrn weiterhin da sein, um auch das Leben von Amelia, Leonhard und Theresa zu schützen, doch die Hoffnung war gering, dass ihm das auch gelang.

„Gut, so sei es. Maximilian, du wirst es noch bitter bereuen, dich mit dem Tod angelegt zu haben. Du wirst mich um Erlösung anflehen und die Menschen, die dich lieben, mit dir in den Tod reißen. Du wirst als der grausamste König von Tantumien in die Geschichte eingehen. Und ich werde Grund haben, zu lachen über dein trauriges Schicksal", sprach der Tod. Dann gab er dem König seine Gefühle wieder, damit er spüren konnte, an was er kläglich versagte. „Die nächsten zwölf Tage werden die Hölle für dich und du kannst nur verlieren. Merk dir diese Worte. Du wirst dir wünschen, nie geboren worden zu sein", sprach der Tod, ehe er verschwand und Maximilian und Ulrich ihrem Schicksal überließ.

„Was habe ich getan?", fragte der König traurig. Mit den wiedergewonnenen Gefühlen wurde ihm schlagartig klar, dass er seine Frau, seine Kinder und den einzigen Menschen, der immer noch für ihn da war, verkauft hatte. Er flehte Ulrich an, ihm zu helfen, aber egal, wie die beiden es drehten und wendeten, es gab nur eine einzige Hoffnung auf Erlösung: Maximilian musste die zwölf Prüfungen standhaft überstehen. Ulrich schwor sich, nicht von des Königs Seite zu weichen, ehe das Spiel mit dem Tod zu Ende war. Die Spiele sollten bereits am nächsten Tag beginnen.

Der erste Tag der schicksalsbestimmenden Prüfung begann mit einem einzigen Wort an der Höhlenwand. Dort stand in großen Lettern, mit Blut geschrieben, der Begriff: *Selbstwertgefühl*

„Was sollen wir jetzt tun, Herr?", fragte Ulrich, dem es kalt den Rücken hinunterlief.

„Ich glaube, wir werden es alsbald erfahren", antwortete der König sichtlich beunruhigt.

Und er behielt recht mit seiner Vermutung, denn nur eine halbe Stunde später suchte sie ein Geist heim. Er war ein verkrüppeltes, hässliches und hölzernes Wesen und er stank bestialisch nach Moder und verfaultem Moos. „Begleitet mich", raunte er den beiden Männern grimmig zu.

Sie hatten keine andere Wahl, sie mussten folgen, denn sie spürten, wie ihnen der Tod bereits seinen kalten Atem erbarmungslos ins Genick blies. „Dein Selbstwertgefühl bestimmt sich über deine Königswürde, das hat dir dein Vater gelehrt. Sieh hin“, sprach das schlecht gelaunte Schattengespenst. Vor ihren Augen erschien Maximilians Vater in strahlender Königswürde, der vor so langer Zeit verstorben war.

Der König wollte auf ihn zulaufen, aber er wies seinen Sohn sogleich schroff zurück. Maximilian war irritiert, denn sein Vater war ihm immer ein Vorbild gewesen und hatte ihn mit Strenge, aber zugleich herzlicher Güte erzogen. Trotzdem donnerte er jetzt lautstark: „Du bist nicht mehr mein Sohn. Du hast versagt. Du hast mein Königreich in den Ruin geführt. Du lässt dein Volk leiden. Du kennst keine Gnade für deine Feinde. Du hast zugelassen, dass deine Familie dir den Rücken gekehrt hat. Du bist ein Nichts und Niemand. Du bist es nicht wert, dass dein Name in den Geschichtsbüchern erwähnt wird. Du bist der letzte Abschaum. Du hast nur mehr den Tod verdient, stirb, um dir die letzte Ehre zu bewahren. Ich verfluche den Tag, an dem dich deine Mutter geboren hatte.“

Des Königs Vater redete immer weiter mit verletzenden Wörtern auf Maximilian ein. Dieser sackte zu Boden wie ein geprügelter Hund. „Vater, wie kannst du so etwas zu mir sagen? Ich bin es doch, dein geliebter Sohn“, schrie er verzweifelt und rang nach positiver Aufmerksamkeit.

„Du bist weder mein Sohn noch liebe ich dich. Warum wagst du es, so etwas zu behaupten?“, brüllte er vernichtend.

„Nein, Vater, mach das nicht“, flehte der König. „Stirb, das ist deine einzige Möglichkeit, um etwas Ehre zu bewahren. Wenigstens das könntest du richtig machen“, befahl Maximilians Vater.

„Das ist nicht die Wahrheit, Herr“, sprach Ulrich zu seinem König, der winselnd und kauernd mit schmerzerfülltem und verkrampftem Herzen am Boden lag.

„Lass mich, er hat recht“, wollte ihn Maximilian wegstoßen.

„Nein, hat er nicht. Ihr seid ein wundervoller König, zumindest wart Ihr das, bevor Ihr eure Gefühle verloren habt, aber nun habt Ihr sie wieder und es ist noch nicht aller Tage Abend. Ihr werdet euer Selbstwertgefühl bestimmt wiederfinden, wenn Ihr jetzt durchhaltet. Ich glaube an Euch. Ihr werdet wieder der große und gütige König sein, der Ihr wart, bevor Ihr dem Tod begegnet und seinem falschen Spiel erlegen seid“, redete Ulrich auf ihn ein, damit er nicht so genau hinhörte, was sein Vater an erniedrigenden Beschimpfungen von sich gab.

„Wirklich?“, schluchzte der König, bei dem ein kleiner Funken Hoffnung in seinen Augen aufblitzte.

„Ganz bestimmt, mein Herr“, beruhigte ihn sein treuer Diener.

Und so ging es mehrere Stunden weiter, bis der Vater des Königs einfach verschwand. Der Geist, der sie hergebracht hatte, trat nun wieder in den Vordergrund. „Du hast die erste Prüfung traurigerweise bestanden. Dein Selbstwertgefühl sei dir geschenkt. Aber du wirst unmöglich die anderen Prüfungen bestehen“, sprach er und verschwand.

Erschöpft schlief der König augenblicklich ein. Ulrich ließ ihn nicht los, er hatte solche Angst, dass sein König zerbrechen würde – dann hätte der Tod sein leichtes Spiel und sie würden alle sterben. Denn er wusste, dass keine der Prüfungen leichter werden würde als die eine, die bereits überstanden war. Und er sollte recht behalten.

Maximilian schreckte aus einem traumlosen Schlaf auf am Morgen des zweiten Tages, an dem er im wahrsten Sinne des Wortes mit dem Tod spielte. Da war es wieder, auf der steinernen Wand stand blutrot in schauderhafter Schrift: *Begeisterung*

Daneben saß ein geschundenes Wesen, das einem Faultier durchaus ähnlich war, aber es hatte ein grün verschimmeltes Fell und war im Gesicht von Narben überzogen. Es rührte sich nicht vom Fleck. So ging der König vorsichtig auf es zu. Schlagartig riss es seine Augen auf, die blind waren, nur das Weiße der Augäpfel war zu sehen.

„Was willst du von mir?“, fragte Maximilian.

Das Untier winkte ihn heran, er sollte ihm folgen. Ulrich blieb seinem Herrn auf den Fersen. Sie wanderten eine Weile durch felsiges Gelände, eh sie in einem finsteren Wald landeten, der düster und mit herabfallenden Nebelschwaden verhangen war. Der König ging hinein in diese trostlose Landschaft und schlagartig legte sich das Gefühl von Lustlosigkeit auf sein Herz. Es war, als hätte nichts mehr einen Sinn im Leben, als wäre alles ohne Belang. Maximilian schnaufte schwer atmend durch und ging weiter, bis sie bei einer baufälligen Hütte ankamen, die bessere Tage hinter sich hatte. Das Wesen deutete hinein und der König wusste, was zu tun war. Der Diener schlüpfte gerade noch hinter ihm durch die Tür, ehe sie in Schloss und Riegel fiel und nicht mehr zu öffnen war. Drinnen war kaum Licht, nur ein schwaches Glühen trotzte der Dunkelheit, man konnte hier drinnen kaum etwas erkennen. Die Nebelschwaden fielen aus den Löchern im Dach hernieder und drehten sich zu einem schauderhaften Tanz. Sie fingen an, sich um Maximilian zu formieren, ihn beklemmend einzuhüllen.

In den Nebelfetzen flüsterten Stimmen, die aus längst vergangenen Tagen zu stammen schienen: „Der König ist tot. Denn nichts in seinem Leben machte Sinn. Alles ist verloren, nichts ist übrig. Den Rest seines Lebens verbringt er damit, an die Wand zu starren, denn nichts wird ihn mehr Begeisterung und Freude bereiten. Auf nichts wird er Lust haben, er vegetiert vor sich hin bis ans Ende seiner bedauernswerten Tage."

Immer lauter wurden die verschwörerischen Nebelschwaden und hüllten den König atemberaubend ein, sie schrien ihm ihre elenden Worte entgegen. Maximilian wollte sich die Ohren zuhalten, aber sie krochen bis in den hintersten Winkel seines Kopfes. Schwindelig ging er erneut zu Boden. Ulrich war da und fing seinen Herrn auf.

„Ist das meine Zukunft?", schrie der König in Rage.

„Nein, Ihr werdet wieder begeistert vom Leben sein, die Lebensfreude spüren, aber nur, wenn Ihr jetzt nicht aufgebt", wollte der Diener ihn beruhigen.

„Ich kann nicht mehr, ich will aufgeben. Ich halte das nicht mehr aus", schluchzte Maximilian unaufhörlich.

Aber Ulrich ließ eine Kapitulation nicht zu, erzählte seinem Herrn solange erfundene Geschichten von der Zukunft, in denen alles gut war, Hoffnung und Liebe regierte, bis der Spuk nach vielen Stunden endlich vorbei war und das Untier vom Morgen sie befreite von der kaum zu ertragenden Qual. Der Diener musste seinen König stützen auf dem Rückweg zur Höhle, die ihnen Schutz bot, denn die Erschöpfung war nun der alleinige Herr seiner Sinne.

Der König keuchte schwer im Schlaf, Alpträume schüttelten ihn. Sein Diener befürchtete, dass er nicht durchhalten würde, denn bald schon graute der Morgen und eine weitere Aufgabe würde folgen. Kurz schloss Ulrich selbst die Augen, um sich etwas zu erholen und seinem Herrn beistehen zu können.

Doch das Spiel mit dem Tod wiederholte sich viel zu bald. Das Blut tropfte von der Höhlenwand, als die beiden wieder munter waren. Dort stand nun geschrieben: *Hoffnung*

Doch was dann geschah, mit dem konnte niemand rechnen. Die Höhle füllte sich mit kaltem, auf der Haut brennendem Wasser. Die beiden Männer wurden von den Wassermassen überwältigt und kämpften darum, nicht zu ertrinken. Es schien scheinbar keinen Ausweg zu geben, ihre Herzen klopften ihnen bis zum Hals, es war eine Frage der Zeit, ob sie ertranken oder erfroren. Doch plötzlich veränderte sich alles. Eine Blase aus Luft bildete sich und hüllte Maximilian und Ulrich ein. Sie schwebten darin davon, der Druck war so groß, dass beide das Bewusstsein verloren. Als sie wieder erwachten von dieser körperlichen Tortur, saßen sie unter einer Glaskuppel, die allem Anschein nach tief im Meer versenkt war. Es drang nur mehr schwaches Licht von der Meeresoberfläche hier herab. Die Pflanzen waren riesig, sie streckten ihre Blätter weit nach oben ins Licht. Aber so richtig furchterregend waren die Tiere, die hier lebten. Hässliche, riesige Fische umkreisten die Kuppel, als warteten sie darauf, ihren Inhalt zum Fressen abzubekommen. Eine riesige Kracke glitt vorbei und legte ihre tellergroßen Saugnäpfe über das noch schützende Glas. Sie versuchte, es zu zerdrücken. Der König und sein Diener zitterten vor Angst und Kälte, sie waren in einer hoffnungslosen Situation. Der Tod war sichtlich kein fairer Gegner.

„Was soll das? Wie sind wir hierhergekommen?", sprach Maximilian furchterfüllt.

„Ihr seid ein Spiel mit dem Tod eingegangen. Das ist die dritte Prüfung von insgesamt zwölf", erklärte Ulrich.

Der König glaubte seinem Diener nicht und begann, rücksichtslos durchzudrehen. Es war in seinen Augen aussichtslos, sie würden hier so und so sterben. Es war ein hartes Stück Arbeit für Ulrich, seinen Herrn davon zu überzeugen, nicht um den Tod zu betteln, denn Maximilian hatte keine Hoffnung mehr in sich. Der Tod hatte ihm scheinbar die Erinnerung an die letzten beiden Tage genommen, damit der König glaubte, sie seien für immer hier gefangen. Aber die Erschöpfung und die Qualen der vorangegangenen Prüfungen konnte man ihm deutlich ansehen. Er würde zusammenbrechen und aufgeben, wenn Ulrich ihn nicht bei Laune hielt. Und so begann er ihm wieder, Geschichten zu erzählen. Heute dachte er sich Märchen aus, um seinen Herrn abzulenken. Zufrieden stellte er fest, wie dieser einschlief vor Erschöpfung und auch nicht aufwachte, als der Spuk endlich zu Ende war. Sie lagen wieder auf dem felsigen Boden, dieses Mal stark unterkühlt, und keiner wusste, was der nächste Tag bringen würde. Der Diener zündete mit letzter Kraft ein Lagerfeuer an, damit sie nicht erfrieren mussten, und glitt dann wie sein König in einen tiefen Schlaf, der kaum Erholung brachte.

Ulrich schreckte aus dem Schlaf auf, er saß im staubigen Sand, sein Herr schlief mit dem Kopf auf seinem Schoß, der Sand war bereits überall. Er sah gerade noch das Wort *Sicherheit* an der steinernen Wand ihres Unterschlupfs in roten Lettern, als der Sandsturm sie einhüllte und er die Augen zum Schutz vor den aufwirbelnden Körnern schließen musste. Sie waren in der Wüste gelandet. Schutzlos waren sie dem Sand ausgeliefert. Er kroch bis in alle Poren ihres Körpers. Der König hustete, weil der Sand seine Atemwege blockierte.

„Was soll das?“, brachte er gerade noch hervor. Aber Ulrich blieb ihm die Antwort schuldig, weil eine Unmenge an Schlangen und Skorpionen zielstrebig auf die beiden Männer zusteuerten. Der Diener schnappte sich einen Stecken und schlug wild um sich, um die gefährlichen Tiere zu vertreiben.

„Lass es, das hat keinen Sinn. Wir sind hier nicht in Sicherheit“, seufzte Maximilian.

„Herr, Ihr müsst mir vertrauen. Es lohnt sich, zu kämpfen, versprochen. Bitte helft mir, gemeinsam schaffen wir es“, bat Ulrich inständig.

Der König starrte seinen Diener ungläubig an. Aber auch, wenn er nicht wusste, wie sie in diese Situation geraten waren, sagte ihm sein Herz, er solle jetzt vertrauen und nicht aufgeben und sterben. So schnappte er sich einen Stecken und half Ulrich, die Schlangen und Skorpione zu verscheuchen. Sie sorgten den ganzen Tag unter großen Anstrengungen für ihre Sicherheit, bis sie zurück in der Höhle erneut den Schlaf fanden, den sie so dringend brauchten, um das Ganze irgendwie zu überstehen. Jeder Muskel in ihrem Körper brannte höllisch von den Strapazen. Die Problematik war, dass für den König das Spiel immer wieder von Neuem begann und nur sein Diener wusste, dass er ihn dringend brauchte, um durchzuhalten.

Das Wort *Vertrauen* prangte in blutroten Lettern an der Höhlenwand und schien dem König höhnisch ins Gesicht zu lachen. Doch eines passte so ganz und gar nicht zur jetzigen Situation. Vor ihnen stand eine wunderschöne Frau. Ihre nussbraunen Haare wehten in dem Lüftchen, das durch den schmalen Eingang im Felsen wehte. Ihre grünen Augen strahlten eine warme Gutmütigkeit aus, die etwas Licht in die Dunkelheit brachte. Sie war in ein hellblaues, wallendes Kleid gehüllt, das ihre weiblichen Rundungen gekonnt umspielte. Ihre Erscheinung und ihr Gehabe hatten etwas Mütterliches.

„Ich komme, um euch zu retten“, begann sie das Gespräch.

„Uns kann keiner retten“, fiel ihr Ulrich ungläubig ins Wort.

Doch Maximilian blickte ihn böse an und maßregelte seinen Diener. „Ich bin so erschöpft, mir tut alles weh, ich könnte jede Hilfe gebrauchen“, erklärte er, ohne zu wissen, was er da sagte. Er folgte der Frau und sein Diener konnte nur schleunigst hinterher. Inständig hoffte er, dass das die nächste Aufgabe war. Denn sie konnten es sich nicht leisten, es sich ernsthaft mit dem Tod zu verscherzen. Das würden sie keinesfalls überleben.

„Der Tod hat sie geschickt“, flüsterte Ulrich seinem Herrn ins Ohr.

„Unmöglich, sie wird uns retten“, gab der König forsch zurück. Der Diener beschloss, für den Moment nichts mehr zu sagen, denn er befürchtete, Maximilian unnötig aufzuregen. So sah er zu, wie die Frau ihm den Himmel auf Erden versprach und ihn umgarnte und umschmeichelte. Er ließ sich von ihr einwickeln und vertraute ihr blind. Aber er hatte ja keine Ahnung, der Tod hatte ihm die notwendigen Erinnerungen genommen. Was hatte sie nur vor? Und plötzlich wusste es Ulrich, ein Licht ging ihm auf. Maximilian sollte ihr vertrauen, damit sie dieses Vertrauen missbrauchen konnte. Aber die Erkenntnis kam zu spät, denn im nächsten Moment fand er sich in einem aufschnellenden Gefängnis aus knorrigen Ästen mit unzähligen Dornen wieder, er war gefangen, konnte nicht vor noch zurück. „Herr, vertraut Ihr nicht. Sie will, dass Ihr um euren Tod bettelt“, schrie der Diener aus vollem Halse, aber der König hörte ihn nicht, er drehte sich nicht um und folgte der Frau einfach blindlings weiter.

Ulrich war verzweifelt, dieses Mal würde der Tod gewinnen, denn er konnte nicht helfen und Maximilian würde kläglich scheitern, so wie er es die vorigen Male getan hätte, wenn sein Freund nicht für ihn da gewesen wäre.

Der König hingegen war fasziniert von dieser Frau. Sie hatte große Brüste und ein breites Hinterteil, das ihn magisch anzog. Sie war zwar deutlich älter, aber deshalb war sie nicht weniger schön. Er sehnte sich so sehr nach einer Mutter, die ihn beschützte, dass er sich die Geborgenheit in den Armen dieser Frau herbeisehnte. Kaum hatte er den Gedanken zu Ende gedacht, drehte sie sich um und streckte ihre Arme offenherzig aus. Maximilian nahm die Einladung an und versank in ihren wohlig weichen Körper. Er fing an, sie zu küssen, ihre Lippen schmeckten wie süßer Honig. Er wollte mehr, begann, ihre Brüste zu massieren, und sie stöhnte auf. Des Königs körperliche Bedürfnisse waren wieder geweckt. Aber er wusste nicht, dass der Tod seine Gedanken kontrollierte, er konnte sich nicht erinnern, dass seine Leidenschaft immer nur Amalia gegolten hatte und sonst keiner Frau auf dieser Welt. Es war ein gut durchdachtes Spiel, das Maximilian nur verlieren konnte. Er ließ zu, dass sein Gegenüber ihm deutlich machte, bereit für Sex zu sein. Lustvoll drang er in sie ein, stöhnend bewegte er sich in ihr und erfreute sich an ihrer üppigen Weiblichkeit.

„Vertraust du mir?", flüsterte sie.

„Natürlich", antwortete der König in seiner Ekstase.

„Das war ein Fehler", sagte sie noch, ehe sie sich verwandelte und ihr wahres Gesicht zeigte. Ihr Antlitz wurde zur grauenhaften Fratze und ihr Körper buckelig, warzenübersät und runzelig. Ihre fettigen Haarsträhnen und ihr Körper stanken bestialisch. Maximilian schreckte beschämt zurück und als er noch mit dem Würgereiz kämpfte, schloss ihn die Hexe ebenfalls in ein dichtes Gestrüpp aus Ästen und Dornen ein.

„Du bist jetzt mein Lustknabe. Ich werde mich an dir bedienen, sooft ich will. Du gehörst mir", krächzte sie mit rauer Stimme und lachte höhnisch. Der König begriff, dass er nicht entfliehen konnte, keiner war da, um ihm zu helfen, doch ehe er den Gedanken hatte, zu sterben, stürmte Ulrich wie aus dem Nichts auf die Alte zu. Er hatte ein Messer in der Hand und stach damit auf die böse Hexe ein. Diese hatte nicht damit gerechnet und zog das Messer aus ihrer Brust. Ein Schwall Blut strömte wie eine Fontäne aus ihrem verkümmerten Herzen. Sie schrie entsetzlich, ehe sie in verzerrenden Flammen aufging und nur ein Häufchen Asche von ihr übrig blieb.

„Was ist passiert?", wollte Maximilian wissen, während ihn sein Diener mit dem blutigen Messer aus seinem Gefängnis befreite.

„Die Hexe hat mich aufgehalten. Aber ich hatte Gott sei dank dieses Messer eingesteckt und konnte mich befreien. Es hat nur leider etwas gedauert", gab Ulrich als Erklärung ab. Er brachte seinen unter Schock stehenden Herrn zurück in die Höhle, er war eindeutig am Ende seiner Kräfte, obwohl sie noch nicht einmal die Hälfte der Prüfungen geschafft hatten. Der Diener betete, dass es vorbeigehen würde, ehe der König endgültig zerbrach. Jede Hilfe käme zum jetzigen Zeitpunkt recht.

Das Erwachen am nächsten Tag war elendig. Ulrich konnte sich ebenfalls nicht mehr rühren, ohne vor Schmerzen laut aufzustöhnen. Aber wo war er nur? Alles war stockfinster, er lag allem Anschein nach in einem engen und stickigen Kasten. Und das Schlimmste an der Sache war, er war hier nicht allein. Überall krabbelte und klickte es um ihn und auf ihm, es fühlte sich an, als hätte er Tausende von Beinen auf seinem Körper. Tief durchschnaufend versuchte er, seine Situation einzuschätzen. Er nahm den modrig, verwesenden Geruch um sich wahr, es stank bestialisch, Übelkeit kroch ihm den Hals hoch. Offensichtlich lag er in einem Sarg und auf ihm krabbelten Tausende von Spinnen und Gewürm jeder Art. Vor seinen Augen erschien die Höhlenwand, sie flackerte kurz in seinem Bewusstsein auf. Es stand, Blut tropfend, *Zufriedenheit* darauf. Bei dieser flüchtigen Erscheinung zuckte der Diener abermals zusammen, denn sein König war höchstwahrscheinlich in derselben Situation wie er und er würde wieder keine Ahnung haben, dass das nicht das Ende war, sondern nur eine Prüfung, die sie zu bestehen hatten. Er musste hier raus, um Maximilian zu finden und ihn zu erlösen. Aber nur wie? Ulrich versuchte, einen klaren Kopf zu bewahren, was angesichts der Situation, in der er steckte, alles andere als einfach war.

Inzwischen lag der König in seinem eigenen steinernen Grab. Er hasste Spinnen und Gewürm. Er konnte sie auf seinem ganzen Körper spüren. Was sollte das? War das ein böser Scherz? Sein ganzer Körper schmerzte und er wusste nicht, wie er in diese Situation gekommen war. Sollte das eine Art Bestrafung sein? Würde man ihn hier einfach sterben lassen? Ohne Wasser würde das nicht lange dauern. Noch bat Maximilian nicht um seinen Tod, aber es war nur eine Frage der Zeit und Ulrich wusste das nur zu gut. Der Wettlauf gegen die Zeit hatte längst begonnen.

Der Diener tastete den kalten Stein ab, der ihn um sich herum einschloss, nach etwas Brauchbarem. Da waren jede Menge zerbröselte Knochen, aber er fand noch etwas Interessantes. Anscheinend war dies einst das Grab eines Kriegers, denn es gab eiserne Waffen, die hier herumlagen und wahrscheinlich einst Grabbeigaben waren. Ulrich klaubte sie vorsichtig zusammen und versuchte, damit die schwere Steinplatte zu öffnen, die den Sarg über ihm verschloss. Er steckte alles Metall, das er in die Finger bekam, zwischen die Steinplatten, es rieselte Staub und Steinmehl herab, er musste husten. Aber nun konnte er den zentnerschweren Deckel etwas anheben. Dann machte er sich das gefundene Schwert zunutze. Er schob es in den entstandenen Spalt und versuchte es mit der Hebelwirkung. Er betete, dass das Schwert nicht abbrach unter der Belastung. Und er schaffte es tatsächlich. Der Spalt war jetzt groß genug, sodass er hineingreifen konnte und die Platte, die seinen Sarg verschloss, etwas verschieben konnte, er keuchte unter der schweren, körperlichen Anstrengung. Das Licht drang schwach herein und er konnte nun die klickenden Spinnen und das ekelerregende Gewürm erkennen, das auf ihm herumkrabbelte und wand. Sie waren grauenvoll und abstoßend, der Diener musste sich zusammenreißen, um sein Werk zu vollenden bei dem Anblick seiner eigenen Lage. Er mobilisierte alle Kräfte und schob den Stein noch ein Stück weiter weg, sodass er aus dem Grab klettern konnte, und schüttelte die restlichen Untiere ab, die sich noch auf seinem Körper befanden. Er schnappte sich schleunigst seine gefundenen Hilfsmittel aus dem steinernen Gefängnis und suchte nach einem weiteren Grab. Er musste nicht lange schauen, denn hier waren zwanzig in einem steinernen Kreis angeordnet, in der Mitte der Gräber stand ein Obelisk, der ziemlich abgebröckelt und einsturzgefährdet wirkte. Wo war bloß Maximilian? Der Diener rief nach seinem Herrn. Ganz leise vernahm er: „Hier bin ich, rette mich, Ulrich."

Es dauerte eine Weile, bis der Diener den richtigen Sarg fand, immer wieder musste er den König bitten, sich zu melden. Aber als er sich sicher war, machte er sich schnell ans Werk und öffnete das Grab, in dem sein Herr lag. Er half Maximilian heraus und befreite auch ihn von den kreuchenden Parasiten.

„Ich bin unendlich müde. Bitte bring mich heim", sagte der König am ganzen Leib zitternd, die Angst stand ihm immer noch ins Gesicht geschrieben und er wirkte plötzlich uralt. Ulrich sagte nichts, schaute nur, dass der König an seinem Platz zurück in der Höhle schlafen konnte. Wie sie wieder hierhergekommen waren, konnte er sich selbst nicht erklären, er war auch nicht mehr Herr seiner Sinne.

Mittlerweile konnte man Ulrich ebenfalls die Erschöpfung so deutlich anmerkten, dass er mehr tot als lebendig wirkte. Trotzdem machte er sich weit mehr Sorgen um Maximilian, denn sein Scheitern würde sie ins Verderben stürzen. Er schien schlagartig zehn Jahre älter geworden zu sein. Er hatte dunkelblaue Augenringe und seine Augen waren blutrot unterlaufen. Sie hatten erst die Hälfte geschafft und der Tod spielte mit dem König ein grausames Spiel. Es war nicht schwer, zu erraten, dass er Freude an ihrer Qual haben musste, wenn man ihren jetzigen Zustand bedachte. Es schien fast unmöglich, dass Maximilian bis zum Ende durchhielt. Aber da erschien schon ein weiteres Wort an der Felsenwand. Mit Entsetzen las der Diener den Begriff *Treue*. Er befürchtete, dass das heute eine der schwersten Prüfungen für ihn selbst wurde.

Bald darauf wurden sie von einem weißen Adler abgeholt. Sie kletterten auf seinen Rücken und er flog mit ihnen in die Berge, weit oberhalb der Baumgrenze, dorthin, wo die ewige Kälte alles umschloss und der Schnee des Gletschers eine glitzernde Zauberdecke über die Felsen zog. Der Adler landete bei einem gigantischen Eispalast und ließ die beiden Männer absteigen. Sie zitterten vor Kälte. Wie von einem Bann gezogen, betrat der König das eisige Gemäuer.

„Dies ist die Bank deines Lebens, hier werden deine Erinnerungen aufbewahrt", erklärte eine Stimme, deren Verursacher unsichtbar blieb. Ulrich sah zu, wie Szenen aus dem Leben von Maximilian abgespielt wurden. Sie waren allesamt aus der Kindheit des Königs und betrafen ihn genauso. Denn er war schon immer der Wegbegleiter und treue Freund an seiner Seite. Es waren glückliche Momente, abseits des Krieges, die sie teilten, ehe Ulrich der Diener von Maximilian wurde. Sie waren zwei junge Männer, die die wenige Leichtigkeit teilten, die sie in ihrer Jugend erleben durften. Weiters sahen sie, wie Ulrich seinem Herrn weiterhin treu als Diener zur Seite stand, immer mehr war als ein einfacher Bediensteter – ein Freund und Ratgeber.

„Danke", flüsterte der König seinem Diener leise zu.

Doch dann veränderte sich das Bild. Ulrich wollte aufschreien, denn nun wurde etwas gezeigt, was nie passiert war. Sie konnten deutlich sehen, wie Ulrich Maximilian an den Feind verkaufte und sehr viel Geld dafür bekam. Blanker Zorn funkelte in des Königs Augen und er rannte schreiend auf Ulrich zu. „Ich bringe dich um", schrie er aus vollem Halse.

„Nein, Herr, das war nicht real. Ich schwöre es", versuchte der Diener, die Situation doch noch zu erklären.

Aber Maximilian stieß ihn um, kniete sich blitzschnell auf seine Brust und wollte ihn würgen. Ulrich versuchte, das mit aller Gewalt zu verhindern, auch wenn ihm bereits die Tränen in die Augen schossen wegen des brennenden Schmerzes in seinem Brustkorb. „Überlegt doch mal logisch. Wäre ich hier an Ihrer Seite, wenn ich so viel Geld hätte, um abzuhauen und ein schönes Leben zu leben. Für was hätte ich Euch dann verraten? Der Tod will, dass Ihr das glaubst", schrie Ulrich verzweifelt.

Der König starrte ihn an, er hatte es geschafft, beide Hände um den Hals seines Freundes zu legen, aber sie lagen nur locker da und er packte nicht zu. „Du hast recht", sagte er einsichtig. „Was bin ich für ein schlechter Mensch, dass ich an deiner Treue zweifle", sprach er geknickt.

„Nein, Ihr seid gut. Und Ihr müsst um euer Leben kämpfen, vertraut mir." Ulrich erkannte den Ernst der Lage.

„Ihr seid meine einzige Sicherheit, mein Leben ist erbärmlich", bedauerte der König sich selbst.

Der Diener nahm schnell seine Hand und meinte: „Nein, ich brauche Euch. Ihr seid ein Krieger und der Herr über Euer Leben. Alles wird gut, versprochen. Ihr dürft nur nicht aufgeben." Der König nickte halbherzig, aber Ulrich war fürs Erste zufrieden. Hätte ihn sein Herr heute getötet, wäre dieser dicht dran gewesen, um seinen Tod zu betteln, und dann wäre das Spiel endgültig verloren gewesen. So konnten sie auf den Rücken des weißen Adlers klettern, er flog zurück und für eine kurze Nacht konnten sie sich in der Höhle etwas erholen, sofern das in ihrem Zustand überhaupt noch möglich war.

Ulrich brachte in der Morgendämmerung seine Augen kaum auf, um die blutroten Lettern zu entziffern. Er konnte gerade noch *Dankbarkeit* lesen, ehe sie sich in dem Schloss eines anderen Königs wiederfanden. Es war das Reich von Verum, das Maximilians Schwiegervater regierte, der Vater von Amalia – König Raphael. Der König erkannte auch das vertraute Gemäuer und lächelte, als er es betrat. Nur wusste Ulrich nie, welche Erinnerungen ihm der Tod bei welcher Prüfung gelassen hatte. Das machte alles umso schwieriger.

„Maximilian, mein Sohn, da bist du ja. Wir haben ein Festessen für dich bereitet als Zeichen meiner Dankbarkeit", frohlockte König Raphael zur Begrüßung. Sie nahmen nach der Aufforderung des Herrschers an der Tafel Platz und es wurden reichlich Speisen serviert, deren üppige Menge die wenigen Gäste niemals zu sich nehmen konnten. Außer der König und sein Diener waren nur König Raphael, seine Ehefrau und drei seiner Kriegsherren anwesend. Aber zu essen gab es für mindestens zwanzig Personen.

„Auf König Maximilian und das Bündnis von Tantumien und Verum", rief Raphael, als er sein Glas erhob. Alle prosteten sich zu, als Ulrich versuchte, seinen Herrn zu warnen. Schließlich konnte das nur eine weitere Falle des Todes sein. Er flüsterte ihm ins Ohr: „Ihr müsst mir vertrauen, denn Raphael wird irgendetwas tun, mit dem er sich als äußerst undankbar erweisen wird. Es ist aber nur ein Trick des Todes, nur eine Täuschung."

Maximilian prustete los und schlug seinem Diener sanft auf die Schulter. „Du Witzbold", lachte er laut. Raphael und sein Gefolge starrten sie einen Moment ernst an. Der König lächelte entschuldigend. Aber in seinem Kopf war er verwirrt, er verstand nicht, was das sollte. Er wandte sich wieder zu seinem Diener, als die Gespräche fortgeführt wurden, aber irgendwie blieb die Stimmung gedrückt. „Meinst du das ernst?", flüsterte er nun auch leise, sodass die anderen es nicht hören konnten.

Ulrich nickte, als er hinzufügte: „Ihr dürft alles machen, nur nicht um Euren Tod betteln, das ist wichtig."

Maximilian nickte, ehe er seinen Schwiegervater fragte: „Warum so ernst? Ich dachte, wir haben etwas zu feiern."

„Haben wir auch. Wir warten nur darauf, dass das Gift in deinem Wein, den du getrunken hast, dich tötet. Dann wird meine Tochter dein Königreich erben und alles ist mein. Du hast doch nicht geglaubt, ich sei dir ernsthaft dankbar. Du warst nur Mittel zum Zweck", verhöhnte König Raphael den Mann, den er wenige Minuten zuvor *Sohn* genannt hatte.

Maximilian begann zu röcheln. Sein Körper wurde schwer, er fühlte sich bleiern. Ulrich erinnerte ihn: „Nicht um den Tod betteln, das geht vorbei. Es ist nur eine Illusion, eine Art Traum."

Der König nickte noch einmal kurz und schnappte sich mit letzter Kraft ein Messer. Er rannte auf Raphael zu und wollte ihm die Klinge ins Herz stechen. Doch seine Kriegsherren waren schneller. Sie schnappten ihn, entwaffneten ihn und warfen ihn samt Ulrich umgehend in den Kerker. Dort übermannten den König die unsäglichen Schmerzen, die das Gift in seinem Körper verursachten. Sein Diener schaffte es erneut, dass er durchhielt. Treu stand er an des Königs Seite, bis sie wieder in der Höhle zurück waren. Was würde sie in den nächsten vier Tagen noch alles erwarten? Der König schlief mit kaltem Schweiß auf der Stirn in seinen Armen. Er hatte kaum mehr Leben in sich. Ulrich weinte, weil er selbst den Lebensmut verloren hatte, den er dem König jeden Tag zusprechen musste.

Am Morgen saß eine Katze vor der blutverschmierten Felswand, auf der *Mitgefühl* stand. Dem zerzausten Tier fehlten nicht nur das rechte Ohr und das linke Auge, sondern das Fell und das Fleisch der Katze war an den verschiedenen Körperstellen verwest und man sah teilweise bis auf die Knochen durch. Ihr Anblick war erbärmlich. Sie maunzte, stellte das auf, was von ihrem Schwanz noch übrig war, und ging voraus. Ulrich rüttelte seinen Herrn wach, damit sie dem Vieh folgen konnten. Es führte sie an einen steinernen Brunnen, der mitten im Nirgendwo stand. Hier war keine Menschenseele, nur ein paar zerfetzte Lumpen lagen am Boden vor dem Rund des Brunnens. Die gruselige Katze stupste das Bündel an und es bewegte sich zur Überraschung von Maximilian und Ulrich. Ein alter Mann erhob sich wie aus dem Nichts und saß nun da wie ein Häufchen Elend in seinen löchrigen Sackleinen. Er hatte kaum mehr Haare, nur ein paar ergraute, dreckige, lange Strähnen hingen von seinem Kopf herunter. Sein Gesicht war schmutzverkrustet wie sein restlicher Körper und die Fetzen von Kleidung, die er trug. Seine Zähne waren verfault und er hatte keine Beine. Er war ein noch erbärmlicher Anblick als die Katze, aber etwas zog Maximilian zu ihm hin, denn er erkannte in den Augen des Verkrüppelten irgendetwas, was ihm vertraut war. Kannte er ihn etwa? „Wer bist du?“, fragte er ihn.

„Habt Ihr etwas zu essen? Dann beantworte ich Eure Fragen, ich habe seit vielen Tagen nichts gegessen“, brachte der Mann mühsam hervor. Ulrich griff in seine Tasche. Er hatte etwas Wasser und Salzhering eingepackt. Er gab es dem bedauernswerten Mann, der es umgehend hinunterschlang.

„Es tut mir sehr leid, euch so zu sehen, ich bin gespannt auf deine Geschichte“, sagte der König mitfühlend. Der Diener bat seinen Herrn kurz zur Seite, als der Bettler das Essen in sich hineinstopfte, und erklärte ihm abermals, dass egal, was passierte, er nicht um seinen Tod betteln durfte. Er hoffte, dass Maximilian auch dieses Mal durchhielt.

Als sie sich wieder dem Alten zuwandten, war der Verkrüppelte bereit, zu reden: „Ich war einst König.“

Bei diesem Beginn seiner Geschichte starrten sich der König und sein Diener fassungslos an. Und er redete weiter und erzählte detailgetreu das Leben von Maximilian. Er konnte nichts sagen, weil er wissen wollte, woher der Alte die Details aus seinem Leben kannte. Das konnte doch nicht sein, der wollte ihn doch nur auf den Arm nehmen. Aber irgendwann hielt es Maximilian nicht mehr aus und er fragte dazwischen: „Wer bist du?“

„Maximilian von Tantumien, der gefallene und vergessene König“, antwortete der Bettler.

„Das ist eine Lüge“, regte sich der König auf.

„Nein, ist es nicht. Ich kann es beweisen“, erwiderte der Verkrüppelte. Er packte seine Beinstümpfe aus und deutete auf ein Muttermal, das die Form eines Fisches hatte.

Maximilian taumelte zurück, denn er hatte auch dieses Muttermal an derselben Stelle seines Körpers.

„Wie habt ihr eure Beine verloren?“, keuchte er.

„Ich habe mit dem Tod gespielt und ich hatte Glück. Es hat mir nur meine Beine gekostet und die Tatsache, dass mich alle, die mich je kannten, vergessen haben“, sagte er in einem Ton, der verriet, dass er alles andere als glücklich war.

„Das kann nicht sein“, flehte der König.

„Und du glaubtest, Mitgefühl für mich zu haben. In Wirklichkeit bist du ein ignoranter Vollidiot, der selbstsüchtig alles aufs Spiel gesetzt hat, ohne Rücksicht auf diejenigen, die dich einmal geliebt haben. Es erwartet dich nur der Tod, wenn nicht jetzt, dann später einsam und von allen verlassen, ein verkrüppelter Bettler, für den sich niemand interessiert", sprach der alte Mann höhnisch. Dann begann er zu husten und die Intensität steigerte sich, als würde er seine Lunge heraufhusten. Im nächsten Moment schoss das Blut aus seinem Mund. Ulrich eilte ihm schnell zur Hilfe, aber dem Verkrüppelten quollen die Augen aus dem Gesicht. Sie mussten zusehen, wie er qualvoll erstickte, sein Sterben zog sich dahin, die Schmerzen mussten unerträglich sein. Sie konnten nichts tun für die bemitleidenswerte Gestalt.

„Nein", schrie der König zu Boden gehend, als sein älteres Ich nach einem quälenden Todeskampf endlich seinen Geist aushauchte.

„Ruhig, Herr, vergesst nicht, was ich Euch gesagt habe", befahl ihm Ulrich, während er nicht von seiner Seite wich.

Und der König hielt unaufhörlich weinend durch. Ein weiterer Sieg war errungen. Doch der Diener wusste, die letzten drei Prüfungen würden die härtesten sein, so einfach würde der Tod sich nicht geschlagen geben. Kraftlos schleppte er den König in die Höhle zurück und betete für ein gutes Ende.

Da standen sie schon wieder, die Unheil bringenden, blutigen Worte, rot tropfend an der Felsenwand: *Freude.* Daneben stand eine Wiege für Babys, das passte so gar nicht hier her.

„Was soll das?", fragte Ulrich. Aber Maximilian steuerte bereits darauf zu, um einen Blick hineinzuwerfen. Augenblicklich fiel er in Tränen aufgelöst auf seine Knie nieder.

„Das fängt ja gut an", murmelte der Diener zu sich selbst. Laut versuchte er noch einmal, mehr zu erfahren: „Wer liegt in der Wiege?"

Doch der König weinte und löste seinen Blick nicht von dem kleinen Bettchen. So ging Ulrich zu ihm und schaute nach, was los war. Er lag tatsächlich ein Baby auf den teuren und federweichen Decken, aber es war tot, es atmete nicht mehr. Seine Kleidung war bestickt und auf seiner zarten Brust stand in geschwungenen Lettern mit Blumenranken verziert der Name des Königs – *Maximilian.*

„Herr, das ist nicht echt, Ihr seid als Baby nicht gestorben", wollte Ulrich den König in die Realität zurückholen.

„Aber jemand anderes ist gestorben, weil ich zur Welt kam", seufzte er und deutete hinter seinen Diener. Der drehte sich um und alles verschwamm um sie herum. Als es wieder klar vor ihren Augen wurde, stand da eine Frau, die Maximilian sehr ähnlich war, es musste seine Mutter sein, die im Kindbett gestorben war. Sie sang und tanzte fröhlich durch den Raum.

„Ihr seid nicht schuld an ihrem Tod", beeilte sich der Diener, zu sagen.

Doch der König hatte nur Augen für sie – sie war seine Sehnsucht, denn sie endlich kennenzulernen, war die größte Freude, die er sich vorstellen konnte. „Mama", sagte er freudig.

Die Frau starrte ihn an und sprach sichtlich verärgert: „Was soll das?"

„Entschuldigung, Ihr könnt mich ja nicht erkennen, Ihr werdet mich erst später zur Welt bringen und …" Maximilian blieben die Worte im Halse stecken, er konnte ihr ja schlecht erzählen, dass sie nach seiner Geburt sterben würde.

„Ich weiß nicht, wer Sie sind, aber ich habe keine Kinder und werde laut meinem Arzt auch nie welche haben, also lasst mich in Ruhe", sprach sie mit ablehnender Haltung.

„Nein, das stimmt nicht, ihr werdet den zukünftigen König zur Welt bringen", ließ der König nicht locker.

Maximilians Mutter lachte höhnisch auf, sie riss ihre Kleider hoch und entblößte ihre Geschlechtsteile. „Dann fick du mich, das haben alle vor dir auch getan, die ich in die Finger bekommen habe", schrie sie wie von Sinnen.

Der König war so schockiert, dass er keine Worte fand. Geschockt stand er mit offenem Mund da.

„Dann nicht, es gibt genug andere, die ihren Samen in mich spritzen wollen", sagte sie mit wahnsinniger Stimme. Dann legte sie sich aufs Bett und fing an, sich vor den Augen des Königs und des Dieners selbst zu befriedigen.

Der Zorn stieg im König hoch. „Du Schlampe", fauchte Maximilian. „Bin ich überhaupt des Königs Sohn?", setzte er noch einen drauf. Aber sie stöhnte nur und machte weiter, bis sie offensichtlich den Orgasmus erreichte.

„Jetzt reicht es", schrie der König. Er rannte auf sie zu und wollte sie packen, um ihre Scham zu bedecken. Aber die Frau war schnell, sie stieß ihrem zukünftigen Sohn einen Fuß in den Magen und dieser knallte vor Schreck mit dem Kopf an die Wand. Mit einer Platzwunde am Kopf ging er zu Boden. Seine Mutter stand auf, lachte eiskalt, stellte sich über ihn und pisste ihm ins Gesicht.

Jetzt war der König gebrochen, Ulrich musste sich beeilen. Er schnappte die Frau und drängte sie zur Tür, er bugsierte sie hinaus und verriegelte das Schloss. Nun konnte man sie nur mehr irre kreischen hören. Schnell eilte er zu seinem Herrn.

„Das tote Kind in der Wiege war ich", trauerte er.

„Ja, aber ihr seid hier und das, was ihr eben gesehen habt, waren nur Lügen. Eure Mutter hat euch geliebt, sie war eine wunderbare Frau, die eurem Vater treu zur Seite stand. Glaubt die Lügen des Todes nicht", hoffte Ulrich, Maximilian beruhigen zu können, indem er diese Worte sprach. Weinend sank der König in seinen Schoß und sein Diener war erst beruhigt, als sie in der Höhle zurück waren und der Spuk für dieses Mal ein Ende hatte.

Doch beim nächsten Erwachen roch es erstickend nach Rauch. Der Diener konnte gerade noch erkennen, dass der nächste Begriff *Glück* war, ehe der König und er hustend von dem dichten Grau eingehüllt wurden, das in ihren Lungen höllisch brannte. Sie mussten fliehen, weg von dem Feuer, konnten aber im Rauch nicht ausmachen, wo es denn brannte. So rannten sie ziellos umher, ehe ihnen zwei Schmetterlinge in deren Flug begegneten. Ihre Flügel waren Feuerflammen, aber das schien ihnen nichts auszumachen. Sie waren die einzige Chance für die beiden Männer, sie folgten den Tieren und diese führten sie tatsächlich an die frische Luft. Schwer keuchend schnappten die Männer nach Luft, um ihre Lungen wieder mit Sauerstoff zu füllen.

Doch es war nur eine kurze Ruhe vor dem Sturm. Auf der Wiese, auf der sie gelandet waren, waren überall Brandherde. Alles schien unkontrolliert zu brennen und ein stärkerer Windstoß würde genügen, dass alles in Flammen stand. Der König und sein Diener befürchteten, dass sie bei lebendigem Leib verbrennen mussten, wenn sie nicht schnell das Weite suchten und sich in Sicherheit brachten.

Doch da hörten sie Kindergeschrei. Maximilian erkannte sie sofort, es waren sein Sohn und seine Tochter, Leonhard und Theresa, die da um Hilfe riefen. Sie waren offensichtlich in Gefahr und konnte sich selbst nicht aus den Flammen retten. Er gab Ulrich ein Zeichen, zu kommen, und der hatte eine böse Vorahnung, was der Tod nun vorhaben könnte. „Herr, der Tod wird euch sehen lassen, wie eure Kinder sterben. Glaubt es nicht, es ist nicht wahr, vertraut mir", schrie er, ehe er von einem Flammenkreis eingeschlossen und vom König getrennt wurde. Verzweifelt suchte er einen Ausweg, um bei Maximilian sein zu können. Aber er hatte keine Chance, sein Herr war nun auf sich allein gestellt.

Dieser stolperte allein weiter. Er suchte verzweifelt nach seinen Kindern und rief immer wieder ihre Namen. Endlich entdeckte er sie. Sie standen weinend in der Falle, das Feuer schien nach ihnen zu greifen.

Der König kämpfte sich vorwärts. Er wollte seine Tochter und seinen Sohn retten, aber er fand keinen freien Weg zu ihnen. Die Flammen griffen auf die Kinder über, ihre Haare hatten bereits Feuer gefangen. Sie schrien fürchterlich. Maximilian hatte mittlerweile eine Feuerwand vor sich, er versuchte, durchzukommen, aber es war unmöglich. Er würde tot sein, bevor er bei Leonhard und Theresa war. So rannte er ein Stück weiter. Am Boden lag eine Decke. Diese schnappte er sich und wickelte sich darin ein. Damit rannte er durch die Flammenwalze und griff sich die beiden brennenden Kinder. Ihre Schreie zerrissen sein väterliches Herz. Er rannte weg vom Feuer und pfefferte die brennende Decke weg, die ihn geschützt hatte, und klopfte die Flammen an seinem Körper aus.

Dann rollte er beide Kinder im Gras, um das Feuer, das ihre Körper erfasst hatte, zu ersticken. Aber die traurige Gewissheit machte sich in seinem Kopf wie ein todbringender Tumor breit. Die beiden Kinder, deren Haut schwarz verkohlt, das rote Fleisch freigab, waren bereits tot. Er hatte Theresa und Leonhard nicht retten können. Sein eigen Fleisch und Blut war in seinen Händen gestorben.

„Es ist nicht echt, der Tod möchte, dass Ihr Ihnen folgen wollt und dann ist das in der Wirklichkeit der Tod der beiden, bitte glaubt mir", rief Ulrich, der aus dem Flammenmeer aufgetaucht war.

Der König schluchzte aus tiefem Schmerz und umarmte in letzter Verzweiflung seinen Diener, aber aus irgendeinem Grund vertraute er ihm, auch wenn ihm der Anblick der Kinder jeden Lebensmut nahm, wollte er für eine unwahrscheinliche Chance durchhalten. Er klammerte sich an die Hoffnung, dass dies nicht die Realität war. Ulrich war sein bester Freund und in seine Hände begab er sich, er würde ihn führen. Und das tat dieser auch in der Sorge, was die letzte Prüfung noch an Grauen bringen konnte. Über diese Sorge ging die Sonne noch einmal unter und weckte sie am nächsten Morgen, um den Kampf mit dem Tod einmal noch auszutragen.

Ein letztes Mal stand da *Liebe* mit Blut geschrieben und mit dieser Währung sollte der König auch zahlen, wenn es nach dem Tod ging. Ulrich kam es in den Sinn, dass der Tod gerne spielte, das Leid der vorangegangenen Prüfungen genossen hatte und Maximilian heute bestimmt scheitern ließ, um sich dann endlich den Preis zu holen, den der König zu zahlen hatte. Sein treuer Begleiter konnte nur wieder versuchen, einen Vorteil herauszuspielen.

„Herr, vertraut Ihr mir?", fragte der Diener zaghaft, die Angst lähmte ihn zu sehr, um sicher aufzutreten.

„Ja, natürlich“, antwortete sein Herr.

„Liebt ihr Amalia?“, wollte er weiter wissen.

„Mit meiner ganzen Seele“, kam wie aus der Pistole geschossen.

„Dann sagt euch diese zwei Dinge immer wieder vor. Denn der Tod wird euch heute ein Bild von Amalia zeigen, das nicht wahr ist, und ich werde wahrscheinlich nicht da sein können. Ihr tötet Euch, Amalia, eure Kinder und mich, wenn ihr dem Tod seine Lügen glaubt. Er will, dass ihr glaubt, es wäre das Beste, sich ihm zu übergeben, aber in Wirklichkeit übergebt ihr Eure Liebsten mit“, erklärte Ulrich ruhig. Gerade noch rechtzeitig sagte er dies, denn schon veränderte sich alles. Ulrich fand sich in den Händen eines lebenden Skelettes wieder. Der Nebel strich durch seine blanken Knochen und den schwarzen Fetzen, der um seinen Leib gewickelt war. Er roch entsetzlich und grauenerregend, so konnte nur der Tod riechen.

„Du erbärmlicher Narr, glaubst du wirklich, du könntest mich aufhalten? Der König wird heute seinen Preis zahlen und du wirst nichts dagegen tun können. Gegen den Tod kann man nicht gewinnen, ich bin so sicher, wie das Amen im Gebet“, hauchte er den Diener mit seinem todbringenden Atem an.

Maximilian fand sich im nächsten Augenblick bei seiner Ehefrau wieder. Doch sie konnte ihn aus irgendeinem Grund nicht wahrnehmen. Sie war tieftraurig und weinte. Der König wollte Amalia in den Arm nehmen, aber es war, als wäre er unsichtbar für sie. „Was ist los, mein Schatz?“, flüsterte er, aber sie konnte ihn nicht hören.

Stattdessen nahm sie ein Blatt Papier und schrieb darauf:

Lieber Vater, König Raphael von Verum!
Ihr habt meinen Ehemann immer gehasst und ich habe Eure Habgier unterstützt. Ich habe meine Gefühle hinten angestellt, denn ich habe Maximilian immer geliebt.

Der König ließ zu, dass eine Freudenträne über sein Gesicht kullerte. Doch sie schrieb weiter und er wischte sich das Nass aus dem Gesicht, um nichts zu verpassen. Da stand:

Wir waren glücklich mit unseren Kindern Leonhard und Theresa, bis Maximilian anfing, mich zu hassen.

„Das stimmt nicht“, schrie der König, aber niemand konnte ihn hören. Er konnte nur zusehen, was seine Frau da auf Papier brachte:

Aber ich habe nun erfahren, dass sein Vater ihn schon für einen Taugenichts hielt, seine Mutter eine Hure war und sein Diener ihn für grausam und unberechenbar hält. Er hat nichts anderes verdient, als einsam, allein und vergessen zu sein. Denn er hat nun auch seine Kinder auf dem Gewissen, er ließ sie in einem Feuer einfach zurück und half ihnen nicht.
Bitte sag ihm, dass er auch schuld an meinem Tod ist.
Deine Amalia.

Maximilian wollte ihr den Stift aus der Hand schlagen, aber er war wie ein Gespenst, er konnte nichts bewirken, er war so verzweifelt. „Amalia, ich liebe dich“, schrie er, ohne gehört zu werden. Und da kam ihm etwas in den Sinn, in der Aussichtslosigkeit schossen ihm zwei wichtige Gedanken in den Kopf. Er sollte Ulrich vertrauen und Amalia lieben, egal was geschah. Und es war genau der richtige Zeitpunkt, denn seine Ehefrau stieg aufs Fensterbrett. Der König versuchte, sie festzuhalten, griff aber ins Leere. Sie stürzte die Burg hinab und blieb zertrümmert am Boden liegen. Literweise Blut quoll aus der zerschellten Leiche. Ihr schöner Körper war zerstört, verdreht und zerdrückt lag er am Boden. Der Schmerz übermannte Maximilian, es tat unerträglich weh. Er bekam keine Luft mehr, seine Lungen brannten wie Feuer. Es war seine Schuld.

„Du liebst sie und vertraust mir, dass das nicht echt ist“, hörte er Ulrich in seinem Kopf sprechen. Der König wiederholte die Worte seines Dieners unaufhörlich, er konnte ihn retten. So hielt er den Schmerz unter Kontrolle, bis er ohnmächtig wurde. Er spürte noch Erleichterung, ehe alles um ihn herum finster wurde. Ganz weit weg hörte er grauenhaftes Gekreische, so, als hätte der Tod seine Beute verloren.

Viele Jahre später ging der König noch einmal zu der Höhle, in der alles begonnen hatte. Er dachte über sein bisheriges Leben nach. Er hatte es damals tatsächlich geschafft, den Tod zu besiegen. Er erhielt seine Königswürde zurück und Ulrich war ihm immer ein treuer Diener, er hatte seinen König gerettet und ihn niemals aufgegeben. Leider starb er bereits vor zehn Jahren und Maximilian legte jeden Tag einen Strauß Blumen auf sein Grab, denn solche einzigartigen Menschen hatten es auch nach dem Tod verdient, den aufrichtigen Respekt zu erhalten, der ihnen zustand.

Amalia kam nach seinem größten Sieg zu ihm zurück, sie konnten ihre Liebe wieder leben und es war wunderbar, er hatte die schönste und klügste Frau an seiner Seite. Sie begleitete ihn überallhin. Nur ihren letzten Weg ging sie allein, als sie vor drei Jahren starb. Auf ihr Grab legte er jeden Tag ein selbstgeschnitztes Herz, um ihre Liebe gebührend zu würdigen, die ihm immer noch jeden Tag bewusst machte, wie kostbar es war, sie als Frau gehabt haben zu dürfen.

Auch bei seinem Volk war er wieder geachtet, sie schätzten sein Mitgefühl, dass er seinen Leuten entgegenbrachte, ohne die strenge Hand der Führung zu vernachlässigen, denn diese Eigenschaften bescherten endlich den langersehnten Frieden. Seit zwei Jahrzehnten musste der König keine Kriege mehr führen und das war gut so, denn so fand er selbst inneren Frieden.

Theresa war eine gute Tochter und machte ihrem Vater alle Ehre und Leonhard würde das Erbe seines Vaters mit einer Weisheit antreten, die ihm bei Amtsantritt persönlich fehlte, weil er viel zu jung gewesen war. Aber seinen Sohn konnte man ohne Bedenken ein Königreich regieren lassen.

Maximilian setzte sich auf den kalten Felsenboden und machte sich ein wärmendes Feuer, denn seine alten Knochen litten unter der Kälte. Es dauerte nicht lange, ehe er Gesellschaft hatte, aber er wunderte sich nicht über den Besucher. „Sei gegrüßt, alter Freund", sprach Maximilian.

„Schön, dich wiederzusehen. Bist du nun bereit?", fragte ihn sein Gegenüber.

„Ja, ich bin lebenssatt, mein Leben hat mir noch so viel Glück und Liebe beschert, dass ich nun gerne mit dir gehe", antwortete der König.

Der Tod lachte, aber dieses Mal klang es nicht boshaft. „Du hast mich fasziniert und beeindruckt und das haben nicht viele Menschen geschafft. Ich habe dir zwölf Dinge gezeigt, die es wert gewesen wären, dein Leben lieber zu beenden, als dieses Leid zu ertragen. Aber du bist weitergegangen, weil tief in dir drin etwas schlummerte, das ich geglaubt hatte, dir für immer genommen zu haben, als ich dir die Gefühle nahm", erklärte der Tod.

„Ich verstehe nicht ganz, was du meinst", gab Maximilian ehrlich zu.

„In dir wohnte die Menschlichkeit, die so viele vergessen haben. Dadurch hast du mich besiegt, weil du durch und durch ein Mensch warst. Und als Anerkennung vor dieser Größe habe ich dich noch leben lassen. Aber du weißt, dass der Tod mit der Geburt sicher ist, jeder muss einmal gehen – und deshalb nehme ich dich heute mit als den Mann, der mich Respekt vor der Menschlichkeit gelehrt hat", sagte der Tod anerkennend.

„Danke", flüsterte König Maximilian von Tantumien.

Er verneigte sich noch einmal vor seinem Königreich und winkte gedanklich seiner Tochter Theresa und seinem Sohn Leonhard zu. Dann ging er dorthin, wo sein Vater, seine Mutter, Ulrich und Amalia auf ihn warteten. Lebenssatt übergab er sein Leben dem Tod und starb mit einem glücklichen Gefühl von Liebe in seinem Herzen. Und wenn sein Leben nicht umsonst war, gibt es auch heute noch Menschen, die in ihrer Menschlichkeit das Leben lebenswert machen, damit auch wir unseren Frieden finden.

One time 3

Ich suchte schnell im Internet nach *One time*, um keine Minute zu verlieren. Alles andere interessierte mich nicht, ich wollte nur wissen, was die anderen an Beiträgen diese Woche geschrieben hatten und meinen hinzufügen. Ich hatte vor, jede Sekunde dieser wertvollen, gefühlten Freiheit zu genießen.

@Marla:
Oh Gott, ich schäme mich so sehr. Und ich bin zutiefst verletzt, meine Kinder wollen mich aufheitern, aber ich weine unaufhörlich, schaffe es nicht, mich zu beruhigen. Ich möchte wieder etwas Freude verspüren und kann es einfach nicht. Es tut einfach nur weh. Alle Männer sind irgendwie gleich. Wieso habe ich geglaubt, dass es mir in der Hinsicht anders ergehen könnte? Zumindest die Typen des anderen Geschlechts, die ich kenne, behandelten mich stets wie Abschaum, als wäre ich ein beliebiger Gegenstand, der keine Gefühle empfindet. Was soll das Ganze? Existiert die wahre Liebe, von der so viele Frauen träumen, vielleicht gar nicht? Ich glaube, ich muss von vorne beginnen. Vielleicht hilft es, meinen Schmerz zu lindern, wenn ich euch alles erzähle. Ich traf mich mit Robin und schwebte im siebten Himmel, was war ich für ein Narr! Es war zuerst wunderschön, mit ihm essen zu gehen. Er erzählte mir, dass er auf der Suche nach der großen Liebe sei und bei mir ein gutes Gefühl hätte. Er sagte, dass er mich wunderschön fände und meinen Charakter sehr gerne hätte. Er schmierte mir jede Menge Honig ums Maul und ich ließ mich davon blenden. Aber zu diesem Zeitpunkt wusste ich noch nichts davon – oder wollte es in meiner Naivität einfach nicht wahrhaben.
Daraufhin gestand ich ihm aufrichtig, dass ich schon sehr lange in ihn verliebt sei und ganz oft an ihn denken müsse. Da war kurz ein irritierender Blick in seinen Augen, aber im nächsten Moment lächelte er, deshalb dachte ich, ich hätte mich getäuscht. Ich vertraute ihm blind, ließ mich von ihm einwickeln. Er spielte das falsche Spiel perfekt und ich badete mich in seinen Komplimenten und ließ zu, dass mein Herz sich noch mehr öffnete, weil ich ernsthaft glaubte, endlich auf die Sonnenseite des Lebens gefallen zu sein, was die Liebe zu einem Mann be-

traf. So kam eines zum anderen, wir landeten gemeinsam im Bett. Ich hatte zwar Bedenken, dass es zu früh war, aber ich vertraute auf seine Liebesgeständnisse. Es war wunderschön mit ihm, er war zärtlich, aber bestimmt. Er machte mir Komplimente, die meiner gequälten Seele guttaten, und versprach mir, mich in Zukunft auf Händen zu tragen. Als ich einschlief, fühlte sich seine Gegenwart süßer als Honig an. Ich war mir sicher, dieser Mann würde für immer mir gehören. Wenn ich nur gewusst hätte, dass das alles Lügen waren!
Und dann erwachte ich im Morgengrauen, ich wollte gerade meine Hände nach ihm ausstrecken, um ihn zärtlich zu begrüßen, als ich feststellte, dass er nicht mehr da war. Ich vermutete noch, dass er die Toilette aufgesucht hatte oder gar ein Frühstück für uns zubereitete, aber keine Spur von ihm. Er war einfach weg, keine Nachricht, kein „Auf Wiedersehen", nichts. Ich suchte nach meinem Handy und schrieb ihm eine Nachricht, wie glücklich mich die letzte Nacht gemacht hatte. Er schaute sich zwar an, was ich geschrieben hatte, das sah ich an der Lesebestätigung, antwortete aber nicht. So versuchte ich es drei quälend lange Tage, ihn doch noch zu erreichen, hoffte auf ein Missverständnis, aber nichts kam zurück. Ich war einfach nur verzweifelt. Bis ich ihn wieder in der Bar sah, im Arm einer anderen. Er umarmte sie und küsste sie innig, mein Herz verkrampfte sich zu einem schmerzenden Klumpen, mein Körper rang nach Luft, weil es mir die Brust zuschnürte.
„Was soll das?", giftete ich ihn an mit Tränen in den Augen.
„Wie bitte? Kennen wir uns?", antwortete er gespielt irritiert.
Das war eindeutig genug, ich wollte ihm sein Bier ins Gesicht schütten, riss mich aber gerade noch zusammen. Sonst wäre ich meinen Job auch noch los gewesen. Ich rannte, so weit mich meine Füße tragen konnten, und blieb erst stehen, als mir meine Beine den Dienst versagten. Ich sank zu Boden und schluchzte bitterlich.
Und seitdem weine ich, kann es nicht fassen, was er mir angetan hat. Ich war nur eine seiner unzähligen Sexgeschichten. Ich könnte mich in den Arsch beißen, dass ich so naiv war. Wie vielen Frauen hat er wohl auf diese menschenverachtende Art und Weise schon das Herz gebrochen? Gibt es irgendjemanden auf dieser Welt, der mich aufrichtig lieben könnte? Ich fühle mich so einsam. Wem kann ich noch vertrauen?

Oh nein, Marla war es wieder zum Verhängnis geworden, immer das Gute im Menschen zu sehen. Dass dieser Typ ein Arschloch war, war von Anfang an klar, aber irgendwie musste Marla immer erst auf die Nase fallen, ehe sie es glaubte. Das tat mir unendlich leid für sie. Ich wünschte ihr so sehr, dass sie endlich einmal Glück hatte und ihr Leben einfach genießen konnte und dass sie auf viele Menschen in Zukunft traf, die nicht ihre Gutgläubigkeit ausnutzten.

@Bernhard:
Die Kritik an der Unvernunft der Menschheit ist heute Inhalt meiner ausgewählten Zitate:
• Zwei Dinge sind unendlich, das Universum und die menschliche Dummheit, aber bei dem Universum bin ich mir noch nicht ganz sicher. (Albert Einstein)
• Der Mensch ist vielerlei. Aber vernünftig ist er nicht. (Oscar Wilde)
• Die Welt vereinsamt. Wir drücken uns in sozialen Netzwerken herum wie Geister. Der persönliche Kontakt wird immer häufiger vermieden. Unsere Seelen verhungern an dem Mangel an menschlicher Zuwendung. (Karin Waldl)

Das konnte ich nachvollziehen. Ich fühlte mich sehr einsam, wusste genau, dass diese Internetplattform keinen persönlichen Kontakt ersetzen konnte. Aber was sollte ich tun? Ich saß im Gefängnis und konnte keine Entscheidungen in Freiheit treffen. Das hier war alles, was ich hatte, die einzige Normalität in meinem Leben.

@Evelyn:
Wer braucht keinen Schutz? Deshalb möchte ich diesen wunderbaren Bibelpsalm mit euch teilen: Psalm 121 – Unterwegs unter Gottes Schutz
Ich schaue hinauf zu den Bergen – woher kann ich Hilfe erwarten? Meine Hilfe kommt vom HERRN, der Himmel und Erde gemacht hat! Der HERR wird nicht zulassen, dass du fällst; er, dein Beschützer, schläft nicht. Ja, der Beschützer Israels schläft und schlummert nicht. Der HERR gibt auf dich acht; er steht dir zur Seite und bietet dir Schutz vor drohenden Gefahren. Tagsüber wird dich die Sonnenglut nicht verbrennen, und in der Nacht wird der Mond dir nicht schaden. Der HERR schützt dich vor allem Unheil, er bewahrt dein Leben. Er gibt auf dich acht, wenn du aus dem Haus gehst und wenn du wieder heimkehrst. Jetzt und für immer steht er dir bei!

Ich habe mir auch oft gewünscht, dass Gott mich beschützt. Evelyn glaubte so tief an Gott und ich fragte mich oft, warum Gott dieses Leid auf der Welt zulässt. Irgendjemand hat mir einmal erklärt, dass Gott mit uns leidet und uns nicht allein lässt. Ob das stimmt?

@Tim:

„Mir geht es so schlecht, da hat mir doch tatsächlich jemand K. o.-Tropfen in meine 37 Tequila getan", raunte mir jemand von hinten lachend ins Ohr, während ich versuchte, mein volles Tablett zu dem Tisch im rechten Eck des Kaffeehauses zu bugsieren. Ich musste grinsen, weil ich wusste, dass es Martin war, mein bester Freund. Er liebte Scherze dieser Art und ich genoss es immer wieder, mit ihm zu lachen, bis uns die Bäuche wehtaten.

„Setz dich hin, ich komme gleich", gab ich zurück.

Doch schon während ich die Getränke servierte, hörte ich ihn nach mir, also nach dem Kellner rufen. Die anderen Gäste schüttelten den Kopf, weil sie natürlich nicht den Spaß hinter seiner Penetranz verstehen konnten. Sie glaubten, er sei ein unverschämter Gast, was er ja auch beabsichtigte, um mich zu amüsieren. Ich eilte schnell zu ihm, um ihn neckisch zu tadeln: „Geduld ist eine Tugend."

„Als Gott die Geduld verteilt hatte, bin ich gegangen, es hat mir zu lange gedauert", gab er schlagfertig zurück und wir lachten beide laut los, was wiederum die Blicke der anderen Gäste auf uns zog.

„Was soll ich dir zu trinken bringen?", fragte ich Martin deshalb etwas dezenter.

Er antwortete: „Einen großen Apfelsaft mit Leitungswasser. Und dazu hätte ich gerne ein Steak."

„Martin, das ist ein Kaffeehaus. Ich kann dir Würstel bringen oder einen Schinken-Käse-Toast, aber kein Steak."

Aber mein bester Freund ließ nicht locker, zu deutlich grinsend sprach er weiter: „Mein Rinderfilet will ich nicht zu dick und auch nicht zu dünn. Es muss saftig und zart sein. Und das Fleisch muss von ganz erstklassigem Rind sein, das sein Leben auf einer heimischen Almweide verbracht hatte. Das Fleisch nur salzen und pfeffern und mit regionaler Butter scharf angebraten. Es soll perfekt medium durch sein."

„Klar! Hast du noch einen speziellen Wunsch bezüglich Blutgruppe?", kam es mir lachend über die Lippen.

„Der Punkt ging an dich. Aber ich habe wirklich Hunger wie ein Wolf", meinte Martin.

„Tut mir leid, aber Rotkäppchen ist gerade aus", gab ich in spaßiger Höchstform zurück.
Wir mussten so lachen, dass die anderen Gäste wieder den Kopf schüttelten, aber das war mir gerade egal. Ich verbrachte liebend gerne Zeit mit meinem besten Freund, es machte mich einfach glücklich, so ausgelassen lachen zu können. Das Leben war einfach nur schön.

Das war der alte Tim, lustig wie immer. Mir traten Tränen in die Augen, weil ich über seine Anekdoten so lachen musste. Seine Lebensfreude steckte mich heute für einen kurzen Moment an.

@Gerhard:
Mein Traum ist endlich wahr geworden. Robert ist mit mir zur Polizei gegangen, wir haben meine Mutter angezeigt. Er hat sich auch um therapeutische Hilfe für mich bemüht. Endlich sagt mir jemand, dass ich richtig bin und nicht falsch. Ich kämpfe zwar hart mit meinen inneren Dämonen und es zieht mich immer noch zu der hölzernen Brücke, die über den Wasserfall führt, aber ich gehe selten wirklich hin und schaue nur, wie weit es hinuntergeht, ehe ich wieder abziehe.
Ich habe mich sogar getraut, meine wenigen Sachen zu packen und meiner Mutter endgültig Lebewohl zu sagen. Sie hat es kurz quittiert, indem sie mich als Hurensohn beschimpft hat. Aber wo sie recht hat, hat sie recht. Sie war immer das Problem, nicht ich. Ich hätte diesen Schlussstrich viel eher ziehen sollen. Es war mir nicht klar, welche Macht sie über mich hatte. Und es ist mir ehrlich gesagt scheißegal, was aus ihr wird. Ich möchte sie nie wiedersehen. Mein Leben macht sie ab sofort nicht mehr kaputt.
Ich wohne jetzt bei Robert. Ich bin draufgekommen, dass er zwar jeden Tag „Ja" zum Leben sagt, aber trotzdem sehr einsam ist. Er ist froh, dass ich da bin, und ich bin froh, dass ich auch etwas für ihn tun kann. Es ist, als hätte ich endlich einen richtigen Vater gefunden, so wie ich ihn mir in meinen Träumen immer vorgestellt habe. Meinen echten Vater kenne ich nicht und ich bin mir auch nicht sicher, ob meine Mutter je wusste, wer mein Erzeuger war. Aber auch das ist jetzt nicht mehr wichtig, das ist jetzt alles Vergangenheit. Ich will im Jetzt leben und mir eine eigene Zukunft aufbauen. Robert ist echt der Hammer, er will mir sogar eine Ausbildung finanzieren, damit ich nicht mehr auf der Müllkippe arbeiten muss. Wir sind fieberhaft auf der Suche nach einem geeigneten Lehrplatz für mich und ich werde mich voll reinhängen,

das ist meine Chance, nie wieder zurückschauen zu müssen. Endlich kann ich es glauben, dass alles gut wird. Robert hat mich gerettet. Ich wünsche jedem so einen Engel im Leben, der Ähnliches durchmachen musste, was ich erlebt hatte. Ich glaube, das Leben kann auf seine Art und Weise doch in Ordnung sein.

Ich freute mich für Gerhard, es schien doch Hoffnung auf ein gutes Leben zu geben. Ich hatte leider nicht so viel Glück. Eine einzelne Träne rann mir übers Gesicht, nicht weil mein Leben im Gefängnis keinen Sinn hatte, sondern aus Freude, dass Gerhard es geschafft hatte.

@Angela:
Endlich ist die Stunde meiner berechtigten Rache gekommen. Gehe ich in das scheiß Lager von dem beschissenen Discounter, in dem ich arbeiten muss. Sehe ich, wie meine bescheuerte Arbeitskollegin Susi, die nur Stroh im Hirn hat, sich vom Chef breitbeinig vögeln lässt. Blöderweise ist er mit einem ziemlichen Drachen verheiratet, der zu Hause bei den beiden Kindern sitzt und deshalb keinen Spaß versteht. Die Alte wird kaum erfreut sein über das Schwein, das sie geheiratet hat. Schnell habe ich mit meinem Handy ein paar Fotos gemacht und bin gleich am nächsten Tag in den Drogeriemarkt und hab mir die Bilder zweifach ausgedruckt. Dabei habe ich mir die Hände gerieben. Dann habe ich zwei verschissene Briefumschläge besorgt und ab damit zur Post, einer Richtung der Frau des Chefs und einer Richtung Chef vom Chef. Die werden sich darüber freuen, endlich siegt die Gerechtigkeit.
Und ich hatte recht, Schadenfreude ist die schönste Freude. Der Hausdrache von meinem Chef stand zwei Tage später in der Filiale und machte den Dreckskerl vor allen zur Sau. Er war so klein und wimmerte wie ein Baby. Ich habe innerlich so gelacht. Die strohdumme Susi, die es mit ihm getrieben hatte, floh, weil sie wusste, dass sie bald keinen Job mehr hat. Das tat richtig gut.
Und der Chef vom Chef erschien einen Tag später, das war etwas schwerer zu belauschen, weil sie sich ins Büro zurückzogen, aber ich bekam so viel mit, dass er fristlos entlassen war. Endlich hatten diese bescheuerten Idioten das bekommen, was sie verdient hatten. Heute wird gefeiert.

Ich seufzte, bis jetzt war Angelas nicht vorhandenes Einfühlungsvermögen ja ganz komisch gewesen, aber dass sie absichtlich jemandem schadete, fand ich nicht in Ordnung. Wenn sie eine Ahnung hätte, was andere Menschen an Leid durchmachen mussten, vielleicht wäre sie nicht so rachsüchtig. Schließlich sollte nicht jeder so enden wie ich.

@Melanie:
Oh Gott, ich kann nicht mehr mit Peter zusammenarbeiten. Der Glasermeister macht mich verrückt. Ich hätte mir niemals eingestehen dürfen, dass ich ihn liebe. Er ist verheiratet und hat zwei Kinder. Ich will auf keinen Fall eine Familie zerstören, deshalb darf er das niemals erfahren. Aber es ist so schwer, ihn fast jeden Tag zu sehen und zu wissen, dass er niemals mir gehören wird. Ich kann nicht mehr, ich weiß nicht, wie ich es lösen soll, mein Herz verzerrt sich sehnsüchtig nach ihm. Wenn er in meiner Nähe ist, bin ich immer versucht, ihm mein Geheimnis zu gestehen. Wenn ich nicht schon so viele Jahre allein wäre, wäre das alles etwas leichter. Was soll ich nur tun? Ich bin so verzweifelt und so unglücklich. Ich weine mich jeden Tag in den Schlaf. Wie kann ich das nur wieder abstellen? Ich weiß, ich muss gehen, es bleibt mir keine Wahl. Es ist trauriges Schicksal, aber der einzige vernünftige Ausweg. Ich werde morgen dafür sorgen, dass ich ihn nie wiedersehe.

Ich seufzte, ich hätte Melanie ein Happy End gewünscht. Nur leider hielt das Leben das für die wenigsten bereit. Und ich bewunderte sie, dass sie den Verstand über ihr Herz siegen ließ und menschlich handelte, um kein unnötiges Leid für andere zu erzeugen. Hätte ich einen Hut, dann hätte ich ihn vor Melanie aus Respekt gezogen.

@Regina:
Meine Lieben! Leider melde ich mich aus dem Krankenhaus. Mein Darm hat seinen Geist aufgegeben und ich verstehe nicht, wieso. Jeden Tag trainiere ich hart für einen gesunden Körper und ernähre mich ausschließlich vegan. Warum trifft es da gerade mich? Und dann gibt es in diesem Spital nicht einmal vegane Küche. Gut, dass ich mich mit meiner Freundin Cornelia wieder versöhnt habe, denn sie bringt mir nun essbare Gerichte, damit ich nicht verhungere bei den vielen tierischen Speisen, die hier serviert werden.
Zudem meint auch noch dieser Arzt, dass unser Darm nicht auf rein pflanzliche Ernährung ausgerichtet ist. Dem habe ich ordentlich meine Meinung gegeigt. Ich habe ihn gefragt, ob er mich ernsthaft auffordert, an der Ausbeutung der Tiere mitzuwirken. Dann hat er auch noch gemeint, ich sei unvernünftig. Die vegane Lebensweise ist die einzig ver-

nünftige! Davon werde ich keinen Millimeter abweichen, ich kämpfe für meine Ideale in jeder Sekunde, die ich noch auf dieser Erde lebe. Und alle, die jetzt gegen mich sind, werden schmerzlich erkennen müssen, dass ich von Anfang an recht hatte.

Ich musste schadenfroh grinsen. Regina nervte so dermaßen, dass ich es nicht verleugnen konnte, dass ich es ihr vergönnte, dass sie den Preis ihrer angeblich so gesunden, veganen Lebensweise bezahlte. Ich murmelte eine halbherzige Entschuldigung in mich hinein, denn das war eigentlich nicht fair. Wenn Regina wüsste, für welches Monster mich die Menschen hielten, waren das alles nur Lappalien.

@Davis:
Scheiße, ich sitze in einer Zelle in Untersuchungshaft. Die behaupten, dass ich einen Mord begangen habe. Ich habe ihnen gesagt, dass ich diese Ausländersau niedergeschlagen habe, aber ich kann doch nichts dafür, wenn der gleich krepiert. Ich bin im Recht, er hat mir meinen Job weggenommen. Gibt es keine vernünftig denkenden Menschen mehr, die verstehen, was Nationalstolz bedeutet? Ich habe das Gefühl, ich bin der einzig normal Denkende hier. Außer meiner Janine, sie steht wie immer zu mir, sie weiß, dass Zusammenhalt in den eigenen Reihen am wichtigsten ist, so wie es meine Solos immer predigen. Wäre Simon Hetzer bereits Bundeskanzler, dann säße ich nicht hier, sondern würde die Stelle als Hausmeister haben, die mir als Inländer eindeutig zusteht. Das wäre Gerechtigkeit. Stattdessen ist schon wieder ein Einwanderer daran schuld, dass ich mich nicht einmal in Freiheit bewegen kann. Das sind unhaltbare Zustände. Aber denen werde ich es noch zeigen. Schön brav werden sie mich gehen lassen, wenn sie kapieren, dass die Ausländer unser Land besetzen, wenn das nicht endlich gestoppt wird. Also werde ich bald wieder in Freiheit sein, verlasst euch drauf.

Schön brav wird er sitzen, damit er das nie wieder tut. Ironischerweise hatten er und ich nun etwas gemeinsam, wir waren beide eine Gefahr für die Gesellschaft. Wenn es nicht so traurig wäre, würde ich darüber lachen. Kein bisschen konnte ich seinen Hass fremden Personen gegenüber nachvollziehen.

@Clemens:
Heute hatten wir wieder einmal einen schwierigen Einsatz, der für

einen Feuerwehrmann wie mich alles andere als schön ist. Ich hasse es, wenn mir jemand unter den Händen wegstirbt. Das nimmt mich einfach sehr mit, egal ob ich es möchte oder nicht.
Wir wurden zu einem Einsatz gerufen, ein Auto war auf der Autobahn mit einem Geisterfahrer kollidiert. Schon allein wegen der Meldung wusste ich, dass das nicht angenehm werden würde. Der Mensch macht leider Fehler, und frontal mit einem Fahrzeug zusammenzustoßen, ist leider einer der größten Aussetzer, die man haben kann. Das geht selten gut aus, wenn ein Geisterfahrerunfall auf der Autobahn passierte, die erlaubte Geschwindigkeit ist zu hoch, um glimpflich davonzukommen. Und genau das befürchtete Bild fanden wir vor. Die Frau, die falsch auf die Autobahn aufbog, war bereits tot, ihr Körper war in Bauchhöhe durchtrennt worden durch den gewaltigen Aufprall. Aber der Mann im anderen Fahrzeug lebte noch, er war eingeklemmt. So kletterte ich auf den Beifahrersitz, der kaum etwas abbekommen hatte, im Gegensatz zur Fahrerseite. Es wunderte mich, dass der Lenker bei Bewusstsein war, denn überall war Blut. Da wusste ich bereits, dass wir nichts mehr tun konnten, aber wir mussten es natürlich versuchen. Während meine Männer die Metallschere ansetzten, versuchte ich, den schwer verletzten Mann zu beruhigen.
Aber er sagte nur: „Beten Sie bitte mit mir, ich weiß, dass meine Stunde gekommen ist, ich kann es spüren, wie es hell um mich wird. Ich heiße Josef."
Mir liefen die Tränen über die Wangen, als ich sprach: „Herr Gott Vater, bitte nimm Josef in deinen Händen auf und mach, dass sein Leben im Himmel unbeschreiblich schön wird."
„Danke, Sie sind ein Held", flüsterte Josef, ehe er für immer die Augen schloss.
Diese Begegnung wird mich bestimmt noch lange beschäftigen. Ich weiß, dass der Tod zum Leben gehört, aber es berührt mich trotzdem zutiefst, wenn so nahe ein Mensch stirbt und ich der Letzte bin, den er zu Gesicht bekommt. Ich hoffe, dass ich ihm ein Segen war in seinen letzten Minuten auf dieser Welt. Ich bete auch für die Angehörigen, dass sie diese schweren Stunden in ihrem Leben überstehen.

Am liebsten hätte ich Clemens in den Arm genommen, um ihn zu trösten. Mein Herz wollte seine Nähe fühlen. Ich kannte ihn nicht persönlich, aber er stand für das Gute, das ich nicht erfahren hatte.

@Belinda:
Oh mein Gott, ich habe den größten Fehler meines Lebens begangen, ich kann mich selbst nicht mehr im Spiegel ansehen. Ich hätte mir doch denken können, dass das Gefühl von Einsamkeit mir zum Verhängnis werden könnte. Warum habe ich nicht darauf geachtet? Ich muss euch das erzählen, weil ich sonst mit niemandem darüber sprechen kann. Ich schäme mich so.
Ich habe ein junges Kollegenpaar, die sehr süß miteinander sind. Sie hatte schon einmal Pech in ihrem Leben und sie ist bereits mit ihren dreißig Jahren geschieden, sie hat sich viel mitgemacht. Deshalb hat ihr laut meinen anderen Kollegen jeder vergönnt, dass der fünf Jahre jüngere Kollege jetzt mit ihr zusammen ist. Da ich noch einmal zehn Jahre älter als dieser Kollege und fünf Jahre älter als diese Kollegin bin, habe ich es immer als junge Liebe gesehen, etwas, das ich nicht mehr haben werde in meinem Leben, da ich bereits vier Kinder habe. Wer möchte schon so eine Frau wie mich? Diese Tatsache bescherte mir die vielen einsamen und schlaflosen Nächte.
Und dann kam dieser Moment der Unachtsamkeit, als ich und der besagte junge Kollege eine Exkursion mit meiner Klasse begleiteten, bei der wir einmal übernachten mussten. Ich war einsam wie immer und er war einfach da. Die Schüler schliefen friedlich in ihren Betten, als wir uns näherkamen. Er hat die Nacht bei mir verbracht und war so unendlich zärtlich zu mir, der Sex war fantastisch. Aber jetzt schäme ich mich, dass ich zugelassen habe, mit einem zehn Jahre jüngeren Mann etwas zu haben, noch dazu mit einem, der in einer Beziehung mit einer Kollegin ist. Wie soll ich sie noch ansehen? Was ist, wenn ich ihm morgen im Konferenzzimmer begegne? Das schlechte Gewissen frisst mich gerade auf. Und das Problem mit der Einsamkeit ist leider immer noch nicht gelöst. Ich habe das Gefühl, alles falsch zu machen.

Belinda war einfach nur einsam, ich wünschte ihr von Herzen die große Liebe an ihrer Seite und, dass sie nicht das Gefühl haben musste, alles falsch zu machen. Es war so traurig, wie viele Menschen in unserer Gesellschaft mit der Einsamkeit kämpften.

@Emilia:
Eine Tür geht auf und lässt mich rein,
hier möchte ich für immer sein.
Hier ist es hell und alles ist gut,

hier wächst im Herzen Stolz und Mut.
Was vor der Tür, das soll jetzt ruh'n,
keiner kann mir mehr Böses antun.
Auch in mir wird es langsam hell,
der Friede breitet sich aus ganz schnell.
Die Tür bleibt nun verschlossen,
den Schlüssel hab' ich in Beton gegossen.
Nie wieder möchte ich das Böse sehen,
durch die Hölle auf Erden gehen.
Die Luft strömt durch meine Lungen, alles ist leicht,
alles hier zu Glück und Liebe reicht.
Hier gehe ich nicht mehr weg, hier bin ich daheim,
schöner als jetzt kann das Leben nicht sein.

Ich las mir mein Gedicht auf *One time* noch einmal durch, das ich eben geschrieben hatte, um es mit den anderen zu teilen. Dann begab ich mich wieder zurück in meine Zelle. Traurig folgte ich dem Wärter, mit einer tief drückenden Schwermut, die ich mir selbst nicht ganz erklären konnte.

Kapitel 8

„Emilia, was bedeutet Glück für dich?“, fragte Frau Dr. Gabriel.

„Glück bedeutet, für die Menschen da zu sein, die man liebt. Viel zu lang habe ich geglaubt, alles allein schaffen zu müssen, wollte keine Hilfe annehmen und habe mich dadurch in meinem Unglück im Kreis gedreht“, antwortete ich ehrlich.

„Du bist sehr reif geworden“, lobte mich die Psychologin.

Ich nickte dankbar. Ich hatte selbst bemerkt, dass ich eine ganz andere geworden war.

„Aber was ist jetzt mit deinem Vater?“, wollte sie noch nachdrücklich wissen.

„Ich habe geglaubt, ihn zu lieben, als ich ein Kind war, bevor der Hass kam, den er sich durch seine Grausamkeiten verdient hatte, aber ich musste ihn jetzt endgültig loslassen, um nicht komplett wahnsinnig zu werden. Er liebte mich vielleicht sogar auf ganz eigenartige Art und Weise, aber ich wusste bei ihm nie, ob er in seinem Unglück gefangen bleiben musste, um seine psychische Erkrankung zu ertragen und zu überleben, oder ob ihn, abgesehen davon, alles andere besser vorkam, als bei mir zu sein, als ich ihn als kleines Kind so dringend brauchte“, schluchzte ich. Die Tränen rannen mir über die Wangen.

„Emilia, ich weiß auch nicht hundertprozentig, warum dein Vater geschwiegen hat. Ich vermute, dass er selbst wusste, was er dir Grausames antat, und hat dich vielleicht deshalb zumindest vor seinen Gedanken schützen wollen. Aber Menschen schweigen grundsätzlich aus unterschiedlichsten Gründen, auch wenn sie dadurch alles verlieren könnten. Aber es war richtig, dass du losgelassen hast, es macht einen verrückt, wenn man in einen Menschen, den du zumindest geglaubt hast, geliebt zu haben, nicht hineinsehen kann. Du brauchst dich deiner anfänglich positiven Zuwendung auch nicht zu schämen, du warst ein Kind und hattest keine Wahl. Aber du konntest einfach nicht erraten, was er brauchte, und es war unmöglich für ihn, da zu sein. Außerdem hätte er auch für dich da sein können, zu dir stehen. Und das hat er nicht getan. Ganz im Gegenteil, der hat dich in mehrfacher Hinsicht missbraucht“, erklärte die rothaarige Ärztin behutsam.

„Glück bedeutet, für die Menschen da zu sein, die man liebt. Es gibt keinen anderen Weg mehr für mich“, wollte ich das Gespräch lächelnd beenden. Stolz schaute mich die Psychologin an, denn wir wussten beide, wie viel ich bereits geschafft hatte angesichts der Umstände meiner Vergangenheit.

Doch sie setze noch eines drauf: „Es gibt einen therapeutischen Ansatz, der besagt, dass hinter jeder Handlung eines Menschen eine gute Absicht steht.“

Emilia lachte laut auf: „Tut mir leid, Sie wissen, warum ich im Gefängnis sitze.“

„Ja, du warst zuerst Opfer und wurdest zum Täter, wodurch du dich auch selbst gerettet hast“, erklärte die Ärztin.

„Die Menschen da draußen halten mich für ein Monster“, schrie Emilia aufgebracht und laut.

„Und was hältst du von dir?“

Emilia schaute verunsichert, überlegte eine Weile, in der sie sich innerlich abkühlte, und antwortete kleinlaut: „Ich wollte doch nur lieben und geliebt werden.“

„Genau das will jeder Mensch. Und trotzdem bluten die Herzen der Menschen, weil sie sich durch Eifersucht und Neid ihre Herzen vergiften lassen.“

„Wer könnte auf mein Leben neidisch sein?“, protestierte Emilia erneut.

„Auf das kommt es gar nicht an, neunzig Prozent unsere Wirklichkeit entsteht im Kopf. Menschen sind auf die absurdesten Dinge eifersüchtig. Sie behaupten haltlose Dinge über andere, um sich selbst ihre innere Unzufriedenheit nicht eingestehen zu müssen. Deshalb erwächst Glück immer aus der Zufriedenheit, das ist eine charakterliche Stärke.“

„Glück ist also eine Entscheidung?“, fragte Emilia verblüfft.

„Durchaus, weil wir uns die meisten Probleme im Kopf zusammenbasteln. Wenn du dich aber selbst lieben kannst, wirst du auch lernen, die Menschen zu mögen, sie machen dir dann keine Angst mehr. Es wird noch Zeit brauchen, bis du erkennen kannst, dass es viele Wege im Leben gibt und dass jeder seinen eigenen gehen muss, der nur für ihn selbst passt und für niemanden sonst auf dieser Welt. Und sieh es mal so, wenn Menschen mit Eifersucht und Neid reagieren sollten, weißt du wenigstens, dass du auf richtigen Weg bist, weil du etwas geschafft hast, was sie gerne schaffen würden. Neid muss man sich redlich verdienen. Aber wenn sie es zulassen, kannst du stehen bleiben, ihnen die Hand reichen und ihnen den Weg zum Glück zeigen. Wenn nicht, musst du sie in ihrer negativen Haltung zurücklassen, sonst gehst du selbst dabei drauf. Im Endeffekt ist jeder seines Glückes Schmied."

„Wenn Sie das sagen, klingt das so logisch, da komme ich mir noch mehr wie ein Versager vor", schluchzte Emilia.

Die Psychologin blieb ganz ruhig: „Emilia, du bist wertvoll. Du musst dir nur selbst verzeihen."

Emilia atmete tief durch und rang sich zu einem Lächeln durch.

„Bist du nun bereit, über dein Verbrechen zu sprechen?", probierte es die Psychologin vorsichtig.

„Ja, das bin ich. Ich will diesen Ballast endlich loswerden. Ich habe eine Geschichte darüber geschrieben, vorlesen ist für mich leichter als frei davon zu sprechen."

Frau Dr. Gabriel atmete tief durch, denn ihr war bewusst, dass ich sie nun in den dunkelsten Teil meiner Seele entführen werden würde, in den Teil, der zu einem grausamen Mord fähig war.

Der Mord

Ich lag wach in der Nacht, meine Haut brannte am gesamten Körper und mein Herz raste unaufhörlich. Panik stieg in mir auf und erfasste mich am ganzen Leib. Die Angst war mein ständiger Begleiter geworden, ich sehnte mich so sehr nach Liebe und Nähe. Ich fragte mich aber auch, ob ich es jemals zulassen könnte, dass mir ein Mensch, der mich aufrichtig liebt, ganz nahekommen könnte. Zu oft hatte ich erfahren, dass Berührungen Schmerz und Leid bedeuten. Mein Körper hatte das schon so unliebsam tief greifend gespeichert, dass sich jedes Mal mein Geist automatisch ausklinkte, wenn mich jemand berührte oder es auch nur versuchte. Konnte das jemals aufhören? Gab es einen Weg aus dem heraus, was mir mein Vater in meiner Vergangenheit angetan hatte? Ja, wahrscheinlich gab es einen Ausweg aus dieser aussichtslosen Misere. Alles wäre vorbei, wenn ich nicht mehr leben würde.

Der aufkeimende Gedanke an meinen eigenen Tod kam mir wie eine süße Erlösung aus meiner hoffnungslosen Lage vor. Die selbstzerstörerischen Gedanken kreisten weiter in meinem Kopf und ich überlegte, welche Möglichkeiten es gab, um zu sterben, endlich ewigen Frieden zu finden, doch bei keiner Überlegung hatte ich das Gefühl, es wirklich zu schaffen, mich selbst zu töten, aller Vernunft zum Trotz hing ich an meinem bedeutungslosen Dasein.

Wie gelähmt lag ich da und konnte mich nicht von der Stelle rühren. Ich wusste, dass ich es nicht konnte, mein Leben zu beenden. Ich fühlte mich handlungsunfähig. Nicht einmal dazu war ich mutig genug. Nicht einmal diese erlösende Möglichkeit konnte ich in die Tat umsetzen, weil ich ein verdammter Feigling war. Weil ich es immer wieder zuließ, dass diese verdammten Männer, an die mich mein Vater verkaufte, mit mir machten, was sie wollten. Ich floh nur im Geiste vor ihnen und war unfähig, etwas dagegen zu unternehmen. Genauso war ich unfähig, zu bestimmen, ob ich lebte oder starb. Ich war nichts anderes als ein verabscheuungswürdiges, handlungsunfähiges Opfer. Und es war mir auch klar, warum ich mich so verhielt, ich wollte nicht, dass es noch schlimmer wurde. Ich hatte gesehen, wozu mein Vater noch fähig war. Es war schon schlimm genug, wenn er sich vor meinen Augen einen runterholte, wenn einer meiner Peiniger mich vergewaltigte. Aber ich wollte nicht wissen, was er mit mir tat, wenn ich mich nicht fügte. Ich wusste, dass ich es nicht überleben würde, wenn er anfing, seine sexuellen Fantasien an mir auszuleben. Er würde mich genauso brutal zurichten, wie er es bei den Mädchen tat, die er sich kaufte, um sie zu quälen. Auch das sprach eigentlich für Selbstmord, denn durch mich konnte er seine kranke Neigung finanzieren und unzählige Minderjährige wurden von ihm zerstört, er fickte und drosch ihnen die Seele aus dem Leib. Ich hasste mich selbst dafür, so schwach zu sein, und beschloss, meine morbiden Gedanken weiter zu verfolgen, mir weiter zu überlegen, wie ich selbst sterben könnte, um das alles ein für alle Mal zu beenden. Für den Moment musste ich mich damit abfinden, dass es nicht schlimmer kommen konnte. Mit Panik und Herzrasen lag ich wie gelähmt da, bis der Morgen graute.

Die Sonne blendete mich, meine tränenden Augen waren nicht mehr daran gewöhnt, dass ich nach draußen ging. Ohne Lebenswillen schlurfte ich den staubigen Gehsteig entlang, ich sollte Lebensmittel einkaufen. Mir wäre es auch egal gewesen, wenn wir nichts zu essen zu Hause gehabt hätten, ich war sowieso nur mehr Haut und Knochen, weil mir nichts mehr schmeckte. Aber wie immer fügte ich mich dem wortkargen Befehl meines Vaters, diese schweigende Bestie, die Macht über mein Leben hatte. Ich überlegte mir noch, wie ich ihm diese Macht entreißen konnte, falls ich wieder zu Kräften kam, um zu handeln. Ich wollte meinen Vater bestrafen, indem ich den Freitod wählte, aber mein Körper versagte mir den Dienst – ich war gefangen darin, nicht handeln zu können. Und das machte mich immer wütender. Der Zorn kochte in meinem wie gelähmten Körper. Aber ich war einfach nur müde, lebensmüde.

Lustlos legte ich wahllos Lebensmittel in den Einkaufswagen, ohne groß darüber nachzudenken. Am Rande nahm ich noch wahr, dass irgendjemand ein Produkt anpries, um es an die Kunden zu verkaufen. Ich wollte, so wie immer, ohne Notiz davon zu nehmen, unsichtbar vorbeigehen. Deshalb blieb ich ungläubig stehen, als mich der Verkäufer direkt ansprach, denn ich konnte es nicht glauben, dass mich noch irgendjemand registrierte, so wie ich aussah. Ich war so abgemagert, dass ich überzeugt war, für alle durchsichtig zu sein. Das konnte doch unmöglich sein, dass mich jemand ansprach, auch wenn es nur ein gewöhnliches Verkaufsgespräch war. Leer starrte ich durch den Verkäufer hindurch.

„Alles in Ordnung?“, drang es wie aus weiter Ferne an mein Ohr.

Ich wollte einfach weitergehen, stattdessen zwang ich mich zu einem Nicken, was eine weitere unbedeutende Lüge in meinem Leben war.

„Darf ich dir die neue Generation an Fleischmessern aus Edelstahl demonstrieren? Sie bleiben hundertprozentig scharf und müssen nicht mehr geschliffen werden. Sie schneiden das Fleisch als wäre es Butter, mit Garantie“, sagte der Verkäufer seinen auswendig gelernten Spruch auf.

Ich starrte auf mein viel zu dünnes Handgelenk und malte mir aus, wie ich mit dem Messer meine Lebensadern durchtrennte und beobachte, wie das Blut heraustropfte, solange, bis ich ohnmächtig wurde und nie wieder munter würde. Es war mir egal, wie irre das wirken musste, wenn ich meinen Blick auf meinem Arm ruhen ließ. Es war alles egal, nichts ergab mehr einen Sinn.

„Ist wirklich alles in Ordnung?“, kam es nun etwas besorgter.

Ich blickte auf und sah zu meiner eigenen Überraschung dem Verkäufer mit meinen verklebten Augen ins Gesicht. Ich vergaß kurz darauf, unsichtbar zu sein, verstand selbst nicht, wieso.

„Brauchst du Hilfe?“, versuchte mein Gegenüber es erneut.

Ich neigte den Kopf nach rechts und sah in seine grünen Augen, die so etwas wie Vertrauen ausstrahlten, auch wenn ich selbst am besten wusste, dass man keinem Mann vertrauen konnte. Aber ich blieb stumm wie ein Fisch. Ich musste gewirkt haben, als käme ich direkt aus der Irrenanstalt.

„Mit dir stimmt doch etwas nicht. Ich höre in einer halben Stunde zu arbeiten auf. Magst du dich inzwischen in das Kaffeehaus nebenan setzen? Ich komme dann nach und dann reden wir. Aja, mein Name ist Patrick“, sagte der Verkäufer höflich, aber bestimmt.

Ich starrte ihn immer noch ungläubig an, wollte davonlaufen. Aber irgendetwas in mir, das ich zu diesem Zeitpunkt nicht erklären konnte, verhinderte, dass ich floh. Ich nickte sogar zustimmend. Mit heiserer Stimme krächzte ich: „Ich bin Emilia.“

„Freut mich, wir sehen uns gleich“, verabschiedete sich dieser Patrick von mir.

Wie ferngesteuert ging ich zur Kasse, zahlte meine wahllos zusammengewürfelten Einkäufe, warf einen kurzen Blick zum Kaffeehaus, in dem ich warten sollte, und schlug den Weg nach Hause ein. Ich konnte echt keine halbherzigen Höflichkeiten brauchen, vor allem nicht, wenn sie von einem Mann kamen, das konnte nichts Gutes bedeuten. Männer waren gefährlich. Ich sperrte die Wohnungstür auf und räumte die Einkäufe mechanisch in den Kühlschrank. Ich überlegte, ob ich ein Stück Käse essen sollte, drehte es in meiner Hand hin und her und legte es lustlos wieder in das Kühlfach zurück. Es war besser, zu hungern, das war die einzige Kontrolle, die ich noch über mich hatte, ich wollte einfach nur komplett unsichtbar sein. Vielleicht schaffte ich es so, dass ich ganz verschwand.

„Kannst mir gleich ein Bier rübergeben, du Schlampe!", hörte ich hinter mir und zuckte zusammen.

Erschrocken wirbelte ich herum. Da stand Alki Beni, Panik stieg in mir hoch. Konnte ich nicht einmal Ruhe von meinen Peinigern haben, wenn Vater nicht da war?

„Wie kommst du in die Wohnung?", schrie ich ihn laut an.

Er kam mit bösem Blick auf mich zu, so schnell konnte ich gar nicht schauen, ehe er mir die Hand hinter dem Rücken verdrehte. Ich schrie auf vor Schmerz. „Die Tür stand offen, du Hure. Lutsch meinen Schwanz", raunte er zornig.

Ich biss mir auf die Lippen. Warum in Gottes Namen hatte ich vergessen, die Haustür zu versperren? Das war eindeutig ein unverzeihlicher Fehler, ich hasste mich noch mehr dafür. „Vater ist nicht da und du weißt, dass das nur gegen Bezahlung geht. Du kennst ihn gut genug, um zu wissen, dass er dich umbringt, wenn er davon erfährt", bluffte ich mit einer erfundenen Drohung. Denn wahrscheinlich war es meinem Vater scheißegal, wenn mich der Typ abermals vergewaltigte, aber sein Geld würde er sich bestimmt holen, wenn er davon erfuhr.

Zu meiner Erleichterung ließ mich Alki Beni los. „Hab soundso keine Lust, zu ficken", gab er vor und zog ab.

Erleichtert atmete ich durch und sank heulend auf den staubigen Küchenboden. Das war knapp, Gott sei dank hatte dieses Arschloch auch Angst vor meinem Vater. Ich musste weg hier. Ich rappelte mich auf und rannte aus der Wohnung, nachdem ich dieses Mal die Tür sorgfältig versperrte. Aber wohin sollte ich? Ein innerer Drang, der so unverständlich wie alles in meinem Leben war, zog mich zum Kaffeehaus zurück. Ich musste verrückt geworden sein, denn ich eilte schnurstracks zum vereinbarten Treffpunkt mit diesem Patrick und suchte mir einen Platz im Freien auf der Terrasse. Gerade als ich dort am Stuhl saß, sah ich den Verkäufer aus dem Supermarkt gehen.

Aus einem mir unerfindlichen Grund winkte ich ihm zu und er kam geradewegs auf mich zu. „Hast du das ernst gemeint, dass wir einen

Kaffee trinken?", kam es unhöflich aus meinem Mund, als er endlich vor mir stand.

Irritiert sah er mich, dann erwiderte er lächelnd: „Klar, ich dachte mir, du hast bestimmt schon bestellt. Ich wusste nicht, dass du auf mich wartest." Er deutete fragend in Richtung des freien Stuhls neben mir. Ich nickte, sodass er sich setzen konnte.

„Oh, ich musste noch die Einkäufe nach Hause bringen", stammelte ich entschuldigend über meine forsche Art, die ich nicht mehr in der Lage war, zu kontrollieren.

„Das ist ja interessant, ich arbeite hier und du wohnst hier, wenn das nicht ein Zufall ist. Ich lade dich natürlich ein", bot er höflich an.

Immer noch misstrauisch und mich selbst fragend, was ich hier eigentlich tat, ließ ich zu, dass er zwei Tassen Kaffee bei der Kellnerin bestellte. Wir schwiegen uns die paar Minuten an, bis die Frau wiederkam und die koffeinhaltige Brühe servierte.

„Wenn ich ehrlich bin, bist du mir schon ein paar Mal im Supermarkt aufgefallen. Ich habe mich immer gefragt, warum du den Kopf hängen lässt und scheinbar nichts um dich herum wahrnimmst. Ich hatte den Eindruck, du siehst durch jeden hindurch, der dir begegnet", eröffnete Patrick die Konversation, als er die ersten Schlucke Kaffee getrunken hatte.

„Das geht dich einen Scheißdreck an", zischte ich.

Er sah mich erneut erschrocken an, ehe sich seine Gesichtszüge wieder zu einem Lächeln formierten. Das irritierte mich. Konnte es sein, dass er es ernsthaft gut mit mir meinte? Das widersprach allem, was ich bisher über Männer wusste. Aber es gab auch in meiner Schulzeit Jungs, die scheinbar in Ordnung waren. Wurden diese zu netten Menschen, wenn sie erwachsen wurden? Oder mutierten sie genauso zu sexbesessenen Arschlöchern, die meiner Vorstellung von einem Mann entsprachen? Wieder überlegte ich, einfach davonzulaufen, blieb aber, als würde mich die Faszination es herauszufinden, hier festhalten.

„Warum möchtest du denn unsichtbar sein?", schaute er mir mit seinen Worten erschreckend treffend in mein leidendes Herz.

„Das kann ich nicht erzählen", versuchte ich es erstmals auch freundlich.

„Okay, das verstehe ich. Du kennst mich nicht und ich dich nicht. Aber ich würde dich gerne kennenlernen. Nicht mehr und nicht weniger. Glaubst du, das geht in Ordnung für dich?", fragte dieser Patrick erstaunlich vorsichtig.

Ich flüsterte ganz leise: „Ich glaube nicht, dass ich irgendjemand vertrauen kann. Das liegt nicht an dir, ich habe schlechte Erfahrungen gemacht."

„Oh, das könnte natürlich ein ernst zu nehmendes Problem sein. Weißt du was, ich habe Hunger und werde mir jetzt ein Sandwich bestellen. Magst du auch eines? Du bist heute mein Gast", erklärte er.

Worauf wollte er hinaus? Aber in dem Moment knurrte mein Magen verräterisch und Patrick orderte, ohne eine Antwort von mir abzuwarten, zwei Sandwiches nach Art des Hauses. Gespannt wartete ich, was nun folgte. Die Neugierde siegte in diesem Moment über die Angst, er könnte mir im nächsten Moment etwas antun.

„Wir werden jetzt einfach hier sitzen und essen und du kannst mich weiterhin so misstrauisch ansehen und ich zahle dann und wir gehen unsere Wege. Oder du fragst mich, was du wissen willst, und ich beantworte dir alles und wir sehen, ob wir uns gut verstehen würden", meinte er es anscheinend wirklich ehrlich mit mir.

Aber was war, wenn der Schein doch trog? Ich atmete tief durch und entschloss mich, es zu versuchen, ich konnte immer noch weglaufen, wenn es mir zu riskant wurde. Gott sei dank waren hier viele Menschen um uns herum, was ein gewisser Schutz vor groben Übergriffen war.

„Bist du wirklich so nett oder tust du nur so?", war meine erste direkte Frage.

Fast hätte sich Patrick am ersten Bissen seines Sandwiches verschluckt. „Ich spiel dir nichts vor. Ich war ehrlich nur besorgt, weil man sieht, dass dich etwas sehr belastet. Und ich dachte mir, ein nettes Gespräch könnte dich etwas ablenken", antwortete er mir.

„Du willst doch nur Sex, oder?", kam es mir über die Lippen, ehe ich die Worte hinunterschlucken konnte.

„Emilia, ich weiß nicht, welche Erfahrungen du gemacht hast. Aber du kannst mir ruhig glauben, dass ich dich nur kennenlernen wollte. Ich finde dich hübsch, aber ich weiß ja sonst nichts über dich. Sex ist für mich etwas, das man miteinander macht, wenn man sich gut versteht und sich vertrauen kann. Es wäre weit zu früh, darüber nachzudenken, ob es zwischen uns passen könnte. Aber ich biete dir einfach an, dass wir schauen können, ob wir Freunde werden könnten", plauderte er aus dem Nähkästchen.

Diese Worte brachen das Eis, irgendwie glaubte ich ihm, dass er das ernst meinte, was er sagte. Natürlich gab es in der Vergangenheit Männer, die behaupteten, sie meinten es gut mit mir, und dann nicht nur meinen Körper, sondern auch mein Vertrauen missbraucht hatten. Aber auch wenn ich es mir ungern eingestand, bei denen hatte ich es irgendwie von Anfang an geahnt, dass es nicht anders werden könnte, schließlich waren das alles Bekannte von Vater, normale Typen würden sich bestimmt nicht mit ihm abgeben. Ein kleiner Funken Hoffnung kehrte jetzt zurück, dass es doch noch gute Menschen gab. Ich hoffte so sehr, dass Patrick der gute Kerl war, der er vorgab, zu sein. In dieser mir unbekannten positiven Erwartung biss ich von meinem Sandwich ab und aß mich seit Wochen wieder einmal satt.

Nervös stand ich vor dem Spiegel und versuchte, etwas Wimperntusche und Lipgloss aufzutragen. Diese Erfahrung war neu für mich, dass ich bewusst versuchte, schön zu sein und nicht unsichtbar. Aber Patrick wollte mich wiedersehen und ich musste zugeben, dass ich das auch wollte. Auch wenn sich anfänglich alles in mir dagegen gesträubt hatte, musste ich mir im Endeffekt doch eingestehen, dass ich neugierig war. Ich wollte herausfinden, ob es wirklich Männer gab, die ernsthaft nett und gut waren. Natürlich war das eine gewagte Hoffnung für die ich weiteren Schmerz und Enttäuschung riskierte. Aber irgendein erstickt geglaubtes Gefühl in mir wollte auf einmal an das Gute im Menschen glauben. Und deshalb machte ich mich auch auf den Weg, der mir trotz allem sehr schwerfiel. Ich traf mich mit Patrick im Park, um etwas spazieren zu gehen. Von Weitem konnte ich ihn schon erkennen. Er war sogar überpünktlich, das machte ihn gleich noch eine Spur sympathischer, aber ein, meiner Meinung nach, gesundes Misstrauen blieb bestehen.

„Hallo, Emilia, du siehst toll aus“, begrüßte er mich.

Ich wusste, dass meine Klamotten nicht die schönsten waren, bis jetzt wollte ich ja auch nicht, dass mich irgendjemand beachtet. Aber es fiel ihm auf, dass ich das Schönste trug, was ich gefunden hatte, ein altes, grünes Sommerkleid meiner verstorbenen Mutter, das bestimmt zwanzig Jahre alt war. „Danke“, sagte ich schüchtern. Erst jetzt bemerkte ich den mitgebrachten Picknickkorb in seiner Hand. Damit hatte ich nicht gerechnet, er hatte sich ernsthaft etwas überlegt, wie wir die Zeit miteinander verbringen konnten. „Wenn ich gewusst hätte, dass du Picknicken willst, dann hätte ich doch auch etwas mitgebracht“, meinte ich sichtlich verlegen.

„Das sollte aber eine Überraschung für dich sein“, sprach Patrick lächelnd.

Ich lächelte vorsichtig zurück und wir gingen ein Stück wortlos nebeneinander her, als wüsste er, dass ich viel Zeit brauchte, um mich anzunähern, und sofort die Flucht ergreifen würde, wenn er irgendetwas überstürzen sollte.

Kaum hatten wir einen geeigneten Platz an dem kleinen, plätschernden Bach gefunden, der durch die weitläufige Grünanlage floss, breitete Patrick eine rostrote Decke aus. Ich half ihm, die Leckereien aus dem Picknickkorb zu holen – Pizzaschnecken, Nudelsalat, Kirschkuchen und Obstsalat. Es duftete herrlich, mein Magen knurrte verräterisch. Ich fühlte mich zu meiner eigenen Überraschung wohl und sicher, ein durchaus komisches Gefühl. Ich wusste eindeutig nicht wieso, aber ich vertraute Patrick, obwohl ich mir bis vor Kurzem hundertprozentig sicher war, dass man niemandem auf dieser Welt trauen konnte, schon gar nicht einem Mann. Ich ließ es mir sogar schmecken und konnte das Essen ernsthaft genießen. Vielleicht gab es doch noch die Chance auf Glück für mich in diesem Leben? Ich hoffte es so sehr und wischte den Gedanken im nächsten Moment weg, weil ich mir einfach töricht vorkam.

Patrick erzählte mir von seiner Familie. Ich erfuhr, dass seine zwei Jahre jüngere Schwester Friseurin war und seine Eltern einen kleinen Getränkemarkt hatten, den Patrick später übernehmen sollte. Seine Welt war so normal und so heil, dass ich an seinen Lippen hing und seine Worte aufsog wie ein ausgetrockneter Schwamm das lang ersehnte Wasser. Ich wollte auch in einer heilen Welt leben, wie es Patrick selbstverständlich konnte, ohne Leid und Gewalt. Ich wollte nie wieder vergewaltigt werden, das war ein Traum, den ich das erste Mal wagte, zu träumen. Aber ich sagte nichts, ich wollte die wunderbaren Worte von Patrick nicht zunichtemachen und Unfrieden in den schönen Augenblick bringen, als er mir von seiner Familie vorschwärmte. So blieb ich eher still und hörte interessiert zu, stellte nur ein paar kleine Zwischenfragen, um mehr von ihm zu erfahren.

Viel zu schnell ging der Tag zu Ende, die Sonne stand bereits tief und malerisch am Horizont und würde spätestens in einer Stunde untergehen. Als wir uns voneinander verabschiedeten, packte mich der Übermut. Ich küsste, ohne es geplant zu haben, Patrick flüchtig auf den Mund. Er grinste, als er realisierte, was ich getan hatte. Aber da war ich schon weg, im schnellen Schritt eilte ich davon und griff mir glücklich auf die Lippen. Ich hätte mir nie gedacht, dass eine Berührung so schön sein könnte. Nicht einmal in meinen kühnsten Träumen hätte ich mir das ausmalen können, was ich eben an Glücksgefühl empfunden hatte. Vorsichtig drehte ich zu Hause den Schlüssel im Schloss um und schickte ein Stoßgebet zum Himmel, dass mein Vater nicht da war. Leise setzte ich einen Fuß über die Schwelle, als er mir schon wütend entgegenkam. Reflexartig zog ich den Kopf ein.

„Wo warst du? Und warum schaust du aus wie eine Hure? Im Schlafzimmer kannst du die Schlampe spielen, wenn es dafür Kohle regnet. Die Zwillinge wollen ficken, sie warten auf dich."

Tränen flossen mir über die Wangen, als er mich ins Schlafzimmer zerrte. Marv nahm mich brutal entgegen und schleuderte mich auf das Bett, auf dem Jus bereits lag. Der steckte, ohne zu zögern, brutal seinen Schwanz in meine Muschi, während mir ihn Marv von hinten in das Arschloch rammte. Ich schrie auf vor Schmerz, aber die Männer kannten keine Gnade. Sie fickten mich brutal, ich fühlte das Blut fließen, der Schmerz zerriss mich innerlich. Als sie vorerst mit mir fertig waren, hatten sie vor, mich besonders zu demütigen. Die Zwillingsbrüder banden mich am Bett an und begannen, mich anzupissen. Sie pissten mir in den Mund, in die Haare, in die Muschi und den Arsch. Es war so widerlich, es stank und tat einfach nur weh. Aber das Schlimmste war, dass mein Vater heute aus seiner Deckung hervorkam, in der er sich immer grunzend selbst befriedigte. Er hörte auf, sich einen runterzuholen, und kam auf mich zu, das konnte nur weiteres Unheil bedeuten. Er zwang mich, den Mund zu öffnen und erleichterte sich ebenfalls in meinen Mund. Sein Urin floss über meine Lippen, ich musste fast kotzen, weil mir so ekelte. Dann wichste er weiter und spritze mir sein Sperma in den Mund, den er mir immer noch brutal aufhielt. Mir flossen die Tränen über die Wangen. Heute war der Tag, an dem er es gewagt hatte, mitzumachen. Er hatte mich zwar in dem Sinn nicht berührt, aber er hatte seine ekelerregenden Körperflüssigkeiten in meinem Mund hinterlassen. Ich hasste ihn so sehr dafür, dass er mir das auch noch antat. Als die Männer endlich weg waren und ich das Schlafzimmer von der Pisse und meinem Blut reinigen musste, verwünschte ich meinen Vater, bedachte ihn mit jedem hasserfüllten Gedanken, den ich aufbringen konnte, und schwor endgültig, von hier abzuhauen. Ich musste einen Weg finden, wie er mich nie wiederfinden konnte. Ich beschloss, Patrick alles zu erzählen, und hoffte, er würde mir helfen, zu fliehen. Aber ich musste noch den geeigneten Zeitpunkt abwarten und sorgfältig planen, damit mein Vater mich sicher nicht finden konnte.

Patrick lud mich zu einem gemütlichen Abendessen ein. Seine Gegenwart, die ich immer mehr genießen konnte, tat mir nicht nur seelisch, sondern auch körperlich gut. Ich hatte etwas zugenommen in den drei Monaten, in denen ich mich bereits regelmäßig mit ihm traf. Ich genoss es, ihn zu küssen und seine Hand zu halten. Diese Momente waren so schön, dass ich wünschte, sie würden ewig dauern und ich müsste nie mehr zurück nach Hause. Ich kannte dieses wunderbare Gefühl, das ich in Patricks Gegenwart empfand davor nur vom Hörensagen und hielt es, ehrlich gesagt, für ein erfundenes Märchen, wenn jemand sagte, er habe Schmetterlinge im Bauch. Aber jetzt erlebte ich es wirklich am eigenen Leib, es war zu schön, um wahr zu sein. Nur eines hing wie ein schwarzer Schatten über meinem Glück mit Patrick. Ich traute mich noch immer nicht, ihm die Wahrheit über meinen Vater zu erzählen, und auch nicht, welche Macht er über mich hatte und was ich alles seinetwegen durchmachen musste. Aber ich wollte, dass Patrick mir bei der Flucht half, deshalb musste ich diesen Schritt irgendwann wagen und ihm reinen Wein einschenken. Aber ich hatte so große Angst davor, wie er reagieren würde. Das machte mich ganz krank. Ich mochte ihn so sehr und wollte auf keinen Fall, dass das vorbei war. Wenn ich nur die Möglichkeit ausschließen könnte, dass ihm das alles zu viel war und er dann nichts mehr mit mir zu tun haben wollte.

„Emilia, ich muss mit dir reden", sagte Patrick plötzlich und unterbrach damit meine Gedanken.

Kalter Schweiß trat auf meine Stirn. Ahnte er bereits etwas?

„Wir sind jetzt seit drei Monaten zusammen, ich möchte gerne den nächsten Schritt wagen, also wenn du einverstanden bist", lächelte er mich an, als er sprach.

„Was meinst du?", fragte ich blauäugig.

„Na ja, ich will dich zu nichts drängen, aber ich hätte gerne Sex mit dir", flüsterte er nun sanft.

Oh Gott, daran hatte ich gar nicht gedacht. Die Küsse und das Händchenhalten waren für mich so selbstverständlich geworden, dass ich nicht ahnte, dass er mehr von mir wollte. Am liebsten hätte ich den Stuhl umgeworfen und wäre davongerannt, um einer Antwort zu entgehen. Was sollte ich jetzt sagen?

Patrick sah mich besorgt an, ich hatte bereits zu lange gezögert, ohne ein Wort zu sagen. „Emilia, wir müssen nicht, wenn du nicht bereit bist dazu. Es ist nur ein Wunsch von mir, dir ganz nahe zu sein", stammelte er unsicher in die peinliche Stille hinein.

Er tat mir leid, er konnte ja nichts für meine Situation zu Hause und er wusste nichts von den Umständen, in denen ich leben musste. Könnte es sein, dass Sex mit ihm auch schön war? Sollte ich es wagen? Sollte ich gegen meine Ängste handeln? „Ich möchte es versuchen, aber gib mir Zeit, wenn es nicht gleich klappt", wagte ich mich mit meinen Worten mutig vor, damit ich ihm nichts erzählen musste, ich brachte es einfach noch nicht übers Herz.

Patrick nickte fröhlich und lächelte verlegen. Wir aßen gemütlich zu Ende, dann zahlte er und wir begaben uns zu ihm nach Hause. Gott sei dank war niemand da von seiner Familie. Er begleitete mich durch das dunkle Haus in sein Zimmer, dort setzte ich mich nervös an die Bettkante. Er zündete inzwischen ein paar Kerzen an, die herrlich dufteten. Ich sog den Duft nach Vanille in mir auf und versuchte, meine innerliche Panik niederzukämpfen. Er setzte sich zu mir ans Bett und küsste mich lange und zärtlich. Dann begann er sich und mich auszuziehen. Ich war fasziniert, dass es so guttat, seine Haut zu berühren. Er streichelte sanft meinen Busen. Wow, das war ein Gefühl, Freudentränen rannen mir über die Wange. Patrick wollte mehr, ich spürte, dass er in mich eindringen wollte, er war sichtlich erregt. Aber genau in diesem Moment überkam mich erneut unkontrollierbare Panik. Ich stieß Patrick von mir weg und rannte weinend aus dem Zimmer. In der Toilette sperrte ich mich ein. Schwer atmend stützte ich mich auf das Waschbecken. Der Schweiß tropfte mir von der Stirn, mein Herz raste, ich schnappte schweratmend nach Luft. Ich hörte, wie es an der Tür klopfte.

„Emilia, alles in Ordnung?", drang es an mein Ohr.

„Nein, eigentlich ist gar nichts in Ordnung in meinem Leben, aber dafür kannst du nichts", antwortete ich ehrlich.

„Dann sag mir bitte, was los ist, ich höre dir zu. Das war mir von Anfang an klar, dass du ziemlich viel durchgemacht hast", erklärte Patrick ruhig durch die Toilettentür.

Ich atmete noch einmal tief durch und sperrte langsam auf, indem ich den Schlüssel im Zeitlupentempo herumdrehte.

„Am besten lässt du mich einfach ausreden. Aber mach dich darauf gefasst, dass es schlimmer ist, als alles, was du dir vorstellen kannst", begann ich meine Ausführungen und schaute ihn Hilfe suchend und flehend an in der Hoffnung, er hätte Verständnis. Und dann redete ich und redete, vergoss viele Tränen und beschönigte nichts. Patrick hielt die ganze Zeit meine Hand und hörte einfach zu. In seinem Gesicht spiegelten sich meine Schmerzen wider. Ich fühlte mich noch nie in meinem Leben jemanden so verbunden und vertraut. Er gab mir das Gefühl, angenommen zu sein. Konnte das wirklich sein, dass sein Mitleid echt war?

„Jetzt verstehe ich, warum du den Sex mit mir nicht zulassen konntest. Ich wollte dir nicht wehtun. Das tut mir sehr leid", meinte Patrick einfühlsam.

„Nein, du hast mir nicht wehgetan. Das erste Mal in meinem Leben fühlt es sich richtig an. Ich liebe dich", kam es zu meiner eigenen Überraschung aus meinem Mund.

„Ich liebe dich auch. Und ich helfe dir, da rauszukommen, versprochen", flüsterte er, als er meine Nasenspitze küsste.

Ich konnte es nicht glauben, dass ich endlich glücklich sein durfte. Patrick hatte es geschafft, mein Herz zu erobern, ich war verliebt. Er hat ein Stück von mir gerettet, den Teil von Emilia Klein, der nicht mehr glaubte, lieben zu können, wurde durch seine Zuneigung glückselig verwandelt.

Einen ganzen Monat planten wir gemeinsam, wie unsere Flucht gelingen könnte, denn Patrick wollte gemeinsam mit mir verschwinden. In drei Tagen wollten wir es zusammen durchziehen, einfach weg von hier, zu einem sicheren Ort, von dem wir niemanden erzählt hatten, damit uns bestimmt keiner fand. Es war gar nicht so leicht, ein todsicheres Versteck auszusuchen, aber mit Patricks Hilfe hatten wir es geschafft. Und das Schönste an der Angelegenheit war, er wollte bei mir bleiben und sich mit mir ein gemeinsames Leben aufbauen. Ich war mir so sicher, dass er mich nicht enttäuschen würde. Er war so anders, als mein Vater, der mich anfänglich durch sein Schweigen und in weiterer Folge durch den Missbrauch immer wieder schmerzlich verletzt hatte. Das würde jetzt endlich ein Ende haben! Ich war wieder vom Guten im Menschen überzeugt. Patrick stand zu mir, daran war nicht zu rütteln. Deshalb wollte ich ihm heute ein besonderes Geschenk machen. Ich wollte endlich mit ihm schlafen, er wünschte es sich so sehr. Wir hatten in letzter Zeit die Intimität geübt, in meinem Fall war das notwendig, wir waren sogar so weit gegangen, uns gegenseitig zu befriedigen. Patrick hatte es tatsächlich geschafft, mich zum Orgasmus zu bringen. Er hatte lange durchgehalten, um mir den Höhepunkt zu bescheren, den ich niemals für möglich gehalten hatte. Deshalb wollte ich es nun endlich versuchen, ob ich nicht den Sex mit Patrick auch genießen konnte. Mit ihm war es, wie in einer anderen Welt zu leben, fernab von Schmerz und Leid, ein wunderschönes Erlebnis jagte das nächste, wenn wir zu zweit waren. Es hatte nichts mit dem zu tun, was ich in meinem bisherigen Leben an schmerzvollen Erfahrungen machen musste.

Deshalb freute ich mich auf diese aufregende Überraschung für meinen Freund. Ich versuchte die Angst, die mich immer noch beherrschte, zur Seite zu schieben, und machte mich hübsch, soweit das mit meinen begrenzten Möglichkeiten überhaupt ging. Als ich die Wimperntusche und den Lipgloss auftrug, war ich richtig stolz, dass ich nicht mehr so mager war und wieder etwas Farbe im Gesicht hatte. Durch Patricks Liebe steckte ich die Qualen, die mich zu Hause immer wieder erwarteten, viel besser weg. Er hielt mich am Leben, durch ihn war die Hoffnung auf ein gutes Leben nicht gänzlich verloren. Ich lächelte mir selbst noch einmal in den Spiegel zu, ehe ich mich auf den Weg machte zu meinem Patrick.

Er war heute wieder allein zu Hause, also waren wir ungestört. Eigentlich war ich froh, dass ich seine Eltern und seine Schwester noch nicht kennengelernt hatte, denn er würde sie in drei Tagen für mich verlassen, da war es besser, wenn ich mir ihre weinenden Gesichter nicht vorstellen konnte, wenn sie von ihrem Verlust erfuhren. Deshalb war es für mich gut so, auch wenn Patrick wollte, dass ich ihnen noch begegnete, bevor wir abhauten, überzeugte ich ihn, dass es auch von Vorteil war, wenn sie mein Gesicht nicht kannten. Denn sie würden bestimmt nach Patrick suchen und ihre Chancen waren geringer, wenn sie keine Ahnung hatten, wer bei ihm war. Das war Teil des Plans.

Unterwegs besorgte ich noch schnell etwas Eis, ehe ich schnurstracks auf das Haus zueilte, in dem Patrick wohnte. Ich freute mich wie ein kleines Kind, als er mir die Tür öffnete. Ich hielt ihm freudestrahlend das Eis entgegen. „Super Idee, geh schon einmal in mein Zimmer, ich hole Schüsseln und Löffeln für das Eis“, sagte er neckisch.

Ich schlenderte nach oben und wartete auf meinen Liebsten, der zwei Minuten später folgte. Wir löffelten das Eis, ehe wir wild knutschend auf dem Bett landeten. „Ich will heute mit dir schlafen“, meinte ich fröhlich.

Patrick wich mit dem Gesicht etwas zurück, aber ich lag weiterhin geborgen in seinen Armen, er sah mich nur prüfend in die Augen. „Bist du dir sicher?“, fragte er kritisch.

Ich nickte und küsste ihn zur Antwort. Langsam zogen wir uns aus und erforschten unsere Körper mit der Zunge. Durch seine sanften und zärtlichen Berührungen verschaffte er mir erneut einen Höhepunkt. Ich wollte ihm dieses großartige Gefühl zurückgeben. Deshalb erlaubte ich ihm, in mich einzudringen. Vorsichtig und sanft bewegte er sich in mir. Es war komisch und mein Herz verkrampfte sich, obwohl ich wusste, dass ich von Patrick nichts zu befürchten hatte.

„Ruhig, Baby. Ich liebe dich, mein Schatz", flüsterte er mir liebevoll ins Ohr. Er wartete rücksichtsvoll, bis ich wieder anfing, mich langsam und gleichmäßig zu bewegen. Ich spürte, wie seine Lust sich steigerte, er küsste mich sanft am Hals. Da wusste ich, dass es das erste Mal in meinem Leben richtig war, Sex zu haben. Ich konnte sein Vertrauen und seine Liebe spüren. Stöhnend kam er zum Orgasmus und zog mich sogleich an sich, um mir ganz nahe zu sein. Er flüsterte: „Ich werde dich immer lieben. Du kannst dich hundertprozentig auf mich verlassen."

„Danke, ich liebe dich auch", sagte ich lächelnd. Glücklich und erschöpft schlief ich in seinen Armen ein. Ein gemeinsames Leben mit ihm war alles, was ich mir wünschen konnte. Auch wenn der Preis hoch war, den er mit der gemeinsamen Flucht zahlen musste, konnte es nur so richtig sein. Wir waren füreinander bestimmt.

Der Tag meiner Flucht war endlich gekommen. Nie wieder würde mir mein Vater etwas anhaben können, ich würde ihn in Zukunft komplett aus meinem Gedächtnis streichen. Meine Gefühle waren gemischt, verdankte ich doch seiner geringen Zuwendung in meiner Kindheit, dass ich noch am Leben war und heute Patrick lieben konnte. Es wurde mir wieder schmerzlich bewusst, dass es eine Zeit vor dem blinden Hass gegenüber meines Erzeugers gab. Aber Vaters unerträgliches Schweigen und die Tatsache, dass er meinen Körper verkauft hatte, hatten nun endgültig ein Ende. Nie wieder würde ich es zulassen, dass mich jemand vergewaltigt. Ich war jetzt wieder mein eigener Herr und ich bestimmte über meinen Körper. Patrick war ab nun der Einzige, der mich berühren durfte. Ich freute mich so sehr, ihn wiederzusehen, denn dann begann mein neues Leben und alles war vorbei, was ich an Qualen hinter mir hatte.

Ich hörte, wie die Haustür aufgesperrt wurde. Mein Vater kam besoffen nach Hause, obwohl es erst später Nachmittag war, aber das erleichterte die Sache ungemein.

„Zieh dich aus, du Schlampe, der Richter will dich ficken, er kommt in einer Stunde", grölte mein Vater durch die Wohnung, durch den Alkohol ausnahmsweise richtig redselig.

Scheiße, das war nicht der Plan. Jetzt musste ich schnell sein. Umgehend leerte ich die vorbereiteten K. o.-Tropfen in ein Glas Tomatensaft, das einzige alkoholfreie Getränk, dem mein Vater nicht widerstehen konnte. Ich tat so, als würde ich davon trinken, als er den Raum betrat. Das Fläschchen, indem das Liquid Ecstasy war, hatte ich bereits verschwinden lassen.

„Was hast du da?“, pöbelte er mich an.

„Tomatensaft, den habe ich mir gegönnt“, sagte ich provokant. So schnell konnte ich gar nicht schauen, riss er mir das Glas mit dem Tomatensaft aus der Hand und trank es bis auf den Grund leer. Ich grinste in mich hinein. Ich sah noch zu, wie er zur Couch wankte, um sich hinzulegen. Wenig später war er betäubt, die Drogen, die ich ihm gegeben hatte, taten seine Wirkung.

Schnell lief ich in mein Zimmer und krallte mir die gepackte Tasche mit dem Nötigsten. Alles andere ließ ich so, wie es war, damit mein Vater nicht zu bald Verdacht schöpfte. Er sollte nicht sofort mitbekommen, dass ich für immer weg war und nie wiederkam. Innerlich jubelnd über meinen Sieg verließ ich die Wohnung und hatte nicht vor, mich umzudrehen. Ich blickte auf meine Uhr. Perfekt, Patrick würde bereits auf mich warten und in wenigen Minuten wären wir ein Wölkchen, auf und davon in ein besseres Leben.

Und dann sah ich Patrick schon von Weitem am vereinbarten Treffpunkt stehen, mit einem Rucksack am Rücken. Aber er war nicht allein. Verdammt, was sollte das? Irritiert versteckte ich mich in der nächsten Hausnische, um Patrick und diese andere Person zu beobachten. Mit Entsetzen stellte ich fest, dass es eine junge Frau war. Sie war sehr hübsch und ziemlich sexy gekleidet. Eifersucht stieg in mir auf. Hatte Patrick mich betrogen? War er nur gekommen, um mir zu sagen, dass er eine andere hatte? Vielleicht war sie eine, die keinen so großen Schaden hatte wie ich und ihretwegen müsste er nicht abhauen und seine Familie im Stich lassen. Die Panik, die in mein Herz kroch, tat unerträglich weh. Kurz überlegte ich, ob ich überreagierte, weil die junge Frau offensichtlich auf Patrick einredete. Vielleicht schätzte ich alles falsch ein. Aber seine nächste Reaktion auf die junge Dame war dann mehr als eindeutig. Er nahm sie in den Arm, einfach so, obwohl er wusste, ich konnte jederzeit da sein. Um dem Ganzen noch die Krone aufzusetzen, küsste er sie auf die Wange. Tränen rannen über meine Wangen und verschleierten meine Sicht. Das konnte nicht wahr sein, nicht mein Patrick, mein Retter, meine Garantie auf ein glückliches

Leben. Eiskalt rann es mir die Kopfhaut und den Rücken hinunter. Der Schmerz schlug ein wie eine Bombe in meinen Körper, alles schien in mir zu bersten. Es war, als hätte mir jemand ein Messer ins Herz gestoßen und drehte es immer und immer wieder herum. Ich musste weg, ich konnte es nicht ertragen. Ich drehte mich um und rannte los. Die Enttäuschung zog meinen Körper hinunter wie Blei, der Schmerz verhinderte, dass ich einen klaren Gedanken fassen konnte. Blindlings lief ich weiter, bis ich gestoppt wurde, irgendjemand hielt mich auf, indem er sich mir in den Weg stellte. Ich hoffte so sehr, dass es Patrick war, der mir sagte, dass das, was ich gesehen hatte, nur ein Missverständnis war. Aber als ich durch den Schleier der Tränen etwas sehen konnte, blickte ich in das boshafte Gesicht des Richters Paul Schmidt, der mich immer wieder auf brutalste Art und Weise vergewaltigt hatte.

Ich schrie laut auf, aber ich hatte keine Chance. Er hielt mir sofort den Mund zu und zerrte mich in sein Auto. Er warf mich und meine Tasche in den Kofferraum und knallte den Deckel zu. Um mich war nun Finsternis und Enge. Der Traum von der Freiheit war ausgeträumt, ich wollte nur mehr sterben. Schluchzend schlief ich ein, in der Hoffnung nie wieder munter zu werden und einfach sterben zu können.

Das Sonnenlicht blendete mich, ich schloss meine Augen zu einem Schlitz, um etwas erkennen zu können. Ich weiß nicht, wie lange Zeit vergangen war hier im Kofferraum. Aber nun standen mein Vater und der Richter über mir. Ich war ihnen hilflos ausgeliefert. Ich fühlte mich wie gelähmt, hatte keine Kraft, um Hilfe zu schreien. Aber das brachte sowieso nichts, dadurch würde alles nur noch schlimmer kommen.

„Du wolltest abhauen", raunte mein Vater zornig.

Dann übernahm Paul Schmidt, vor dem ich noch mehr Angst als vor meinem Vater hatte, das Wort: „Ich fahre für ein paar Tage auf Urlaub. Du wirst mich in dieser Zeit begleiten und tun, was ich sage. Dafür habe ich gerade deinem Vater eine Stange Geld bezahlt."

Ich hörte das Gesagte, als zöge es an mir vorbei und als würde es mich nicht betreffen. Mein Körper war bereits tot, nur meine Seele schmerzte fürchterlich. Innerlich rief ich hilflos nach Patrick, aber er hatte mich verraten, genauso wie alle anderen Männer auf dieser Welt. In letzter Verzweiflung flehte ich zu Gott, er möge mich auf der Stelle sterben lassen. Aber insgeheim wusste ich, was mich in den nächsten Tagen erwartete, und ich konnte rein gar nichts dagegen tun. Wie töricht war ich, dass ich ernsthaft geglaubt hatte, dass ich fliehen könnte.

So stieg ich ohne Gegenwehr aus dem Kofferraum und begab mich auf den Beifahrersitz, ehe mich der Richter Richtung Italien brachte. Die Fahrt war lange und heiß, der Schmerz in meiner Brust ließ mich fast ersticken, aber das wäre mir sogar recht gewesen, wenn es mich wirklich das Leben gekostet hätte. Aber ich versuchte, so gut es ging, mir nichts anmerken zu lassen. Ich wollte meinem Peiniger diese Genugtuung nicht lassen, zumindest darüber konnte ich noch bestimmen, wenn ich mich ansonsten gänzlich handlungsunfähig fühlte. Ich versuchte, mich wieder in mich zurückzuziehen, so gut es halt ging. Aber je mehr ich mir wünschte, zu sterben, umso schneller schlug mein Herz. Ich war gefangen und es war nur eine Frage der Zeit, bis dieser Paul Schmidt sein grausames Spiel mit mir trieb. Ich konnte nicht entkommen. Ich hatte mehrfach erfahren, wie stark er und zu was er fähig war.

Im Hotel angekommen, zwang er mich, duschen zu gehen. Ich hatte etwas Glück, sofern man das so bezeichnen konnte, dass er müde von der Fahrt war und kaum Kraft aufwandte, um mich zu ficken. Trotzdem fühlte ich mich schmutzig und leer. Ich verfluchte in Gedanken abermals Patrick, weil er mich nicht gerettet hatte. Ich liebte ihn so sehr und er nutzte das schamlos aus. Alles in mir wollte ihn hassen, so wie ich es bei meinem Vater gelernt hatte. Der hatte meine Versuche, als Kind absolut geliebt zu werden, nur mit Schweigen quittiert und mir in Folge Schreckliches angetan. Eigentlich sollte eine Tochter ihren Vater lieben, aber der Hass bestimmte mein Leben, weil ich abhängig war von ihm, von einem Menschen, dem ich einen Scheißdreck wert war und dem es gefiel, mich leiden zu sehen.

Die Tage vergingen schleppend in Italien. Ich war die ganze Zeit im Hotelzimmer eingesperrt und musste herhalten, wenn Paul Schmidt kam, um mich zu sehen. Ich verfluchte dieses verabscheuungswürdige Monster, er war ein brutaler Vergewaltiger, mir tat alles weh. Mein Körper war übersät von blauen Flecken und Wunden, er kannte keine Gnade. Es ekelte mich an, dass er nur seine Lust fand, indem er mir wehtat. Eigentlich sollte ich bereits komplett resigniert haben, aber in mir wuchs trotz allem der Zorn an und dadurch spürte ich wieder einen Teil von mir, ich schmiedete Rachepläne. Ich wollte das erste Mal, dass die Gerechtigkeit siegte. Bei Patrick konnte ich kurz spüren, was Sexualität bedeuten konnte. Dafür war ich ihm dankbar, auch wenn er mich fallen gelassen hatte wie einen Sack Kartoffeln. Aber das, was dieser Paul Schmidt mit mir abzog, war einfach nur krank. In den Stunden, in denen ich allein war, überlegte ich, wie man einen Mord begehen konnte.

Alle Möglichkeiten, die mir in den Sinn kamen, schienen mir zu wenig Strafe zu sein für das, was er mir antat. Wie konnte man einen Mann so richtig leiden lassen? Wie ließ man einen Vergewaltiger sterben? Es musste doch eine Möglichkeit geben, ihm langsam die Möglichkeit zu geben, darüber nachzudenken, was er getan hatte, während er starb.

Die zündende Idee kam mir dann bei einem Horrorfilm, den ich mir im Hotelzimmer ansah. Der Mörder in dem Streifen ließ seine Opfer ausbluten. Das war es. Männer, wie dieses Arschloch von Richter, fügten mir mit ihren Schwänzen unfassbares Leid zu. Man müsste als Strafe nur den Penis abtrennen und den Körper dann ausbluten lassen. Dieser Gedanke brannte sich in meinem Hirn fest, ich wollte nichts mehr ertragen und erdulden, die Zeit der Rache war gekommen. Endlich würde die Gerechtigkeit siegen. Die Stärke wuchs ihn mir, endlich wollte ich wieder handeln, um das Leid zu beenden. Ich schrie laut, dass ich mir von nichts und niemanden mehr etwas gefallen lassen würde.

Paul Schmidt kam erneut zu mir. Boshaft funkelte ich ihn an, aber er grinste sich nur eins. Er fesselte mich mit Händen und Beinen ans Bett, ich versuchte, mich zu wehren, aber das stachelte ihn noch mehr an. Ich hatte keine Chance gegen ihn. Er war zu stark. Er steckte mir seinen Schwanz in den Mund. Er rammte ihn mir so weit nach hinten, dass ich fast kotzen musste. Und dann fing er zu pissen an. Er zwang mich, es zu schlucken, ehe er in meinem Mund abspritze. Als er von mir abließ, kotze ich ins Bett, das war so ekelhaft. Aber der Richter lachte höhnisch. Unbeirrt steckte er seinen Penis in mein Arschloch und füllte mir den Darm mit seiner Pisse. Ich glaubte, es würde mir alles zerreißen, aber er hörte nicht auf. Mein Unterbauch brannte vor Schmerzen, ich schrie wie am Spieß. Dann fickte er brutal drauflos in mein mit Urin gefülltes Arschloch. Mein Darm schien zu platzen, ich konnte den Schmerz nicht ertragen. Der Ohnmacht nahe, bekam ich noch mit, wie er mit der ganzen Hand in meine Muschi fuhr. Er spreizte meinen Muttermund auf und stieß seine Hand mehrfach in meine Gebärmutter. Ein letzter markerschütternder Schrei kam über meine Lippen, ich spürte, wie das Blut aus mir hervorquoll, ehe alles dunkel wurde und die Ohnmacht über mich kam. Mein letzter Gedanke war, dass ich nun endlich sterben durfte.

Halb tot wachte ich auf, ich lag in einer Blutlache, ich konnte mich nicht bewegen, die Schmerzen verhinderten es. Verschwommen nahm ich eine Gestalt wahr.

„Na, du hast ja einen Überlebenswillen, ich war mir fast sicher, dass ich dich zu Tode gefickt habe. Na ja, macht nichts, dann kann ich dich zu deinem Vater zurückbringen und dich ein anderes Mal beim Sex töten, das wollte ich immer schon einmal machen. Glaub mir, das gestern war der geilste Sex meines Lebens. Deine Schreie, deine Schmerzen und das viele Blut haben mich so richtig geil gemacht. Du bist perfekt. Ich freue mich darauf, dich umzubringen. Ich werde den ultimativen Orgasmus erleben, wenn du stirbst. Aber vorher musst du dich erholen, sonst macht es keinen Spaß", schwärmte er mit seinen grausamen, kranken Gedanken.

Kurz wünschte ich mir wieder, tot zu sein, ehe die Rachegedanken wiederkamen. Nein, nicht ich würde sterben. Es hatte einen Grund, warum ich das in dieser Nacht überlebt hatte. Und das war einzig und allein – Rache.

Die Fahrt nach Hause war der reinste Horror. Ich lag auf der Rückbank und versuchte, die Schmerzen etwas zu veratmen, aber es gelang mir nicht, mein Unterleib brannte wie die Hölle. Ich fragte, wie viel mehr Leid ein Mensch noch ertragen konnte. Der Richter lieferte mich nach mehreren Stunden, die wir unterwegs waren, tatsächlich zu Hause ab. Mein Vater quittierte meinen Zustand wieder einmal mit Schweigen.

„Könntest du mir einmal die Liebe geben, die mir zusteht?", schrie ich ihn verzweifelt an. Er sah mich nicht einmal an und verließ daraufhin die Wohnung. Es war wie immer, er tat genau das Gegenteil von dem, was ich als Tochter von ihm gebraucht hätte. Ich verfluchte seine schwarze Seele. Ich hasste ihn und diesen Paul Schmidt für die Grausamkeiten, die er mir angetan hatte. Ich schwor abermals Rache und ließ in meinen Gedanken die grausamen Gedanken an einen Mord weiterspielen. Immer wieder sagte ich mir vor, dass die Gerechtigkeit siegen würde. Ich würde es nicht mehr zulassen, dass mir irgendjemand Leid zufügte. Ich musste das selbst in die Hand nehmen, ich war der einzige Mensch, dem ich trauen konnte. Alles kam zu einem Ende, ich konnte es deutlich spüren. Mit diesen erstarkenden Gedanken legte ich mich ins Bett und hoffte, dass mich mein Vater in Ruhe ließ, damit ich mich erholen konnte und wieder Kraft für meinen Rachefeldzug hatte.

Eine Woche später konnte ich mich wieder ohne größere Schmerzen bewegen. Es war noch lange nicht alles verheilt, aber das Gröbste hatte ich überstanden. Mein Vater hatte sich kein einziges Mal bei mir blicken lassen, er ging mir aus dem Weg. Ich hörte ihn nur in der Nacht, wenn er kam, um seinen Rausch auszuschlafen. Ansonsten mied er die Wohnung, was mir aber sehr recht war, denn ich konnte es jetzt echt nicht gebrauchen, wenn er einen meiner Vergewaltiger anschleppte, bevor ich meinen Plan in die Tat umsetzen konnte.

Ich fuhr mit dem Bus in die Innenstadt. Ich hatte alles an Geld mit, was ich finden konnte. Ich setzte mich am Brunnenplatz in ein italienisches Restaurant und bestellte mir Piccata Milanese mit einem kleinen Salat und einem Glas Chianti. Es roch und schmeckte himmlisch. Zur Feier des Tages gönnte ich mir auch noch einen Espresso und ein italienisches Gebäck mit dem Namen Aragustine. Der knusprige Blätterteig und die Vanillecremefüllung waren ein Geschmackserlebnis der besonderen Art. Heute ließ ich es mir gut gehen. Für den Moment konnte ich Emilia Klein sein, eine ganz normale junge Frau, die Freude an gutem italienischem Essen hatte. Wäre das Leben schön, wenn es immer so sein könnte.

Ich bezahlte und machte mich auf den Weg in den Baumarkt. Dort kaufte ich Kabelbinder und eine Astschere. Weiters besorgte ich mir noch eine original verschlossene Wodkaflasche, die mit K. o.-Tropfen versetzt war. Der Typ, der mir das verschaffte, verlangte unverschämt viel Geld von mir, aber ich hatte keine andere Wahl. Liquid Ecstasy war illegal und mein Vater war misstrauisch, seitdem ich ihm diese Drogen in den Tomatensaft getan hatte. Deshalb war es wichtig, dass die Flasche professionell verschlossen war, sodass er keinen Verdacht schöpfte, wenn ich ihn erneut ausschaltete.

Zufrieden ging ich nach Hause und platzierte die präparierte Wodkaflasche in der Küche. Dann setzte ich mich ins Wohnzimmer und schaltete den Fernseher an, einfach nur, um irgendetwas zu tun, damit die Zeit verging. Um 22 Uhr schaltete ich dann ab und begab mich ins Bett. Ich wollte warten, bis ich ihn nach Hause kommen hörte. Aber die Schmerzen in meiner Gebärmutter übermannten mich und ich schlief ein.

Um 1 Uhr schreckte ich auf. Panik kroch in mir hoch. War es jetzt zu spät für meinen Plan? Warum musste ich nur einschlafen? Es war zum Mäusemelken. Mühsam kroch ich auf und begab mich in die Küche. Zufrieden stellte ich fest, dass die Wodkaflasche leer war. Er hatte alles getrunken, das musste reichen, um eine ganze Nacht ausgeschaltet zu sein. Also war es noch nicht zu spät. So schlich ich in das Schlafzimmer meines Vaters. Schnarchend lag er da und rührte sich nicht. Vorsichtig begann ich, seine Hände und Beine mit den Kabelbindern am Bettgestell zu fixieren. Ich kam nur langsam voran, weil ich ihn auf keinen Fall wecken wollte. Kalter Angstschweiß stand mir auf der Stirn. Ich war entschlossen, dass er nun für all das bezahlen würde, was er mir und den anderen Mädchen in all den Jahren angetan hatte. Heute hatte es endgültig ein Ende. Mein Vater würde nie wieder jemandem Leid zufügen. Und eigentlich verhalf ich ihm noch zu dem, was mich als Kind am meisten quälte: Er würde nun für immer schweigen – Worte verletzen ... und Schweigen tötet.

Ich zog ihm die Hose hinunter, kurz stöhnte er auf. Ich nahm die Astschere und platzierte sie um seinen Penis. Mit aller Kraft, die ich aufbringen konnte, drückte ich zu und schnitt ihm seinen Schwanz ab. Vater schrie auf vor Schmerzen. Ich musste grinsen, denn endlich konnte ich Rache nehmen, er hatte nichts anderes verdient.

Er sah mich an und bewegte schmerzverzerrt seinen Mund: „Ich liebe dich.“ Erschrocken taumelte ich zurück. Konnte das wahr sein? Hatte er nun endlich den Satz gesagt, den ich meine ganze Kindheit und Jugendzeit hören wollte? Tränen traten mir in die Augen und ich rannte aus dem Zimmer. Ich kroch unter meine Bettdecke und hielt mir die Ohren zu, um seine Hilfeschreie nicht zu hören. Keiner würde ihm helfen, denn schlechte Menschen hatten nicht verdient, dass ihnen geholfen wurde. Nein, er war gar kein Mensch, er war eine böse Bestie. Und er hatte mich zur Mörderin gemacht, jetzt war ich auch ein Monster.

Bis 3 Uhr lag ich da und rührte mich nicht. Vorsichtig erhob ich mich. Ich musste nachschauen, ob er noch lebte. Vorsichtig ging ich in sein Schlafzimmer. Mein Vater lag in einer riesigen Lache aus Blut. Sein Körper war weiß wie Schnee, leblos starrte er ins Nichts. Es hatte funktioniert, er war ausgeblutet. Man sah, dass kein Leben mehr in ihm war. Er war mausetot, endlich. Die Gerechtigkeit hatte gesiegt.

Ich wollte die Leiche noch verschwinden lassen und packte sie in die zurechtgelegten Leintücher. Ich schleifte sie ins Vorhaus, ehe ich eine Sirene hörte. Ich schaute aus dem Fenster und stellte mit Entsetzen fest, dass die Polizei mit Blaulicht auf der Straße vor dem Haus stand, in dem sich unsere Wohnung befand. Scheiße, irgendeiner unserer Nachbarn musste ihn schreien gehört haben. Warum hatten die nie reagiert, wenn ich gebrüllt hatte wie am Spieß, wenn ich vergewaltigt wurde? So ließ ich meinen Vater liegen und lief los, raus aus der Wohnung, immer weiter.

Ich versuchte, meine geröteten und verweinten Augen zu öffnen, es gelang mir aber nicht, zu viel erdrückende Schwere lag auf ihnen. Das grelle Licht blendete mich zusätzlich schmerzhaft, ich konnte rein gar nichts sehen. Ich wollte mich bewegen, ich sollte bereits weit weg von hier sein, scheiterte abermals kläglich bei dem Versuch, vom Fleck zu kommen. Ich war bei meiner Flucht durch den Wald gestolpert. Die peitschenden Äste der Bäume schlugen nach mir, ich war den Hang hinuntergestürzt, hatte mich mehrfach überschlagen, ehe ich hier verletzt zum Liegen kam. Mein Körper war am Ende, ich konnte nicht mehr weiter, sosehr ich es auch versuchte. Jeder Muskel meines Körpers tat mir weh, sie versagten mir ihren Dienst, ich kam nicht wieder in die Höhe.

Beklemmende Verzweiflung machte sich wie ein dunkler Schatten in mir breit, kroch mir eiskalt in mein verkrampftes Herz. Panisch versuchte ich es immer noch, zu fliehen, aber meine Beine gehorchten mir einfach nicht. Ich war nicht mehr Herr über mich selbst, musste mich meinem unausweichlichen Schicksal demütig fügen. Ich hörte bereits die bellenden Hunde, sie waren unaufhaltsam hinter mir her. Sie kamen, um mich zu holen, durch meine Hilflosigkeit hatten sie leichtes Spiel. Ich war ihnen schutzlos ausgeliefert. Sie würden mich hier wegbringen, einsperren und mich nie wieder freilassen. Hinter dicken Eisengittern würde meine klägliche Existenz in Zukunft verborgen bleiben. Denn sie würden niemals fühlen, was ich fühle. Sie würden alles, was ich sagte, rücksichtslos ignorieren. Ich wusste, sie hatten kein Mitleid mit mir, keiner konnte verstehen, was in mir vorging. Keiner würde erahnen, wie es tief in mir aussah. Wer konnte schon nachempfinden, welchen unerträglichen Weg ich hinter mir hatte?

Die Panik ließ neuen Lebensmut in mir aufsteigen, ich musste, so schnell es ging, weg von hier. Mich im verborgenen Schatten der Menschheit verstecken, da, wo mich keiner fand, für immer. Aber meine Verletzungen vom Sturz waren zu schwer. Die letzten Tränen waren bereits geweint über meine endgültige Situation. Sie waren bereits da, ich konnte ihren Atem hören. Wie dunkle Herrscher standen sie mit ihren Hunden um mich herum, ihre Köter gierten nach meinem Blut, aber sie wurden zurückgehalten.

Fast erwartete ich, dass sie die wolfsähnlichen Tiere doch losließen und sich ihre Zähne schmerzhaft in mein Fleisch dringen würden wie scharfe Messerstiche. Aber es geschah nicht, mein Körper gab das letzte Bewusstsein auf, ich fiel in die unendlichen schwarzen Tiefen einer

Ohnmacht. Dumpf hörte ich noch die Worte, die sie sagten: „Wir haben die Bestie gefangen."

Dann hüllte mich die Schwere der Dunkelheit endgültig ein. Ich hatte das Spiel verloren. Gewinnen war in meinem Leben nicht so vorgesehen, wie es die Gesellschaft mit ihren Normen und ihrer Moral vorgab. Es war gut, dass sie nichts wussten von meinem wahren Gewinn. Stolz erreichte mich in Gedanken die unmittelbare Erinnerung, die mich in die Flucht getrieben hatte, ich blickte auf meine blutverschmierten Finger und wusste nur zu gut, dass es nicht mein eigenes Blut war, das an meinen Händen klebte.

Kapitel 9

Ich starrte an die nackte Betondecke meiner Zelle und zählte die Sekunden. Bei der letzten Sitzung mit Frau Dr. Gabriel hatte ich ihr die Geschichte über den Mord vorgelesen, so wie ich sie zuvor aufgeschrieben hatte. Dieses Mal war es keine erfundene Geschichte, sondern die Wahrheit über mein Leben. Es war einerseits befreiend, andererseits strengte es mich maßlos an, zuzugeben, meinen eigenen Vater ermordet zu haben. Ich hatte danach keine Kraft mehr, um darüber zu reden. Die Psychologin war nun die Einzige, die meine vollständige Geschichte kannte. Und ich empfand es im Moment für gut, denn ich konnte etwas von meiner bedrückenden Last abgeben. Aber ich hatte Angst davor, wie sie heute reagieren würde, denn sie wusste, dass ich meine Tat nicht bereute. Es war der einzige Ausweg aus dem unsäglichen Leid, das mir widerfahren war. Kurz schloss ich noch einmal die Augen, damit die Zeit etwas verging. Und ich fiel tatsächlich in einen traumlosen Schlaf, aus dem mich der Wärter viel zu schnell herausholte. Müde und schwerfällig folgte ich ihm.

„Emilia, wo bist du?“, fragte mich die Psychologin, als ich an die Wand starrte, anstatt sie anzusehen.

„Ich bin in Gedanken bei meinem Vater. Warum kann ich ihn nicht vergessen bei alledem, was er mir angetan hat?“, stellte ich die Gegenfrage. Frau Dr. Gabriel schaute mich wartend an, sie wusste, ich hatte noch etwas zu sagen. „Ich schrieb in der Grundschule einen Text über meine Sehnsucht, frei zu sein, damals glaubte ich noch, dass wahre Liebe einen fliegen lässt. Stolz habe ich einen Engel auf ein Blatt Papier gemalt und meine hoffnungsvollen Worte in schönen Lettern darauf geschrieben. Tagelang bat ich meinen Vater, es zu lesen, seine Meinung war mir wichtig. Aber er tat es nicht, mein Herz weinte vor Einsamkeit.“

„Gibt es keine Wünsche, die er dir erfüllt hat?“, wollte Frau Dr. Gabriel wissen.

„Ich wollte einmal unbedingt mit ihm ein Wochenende in den Urlaub fahren, dachte mir, dass dann irgendetwas gut werden könnte zwischen uns, aber das war vor dem sexuellen Missbrauch. Er willigte ein, ich suchte voller Stolz ein geeignetes Reiseziel heraus, freute mich über alle Maßen. Nur musste mein Vater buchen, da ich noch nicht volljährig war. Aber er tat es einfach nicht. Ich wurde wütend, weil ich nicht verstand, warum ihm das nicht genauso wichtig war wie mir. Und diese kurze Unachtsamkeit nahm er zum Anlass, tagelang kein einziges Wort mit mir zu sprechen, nicht einmal die dahingeraunten Silben hatte er noch für mich übrig. Er bestrafte mich noch mehr mit der Einsamkeit, die mein Herz immer mehr zerfraß. Als dieses gemeinsame Wochenende nichts wurde, dämmerte mir, dass ich um einen Platz in seinem Leben kämpfte, den er nicht bereit war, zu geben. Ich fühlte mich so allein und im Stich gelassen. Ich versuchte, ihm so lange alles zu verzeihen, aber ich glaube, er hat es missverstanden, er dachte dadurch, er könnte alles mit mir machen."

„Emilia, dein Vater konnte wahrscheinlich zu niemandem stehen. Vielleicht wurde er als Kind selbst nicht gewollt und verwechselte Ablehnung mit Liebe. Ich glaube nicht, dass er verstanden hat, wie sehr du anfänglich um seine Liebe gekämpft hast", erklärte die Psychologin.

„Als er sich gegen das gemeinsame Wochenende mit mir entschieden hat, wusste ich, dass er mir niemals die Zeit und Aufmerksamkeit schenken würde, die mir als Tochter zustand. Von mir hat er in der Öffentlichkeit bestimmt nie gesprochen."

„Emilia, er ist tot, er hat keine Macht mehr über dich. Du hast bereits beschlossen, ihn loszulassen, ich glaube an dich, dass du es auch schaffst. Was zählt für dich jetzt im Leben?", fragte Frau Dr. Gabriel weiter.

„Ich will nie wieder so allein sein, weiß aber nicht, wie ich dieser Einsamkeit entfliehen kann. Eigentlich zählt nur, wer da ist, wenn man Nähe braucht. Aber mein Vater ließ mich genau dann im Stich, ließ zu, dass meine Liebe zu ihm stückweise zerbrach", gestand ich ehrlich.

„Emilia, du hast es verdient, geliebt zu werden", wollte die Psychologin mich aufheitern.

Sie wusste, wie sehr ich in jungen Jahren um die Liebe meines Vaters gekämpft hatte, ehe der Hass alles endgültig in meinem Herzen zudeckte, und wie sein Schweigen mir die Sehnsucht nach einem glücklichen Leben genommen hatte. „Ich habe nie verstanden, warum er nicht einfach mit mir redete", bedauerte ich wiederholt.

„Ich weiß und vielleicht muss man manche Dinge auch nicht verstehen, vor allem, wenn man sie nicht ändern kann. Wie geht es dir jetzt, Emilia?", fragte mich die Psychologin behutsam.

„Ich weiß nicht, es fühlt sich alles so verwirrend an", sagte ich ehrlich.

„Das ist normal. Aber dir kann keiner mehr etwas antun, du bist in Sicherheit“, erklärte sie mir.

„Ja, ich weiß. Jetzt bleibt nur mehr die Tatsache, dass ich selbst ein Monster bin“, sprach ich mit gesenktem Blick.

„Ich würde es nicht so ausdrücken, aber über das, was du wahrscheinlich damit meinst, wollte ich heute mit dir reden, wenn es passt für dich, Emilia“, wagte sich Frau Dr. Gabriel vor.

Ja, es war nun an der Zeit, offen über meine Tat zu sprechen. Das waren die letzten Dämonen, die mich noch quälten. Vielleicht würde ich dann meinen inneren Frieden finden. Aber mit der ersten Frage, die die Psychologin stellte, hatte ich nicht gerechnet. Sie fragte mich ernsthaft, ob ich Patrick immer noch liebte.

„Ich glaube, Liebe ist nichts für mich. Patrick war nur ein weiterer Beweis, dass jeder Mann nur eine Enttäuschung sein konnte. Ich habe ihn wirklich geliebt und mir gedacht, er würde mich retten. Aber ich konnte mich nur selbst retten. Sonst hätte mich mein Vater mit seinem Schweigen und den anderen grausamen Dingen, die er mir angetan hat, endgültig in den Tod getrieben. Er und Patrick hatten eines gemeinsam, ich habe versucht, sie zu lieben, und sie haben mich mit Füßen getreten. Sie haben mein Vertrauen missbraucht.“

„Aber du weißt, dass das, was dein Vater mit dir gemacht hat, tausendmal schlimmer war als die Unverantwortlichkeit und Unzuverlässigkeit, die du bei Patrick erlebt hast?“

„Natürlich“, gab ich knapp zur Antwort.

„Gut, dann frage ich dich jetzt konkret. Kannst du Patrick verzeihen?“

„Warum sollte ich?“, knurrte ich empört.

„Na ja, er war vielleicht überfordert mit deiner Situation. Und es war ja nicht alles schlecht mit ihm. Du hast gespürt, dass ihr euch beide geliebt habt. Und das ist ein wertvoller Schatz, Emilia“, erklärte Frau Dr. Gabriel.

„Trotzdem, er hat mich im Stich gelassen“, meinte ich verärgert.

„Um das geht es nicht. Ich glaube, ich muss dir das Wesen des Verzeihens erklären. Wenn du auf Patrick immer noch sauer bist, dann belastet das dich und nicht ihn. Wenn du ihm aber verzeihst, brauchst du ihm die Schuld nicht mehr nachtragen und befreist dich von dieser unnötigen Last. Verzeihst du ihm, gewinnst du wieder ein Stück Freiheit zurück. Verstehst du, was ich meine?“, fragte die Psychologin.

„Ja, ich verstehe. Wie soll ich das machen?“

„Sag einfach laut: Patrick, danke für deine Liebe. Ich verzeihe dir, dass du im entscheidenden Moment nicht für mich da sein konntest."

Ich wiederholte mehrmals den Satz und mit jedem Mal fühlte es sich besser an. Frau Dr. Gabriel hatte recht. Es war befreiend. Dankbar dachte ich noch einmal an die schönen Momente mit ihm, eine einzelne Träne rann mir über die Wange.

„Gut so, jetzt packst du all die wundervollen Momente, die du mit Patrick erlebt hast, in eine Schatzkiste und versperrst sie gut. Die Schatzkiste bewahrst du in deinem Herzen auf. Du hast den Schlüssel und kannst jederzeit nachsehen. Du kannst auch anderen von der Liebe erzählen, die dir widerfahren ist. Die Menschen freuen sich über solche Geschichten, weil vielen passiert so etwas niemals im Leben", redete die Psychologin weiter.

Sie hatte recht, es war wunderbar, dass die Beziehung zu Patrick zu einem Abschluss kam. Auch wenn es immer noch wehtat, dass die Geschichte mit ihm nicht weiterging und unsere Liebe bereits ein Ende gefunden hatte, bevor sie richtig einen Anfang in Freiheit nehmen konnte.

Die rothaarige Ärztin ließ mir etwas Zeit, ehe sie mich noch einmal fragte, ob ich bereit wäre, über meine Tat zu sprechen. Ich nickte zustimmend. „Bereust du immer noch nichts?"

„Nein, das hätte alles nie aufgehört, wenn ich ihn am Leben gelassen hätte", schnaubte ich abermals wütend.

Frau Dr. Gabriel schaute mich an, ehe sie meinte: „Ja, das verstehe ich. Es war unglaublich schlimm, was dir dein Vater und die Männer, die er angeschleppt hat, angetan haben. Und dass du das nicht ertragen konntest und einen Weg finden musstest, es zu beenden, liegt auch auf der Hand. Aber wenn du das alles einmal unabhängig betrachtest, dann weißt du, dass Mord nicht richtig ist, oder?"

„Ja, das weiß ich", gestand ich, ohne sie anzusehen.

„Gut, es war sehr grausam, dass dein Vater dich verkauft hat und dass du das über so lange Zeit ertragen musstest. Du warst ein Kind und konntest dich nicht wehren. Als junge Frau hast du dich aber dazu entschieden, dem Leid ein Ende zu bereiten. Davonlaufen hatte nicht funktioniert, deshalb hast du deinen Vater getötet. Aber ein Mord macht doch etwas mit einem und das möchte ich noch herausfinden. Bereust du wirklich nicht, deinen Vater getötet zu haben, oder bereust du nur nicht, dass du dadurch den Missbrauch gestoppt hast?", wagte sich die Psychologin vor.

Ich begann zu weinen, schluchzend brachte ich geständig hervor: „Ja, ich weiß, dass ich meinen eigenen Vater getötet habe. Ich musste es tun, ich hatte keine Wahl. Aber ich weiß, dass der Mord nicht richtig war. Ich wollte ihn doch so sehr lieben und von ihm geliebt werden. Ich wollte doch, dass er mit mir sprach und dieses beschissene Schweigen endlich sein ließ. Hätte ich ihn gekannt und er mich, hätte er mich niemals wie einen Gegenstand behandelt. Hätten wir doch nur einmal reden können, ein einziges Mal hätte wahrscheinlich gereicht."

Frau Dr. Gabriel nahm meine Hand und sprach liebevoll: „Emilia, du bist kein Monster. Und ich wusste, dass du Reue empfinden kannst. Du hast etwas falsch gemacht, was kein Wunder ist, bei dem, was dir angetan wurde. Aber das wird jetzt alles gut. Wir arbeiten daran, dass es ab jetzt nur mehr bergauf geht. Du bist in Sicherheit."

„Danke", flüsterte ich.

„Emilia, ich weiß, es klingt ungläubig, aber könntest du darüber nachdenken, deinem Vater und den Vergewaltigern auch zu verzeihen?"

Die Psychologin stellte mich heute vor Herausforderungen, die unmöglich erschienen. Ich spürte wieder den Zorn in mir aufsteigen, ich keuchte nach Luft. „Niemals", brüllte ich trotzig.

„Emilia, das bist nicht mehr du. Das Leid hast du hinter dir. Wenn du verzeihst, ist alles, was du durchmachen musstest, Geschichte. Und du bist frei für die Zukunft", erklärte mir Frau Dr. Gabriel erneut den Sinn des Verzeihens.

„Ich kann es nicht", maulte ich verzweifelt.

„Okay, dass es nicht leicht ist, ist mir klar. Aber ich will wirklich nur, dass du deinen Ballast loswirst. Lass mich es anders versuchen. Du betest doch ab und zu?"

Ich nickte. „Das heißt, du glaubst an Gott?", halten die Worte meines Gegenübers in meinem Kopf wider.

„Ja, ich denke schon. Zumindest habe ich mich an den Gedanken geklammert, dass da jemand ist, der mich liebt, egal was ist oder wie ich bin", sagte ich ehrlich.

„Das ist gut. Kannst du Gott darum bitten, dass er deinem Vater und deinen Peinigern in deinem Namen verzeiht?", schlug die rothaarige Ärztin vor.

„Ich kann aber nicht vergessen, was passiert ist", erwiderte ich.

„Das meine ich nicht. Verzeihen heißt nicht automatisch vergessen. Leider gehört dieser dunkle Teil deiner Vergangenheit zu dir. Aber ich möchte, dass er keine Macht mehr über dich hat", ließ die Psychologin nicht locker.

Nach weiterem mehrmaligem Hin und Her hatte ich wieder einen Satz, den ich mehrmals wiederholte: „Gott, bitte verzeihe meinem Vater und meinen Vergewaltigern für das, was sie mir Schreckliches und Unrechtes angetan haben. Ich kann es nicht, will es aber endgültig hinter mir lassen, um nach vorne blicken zu können." Auch das machte mich etwas freier in meinem tiefsten Inneren, auch wenn ich das niemals für möglich gehalten hätte. Etwas erleichtert atmete ich durch.

„Und jetzt bist noch du übrig. Kannst du dir selbst verzeihen, dass du deinen Vater ermordet hast?", warf Frau Dr. Gabriel als letzte Aufgabe in die Runde.

Mit letzter Kraft tat ich das Unvermeidliche. Und wieder wiederholte ich ein und denselben Satz: „Ich verzeihe mir selbst, dass ich meinen Vater ermordet habe." Danach war ich unendlich müde.

„Emilia, ich bin stolz auf dich. Du bist wunderbar", lobte mich Frau Dr. Gabriel, die heute eindeutig aufs Ganze ging. „Eine Frage habe ich aber noch. Warum hast du begonnen, zu schweigen?", fragte die Psychologin.

„Ich habe meinen Vater dafür verachtet, dass er mich angeschwiegen hat. Ich habe mein ganzes Leben auf den Kopf gestellt, nur um mit ihm glücklich zu sein. Aber er hat nichts dazu gesagt, all mein Bemühen ignoriert, mich immer wieder bis ins tiefste Innerste verletzt. Ich habe ihn in jungen Jahren in meiner Verzweiflung sogar gebeten, mir nicht mehr wehzutun. Er hat mich lange angesehen und schließlich zustimmend genickt. Nur um mir im Anschluss symbolisch das Messer ins Herz zu stechen und umzudrehen. Und dem unerträglichen Schmerz noch eines draufzusetzen, fand er doch noch ein paar Worte für mich, leider waren es die vernichtendsten, die er je gesagt hatte: Ich habe dich niemals geliebt. Da blieb mir so sehr die Luft weg, der Schmerz breitete sich in meinem Herzen unauslöschlich aus, sodass ich nichts mehr dazu sagen konnte", weinte Emilia endlich die letzten unterdrückten und aufgestauten Tränen.

„Kannst du dir vorstellen, Liebe und Nähe irgendwann wieder zuzulassen?", stellte die Ärztin erneut eine Frage, die alles andere als einfach zu beantworten war.

„Ich weiß, man sagt: Die Zeit heilt alle Wunden. Aber ich weiß nicht, ob das möglich sein wird", seufzte Emilia ehrlich.

„Ich verstehe dich", versuchte es ihr Gegenüber mitfühlend.

„Komisch finde ich, dass ich mir nun vorstelle, das wäre alles nicht passiert. Ich sehe meinen Vater in einem Haus, mit einer neuen Familie, er hat sogar einen Hund. Und er gibt ihnen die Liebe, die ihnen zusteht und ist ein treuer und fürsorglicher Familienvater. In diesem Traum ist er ein richtiger Mann. So wie ich mir gewünscht hätte, dass er mich liebt und zu mir steht. Und dann bin ich ganz leise und schweige, um sein Glück nicht zu stören", fiel Emilia noch ein.

„Ich glaube, du hast vieles geschafft, wenn du ihm in deiner Fantasie das Glück wünscht, das dir verwehrt blieb. Und dieses Denken schützt dich davor, dich erneut diesem unerträglichen Schmerz auszusetzen, den er dir zugefügt hat. Emilia, du bist erwachsen geworden. Ich bin stolz auf dich", lächelte die Psychologin ehrlich.

An diesem Abend fühlte ich mich gelöst. Wegen der Fortschritte, die ich in der Therapie gemacht hatte, durfte ich mir mit den anderen Häftlingen einen Film ansehen. Es lief *The Green Mile*. Der Streifen, dessen Romanvorlage Stephen King lieferte, über den zu Unrecht zu Tode verurteilten John Coffey, faszinierte mich. Einer seiner Sätze brannte sich in mein Gehirn: „Ich bin müde, Boss. Am meisten müde bin ich, Menschen zu sehen, die hässlich zueinander sind. Der Schmerz auf der Welt und das viele Leid, das macht mich sehr müde. Es gibt zu viel davon. Es ist, als wären in meinem Kopf lauter Glasscherben."

Von der Dunkelheit ins Licht

Ich, Emilia Klein, liebe es, Geschichten zu schreiben. Ich würde mich sehr freuen, wenn es jemanden gibt, der meine Erzählungen aufmerksam liest. Diese hier liegt mir besonders am Herzen, denn ich möchte mich hiermit für alles entschuldigen, was ich Schreckliches in meinem Leben getan habe. Ja, ich war Opfer, aber ich war auch Täter. Und mit diesen Worten, verpackt in einer meiner Fantasie entsprungenen Geschichte, möchte ich endlich Frieden schließen, vor allem mit mir selbst. Gott möge mir verzeihen:

„Eigentlich können wir fliegen, wir haben es nur vergessen", hämmerte dieser Satz in einer Dauerschleife in meinem Kopf. „Eigentlich können wir fliegen, wir haben es nur vergessen. Eigentlich können wir fliegen, wir haben es nur vergessen", wiederholten sich die Worte in meinen Gedanken immerzu.

Ich stand am Abgrund und versuchte, mich so weit wie möglich zu strecken. Unter mir war felsiger Boden, einen halben Meter vor mir erstreckte sich das Nichts. Die Sonne schien und beleuchtete malerisch die Berge mit ihrer kargen Vegetation, viel wuchs hier heroben nicht mehr auf dem wettergegerbten Stein. Aber darunter erstreckte sich dichter Nebel, der eine grauweiße Decke bildete, durch die die Sonnenstrahlen nicht dringen konnten. Der Anblick war wunderschön. Ich hatte es schon immer geliebt, Gottes vielfältige Schöpfung zu betrachten. Es gab so viel Schönheit auf dieser Welt, die kein Zufall sein konnte. Ich sog die frische Bergluft durch meine Nase ein, es duftete nach Latschen, frischem Quellwasser und nach dem wenigen feuchten Moos, das hier heroben noch wuchs.

„Eigentlich können wir fliegen, wir haben es nur vergessen. Eigentlich können wir fliegen, wir haben es nur vergessen", kam es mir immer wieder in den Sinn.

Und endlich hatte ich das Gefühl, auf der Sonnenseite des Lebens zu stehen und nicht da unten im Nebel umherzuirren, ohne Ziel und eine Chance auf etwas Glück. Denn so fühlte es sich an, was ich bisher in meiner Vergangenheit erlebt hatte.

Wo ich geboren wurde, das konnte man mir nicht sagen. Meine frühesten Erinnerungen stammten aus einem armseligen Waisenhaus im Elendsviertel der Stadt. Die Straßen stanken nach eitrigen Krankheiten und dahinsiechendem Tod – es grenzte an ein Wunder, dass ein schwaches Findelkind, wie ich es war, überhaupt in so einer unmenschlichen Umgebung überleben konnte. Hier galt das Gesetz des Stärkeren, der Schwache hatte kein Recht auf sein erbärmliches Leben. Und es regierte hier das Geld, auf dem jede Menge Blut klebte, denn es war nie genug für alle da. Diejenigen, die kurzfristig das wenige Geld an sich brachten, lagen meistens am nächsten Tag aufgeschlitzt mit toten und angsterfüllten Augen in der Gosse. Es war eindeutig kein guter Ort, um seine Kindheit zu verbringen. Und ich lernte dort nur, dass man sich auf niemanden verlassen konnte. Dass es nur Schrecken, Leid und Tod auf dieser Welt gab.

Ihr Übriges tat unsere verhasste Heimleiterin dazu, die uns Kinder nur aufnahm, um die Kohle abzukassieren, im trügerischen Schein dessen, dass in dieser gottlosen Gegend es jemanden gab, der ohne Gegenleistung Gutes tat. Deshalb ließ man sie auch in Ruhe, aber niemand blickte hinter die steinernen Mauern und erkannte, dass das nie enden wollende Grauen hier genauso seinen Lauf nahm wie auf der Straße vor der Tür.

Frau Trude, wie wir sie nannten, war unser Wohlergehen scheißegal. Sie wollte sich nur an uns bereichern und duldete deshalb unsere Anwesenheit, solange wir die Drecksarbeit fleißig machten. Sie sah uns als ihre persönlichen Dienstboten, war aber unberechenbar, wenn es um die Strafe für Fehlverhalten ging. Manchmal reichte ein Teewasser, das nicht brühend heiß serviert wurde, weil der Weg von der Küche zu lange war, und Frau Trude rastete komplett aus. Dann hatte sie ihre Methoden, wie sie es nannte, um uns gute Manieren einzubläuen. Ich glaube, das ist das richtige Wort dafür, denn ich habe oft ihren Rohrstock zu spüren bekommen und war dann am Rücken komplett blau von den vielen Blutergüssen, die sie mir zugefügt hatte. Sie war durchaus schlau, sie schlug uns immer nur am Rücken, weil sie wusste, dass dieser stets mit Kleidung bedeckt war.

Deshalb war es immer ratsam, ihr komplett aus dem Weg zu gehen und jede Arbeit fein säuberlich zu erledigen. Doch so sehr konnte man vor Frau Trude gar nicht auf der Hut sein, dass man ihren Zorn nicht zu spüren bekam, weil man nie wusste, wann und weswegen sie ihrer unkontrollierten Wut freien Lauf ließ, denn beständige Regeln waren bei ihr nicht zu erkennen und man konnte sich deshalb auch nach nichts richten. Dieser Willkür ausgesetzt, verstrichen die Tage in dem Heim, das niemals ein Zuhause für uns Waisenkinder war.

Das Schlimme an dem Ganzen war, dass sich jeder von uns Heranwachsenden selbst der Nächste war. Ich überlegte oft in der Nacht, ob es möglich war, Frau Trude zu stürzen, wenn wir zusammenhalten würden. Aber das Problem blieb, dass alle von uns solche Angst vor ihr hatten, dass es kein Miteinander gab. Ihre beliebigen Wutausbrüche kontrollierten unser Handeln, so paradox sich das auch anhörte. Ich wollte einfach nur weg, wusste aber nicht wie, denn in Wahrheit war ich eine Sklavin, die nichts selbst bestimmen konnte. Und was wartete da draußen schon auf mich? Wieder nur Leid und vielleicht sogar der Tod. Zumindest den konnte Frau Trude von uns fernhalten, sie war schlau genug, keines von uns Waisenkindern zu töten, denn das hätte die Tarnung, die sie sich zurechtgelegt hatte, auffliegen lassen können.

Und dennoch hatte ich innerlich noch lange nicht aufgegeben und wollte einfach nur raus aus dieser Hölle, aber ich wollte auch nicht in die Gosse, wo sie mich entweder getötet oder ins Waisenhaus zurückgebracht hätten. Das war keine Lösung und eine bessere wollte mir einfach nicht einfallen.

Eines Tages war ich unterwegs, um Mehl zu besorgen, damit wir frisches Brot für Frau Trude backen konnten. Ich fürchtete mich jedes Mal zu Tode bei den Gestalten, die mir außerhalb des Heimes begegneten. Es waren weniger die vielen verkrüppelten und irren Menschen, die mir Angst machten, sondern die, die bei vollem Verstand zu sein schienen, denn um hier draußen überleben zu können, musste man es faustdick hinter den Ohren haben und vor allem bis unter die Zähne bewaffnet sein.

Ich bog schon um die nächste Ecke, die mich drei Gassen später zu dem Kinderheim bringen sollte, als mich eine vermummte Gestalt packte, hinter eine geöffnete Tür zog und diese rasch hinter uns verschloss. Ich wusste, dass nun mein letztes Stündchen geschlagen hatte. Ich verwendete nicht einmal den vollen Korb mit Mehl zu meiner Verteidigung, so zwecklos erschienen mir das Unterfangen und so ausweglos die Situation.

„Du bist eines der Waisenkinder?“, fragte mich die Frau, die ihr Kopftuch zur Seite schob, zu meiner Überraschung freundlich.

Ich nickte, weil ich so sprachlos war. Ich sah mein Gegenüber an, vor mir stand eine durchaus attraktive Frau mit blasser Haut und schwarzen Haaren. Ihre dunklen Augen strahlten durch die fast weiße Haut in ihrem Gesicht. „Ich will dir helfen, ich war auch einmal eines von Frau Trudes Kindern. Ich weiß, was du durchmachst. Wie heißt du?“, fragte sie mich fürsorglich.

Sollte ich ihr trauen? Aber was hatte ich noch zu verlieren? „Ich heiße Ella“, stammelte ich als Antwort.

„Ich bin Christina. Wann gehst du wieder einkaufen?“, wollte die Frau wissen.

„Übermorgen“, antwortete ich folgsam.

„Dann geh nicht Mehl kaufen, sondern komm hierher. Ich werde dich wegbringen, in Sicherheit und du musst nie wieder zurück. Hört sich das gut an, oder?“, fragte Christina.

Ich nickte, ehe ich noch etwas wissen wollte: „Wie weiß ich, dass ich dir vertrauen kann?“

„Du weißt es bereits“, sagte Christina noch, ehe sie vor meinen Augen einfach verschwand.

Schnell machte ich mich auf den Rückweg ins Heim, ehe Frau Trude merkte, dass ich ein paar Minuten zu spät dran war. Und zu meiner Erleichterung lieferte ich das Mehl in der Küche ab, ohne dass mich jemand bemerkte.

Ich machte mich gleich daran, den Teig zuzubereiten, als Frau Trude wütend hereindonnerte. Hatte sie doch etwas bemerkt? Ich zuckte reflexartig zusammen.

„Warst du Mehl kaufen?“, brüllte sie durch die ansonsten leere Küche.

„Ja, Frau Trude“, sagte ich höflich in der Hoffnung, zu beschwichtigen. Wie viel wusste sie? Konnte sie von der flüchtigen Begegnung mit Christina erfahren haben? Mir stand der Schweiß im Nacken, weil ich keine Ahnung hatte, was jetzt auf mich zukam.

„Ich möchte eine Erklärung“, schrie sie weiter.

„Ich weiß nicht wofür“, versuchte ich es, mich ahnungslos stellend und in der Hoffnung, noch eine Chance zu haben, mit Schlägen aus dem Ganzen rauszukommen.

„Jetzt stellst du dich auch noch dumm“, blaffte sie mich zornig an.

Ich nickte und starrte zu Boden und flüsterte: „Es tut mir leid, dass ich nicht gescheiter bin.“

„Wenigstens bist du einsichtig und jetzt geh und putz das kostbare Mehl weg, dass du in der Eingangshalle verstreut hast, dann kommst du zu mir“, verkündete Frau Trude.

Erleichtert tat ich, was sie mir geheißen, und brauchte etwas, bis ich das einzelne Gramm Mehl am Boden fand, dass ich in der Eile verloren hatte. Ich wischte es grinsend weg und holte mir meine Schläge mit dem Rohrstock ab. Selbst diese machten mir heute nichts aus, Hauptsache meine Hoffnung, die mir Christina gegeben hatte, war nicht zunichtegemacht. Innerlich jubelte ich, trotz der Schmerzen, die der Rohrstock auf meinem Rücken verursachte.

Zwei Tage später packte ich die wenigen Habseligkeiten, die ich hatte, sie hatten alle in einem Beutel Platz, den ich unter meinem Rock verbarg, und machte mich auf den Weg zum Einkaufen. Ich schickte ein Stoßgebet zum Himmel, dass Christina da war. Ansonsten müsste ich das Mehl kaufen und zurück ins Kinderheim. Doch meine Bedenken waren umsonst. Ich öffnete die Haustür und sie war da.

„Endlich, die Zeit ist etwas knapp, aber wir könnten es noch schaffen. Beeil dich, zieh den Mantel an und setze den Hut auf“, befahl Christina.

Ich verbarg mich in den zu großen Kleidungsstücken und folgte Christina ängstlich. Doch sie hatte einen Plan. Im Hof stand ein Pferd, auf das setzte sie mich, schwang sich hinter mir darauf und hielt mich fest. Es war ein komisches Gefühl, ich hatte noch nie auf einem Pferd gesessen.

„Wenn sie uns aufhalten, dann huste lautstark“, bekam ich die nächste Anweisung ins Ohr geflüstert.

Und genauso war es, am Stadttor versperrte der Wächter den Weg. „Christina, wen hast du da?“, fragte der Soldat misstrauisch.

Ich hustete, als würde ich sterben, der Wärter wich zurück.

„Ein Ausgestoßener, er droht alle mit einer Seuche anzustecken. Ich bringe ihn weg und muss dann eine Woche warten, ehe ich wieder in die Stadt darf. Aber zum Wohl aller übernehme ich das gerne“, erklärte Christina.

„Gut, in fünf Minuten ist Wachablöse, da will ich keinen Ärger. Mach, dass wir ihn nicht wiedersehen. Ich habe keine Lust, schuld daran zu sein, wenn eine Seuche in der Stadt ausbricht“, zischte der Soldat verärgert.

Christina trieb das Pferd an und wir peitschten hinaus aus der Stadt. „Ich wusste, dass dieser Wärter ein schwacher Angsthase ist“, jubelte Christina, als wir in Sicherheit waren.

Ich flüsterte: „Danke!“, ehe ich in Tränen der Erleichterung ausbrach.

Christina nahm mich fürsorglich in den Arm. Als ich mich beruhigt hatte, sprach sie „Komm und setz dich. Dass ich auch unter Frau Trude zu leiden hatte, habe ich dir bereits erzählt. Es waren grausame Jahre und ich musste durchhalten, ehe ich alt genug war, das Kinderheim zu verlassen. Ich war aber auch nicht vorbereitet auf das Leben hier draußen. Ich hatte keine Ahnung vom Leben und begann zu betteln, was mich mehr als einmal in eine lebensgefährliche Situation brachte. Bis ich kapierte, dass ich meine Fertigkeiten als Köchin nutzen konnte. Ich stand im Kinderheim damals meistens in der Küche. Und ich hatte Glück, der Koch eines Prinzen nahm mich unter seine Fittiche und entdeckte, dass ich ganz geschickt war im Zubereiten der Speisen. Das tat ich auch mit Begeisterung, bis mich der Prinz zu einem Schäferstündchen ins Bett holen wollte. Ich musste fliehen, denn ich wusste, wenn ich den Befehl verweigere, dann würde er mich töten. Das war vor drei Monaten, seitdem verstecke ich mich hier im Wald. Weil mir das Leben schon mehrmals ungerecht zugespielt hatte, habe ich beschlossen, mich zu rächen. Und Frau Trude wird die Erste sein, die meinen Zorn zu spüren bekommt, sie hat mir und vielen anderen Kindern die Kindheit weggenommen." Christina ballte ihre Fäuste, ihre Augen funkelten vor Zorn.

Ich konnte nur zu gut verstehen, was sie meinte. Mir ging es genauso, ich wollte nicht, dass die Heimleiterin ungestraft davonkam und weiter Kinder quälen konnte, das war einfach nicht gerecht. Sie hatte es verdient, bestraft zu werden. So schwor ich, Christina zu helfen.

„Ich werde mich um dich sorgen, Ella", versprach meine Retterin und Heldin.

Dankbar kuschelte ich mich an sie und genoss die erste, echte Zuwendung in meinem Leben. „Eigentlich können wir fliegen, wir haben es nur vergessen. Sag dir diesen Satz immer wieder vor und vergiss ihn nicht. Das ist wichtig Ella. Hast du das verstanden?", fragte Christina.

„Eigentlich können wir fliegen, wir haben es nur vergessen", wiederholte ich folgsam.

„Man muss niemals in der Dunkelheit bleiben, es gibt immer einen Weg ins Licht", sagte Christina und machte spontan ein Lied daraus, dass wir immer wieder sangen, als wir das Essen zubereiteten. Es war nur einfaches Brot, aber es schmeckte nach Freiheit. Und so schlief ich an diesem Abend das erste Mal ohne Angst ein, ich war endlich in Sicherheit.

Die Monate bei Christina vergingen viel zu schnell. Wir heckten gemeinsam einen Plan aus. Wir wollten Frau Trude und das Heim vernichten, aber die Kinder vorher alle in Sicherheit bringen. So zogen wir uns am Tag der Entscheidung in dunklen Farben an und verhüllten unsere Gesichter. Der Weg zum Kinderheim erschien mir unendlich lange und ich wollte gar nicht zurück. Ich wollte nicht an die Schrecken erinnert werden, aber ich hatte keine Wahl, wenn ich Gerechtigkeit herstellen wollte.

Wir postierten uns so in der Stadt, dass uns keiner entdecken konnte, denn wir wollten den Einbruch der Nacht abwarten, ehe wir zuschlugen, damit wir möglichst lange unbemerkt blieben. Als endlich das schwache Licht des Mondes die Gassen dürftig erleuchtete, machten wir uns auf den Weg. Wir huschten von Hausecke zu Hausecke. Ich zitterte am ganzen Leib vor lauter Angst, aber Christine machte mir Mut. „Wir müssen das tun, für die armen Kinder, die Frau Trude immer noch quält und auch in Zukunft noch leiden lassen wird, wenn das jetzt kein Ende hat. Dann hört das nie auf", flüsterte sie mir zu.

Wir schlichen lautlos zum Hintereingang und lauschten, ob es still war und alle in ihren Betten lagen. Wir konnten nichts hören, so machten wir uns an der verschlossenen Tür zu schaffen. Christina brauchte nur drei Minuten, ehe sie das Schloss geknackt hatte. So leise wie möglich traten wir ungefragt ein. Noch immer kein Laut, ich betete, dass das so bleiben möge, damit wir unsere Mission erfolgreich beenden konnten.

Auf Zehenspitzen schleichend machten wir uns zum Schlafgemach von Frau Trude auf. Der Holzdielenboden knarrte unter unseren Füßen. Viel zu oft hatte ich ihn mit Bürsten bearbeitet, solange bis meine Knie und meine Hände bluteten von der anstrengenden Reinigungsarbeit. Wenn ich danach im Bett lag, tat mir alles weh und ich konnte sehr schlecht schlafen, was Frau Trude nicht davon abhielt, mir am nächsten Tag eine weitere, harte Arbeit anzuschaffen, die es unmöglich machte, dass sich die Wunden schlossen und immer wieder aufrissen. War ich wegen der Schmerzen zu langsam, bekam ich Schläge noch dazu. Es war ein wahrhafter Teufelskreis, den wir gerade versuchten, zu durchbrechen, indem wir Rache übten.

Christine bedeutete mir, leise zu sein, und drückte die Türschalle vorsichtig hinunter. Lautes Schnarchen drang uns entgegen. Frau Trude lag in ihrem Bett und das erste Mal in meinem Leben tat sie mir leid, weil mir deutlich klar wurde, dass sie niemanden hatte, der sie gerne mochte. Alle hassten sie und deshalb hatte sie den Tod verdient, davon war ich in diesem Augenblick felsenfest überzeugt. Christina würde es zu Ende bringen.

Und genau das tat sie. Sie trat ans Bett und zückte ihr Messer, das Metall funkelte, als sie es erhob. Ich dachte, sie würde Frau Trude im Schlaf töten, aber Christina wollte mehr. Sie wollte von ihrem Opfer gesehen werden, so setzte sie im ersten Moment nur das Messer an den Hals der furchtbaren Heimleiterin. Die erwachte mit einem erstickenden Stöhnen, die Angst stand ihr ins Gesicht geschrieben. Jetzt war sie diejenige, die sich fürchtete, so wie sie es allen Waisenkindern über Jahrzehnte ohne Reue angetan hatte.

„Was habt ihr vor?“, fragte sie in meine Richtung blickend.

„Deine gerechte Strafe ist der Tod für das unsägliche Leid, das du angerichtet hast“, sprach Christina wütend und entschlossen. Sie wartete keinen weiteren Augenblick, sondern zog das scharfe Messer durch ihren Hals. Blut spritzte aus der Kehle von Frau Trude. Ein erstickender, gurgelnder Laut drang noch aus ihrem Munde, als wollte sie noch etwas sagen, was ihr aber nicht mehr möglich war. So starb sie röchelnd und sich elendig windend. Ich wollte wegsehen, schaffte es aber nicht, mich abzuwenden. Ich hatte noch nie einen Mord beobachtet – und schon gar keinen, an dem ich beteiligt war.

Es entging mir fast, dass Christina das Messer erneut hob. Was hatte sie vor? Ich schaute sie entsetzt an, schließlich waren nur sie und ich in dem Raum. „Hab keine Angst“, sagte Christina ruhig. Das war nicht so leicht, denn sie hielt das Messer erhoben in der Hand. Ruhig fuhr sie fort: „Ich habe dir nicht alles erzählt, Frau Trude war meine leibliche Mutter. Sie hat mich genauso wie Dreck behandelt wie die anderen Kinder, das machte es noch schlimmer. Wer mein Vater ist, weiß ich bis heute nicht. Sie verriet es mir nicht und machte auch alles dafür, dass keiner außer mir erfuhr, dass sie eine leibliche Tochter hatte. Ein uneheliches Kind sei eine Schande und deshalb reihte sie mich zu den anderen Waisenkindern ein. Schon damals wünschte ich mir, dass sie tot sei. Und mit jedem Jahr, das verging, wurde mein Plan, sie zu töten konkreter. Sie hatte es verdient. Aber nun bin ich ihretwegen zur Mörderin geworden. Ich hasse mich dafür, auch wenn es unumgänglich war, meine Mutter endlich zu bestrafen. Ella, schau, dass du hier wegkommst, ohne dass dich jemand sieht. Du hast, im Gegensatz zu mir, eine Zukunft. Vergiss nicht: Eigentlich können wir fliegen, wir haben es nur vergessen.“

Dann rammte sie sich das Messer in den Bauch. Ich wollte sie noch aufhalten, aber es war zu spät. Christina sank auf die Knie, aus ihrem Körper quoll das Blut hervor. Mein Herz verkrampfte sich schmerzhaft.

Und zum zweiten Mal innerhalb ein paar schicksalhafter Minuten sah ich einen Menschen sterben, nur zerriss es mir nun buchstäblich das Herz.

Aber es blieb mir keine Zeit, um zu trauern, denn ich hörte jemanden im Gang, ich musste schnell weg, ehe ich bemerkt wurde. Mein einziger Ausweg war die zweite Tür in diesem Raum, die zu einer Treppe in die Küche führte. Hoffentlich war gerade niemand dabei, Frau Trude einen Tee zu bringen. Ich schloss die Tür hinter mir und eilte in die Küche, die Gott sei dank leer war. Ein paar weitere panische Sekunden später verließ ich das Gebäude unbemerkt. Als ich aus der Stadt war, atmete ich tief durch. Als die Anspannung fiel, flossen die Tränen. Christina war tot. Wo sollte ich nun hin?

Blindlings rannte ich drauflos, setzte einen Fuß vor den anderen, ohne darüber nachzudenken, wohin sie mich tragen würden. Ich musste weg, weit weg. Der einzige Mensch, den ich jemals geliebt hatte und der auch mich liebte, war tot. Es gab kein Zurück mehr, es gab keine Welt mehr, in der ich sicher und zufrieden leben konnte. Alles war verloren. Mein Herz blutete innerlich. Der Schmerz war unerträglich. Ich keuchte vor Anstrengung, meine Lungen brannten, weil ich nicht aufhören konnte, davonzurennen. Das wurde nicht besser, als sich der Weg nach oben auf einen Berg wand. Auf glitschigen Felsen stieg ich empor, verlor immer wieder den Halt mit meinen rutschigen Schuhen. Aber das war mir egal, Hauptsache, ich konnte mich bewegen, immer weiter. Meine Beine fanden, genauso wie mein Herz, keine Ruhe.

Mehrere Stunden mussten schon vergangen sein, als ich endlich oben ankam. Es war bereits finster und ich konnte nicht erkennen, ob es hier überhaupt noch ein Weiterkommen gab, so sank ich resignierend auf meine Knie. Das feuchte Moos tränkte meine Hose mit Wasser, aber das war mir egal. Ich fühlte mich wie betäubt. Immer wieder flüsterte ich ihren Namen: „Christina!" Meine Hoffnung war mit ihr gestorben. Ich brach zusammen und alles wurde schwarz um mich. Einen Moment sah ich mich von oben daliegen, ehe die Welt in sich zusammenbrach und absolute Finsternis meine Sinne einhüllte. Die Dunkelheit hatte mich fest im Griff und ließ mich nicht mehr aus.

Am nächsten Morgen kitzelte mich der erste Sonnenstrahl in der Nase. Mein Körper war nass und eiskalt, es verwunderte mich, dass ich noch am Leben und nicht im Schlaf an Unterkühlung gestorben war. Mit meinen steifen Gliedern raffte ich mich auf und ging auf eine felsige Kante des Berges zu, auf den ich gestiegen war.

„Eigentlich können wir fliegen, wir haben es nur vergessen", hämmerte dieser Satz in einer Dauerschleife in meinem Kopf. „Eigentlich können wir fliegen, wir haben es nur vergessen. Eigentlich können wir fliegen, wir haben es nur vergessen", wiederholten sich die Worte in meinen Gedanken immerzu.

Ich stand am Abgrund und versuchte, mich so weit wie möglich zu strecken. Unter mir war felsiger Boden, einen halben Meter vor mir erstreckte sich das Nichts. Die Sonne schien und beleuchtete malerisch die Berge mit ihrer kargen Vegetation, viel wuchs hier heroben nicht mehr auf dem wettergegerbten Stein. Aber darunter erstreckte sich dichter Nebel, der eine grauweiße Decke bildete, durch die die Sonnenstrahlen nicht dringen konnten. Der Anblick war wunderschön. Ich hatte es schon immer geliebt, Gottes vielfältige Schöpfung zu betrachten. Es gab so viel Schönheit auf dieser Welt, die kein Zufall sein konnte. Ich sog die frische Bergluft durch meine Nase ein, es duftete nach Latschen, frischem Quellwasser und nach dem wenigen feuchten Moos, das hier heroben noch wuchs.

„Eigentlich können wir fliegen, wir haben es nur vergessen. Eigentlich können wir fliegen, wir haben es nur vergessen", kam es mir wieder in den Sinn. Und endlich hatte ich das Gefühl, auf der Sonnenseite des Lebens zu stehen und nicht da unten im Nebel umherzuirren, ohne Ziel und eine Chance auf etwas Glück. Denn so fühlte es sich an, was ich bisher in meiner Vergangenheit erlebt hatte.

Ich zitterte vor Kälte und plötzlich wurde mir schwindelig. Ich konnte mich nicht mehr halten und verlor das Gleichgewicht. Und ich flog, ich fühlte mich frei wie ein Vogel. Seligen Herzens flog ich ins wohlige Strahlen und fand dort das ewige Licht, tiefer, innerer Frieden hüllte mich ein.

Erst in einer Woche würden zwei Waldarbeiter meinen zerschmetterten Körper viele Hunderte Meter unter der felsigen Kante finden, auf der ich gestanden hatte. Und sie hatten in ihrem Entsetzen über den entstellten Leichnam keine Ahnung, mit welcher Freude ich von der Dunkelheit ins erlösende Licht geflogen war.

Ich bin müde, Boss. Am meisten müde bin ich, Menschen zu sehen, die hässlich zueinander sind. Der Schmerz auf der Welt und das viele Leid, das macht mich sehr müde. Es gibt zu viel davon. Es ist, als wären in meinem Kopf lauter Glasscherben.

Ich hatte mir den Satz von John Coffey aus *The Green Mile* an die Zimmerwand gehängt und las ihn immer wieder durch. Es war wie ein Mantra, immer und immer wieder wiederholte ich ihn, als gäbe es keinen Anfang und kein Ende.

Ich schaute dabei auf den glänzenden Gegenstand in meiner Hand, drehte ihn hin und her, das Licht spiegelte sich darin und reflektierte es. „Gott, gib mir Kraft“, flehte ich innerlich.

Mein Name war Emilia Klein, ich war die Tochter eines Vaters, der mich anschwieg, obwohl ich verzweifelt um seine Liebe kämpfte. Ich entdeckte seine perverse Neigung, Mädchen brutal zu vergewaltigen. Ich wurde selbst Opfer dieser Gewalt, denn mein Vater verkaufte mich. Beinahe hätte ich dieses Leid mit dem Tod bezahlt. Ich tötete meinen Vater, weil ich keinen anderen Ausweg sah. Ich wurde selbst zum gefühlskalten Monster. Und das alles war nun verziehen und lag endgültig hinter mir. Ich war sicher, solange ich in meiner Zelle saß. Aber da draußen, wo die anderen Menschen waren, da war ich eine Bestie. Keiner von ihnen würde jemals verstehen, was in mir vorging. Außer Frau Dr. Gabriel würde keiner nachzuvollziehen versuchen, was mich zu dem Mord bewogen hatte. Nur einer liebte mich, so wie ich bin. Gott. Und zu ihm würde ich jetzt heimkehren.

Wieder blickte ich auf den glänzenden Gegenstand in meinen Händen, es war eine Rasierklinge. Ich biss die Zähne zusammen und schnitt mir die Pulsadern meiner Handgelenke auf. Ich sah noch das Blut hervorsprudeln, ehe alles für immer finster wurde. Die Dunkelheit hüllte mich ein und es war endlich Frieden in meinem Herzen. Mit einem glücklichen Lächeln im Gesicht starb ich, endlich war alles gut.

Epilog

Gefährliche Mörderin wählt im Gefängnis den Freitod
Die verurteilte Mörderin Emilia Klein, die auf brutale Art und Weise ihren eigenen Vater ermordet hatte, brachte sich gestern in ihrer Zelle selbst ums Leben. Wahrscheinlich konnte sie nicht damit leben, ihren Vater vorsätzlich verbluten zu lassen. Sie war eine der gefährlichsten Menschen, die unsere Gesellschaft jemals gesehen hatte. Ihre grausame Art zu töten, überschritt eindeutig unsere gesellschaftlichen Normen. Deshalb ist es nicht verwunderlich, dass das Gefängnis nicht zu einer Stellungnahme bereit ist.

Frau Dr. Gabriel las die Notiz in der Zeitung. Ja, sie wusste selbst, dass es niemals möglich gewesen wäre Emilia Klein, zu rehabilitieren. Aber es war einfach nicht fair, sie als Monster hinzustellen bei dem, was sie durchmachen musste. Es war unfassbar, was man Menschen zumutete, zu ertragen, und ihnen nicht erlaubte, als Reaktion mit der Wimper zu zucken.

Ich bin müde, Boss. Am meisten müde bin ich, Menschen zu sehen, die hässlich zueinander sind. Der Schmerz auf der Welt und das viele Leid, das macht mich sehr müde. Es gibt zu viel davon. Es ist, als wären in meinem Kopf lauter Glasscherben.

Sie las sie den Satz von John Coffey aus *The Green Mile*, der an der Zimmerwand von Emilias Zelle hing und den sie sich auf eine Postkarte abgeschrieben hatte, die sie jetzt in der Hand hielt.

Die Psychologin seufzte, denn sie wusste, wie sehr Emilia Klein innerlich nach Liebe geschrien und mit der Sehnsucht gekämpft hatte, für jemanden wichtig zu sein. Sie wollte nur das, was jeder Mensch wollte, geliebt zu werden. Patrick hatte ihr das kurz geben können, aber ihm wurde das auch zu viel, das war mehr als verständlich.

Das Läuten des Telefons riss die Psychologin aus ihren Gedanken. „Frau Dr. Gabriel“, meldete sie sich.

„Grüß Gott, mein Name ist Patrick. Ich rufe wegen Emilia Klein an“, stellte sich der junge Mann am anderen Ende der Leitung vor.

War das möglich? Gerade eben dachte die rothaarige Ärztin über seine Rolle in Emilias Leben nach. Als sie nachfragte, gab es keinen Zweifel, er war es wirklich. Er hatte von ihrem Selbstmord gehört. Unter Tränen erzählte er von Emilia und sich. Die Geschichte deckte sich in allen Details, die sie bereits kannte, nur der Schluss war anders.

„Ich wartete auf sie am vereinbarten Treffpunkt, als meine Schwester aufkreuzte. Sie wollte mich davon abhalten, mit Emilia durchzubrennen. Aber ich machte ihr nachdrücklich klar, dass ich meine Freundin retten musste, weil ich sie liebte. Ich umarmte meine Schwester und küsste sie zum Abschied. Dann wartete ich auf Emilia, aber sie kam nicht. Ich konnte es mir nicht erklären. Ich suchte nach ihr, aber sie war wie vom Erdboden verschluckt. Als ich dann hörte, warum sie im Gefängnis saß, war es zu spät. Ich machte mir große Vorwürfe und traute mich nicht, mich bei ihr zu melden. Ich wollte sie wirklich retten, meine Liebe zu ihr war aufrichtig und echt."

Frau Dr. Gabriel ließ den Hörer fallen. Hätte Emilia die Zeichen nicht falsch gedeutet, wäre es nie zu ihrer Tat gekommen und sie würde heute ein glückliches Leben führen. Es war unfassbar traurig, dass die Geschichte so enden musste. Welche Folgen ein einziger Irrtum haben konnte. Sie seufzte traurig und blickte auf ihre Hand. Immer noch hatte sie die Postkarte in der Hand, auf die sie John Coffeys Ausspruch aus *The Green Mile* geschrieben hatte. Sie drehte sie um, auf der Vorderseite war ein gebrochenes Herz zu sehen und darauf stand ein Zitat von der Pädagogin Maria Montessori:

Alle unsere Irrtümer übertragen wir auf unsere Kinder, in denen sie untilgbare Spuren hinterlassen.

Nachwort und Dank

Einerseits lese ich selbst gerne Bücher, die in die menschliche Psyche blicken lassen. Und andererseits beschäftige ich mich seit meinem Studium mit der psychologischen Entwicklung des Menschen. Natürlich unterrichte ich die Fächer Mathematik und Religion, aber als Lehrerin ist es unumgänglich, sich der Erziehung der Heranwachsenden zu widmen. Und da ist Verständnis, Konsequenz und Herzlichkeit die Mischung, die ich bevorzuge. Wichtig ist mir auch, dazuzulernen und da sind meine jugendlichen Schüler immer wieder gute Lehrmeister. Es fasziniert mich, wie selbstverständlich sie mit vorgelebten Lebensweisheiten umgehen.

Was mich immer wieder fasziniert, ist, dass jeder Mensch von Grund auf gut zu sein scheint und auch seine Absichten sich wahrscheinlich in diese Richtung lenken. Das hat mich zu der Frage gebracht, an welchem Wendepunkt im Leben beginnen manche Menschen, ernsthaft grausame Taten zu vollbringen, die eine böse Absicht mit sich tragen? Und da bin ich in meiner Recherche schnell auf Profile von Schwerverbrechern gestoßen, die es im Anschluss an ihre Taten nicht glauben konnten, was sie angerichtet hatten. Sie erzählen, dass ihre Verbrechen von einem anderen Menschen begangen wurden, da sie es nicht wahrhaben wollen, dass sie selbst der Verursacher dieses Grauens sind. Das Gelesene brachte mich zu dem Schluss, dass es wahrscheinlich keinen Menschen gibt, der durch und durch böse ist. Genauso wie es wahrscheinlich niemanden gibt, der nur gut ist. (Jeder hat doch zumindest seine kleinen Gemeinheiten zu erzählen, die im besten Fall zur allgemeinen Erheiterung beigetragen haben.)

Trotzdem war es spannend, sich in die Rolle eines Opfers und schließlich eines Täters hineinzuversetzen, da es abseits unserer Ideale liegt, die wir im Leben anstreben. Und es wurde mir bewusst, welches Leid manche Menschen ertragen müssen. Wahrscheinlich sind diese Schmerzen kaum nachvollziehbar.

Umso dankbarer sollten wir sein, wenn wir erfahren dürfen, wie es sich anfühlt, sein Leben in Liebe verantwortungsbewusst leben zu dürfen. Dieses Geschenk der Liebe wünsche ich von Herzen jedem meiner Leser. Herzlichen Dank, dass ihr es möglich macht, dass ich meine Bücher schreiben kann. Ihr seid meine Motivation, um weitere Geschichten zu erfinden und niederzuschreiben.

Ich danke von Herzen meiner Familie, meinem Mann Markus, meinen Kinder Anna, Eva und David für eure Liebe und Unterstützung und die vielen lustigen und schönen Momente mit euch. Ich hoffe, dass wir immer Zeit füreinander finden, weil die Gemeinsamkeiten unser Leben so wertvoll machen und die schlimmen Dinge leichter auszuhalten sind, wenn wir zusammenhalten.

Ich danke meiner Mutter, du bist immer für uns da und liest geduldig meine Bücher Korrektur. Danke, dass dir nie der Humor ausgeht und deine unbezahlbare Unterstützung.

Danke an meinen Vater, dessen kluge Lebensweisheiten und kindischen Streiche, über die wir immer lachten, mein Leben sehr geprägt haben. Schade, dass du so bald gestorben bist. Ich bin stolz, deine Tochter zu sein.

Ein großer Dank geht auch an meinen Bruder, seine Frau Elisabeth und meine Nichte Paula. Ich habe euch von Herzen gern und genieße alle lustigen Ideen, die unsere Familien miteinander in die Tat umsetzen. Die gemeinsamen Geburtstagsfeiern, Ausflüge und Urlaube sind immer legendär.

Danke an die Herkunftsfamilie meines Mannes für eure Unterstützung. Es ist wichtig, dass Oma und Opa für unsere Kinder und meine Neffen Dominik und Manuel da sind, das ist sehr wertvoll.

Danke an alle meine Freunde. Elisabeth, Belinda und Martin, euch erwähne ich hier namentlich, ihr tragt den Glauben an Gott genauso im Herzen wie ich. Dafür bin ich euch dankbar, da viele tiefgehende Gespräche möglich sind. Ihr seid die Helden meines Lebens. Danke an meinen Bibelkreis, auf euch kann man zählen.

Danke an alle Verwandten, die ihr Leben mit uns teilen.

Danke auch an die Freunde und Freundinnen meiner Kinder und die großartigen Ausflüge, die durch euch möglich sind. Julia, Christina, Verena und Alex, ihr müsst hier jetzt als positives Vorzeigebeispiel herhalten.

Danke an alle, die mich begleiten und deren Namen ich hier jetzt nicht erwähnen kann, weil es dann zu ausführlich wird.

Ein weiteres Danke an meine Kollegen, meinen Direktor und meine Schüler. Ich unterrichte mit Freude und ich bin glücklich, dass wir die Herausforderungen des Alltags gemeinsam meistern.

Das letzte und sehr wichtige Dankeschön geht an meinen Verlag für eure gute und wertvolle Arbeit, die hinter meinen Büchern steckt und die alles hier möglich macht.

Eure Karin Waldl

Die Autorin

Karin Waldl, BEd, wurde 1982 in Wels (Oberösterreich) geboren. Heute lebt sie mit ihrem Mann und ihren drei Kindern in Rüstorf. Sie hat Pädagogik studiert und in den Fächern Religion, Mathematik und Geometrisch Zeichnen ihren Abschluss gemacht. Sie arbeitet heute als NMS Lehrerin und ist Autorin zahlreicher Literatur für Erwachsene und religionspädagogischer Bücher für Kinder und Jugendliche, die sie selbst illustriert.

Unser Buchtipp

Karin Waldl
Insel der verlorenen Träume

ISBN: 978-3-96074-029-2, Taschenbuch, 222 Seiten

Erst auf dem Sterbebett erzählt Desiree Benjamin ihrem Sohn Elias, warum er seinen Vater nie kennenlernen durfte. Diese Geschichte lässt den Sohn nicht mehr los und Elias begibt sich auf die Suche nach der Wahrheit.

Dabei entdeckt er ein über viele Jahre hinweg wohl gehütetes Familiengeheimnis: Seine Eltern waren nach einem Flugzeugabsturz einzige Überlebende, die sich auf eine einsame Insel retten konnten. Und so wird Elias nach dem Tod der Mutter und durch ihr Vermächtnis auf eine bewegende Reise durch seine eigene Vergangenheit geschickt …